历代咏青诗选

赵宗福 选注

修订本

青海人民出版社

图书在版编目（CIP）数据

历代咏青诗选 / 赵宗福选注. -- 修订本. -- 西宁 :
青海人民出版社，2020.12
ISBN 978-7-225-06106-1

Ⅰ. ①历… Ⅱ. ①赵… Ⅲ. ①诗集—中国 Ⅳ.
①I22

中国版本图书馆CIP数据核字(2020)第272503号

历代咏青诗选(修订本)

赵宗福 选注

出 版 人 樊原成
出版发行 青海人民出版社有限责任公司
西宁市五四西路 71 号 邮政编码:810023 电话:(0971)6143426(总编室)
发行热线 (0971)6143516/6137730
网 址 http://www.qhrmcbs.com
印 刷 青海新华民族印务有限公司
经 销 新华书店
开 本 890mm×1240mm 1/32
印 张 13.375
字 数 300 千
版 次 2021 年 5 月第 1 版 2021 年 5 月第 1 次印刷
书 号 ISBN 978-7-225-06106-1
定 价 68.00 元

目录

麴游谣

无名氏

麴与游，牛羊不数头[1]。
南开朱门[2]，北望青楼[3]。

题解：

《麴游谣》，魏晋时流传于河湟一带的民谣。《晋书·麴允传》载："麴允，金城人也。与游氏世为豪族。西州为之语曰：'麴与游，牛羊不数头。南开朱门，北望青楼。'"东汉时金城郡治在今民和县下川口一代，而麴氏是活跃于西平（今西宁）、金城等地的世代豪族，西平麴氏在汉末三次起兵抗衡曹操政权，可见其势力之大。战败后逐渐迁徙，活跃于今甘肃境内的兰州及河西地区。这首民谣形象地描写了麴氏及游氏的豪门富有。

注释：

[1] 不数头：不计其数。

[2] 朱门：古代贵族的府第大门漆成红色以示尊贵，后来泛指富贵人家。晋葛洪《抱朴子·嘉遁》："背朝华于朱门，保恬寂乎蓬户。"

[3] 青楼：装饰精致豪华的楼房。

西海谣

无名氏

朔马心何悲[1]？念旧中心劳[2]；
燕雀何徘徊？意欲还故巢。

题解：

东晋十六国时期，河湟地区的军阀们为了扩大统治领域，掠夺兵源，给生活在这里的各族人民带来了深重的灾难，也引起了被压迫者的强烈反抗。这首民谣就反映了这样的现实。

公元386年（东晋太元十一年），原前秦大将吕光在姑臧（今武威）称王独立，建立后凉政权（386～403）。但其所属的西平（今西宁）太守康宁自称匈奴王以叛，吕光屡伐不捷。紧接着南羌彭奚念攻入白土县（今民和县南部）。392年，吕光派将军王宝再次进军湟水流域，击败彭奚念，占领河湟一带。两年后，吕光强行把原西海郡（今青海湖东北，西汉末王莽曾设置郡）各地的羌民迁往今甘肃境内的永登等地。于是，激起了这些被掠夺者的怨愤，唱出了这首民歌，以“朔马”“燕雀”思归“旧地”“故巢”形象地道出了他们希望归去的心情，也表达了对吕光掠夺人口政策的不满。后来因为人心骚动，吕光不得不把他们又西迁到乐都。

注释：

［1］朔马：北地的马，这里是指青海湖的马。

［2］中心：即心中。劳：忧伤，烦恼。

企喻歌辞

无名氏

放马大泽中[1]，草好马著膘[2]。
牌子铁裲裆[3]，冱铮鸐尾条[4]。

题解：

这是《企喻歌辞四首》的第二首。据《古今乐录》记载，《企喻歌辞四首》本为北歌，具体而言就是北朝时期的北方民歌，反映的是游牧民族的生活情景。《企喻歌辞》是南北朝时期的《鼓角横吹曲》之一，是当时北方民族用鼓和角等乐器在马上演奏的一种军乐，其歌词的作者主要是东晋以后北方的鲜卑族及氐羌等族的人民。后来随着北方各族与汉文化的大融合，这些民歌经过翻译先后传入南朝的齐梁，并由梁朝的乐府机关保存下来，所以称为《梁鼓角横吹曲》。

根据内容，这一首歌咏的是吐谷浑人在青海湖养殖青海骢马和铁甲将士骑马逞武的情景。《隋书·吐谷浑传》："青海周回千余里，中有小山，其俗至冬辄放牝马于其上，言得龙种。土谷浑尝得波斯草马，放入海，因生骢驹，能日行千里，故时称青海骢焉。"所谓青海湖"中有小山"，即海心山。历史上把青海马又称之为"青海龙驹""青海骢""青海骏"等。这首歌谣不仅生动地描写了吐谷浑人在青海湖的海心山上培育青海骢的史实，还形象地描绘了吐谷浑人骑马扬威的英雄姿态。

注释：

[1] 大泽：大湖，即青海湖。青海湖是北方最大的湖泊，海心山及湖边周围尽为肥沃草场，极适宜于养马，因此成为吐谷浑人繁殖青海骢马的理想之地。

[2] 著：同"着"，附着、生长。青海湖草原水草肥美，故马牛羊等容易膘肥

体壮。

［3］牌子：盾牌。裲裆（liǎng dāng）：犹今之背心，《释名·释衣服》：“裲裆，其一当胸，其一当背也。”铁裲裆，即铁甲背心，其实就是铠甲一类。

［4］钰锌（dī móu）：同“鞮鍪”，头盔之类。《企喻歌辞》之三：“前行看后行，齐著铁裲裆。前头看后头，齐著铁钰锌。”鸐（dí）尾条：锦鸡尾巴，这里指头盔上装饰的长雉尾。

饮马长城窟行

杨广

肃肃秋风起[1]，悠悠行万里。
万里何所行，横漠筑长城[2]。
岂台小子智[3]，先圣之所营[4]。
树兹万世策[5]，安此亿兆生[6]。
讵敢惮焦思[7]，高枕于上京[8]。
北河秉武节[9]，千里卷戎旌。
山川互出没，原野穷超忽[10]。
撞金止行阵[11]，鸣鼓兴士卒。
千乘万骑动，饮马长城窟[12]。
秋昏塞外云，雾暗关山月。
缘岩驿马上，乘空烽火发[13]。
借问长城候[14]，单于入朝谒[15]。
浊气静天山[16]，晨光照高关[17]。
释兵仍振旅[18]，要荒事方举[19]。
饮至告言旋，功归清庙前[20]。

作者简介：

杨广（569～618），即隋炀帝，弘农华阴（今陕西省华阴市）人。开皇二十年（600）册立为皇太子。仁寿四年（604）七月即位。在位期间，修大运河，营建东都洛阳，改州为郡，改度量衡依古式；同时频繁发动战争，导致天下大乱。大业十四年（618），被叛军缢杀。杨广善诗，《全隋诗》存其诗四十余首。

题解：

《饮马长城窟行》是乐府旧题，东汉末年陈琳作同题诗，以秦王朝驱使百姓修筑长城为背景，以筑城役卒夫妻对话形式，反映人民在繁重而无休止的徭役下深重的灾难与痛苦。杨广则借题反其意而书写其西征巡边的丰功伟绩。

隋大业五年（609）春夏，杨广率嫔妃及士兵十余万西巡。他从京都大兴城（今西安）出发，经过甘肃陇西、青海河湟，驻马西平，陈兵讲武，大破吐谷浑，增设西海、河源二郡。然后过海北草原，翻过大斗拔谷（今祁连山扁都口）北上，到达河西张掖，西域三十余国君主与使臣朝拜臣服。这首诗就描绘了这次远征的艰辛与气势。

注释：

［1］肃肃：阴沉肃杀之气。

［2］横漠：辽阔的沙漠。长城：这里是泛指边关要塞。

［3］台小子：作者自谦之词，我小子。台相当于“我”。《书·汤誓》：“非台小子，敢行称乱，有夏多罪，天命殛之。”智：智慧。

［4］先圣：先世圣人，既指其父亲杨坚，也泛指拓边建功的汉武帝等先贤。所营：所经营创建。

［5］兹：此。万世策：行之万年的方略。

［6］亿兆生：千千万万的苍生。

［7］讵（jù）敢：岂敢。惮：畏惧。焦思：焦思苦虑。

［8］上京：国都，这里特指长安。

［9］北河：古代把黄河以北的河流称之为北河，这里泛指黄河以北。武节：将帅凭以号令军事的符节，这里指驻守边防的将帅。

［10］穷：穷尽。超忽：旷远遥远的样子。

［11］撞金：一作“摐金”，打击金钲；金，指钲，行军布阵时用来号令停止前进。行阵：行进的战阵。

［12］长城窟：长城下的水泉。汉陈琳《饮马长城窟行》：“饮马长城窟，水寒伤马骨。”明徐勃《送康元龙之灵武》：“城窟莫教频饮马，水声呜咽动乡愁。”这里泛指边塞寒冷的河水。据《隋书》记载，隋炀帝过大斗拔谷（今扁都口）时雨雪纷飞，寒冷交加，十分辛苦。下联“秋昏塞外云，雾暗关山月”，可谓写实。

［13］缘岩：沿着山岩。驿马：供传递公文者及来往官员使用的马匹。乘空：腾空而起。烽火：边防报警的烟火。

［14］长城候：驻守长城边关的候官。

［15］单于：汉时匈奴君长的称号，意为“广大”。这里泛指少数民族政权首领。入朝谒：入朝觐见。

［16］浊气：混浊阴霾之气。靖：一作“静”，安定。天山：横贯于新疆维吾尔自治区中部，西端伸入中亚细亚。匈奴人把祁连山也称之为天山。这里泛指西北边疆。

［17］晨光：曙光。高关：高大的关隘。

［18］释兵：解除军事行动。振旅：整队班师。

［19］要荒：王畿外极远之地，泛指西部边疆。事方举：开边之事方兴待举。

［120］饮至：上古诸侯朝会盟伐后祭告宗庙的典礼，后指出征奏凯，至宗庙祭祀宴饮庆功之礼。清庙：古代帝王的宗庙，也称太庙。

石城山

史万岁

石城门峻谁开辟？更鼓误闻风落石[1]。
界天白岭胜金汤[2]，镇压西南天半壁。

作者简介：

史万岁（549～600），京兆杜陵（今陕西西安市东南）人。少英武，善骑射，好读兵书，兼精占候。以父荫封太平县公，授开府仪同三司。开皇初年（582），大将军尔朱勣以谋叛罪被杀，万岁受到牵连，发往敦煌为戍卒。因击败突厥而授为车骑将军。后屡建军功。开皇末年，被杨素所谗，遂被文帝杨坚杀死，当时人多冤惜之。

题解：

清杨应琚《西宁府新志·地理志·山川》载："石城山，西南去县治（指西宁，其实应为乐都）二百八十里，即石堡城。崖壁峭立，三面绝险，惟一径可上。隋史万岁诗曰'石城门峻谁开辟，更鼓误闻风落石'是也。"

石堡城故址在今湟源县日月乡境内，隋唐时著名关隘，因为地势极为险峻，吐蕃称之为"铁仞城"。唐开元十七年（729），信安王李祎攻占其城，置振武军。开元二十九年（741），吐蕃又袭占。之后，唐玄宗命令皇甫惟明、王忠嗣、董延光等多次进攻，均未成功。天宝八年（749），陇右节度使哥舒翰以十万之众，攻克石堡城，置神武军。安史之乱后，又被吐蕃占取。唐与吐蕃反复争夺此城，可见其在军事上的重要位置。诗人们曾对其反复吟咏过，唐李白《答王十二寒夜独酌有怀》："君不能学哥舒，横行青海夜带刀，西屠石堡取紫袍。"储光羲《哥舒大夫颂德》："大非四决轧，石堡高峥嵘。"

这首诗曾收入《全汉三国晋南北朝诗》和《西宁府新志》，个别字略有不同，今从后书。诗歌用简洁形象的笔调，描写出了石堡城"一夫当关，万夫莫开"的雄险形势。

注释：

［1］更鼓：报更的鼓声。这句意思是石城山形势险陟，风常常吹石滚下峭壁，发出敲碰的响声，因而常常把深夜报更的鼓声误听为落下的石声。误：《全隋诗》作"悟"。

［2］界天：与天毗连。白岭：指石城山。金汤：即金城汤池，比喻防守坚固不可攻破的城隘。《汉书·蒯通传》："必将婴城固守，皆为金城汤池，不可攻也。"颜师古注："金以喻坚，汤喻沸热不可近。"这句意思是：石堡城天然雄险，其御敌之功胜过了人工的防守。

奉和送金城公主适西蕃应制

李适

绛河从远聘[1]，青海赴和亲[2]。
月作临边晓，花为度陇春[3]。
主歌悲顾鹤，帝策重安人[4]。
独有琼箫去[5]，悠悠思锦轮[6]。

作者简介：

李适（663～711），字子至，唐京兆万年（今陕西西安市西北）人。进士出身，武则天执政时，因纂修《三教珠英》，升为户部员外郎。唐中宗景龙年间

（707 ~ 710）为中书舍人，后调工部侍郎。李适擅诗，睿宗（710 ~ 712）时，天台道士司马承顺被召来长安，归去时，李适赠诗，其词甚美，轰动一时，朝士和者达三百余人。有人曾把这些诗汇编为《白云记》，传诵当世。

题解：

唐代时中原王朝与吐蕃政权以友好为主流，初唐时嫁往吐蕃的就有文成公主和金城公主。这首诗就是为金城公主出嫁而作的。中宗景龙年间，吐蕃赞普赤德祖赞派使者到长安求婚，中宗封宗室雍王李守礼的女儿为金城公主嫁之。金城公主一行在景龙四年（710）正月从长安出发，经青海嫁往逻些（今拉萨）。出发时，唐中宗亲自到始平县（今西安市西）设宴送行。宴上，中宗向吐蕃使者说明公主孩幼、割慈远嫁的挚意，然后命令群臣赋诗饯别。因此，当时群臣作奉送金城公主入藏诗。这些诗歌多存于宋人计有功编的《唐诗纪事》一书中。

奉和：奉命而和诗。西蕃：一作西番，本指西部地区的各少数民族，这里特指吐蕃。应制：应皇帝之命令而作诗。

注释：

[1] 绛（jiàng）河，本指银河。明王逵《蠡海集·天文类》，“河汉曰银河可也，而曰绛河，盖观天者以北极为标准，所仰视而见者，皆在于北极之南，故称之曰丹、曰绛，借南之色以为喻也。”这里喻帝都长安。远聘：受吐蕃赞普之请婚而远嫁。

[2] 青海：本指青海湖，这里代指青藏高原。和亲：古时中原王朝与边疆少数民族政权之间的联姻。

[3] 陇：指甘青一带。

[4] 安人：安定人民。《论语·宪问》：“修己以安人。”

[5] 据《列仙传》等记载，秦穆公时有位叫萧史的人善吹箫，穆公的女儿弄玉跟着他学箫，并嫁给了他。他们的箫声美妙悦耳，能吸引来白鹤。一夕吹箫引凤，夫妇一同升天而去。这句即化用这一典故，以喻金城公主之远嫁。

［6］悠悠：恩情绵绵的样子。锦轮：王宫贵族之女所乘之车以锦为饰，因此称锦车。这里代指长安。

奉和送金城公主适西蕃应制

张说

青海和亲日，潢星出降时［1］。
戎王子婿礼，汉国舅家慈［2］。
春野开离宴［3］，云天起别词［4］。
空弹马上曲［5］，讵减凤楼思［6］？

作者简介：

张说（667～730），字道济，又字说之，河南洛阳人。武则天时授太子校书，至唐玄宗时任中书令，出任朔方节度使，封燕国公。张说善诗，有《张燕公集》。这首是送金城公主时奉中宗之命所作。

注释：

［1］潢（huáng）星：即天潢星。《史记·天官书》："王良策马……旁有八星，绝汉，曰天潢。"后常用以代称皇族之宗室。这里指金城公主。出降：公主出嫁。唐李肇《国史补》："太和公主出降回鹘，上御通化门送之。"

［2］唐代皇帝以公主嫁与吐蕃赞普，因此赞普自称女婿，把唐帝称为舅，行甥舅之礼。如《旧唐书·吐蕃传》载吐蕃赞普上唐玄宗表中说："外甥是先皇帝舅宿亲，又蒙降金城公主，遂和同为一家。天下百姓，普皆安乐。"戎王：指吐蕃赞普赤德祖赞。汉国：指唐王朝。

［3］春野：春天之郊野。离宴：饯别之宴会。

［4］云天：高天，这里指唐中宗。别词：送别的话。

［5］相传汉时昭君嫁往匈奴，汉元帝为解昭君思乡之忧，命人在马上弹琵琶以陪之。这句即化用这一故事。

［6］凤楼：帝宫内的楼阁。

奉和送金城公主适西蕃应制

苏颋

帝女出天津[1]，和戎转罽轮[2]。
川经断肠望[3]，地与析支邻[4]。
奏曲风嘶马，衔悲月伴人[5]。
旋知偃兵革[6]，长是汉家亲[7]。

作者简介：

苏颋（670～727），字廷硕，京兆武功（今陕西省武功县）人。武则天时进士，后袭父爵封为许国公，号小许公。玄宗开元年间曾任同紫微黄门平章事，后出知益州大都督府长史事，按察节度剑南诸州。这首诗是与李适、张说等同送金城公主时奉帝命而作。

注释：

［1］天津：星名，属天琴星座。《晋书·天文志》："天津九星，横河中，一曰天汉，一曰天江。"这里借指帝都长安。

［2］和戎：古代指汉族政权与边疆少数民族之间的结盟友好，这里把金城公主远嫁赞普看作是一种结盟友好。罽（jì）轮：西域之车，以毛织品装饰之。《新唐书·石雄传》："即选沙陀李国昌及契苾、拓破杂虏三千骑，夜发马邑，旦登振武城

望之，见罽车十余乘，从者朱碧衣，谍者曰：‘公主帐也。’”罽：一种精制的毛织品。

[3] 断肠：可能是地名，其地不详。

[4] 析支：先秦时青藏高原上的一个族群，也写作鲜支、赐支。汉时称为河曲羌，居地约在今海南州贵德县河曲一带。后来把这块地方也有称析支的，如析支河。

[5] 这两句是诗人想象中公主远嫁途中悲伤的样子，并非是史实。

[6] 偃兵革：停止战事。偃：停息。兵革：本指武器军备，引申为战争。

[7] 这句意思是，吐蕃赞普将永远是唐王朝的亲戚。汉家，犹唐家，唐人常以汉代唐。

从军行（三首）

王昌龄

一

烽火城西百尺楼[1]？黄昏独坐海风秋[2]。
更吹羌笛关山月[3]，无那金闺万里愁[4]。

二

青海长云暗雪山[5]，孤城遥望玉门关[6]。
黄沙百战穿金甲[7]，不破楼兰终不还[8]。

三

大漠风尘日色昏[9]，红旗半卷出辕门[10]。
前军夜战洮河北[11]，已报生擒吐谷浑[12]。

作者简介：

王昌龄（698～757），字少伯，京兆长安（今陕西省西安市）人。唐玄宗开元十五年（727）进士，授汜水尉，再迁江宁丞。天宝七年（748）贬为龙标尉。故世称王江宁或王龙标。安史之乱起，昌龄还归乡里，被刺史闾丘晓杀害。王昌龄以七绝著称于世，多写边塞生活，诗歌气势雄浑。明人辑有《王昌龄集》。

题解：

《从军行》是乐府旧辞名，属相和歌辞平调曲，多反映军旅生活。行是古诗的一种体裁。王昌龄以《从军行》为题写了一组七首诗，音节流畅，韵调响亮。上面三首选自其组诗。

第一首原列第一。描写久戍的士兵独坐百尺楼，在青海湖的晚风吹拂中，吹起幽怨的《关山月》曲调，思念着家乡的妻子，情调苍凉慷慨。

第二首原列第四。在青海、雪山、玉门关、楼兰这纵横数千里的背景上，描写了战士们坚决守边杀敌的雄心壮志。气势磅礴雄伟，格调激昂豪壮。

第三首原列第五。描写将士们在洮河以北的青海高原上与吐谷浑征战的情形，后军增援未至，前军捷报已到，表现了战无不胜的英雄意气。

注释：

［1］烽火城：泛指边地城堡。烽火：古代在边境筑烽火台，台上作桔槔，上面安置放柴草笼。如有敌人来，便燃火报警。百尺楼：形容戍楼之高。

［2］海风：青海湖的风。独坐：一作“独上”。

［3］羌笛：古代羌人的一种吹乐器。关山月：乐府横吹曲名，其歌辞内容多是兵士久戍不归和家人互伤离别的情景，曲调幽怨凄凉。

［4］无那：无奈，无可奈何。金闺：非常华美的闺房，这里指远在家里的妻子。

［5］长云：弥漫天际的云层。雪山：即祁连山。《后汉书·班固传》注：“西域有白山，通岁有雪，亦名雪山。”《清一统志》载：天山，一名祁连山，一名雪山，一名白山。

［6］孤城：即玉门关。玉门关在今甘肃省敦煌市西，古代为通往西域的要道。

［7］穿：磨穿、穿孔。金甲：即铁甲。

［8］楼兰：汉时西域国名，唐时称纳缚波，在今新疆维吾尔自治区鄯善县东南。汉时楼兰王与匈奴勾结，多次拦杀汉使。傅介子奉命前往，用计斩楼兰王首，打通了通往西域的大道。

［9］大漠：大沙漠。风尘：卷着尘土的狂风。

［10］辕门：军营的门。古时行军扎营，用车环卫，营门用两辆车的车辕相向竖起形成，故称。这是指大将军营门。

［11］洮河：即洮水，源出青海、甘肃交界的西倾山，经甘肃省临潭等县后入黄河。洮河北指洮水以北的广大青海地区。

［12］吐谷浑：古族名，本为鲜卑一支，吐谷浑为该族首领，后来这个民族即以其命名，南北朝、隋、唐时游牧于青海湖地区。这一句用李靖破吐谷浑史实。唐贞观九年（635），以李靖为西海道行军大总管，率兵数万，进攻青海的吐谷浑，最后追至黄河源头地区，杀降甚众。从此，吐谷浑便一蹶不振。

同李员外贺哥舒大夫破九曲之作

高适

遥传副丞相[1]，昨日破西蕃[2]。
作气群山动[3]，扬军大旆翻[4]。
奇兵邀转战[5]，连弩绝归奔[6]。
泉喷诸戎血，风驱死虏魂。
头飞攒万戟[7]，面缚聚辕门[8]。
鬼哭黄埃暮，天愁白日昏[9]。
石城与岩险[10]，铁骑皆云屯[11]。

长策一言决[12]，高踪百代存[13]。
威稜慑沙漠[14]，忠义感乾坤。
老将黯无色，儒生安敢论？
解围凭庙算[15]，止杀报君恩[16]。
唯有关河眇[17]，苍茫空树敦[18]。

作者简介：

高适（704～765），字达夫，一字仲武，渤海蓨（今河北省景县南）人。早年曾长期流浪于梁、宋等地。后来数次出塞，以求功名。天宝十二年（753），赴河西投哥舒翰幕，未遇，又转赴陇右节度使驻所西平郡（今乐都），充哥舒幕僚。次年三月，哥舒为部将论功，表高适为右骁卫兵曹，任以掌书记之重职。夏天，高适随哥舒离青海去长安。晚年曾任蜀、彭二州刺史、西川节度使，官至左散骑常侍。有《高常侍诗集》传于世。

高适在青海的时间虽不长，但他为我们留下了不少描写有关青海的边塞诗佳篇，具有很高的文学价值及史料价值。

题解：

这首诗是诗人与李员外奉贺哥舒翰收复九曲而作。唐玄宗天宝十二年（753），哥舒翰攻取吐蕃洪济、大漠门诸城（皆在今海南州境内），重新占领划给吐蕃作为金城公主“汤浴”地的九曲（今贵德县、化隆县一带），以其地置洮阳郡，筑神策、宛秀二军。这次战役在唐蕃战史上是很重要的一战，所以诗人写了好几首诗，这是其中之一。从诗意看，诗人不在战争前线，而在后方。

李员外：名不详，时为河西行军司马。哥舒大夫：即哥舒翰。天宝八年（749），哥舒攻取久未攻克的石堡城（今湟源县日月乡境内），因功加摄御史大夫。九曲：贵德县、化隆县黄河地区，其地水草沃美，吐蕃曾求为金城公主的汤沐地。

注释：

［1］副丞相，指哥舒翰。哥舒翰因攻夺石堡城功，拜特进鸿胪员外卿，加摄御史大夫。古代称御史大夫为副丞相，又称亚相。

［2］西蕃：指吐蕃。

［3］作气：指军队振奋勇气，猛然进击。

［4］扬军：犹挥师，指挥军队。大旆：大旗。

［5］邀：截击。转战：转阵而战。

［6］连弩（nǔ）：设有机括的弓，能连续发箭。弩：弩弓。归奔：败退之路。

［7］攒（cuán）：聚集。

［8］面缚：反背而缚。辕门：军营的门。

［9］黄埃：战尘，因人马激烈活动而荡起的黄色飞尘。唐杜牧《过华清宫绝句》之二："新丰绿树起黄埃，数骑渔阳探使回。"

［10］石城：即石堡城，在今湟源县日月乡境内。为唐代著名关隘，三面绝险，只有一径可通其上，唐天宝八年（749）被哥舒翰攻取。岩险：以险峻的山岩为关隘。

［11］云屯：如云集聚。

［12］此句化用《申子》"一言正而天下定"之句意。意思是一举收复黄河九曲，使西陲得到永久的安宁。这是过誉之词。长策：长久的策略。决：定。

［13］高踪：卓异的功绩。

［14］威稜：声威。俗棱字，木头成四方为稜，比喻声威犹如四方之木。

［15］庙算：古代军队出师，大将要先在帝王祖庙里行祭祀礼，然后制定军事计划，或者由皇帝授以成算，因而把这种计划看作是皇帝的谋略。

［16］止杀：以武力停止杀伐。报君恩：报答皇帝的恩情。

［17］关河：关隘黄河。《史记·苏秦列传》："秦四塞之国，被山带渭，东有关河，西有汉中。"《史记正义》："东有黄河，有函谷、蒲津、龙门、合河等关。"

［18］树敦：城名，本吐谷浑旧都，故址在今青海省海南州境内，有人认为是恰卜恰，即唐时赤水城。唐玄宗天宝九年（750），唐将王难曾拔此城。

同吕判官从哥舒大夫破洪济城回登积石军多福七级浮图

高适

塞口连浊河[1]，辕门对山寺。
宁知鞍马上，独有登临事？
七级凌太清[2]，千岩列苍翠。
飘飖方寓目[3]，想像见深意[4]。
高兴殊未平，凉风飒然至。
拔城阵云合[5]，转旆胡星坠[6]。
大将何英灵，官军动天地。
君怀生羽翼，本欲厚骐骥[7]。
款段苦不前[8]，青冥信难致[9]。
一歌阳春后[10]，三叹终自愧。

题解：

这首诗是天宝十二年（753）诗人在回军途中作。他同吕判官登上积石军（今化隆县、循化县一带）的一座七级佛塔，吕判官先作一首，高适和作此首。诗中描写了积石军风光和他们的志向。

吕判官：指吕諲，蒲州河东人，曾充任哥舒翰幕度支判官。洪济城：在今海南藏族自治州境内。积石军：军名，其地在今化隆、循化二县一带。唐高宗仪凤二年（677）置，属陇右道管辖，有兵七千人，马一百匹。多福：佛塔名。浮图：佛塔。《魏书·释老志》："凡宫塔制度，犹依天竺旧状而重构之，从一级至三、五、七、九，世人相承，谓之'浮图'，或云'佛图'。"多福七级浮图的具体地点已不可考。

注释：

［1］塞口：指积石军。浊河：即黄河。《物理论》："（黄）河色黄，众川之流，盖浊之也。"

［2］凌太清：高插天空。太清：古人认为天由清而轻的气构成，故而称天空为太清。左思《吴都赋》："回曜灵于太清。"刘渊林注："太清谓天也。"

［3］飘飖：自由自在。《战国策·楚策》："（黄鹄）飘飖乎高翔，自以为无患，与人无争也。"寓目：放眼观赏。

［4］想像：谢灵运《登江中孤屿》："想像昆山姿，缅邈区中缘。"李善注："楚辞曰：思旧故而想像。"按天宝十一年（752）秋，诗人同杜甫、岑参等人曾登长安慈恩寺塔，当时其塔为七级。岑参《与高适薛据同登慈恩寺塔》："四角碍白日，七层摩苍穹。"诗人登多福塔而想象旧登的慈恩塔，故云："想像见深意。"

［5］拔城：攻取城池。"拔"是攻克。阵云合：战地烟云浓聚的样子。高适《塞下曲》亦云："青海阵云匝，黑山兵气冲。"

［6］转旆：转动旗帜，比喻挥旗进军。胡星坠，比喻敌军彻底失败，战争结束。胡星即昴星，古人认为天上的星对应着世间地理人事，常以星指人或地区。昴星象征胡。《史记·大官书》："昴曰髦头，胡星也。"《史记正义》："摇动若跳跃者，胡兵大起。"因此以昴星比喻边地战争中敌军的势焰。

［7］骐骥：良马，指吕判官。厚骐骥：比喻依附他人而成名。这句是说诗人本来想要依附吕判官，指靠吕判官的提携。

［8］款段：马行迟缓，指驽马。这里是诗人自谦之比。

［9］青冥：青天。信难致：估计难以到达。

［10］阳春：即《阳春白雪》，古乐曲名。楚宋玉《答楚王问》中说，有客歌于郢中，开始唱《下里巴人》，能属和者数千人。及至唱《阳春白雪》，能属和者不过几十个人。后来便以《阳春白雪》指高雅美妙的事物，这里指吕判官所作的诗。

九曲词（三首）

高适

一

许国从来彻庙堂[1]，连年不为在疆场[2]。
将军天上封侯印[3]，御史台中异姓王[4]。

二

万骑争歌杨柳春[5]，千场对舞绣骐驎[6]。
到处尽逢欢洽事[7]，相看总是太平人。

三

铁骑横行铁岭头[8]，西看逻逤取封侯[9]。
青海只今将饮马[10]，黄河不用更防秋[11]。

题解：

关于这三首诗的创作背景，郭茂倩《乐府诗集》卷九十一记载："《新唐书》曰：'天宝中，哥舒翰攻破吐蕃洪济、大莫等城，收黄河九曲，以其地置洮阳郡。'（高）适由是作《九曲词》。"所以有人认为作于天宝十二年（753）秋。但根据第二首第一联的意思看，当作于天宝十三年（754）春天，创作地点也应在陇右节度使所在地西平郡（今乐都）。因为唐时青海地区只有在乐都等地有汉人居住，才有春节上舞骐驎的习俗。

第一首歌咏了哥舒翰连年立功疆场的业绩，赞美了他的功名显贵。实际上隐隐地表现了诗人向往建立功名的愿望。

第二首写收复九曲黄河后喜庆的景象，音调流畅，喜气溢于字里行间。反映出了边地人民过上和平生活后的欢洽心情。

第三首描绘戍边将士横行边塞和保卫边疆安全的形象和抱负，气势豪迈，格调雄浑，令人奋发。

九曲：指今贵德以西黄河地区。

注释：

［1］许国：以身许国。彻：通。庙堂：宗庙和明堂，古代帝王每有大事，要先告宗庙，再议于明堂。因此以庙堂代指朝廷。

［2］疆场：边境战场。疆，一作“坛”。

［3］天上：指唐玄宗。封侯印：指哥舒翰被进封凉国公、西平郡王事。

［4］御史台：官署名，专管弹劾案务，为朝廷重要部门，其中任职者多为国家重臣。天宝八年，哥舒翰被加摄御史大夫。异姓王：与皇室不同姓的王，汉高祖曾封张耳、吴芮等八个异姓王。哥舒翰为突厥哥舒部人，既非汉人，更非李姓中人，而封为王，故称异姓王。

［5］杨柳春：可能是一种歌曲名（依刘开扬说）。高适在其他诗中也有“纵酒高歌杨柳春”的句子。

［6］绣骐驎（qí lín）：古代一种装饰成麒麟等动物的舞蹈，类似今天的狮子舞。常在大节日上要弄此舞。骐驎：同麒麟，传说中的一种吉祥动物。

［7］欢洽：欢乐和洽。

［8］铁骑：指披挂武装的骑兵。横行：驰骋奋战，无所阻挡。《史记·樊哙传》：“愿得十万众，横行匈奴中。”铁岭：泛指险峻坚固的边塞关隘。有人以为指石堡城，因吐蕃人呼石堡城为铁仞城，似太拘泥。

［9］逻逤（luó suò）：吐蕃首都，即今西藏自治区首府拉萨。《卫藏通志》云：“拉萨，番语。拉，山也；萨，地也。盖山中平地，俗云佛地。古所云逻逤，云罗娑，云乐些者，与拉萨音相近耳。”取封侯：指建立功名。

［10］只今：从今。饮马：指唐军驻扎在青海地区，在青海湖中饮军马。《新唐

书·哥舒翰传》载：天宝七年（748），哥舒翰筑神威军于青海湖龙驹岛（今海心山），有白龙出现，便称为应龙城。哥舒又发现湖区适宜畜牧业，便派二千人守戍。

［11］防秋：唐时吐蕃、突厥等常趁秋高麦熟时入掠唐境，所以唐调重兵以防御，名曰防秋。《新唐书·陆贽传》："西北边岁调河南、江淮兵，谓之'防秋'。"《旧唐书·哥舒翰传》载：原先每到秋天麦熟时，吐蕃便率部众到积石军抢收庄稼，呼为吐蕃麦庄。后来，哥舒翰设埋伏袭击抢麦蕃众，使其不敢再来。

高都护骢马行

杜甫

安西都护胡青骢，声价欻然来向东[1]。
此马临阵久无敌，与人一心成大功。
功成惠养随所致[2]，飘飘远自流沙至。
雄姿未受伏枥恩[3]，猛气犹思战场利。
腕促蹄高如踣铁[4]，交河几蹴曾冰裂[5]。
五花散作云满身[6]，万里方看汗流血[7]。
长安壮儿不敢骑[8]，走过掣电倾城知[9]。
青丝络头为君老[10]，何由却出横门道[11]！

作者简介：

杜甫（712～770），字子美，自称少陵野老和杜陵野客，巩县（今河南省巩义市）人。唐肃宗时曾官左拾遗，因此后人又称为杜拾遗，后来贬为华州司功参军。乾元二年（759）后弃官回成都定居，曾一度在西川节度使严武幕中任职，被严武推荐任检校工部员外郎。因此后人又称为杜工部。后世有《杜工部集》。

题解：

这首诗歌咏了安西都护高仙芝所乘坐的骏马“青海骢”。史书记载，魏晋南北朝时，吐谷浑人在青海湖中的海心山上牧马，多得良马。他们把得到的波斯良种草马，趁冬季湖水结冰时放进海心山，次年春，草马便有孕，生下的马驹是龙种，能日行千里，非一般马所比，世称为“青海骢”。

天宝六年（747），安西副都护高仙芝（？～756）破小勃律（今帕米尔以南）。八年（749），高仙芝奉唐玄宗诏来长安，便乘骑此诗中描写的这匹青海骢。当时杜甫在长安，因此有机会观赏，于是作了这首赞颂的诗，赞美了青海骢腕促蹄高的雄姿和奋发向上的精神。

都护：古代中原王朝驻边疆地区的最高长官，管理疆域、边防等事。唐时设有安西（今新疆维吾尔自治区境内）、安北、单于、北庭等大都护府，每府置有大都护、副大都护的职务。高仙芝便是安西都护府的副大都护。骢马：青海骢。

注释：

［1］声价：声誉、地位。欻（xū）然：忽然。

［2］惠养：豢养，受到关心备至的饲养。颜延之《赭白马赋》：“愿终惠养，荫本枝兮。”随所致：随从主人的意思到处不辞劳苦地奔驰。

［3］伏枥：在马槽里（吃草料）。曹操《步出夏门行》：“老骥伏枥，志在千里。”枥：马槽。

［4］腕促蹄高：腕节短粗，蹄子高厚，是良马的表征。《相马经》：“马腕欲促，促则健；蹄欲高，高则耐险峻。”促：短粗；高：厚。踣（bó）铁，形容马蹄坚硬，踏地如同碰击铁一样。踣：踏踩。

［5］交河：在今新疆维吾尔自治区吐鲁番市西。蹴：踩踏。曾冰：层冰。曾：同层。

［6］五花：马毛呈五种花纹。云满身：全身如披云锦。

［7］汗流血：汉代大宛国产千里马，汗从前髆渗出，颜色似血。这里比喻青海骢非常健壮。

[8] 长安壮儿：长安城里壮实勇敢的汉子。

[9] 掣电：闪电。倾城：全城。

[10] 青丝络头：用青丝做成的马笼头。唐李贺《莫愁曲》："青丝系五马，黄金络双牛。"

[11] 何由：有什么理由。横（guāng）门：也作光门。汉时长安城出西北的第一个门，出此门跨过渭水便是通往西域的大道。

平蕃曲

刘长卿

吹角报蕃营[1]，回军欲洗兵[2]。
已教青海外，自筑汉家城[3]。

作者简介：

刘长卿（约726～约790），字文房，河间（今河北省河间市）人。唐玄宗开元年间进士，一说至德年间进士。曾任转运使判官，后贬潘州南巴尉，又任睦州司马，官终随州刺史，因而后人称为刘随州。有《刘随州集》。

题解：

《平蕃曲》原共三首，这首是其一。写唐军战败吐蕃，筑建城池的事，似是以天宝十二年哥舒翰收复九曲之事为本。

注释：

[1] 吹角：军营号角。蕃营：吐蕃军营。

[2] 洗兵：把兵器擦洗干净收藏起来，比喻停止战争。晋左思《魏都赋》："洗

兵海岛，刷马江洲。”

［3］汉家城：唐军所筑的城池。《新唐书·哥舒翰传》：天宝十二年（753），哥舒翰收复“黄河九曲，以其地置洮阳郡，筑神策、宛秀二军”。

送南特进赴归行营

刘长卿

闻道军书至[1]，扬鞭不问家[2]。
朔云连白草[3]，汉月对黄沙[4]。
汗马河源饮[5]，烧羌陇底遮[6]。
翩翩新结束[7]，去逐李轻车[8]。

题解：

这是诗人为送一位官特进、姓南的军官返回军营而作，诗中赞扬了南特进“扬鞭不问家”的爱国精神和戎装结束后的翩翩英姿，并鼓励他勇敢地去西北边疆，“饮马河源”，建功立业。

特进：官名，汉时初置，凡诸侯功德卓异者，赐位特进，位在三公之下。但在唐时，特进为一般散官。行营：军队出征时主将的营幕。

注释：

［1］军书：征兵的名册。南北朝乐府诗《木兰辞》：“军书十二卷，卷卷有爷名。”

［2］扬鞭：举鞭（打马，使马飞快地奔走）。岑参《赤骠马歌》：“扬鞭骤急白汗流，弄影行骄碧蹄碎。”

［3］朔云：北方胡地的云。一作“虏云”。白草：《汉书·西域传》：“（鄯善）

国出玉，多葭苇、柽柳、胡桐、白草。”颜师古注：“白草，似莠而细，无芒，其干孰时正白色。”这里泛指边地的野草。

[4] 对：一作“到”。

[5] 汗马：即汗血马。汉时西域大宛国有汗血马，汗从前肩髆流出如血，一日能行千里。这里指将军的骏马。河源：黄河源头。汉以前古人认为黄河发源于新疆昆仑山，至唐人时，已知发源于青海省境内的星宿海一带。

[6] 烧羌：即烧当羌，汉时西羌部族名，居地在今青海湖南面至贵德一带。陇底：也写作“陇坻”，即陇山。在陕西省陇县至甘肃省平凉市一带。遮：拦阻。

[7] 翩翩：精干英武的样子。结束：装束、打扮。

[8] 逐：追随。李轻车：即李广，汉代名将。曾为轻车将军，随大将军霍去病击匈奴右贤王。鲍照《东武吟》：“后逐李轻车，追虏穷塞垣。”张铣注：“李广为轻车将军，从大将军击右贤王。”

送友人使河源

贾至

送君鲁郊外[1]，下车上高邱[2]。
萧条千里暮，日落黄云秋。
举酒有遗恨，论边无远谋。
河源望不见[3]，旌旆去悠悠[4]。

作者简介：

贾至（718～772），字幼邻，洛阳（令河南省洛阳市）人。唐玄宗时擢经第，授为单父尉。安史之乱爆发，随从玄宗奔蜀，知制诰，历任中书舍人。肃宗即位后，曾作侍位册文。后官礼部侍郎，封信都县伯。又封京兆尹，兼御史大夫。有诗作传世。

题解：

这首诗可能是诗人送友人使蕃之作。河源当指黄河源头地区，唐初李世民曾封吐谷浑首领诺曷钵为河源郡王，居地有今果洛州、海南州等地。唐高宗时，被吐蕃屡次侵掠，吐谷浑迁居到灵州（今宁夏回族自治区境内）。这时尚距贾至在世数十年，因此可知这首诗中的河源是代指青藏高原上的吐蕃政权。又根据“举酒有遗恨，论边无远谋”两句，此诗当作于吐蕃尽占有陇右之地以后，因这以后唐多次派使者入吐蕃商议会盟等事项，由于唐经“安史之乱”后衰弱，多以最终让步而结束，所以诗人感叹论边无远谋、有遗恨。诗中笼罩着消极悲观的情调，远不似“安史之乱”以前送蕃使诗那样慷慨激扬。

注释：

［1］鲁郊：周成王封周公于鲁，因命后世鲁公祀周公“以天子礼乐”。鲁君在二月祭天帝于鲁国都城的南郊。（见《礼记·明堂位》）这里代指唐王朝首都长安的西南郊。这句写诗人送友人至长安城外，友人向西而去。

［2］高邱：高高的丘陵。

［3］河源：黄河源头，这里是泛指。

［4］旌旆：泛指旗帜。旌是用牛尾巴和彩色鸟羽装饰旗杆的旗，旆是旗帜下边状如燕尾的垂旒。悠悠：飘浮向远，没有穷尽。

送和西蕃使

皇甫曾

白简初分命[1]，黄金已在腰[2]。
恩华通外国[3]，徒御发中朝[4]。
雨雪从边起，旌旗上陇遥。

暮天沙漠漠[5]，空碛马萧萧[6]。
塞路随河水[7]，关城见柳条[8]。
和戎先罢战，知胜霍嫖姚[9]。

作者简介：

皇甫曾（？～785），字孝常，润川丹阳（今江苏省境内）人。天宝十二年（753）登进士第，历官侍御史，后贬为舒州司马，又移为阳翟令。皇甫曾工诗，出于王维之门。有诗一卷。

题解：

这是一首送出使吐蕃使者的诗。诗歌抒发了诗人反对战争、赞成和平安定的思想情感，四、五两联还写出了青藏高原的自然风貌。

注释：

［1］白简：古代御史向皇帝奏事时所用的简本，白色，开始用竹片或木片做成，纸发明后用纸代之。简：竹简。分命：分别命令。《尚书·尧典》：“分命和仲，宅西，曰昧谷。”

［2］黄金：用黄金做成的印。《史记·范雎蔡泽列传》：“怀黄金之印，结紫绶于要。”

［3］恩华：皇恩的光华。《南史·虞玩之传》：“今日之赐，恩华俱重，但著簪弊席，复不可遗，所以不敢当。”外国：指吐蕃。

［4］徒御：拉车的人和赶车的人。《诗经·小雅·车攻》：“徒御不惊，大庖不盈。”注：“徒，辇也。御，御马也。”辇即用人拉挽的车，御马即驾马。中朝：指长安。

［5］暮天：傍晚。漠漠：广漠无尽的样子。

［6］空碛：空旷的沙漠原野。萧萧：马叫的声音。杜甫《兵车行》：“车辚辚，马萧萧。”

［7］塞路：边塞的路。河水，黄河水。

［8］关城：关隘城池。

［9］霍嫖姚：即汉代名将霍去病，曾为嫖姚校尉，随大将军卫青征伐匈奴。唐杜甫《后出塞》："借问大将谁，恐是霍嫖姚。"

送崔夷甫员外和蕃

李嘉祐

君过湟中去[1]，寻源未是赊[2]。
经春逢白草[3]，尽日度黄沙[4]。
双节行为伴[5]，孤烽到似家[6]。
和戎非用武[7]，不学李轻车[8]。

作者简介：

李嘉祐（生卒年不详），字从一，赵州（今河北省境内）人。唐玄宗天宝七年（748）擢进士第，授秘书正字。后因罪贬谪南荒，未几又调为鄱阳宰，历任江阴令。唐肃宗上元年间（760～762）为台州刺史，代宗大历年间（766～779）为袁州刺史。

题解：

这是为送崔夷甫员外郎出使吐蕃而作的诗。诗中描写了湟中（今湟水流域西宁一带）以西广大地区的自然景象，并申述了"和戎非用武"的积极思想。

崔夷甫，名见《唐郎官石柱题名考》第十五卷中，生平不详。员外：官名，唐时员外郎为中央官吏中的要职，尚书省各司有员外郎，为各司的次长。和蕃：出使吐蕃与之建立友好关系。

注释：

［1］君：指崔夷甫。湟中：指青海东部农业区湟水流域，因为湟水流经其中而得名。唐代时为通往吐蕃的大道。

［2］寻源：探寻黄河之源。汉时张骞使西域，兼觅河源，此后古人常把出使西域与寻找河源联系在一起，以能寻河源言其出使之远，功劳之大。赊：远。

［3］白草：边地的一种草，有学者考证即今之芨芨草。

［4］尽日：整天。

［5］双节：唐制节度使初任命，辞别皇帝去上任时，赐以双旌双节。这里借指赐给使蕃使者的符节。节：使臣等执以示信的物品，用竹子做成。

［6］孤烽：旷野中将士戍守的烽火台。

［7］和戎：与少数民族政权讲和修好。

［8］李轻车：即汉名将李广，曾为轻车将军，以武功著名。

送人使河源

张谓

故人行役向边州[1]，匹马今朝不少留[2]。
长路关山何日尽，满堂丝竹为君愁[3]。

作者简介：

张谓（生卒年不详），字正言，河内（今河南省沁阳市）人。唐玄宗天宝二年（743）进士。少年读书于嵩山，后来投笔从戎。肃宗乾元（758～760）时为尚书郎，代宗大历（766～779）年间官至礼部侍郎，后出为潭州刺史。张谓擅于诗，与李白等有交游。

题解：

题一作《送卢举使河源》。诗是为友人出使黄河源头地区而作，感叹关山路远，何日才能到达河源，反映了当时人们对黄河源头的遥远想象。河源，见贾至《送友人使河源》题解。

注释：

[1] 行役：执行任务，完成差役。边州：边地。

[2] 少留：稍留。

[3] 丝竹：本泛指各种管弦乐器，这里指乐曲声。

送杨中丞和蕃

郎士元

锦车登陇日[1]，边草正萋萋[2]。
旧好随君长[3]，新愁听鼓鼙[4]。
河源飞鸟外，雪岭大荒西[5]。
汉垒今犹在[6]，遥知路不迷。

作者简介：

郎士元（生卒不详，一说 727 ～ 780），字君胄，中山（今河北省定县）人。唐玄宗天宝末年（756）登进士第。代宗宝应初年（762）授京畿县官，后历官渭南尉、左拾遗、郢州刺史等。郎士元擅长作诗，与员外郎钱起齐名，有“前有沈宋，后有钱郎”的说法。当时朝廷自丞相以下官员，不论出宰地方或出使异地，若没有钱起、郎士元二人赠诗送别，便引以为羞事。有《郎士元集》传世。

题解：

唐代宗永泰二年（766）二月，大理少卿兼御史中丞杨济出使吐蕃，郎士元作此诗赠送之。诗中“河源飞鸟外，雪岭大荒西”两句很有气势，意境苍莽雄浑，以白描手法再现了青海高原的自然景象，古来目为名句。

杨济：华阴（今陕西省华阴市）人，隋尚书令杨素之后。曾出使过吐蕃。其余生平不详。中丞：即御史中丞，位次于御史大夫。

注释：

［1］锦车：用锦装饰过的车。《汉书·西域传》：“冯夫人锦车持节。”注引服虔曰：“锦车，以锦衣车也。”陇：甘青一带。

［2］萋萋：形容草色茂盛。

［3］旧好：旧时的情谊。随：一作“寻”。

［4］鼓鼙：军鼓声。此处指沿途驻守的唐军驿站。

［5］雪岭：泛指青藏高原的大山。因气候较冷，一些大山常常四季有雪，故称雪岭。大荒：穷荒，所谓不毛之地。这是诗人的想象之词。

［6］汉垒：汉代修筑的堡垒，这里是泛指。两汉时，曾在青海地区几次设置过郡县。如武帝元狩二年（前121）霍去病设西平亭（今西宁），后数年，又设破羌县（今乐都区老鸦城）、临羌县（今湟中县镇海堡），王莽时设西海郡（今海晏县三角城），下属修远、监羌、兴武、罕虏、顺砾五县，东汉时又设允吾（今民和县川口一带）、浩亹（今民和、乐都一带）等县。其遗址到唐时多存在，故称汉垒。

奉送崔侍御和蕃

耿湋

万里华戎隔[1]，风沙道路秋。

新恩明主启[2]，旧好使臣修[3]。
旌节随边草[4]，关山见戍楼[5]。
俗殊人左衽[6]，地远水西流[7]。
日暮冰先合，春深雪未休。
无论善长对[8]，博望自封侯[9]。

作者简介：

耿湋（生卒年不详），字洪源，唐代河东（今山西省永济市）人，“大历十才子”之一。代宗宝应二年（763）中进士，为周至县尉，又充括图书使往江淮，后来官至左拾遗。耿湋作诗长于五律，格调颇为清新。有《耿湋诗集》传世。

题解：

唐德宗建中二年（781），吐蕃遣使入唐提出会盟，德宗便以崔汉衡为殿中少监兼御史大夫出使吐蕃商议会盟事。耿湋作这首诗送行。诗中一、三、四、五联描写了青藏高原的地理环境、气候特色以及风俗人情。

崔汉衡，博陵（今河北省境内）人，曾多次出使吐蕃，官至晋慈隰观察使。

注释：

[1] 万里华戎隔：唐朝（华）与吐蕃（戎）两国首都相隔万里，意谓使臣出使之地的遥远。

[2] 明主：指唐德宗。

[3] 旧好：原来就有的友好关系。《册府元龟》载唐玄宗开元二十二年（734）在赤岭（今日月山）所立汉藏文碑云：“甥舅修其旧好，同为一家。”修：修缮。

[4] 旌节：古代使臣所执的节，以牛尾作装饰，为信守的象征。

[5] 戍楼：边防驻军所筑的瞭望楼。

[6] 俗殊：有异于中原的风俗。左衽：古代边疆一些少数民族的服装，前襟向左掩，与汉族向右掩不同。

［7］水西流：青藏高原上多有向西流的河，如青海湖东南的倒淌河，从一般河水东流的情况看，这是比较特殊的。

［8］善长对：擅长于外交对策。史载崔汉衡善于应对，以不辱使命著称。

［9］博望侯：即张骞。汉武帝时，张骞出使西域诸国，建有功勋，因封博望侯。这里是借喻崔侍御此去大有作为。

凉州曲

柳中庸

关山万里远征人，一望关山泪满巾。
青海城头空有月[1]，黄沙碛里本无春[2]。

作者简介：

柳中庸（？～775），名淡，字中庸，唐代河东（今山西省永济市）人。曾任洪府户曹，其余生平不详。柳中庸以描写征戍著名，《凉州曲》《征人怨》等是其代表作。

题解：

这首诗描写了思念家乡的戍守青海的征人形象。其中三、四句为历代传诵的名句，表现了一片荒凉的古代青海景象。诗人笔下的情景早已成为过去，现在到处是繁华的城镇、密实的村庄与帐篷，风光壮丽。

《凉州曲》：唐代乐府曲名，原为凉州（今甘肃省武威）一带的歌曲，唐玄宗开元年间由西凉府都督郭知运带进中原。唐代诗人多用此调作诗，描写西陲风光和战争情景。

注释：

［1］青海城：南北朝时吐谷浑在青海湖西十五里筑伏俟城以为首都，这里泛指青海湖地区的应龙城（在青海湖海心山）、石堡城（今湟源县日月乡境内）等。

［2］碛：沙漠。

河源破蕃后赠袁将军

法振

白羽三千驻[1]，萧萧万里行[2]。
出关深汉垒，带月破蕃营。
蔓草河原色[3]，悲笳碎叶声[4]。
欲朝王母殿[5]，前路驻高旌[6]。

作者简介：

法振（生卒年不详），一作法贞，中唐诗僧，以诗名闻于大历、贞元年间，性好山水，乐意林泉，喜交文友，应对唱酬。长于五言诗。

题解：

这首诗是法振赠给西征青海的袁将军的，一作《河源破贼后赠袁将军作》。根据诗意，应是法振早年的作品。唐玄宗天宝十二年（753），陇右节度使哥舒翰击败吐蕃，收复九曲故地（今海南州及黄南、果洛部分地区）。三年后，唐军主力东撤，吐蕃逐渐攻占青海全境，此后再无唐军大举西进的行动。因此这首诗所作时间当是唐军攻取九曲故地后。

河源：郡县建置名。隋炀帝大业五年（609年），隋击败吐谷浑后，在今海南州及果洛州北部和黄南州地区设河源郡，治古赤水城（今兴海县桑当乡夏塘古城），领赤水、远化二县，命卫尉卿刘权在此大开屯田。隋末郡废，地入吐谷浑。唐贞观十年（636）封吐谷浑王诺曷钵为河源郡王。另有河源军，高宗仪凤二年（677）始置，驻所在鄯城县（治今西宁）。永隆元年（680），河源军经略大使黑齿常之在河源军置烽戍 70 余处，在河源地区开屯田 5000 余顷。肃宗初年废，地入吐蕃。袁将军：哥舒翰部将，名不详。

注释：

［1］白羽：本指军中主帅所执的指挥旗，后泛指军旗。白羽三千，形容其军势浩大。

［2］萧萧：马的嘶鸣声。唐杜甫《兵车行》："车辚辚，马萧萧。"

［3］蔓草：蔓延、茂密的野草。河原：同河源。

［4］碎叶：唐代安西四镇之一，也是当时唐王朝在西边最远的一个军事重镇，地在今中亚吉尔吉斯斯坦首都比什凯克以东，楚河流域的托克马克市附近。

［5］王母殿：指西王母石室。《汉书·地理志》金城郡下"临羌条"曰："西北至塞外，有西王母石室、仙海、盐池。"地在今海西州天峻县境内，又称二郎洞。东晋时北凉王沮渠蒙逊军事获胜后曾专程拜谒西王母石室。

［6］高旌：高高飘扬的战旗。杜甫《奉和严大夫军城早秋》："秋风袅袅动高旌，玉帐分弓射虏营。"

夏中忽见飞雪之作

佚名氏

三冬自北来[1]，九夏未南回[2]。
青溪虽郁郁[3]，白雪尚皑皑[4]。
海暗山恒暝[5]，云愁雾不开。

唯余乡国意[6]，朝夕思难裁[7]。

作者简介：

佚名氏诗见于《敦煌唐人诗集残卷》，其姓名、祖籍不可考，根据其诗作可得到他的大致生平。他生活在中唐时期，童年为僧，二十岁左右，对佛学、儒学已有较高造诣，后到敦煌为沙州长官幕府。安史之乱后出“使戎乡”，途中被吐蕃拘系，翻过当金山口，跋涉柴达木盆地，到青海湖边，一段时间后又翻过赤岭（今日月山），经白水古戍（今湟源县药水峡），到达临蕃城（今湟中县多巴镇通海），在临蕃被关押一年多。

敦煌佚名氏在青海境内作诗五十多首，是唐代诗人咏青海最多的。这些诗描绘了当时青海高原的壮丽风光，反映了唐蕃之间的种种关系，颇具史料价值。

题解：

这首诗作于今柴达木北部。诗人被押过当金山口，到达苏干湖东侧的哈尔腾河谷时，正是夏日，而忽然下起飞雪来，诗人便写了这首诗，描写了柴达木北部的奇丽风光。因为诗人是被拘系的人，所以诗中渗透着一种消极悲伤的情调，这也是他所有诗的基调。

注释：

［1］三冬：冬季三个月时间，故称三冬。

［2］九夏：夏季有三月，共九十天，故称夏季为九夏。未南回：未能回到北面的敦煌。

［3］郁郁：本指草木茂盛时碧绿一片的色彩，这里形容溪水清绿的样子。青溪：可能指哈尔腾河。

［4］皑皑：霜雪洁白的样子。

［5］海：当指苏干湖，湖在今甘肃省阿克塞县，这里是诗人经过的地方。山：指哈尔腾河谷北面的河南山和南面的土尔根达坂山，皆在海西州北部。恒暝：经年

暗淡。

［6］乡国意：思念家乡的情思。乡国指诗人做过幕府的敦煌。唐张祜《胡渭州》诗："乡国不知何处是，山云漫漫使人愁。"

［7］裁：消却，剪除。

青海望敦煌之作

佚名氏

西北指流沙[1]，东南路转遐[2]。
独悲留海畔，归望阻天涯。
九夏无芳草，三时有雪花[3]。
未能刷羽去[4]，空此羡城鸦[5]。

题解：

这是诗人在青海湖边所作。诗人被押至青海湖畔后逗留一段时间，这期间他眼望眼前情景，思念做过幕府的沙州，于是怅望敦煌，但天涯阻绝，远不可见，便写下此诗。

注释：

［1］流沙：指敦煌，今甘肃省敦煌市。魏晋南北朝时前凉曾设沙州，北魏改为瓜州，唐朝又置沙州。

［2］遐（xiá）：遥远。

［3］三时：指夏至后半月，头时为三日，中时为五日，三时为七日，统称三时。明周之玙《农圃六书·占候·五月占》："夏至后半月为三时，头时三日，中时五日，三时七日。"

[4] 刷羽：鸟类用嘴喙刷羽毛。唐沈约《咏鹤》："宁望春皋下，刷羽玩花钿。"

[5] 城鸦："城"字原书模糊，此据诗意及韵律补。鸦原作"鵶"，即乌鸦。

秋日非所书情

佚名氏

自从去岁别流沙，犹恨今秋归望赊。
将谓西南穷地角，谁言东北到天涯[1]。
山河远近多穹帐[2]，戎俗追观少物华[3]。
六月尚闻飞雪片，三春岂见有烟花。
凌晨倏闪奔雷电[4]，薄暮斯须敛雾霞[5]。
傍对崇山形屹屹[6]，前临巨壑势呀呀[7]。
昨来羁思忧如擣[8]，即日愁肠乱如麻。
为客已遭迍否事[9]。不知何计得还家。[10]

题解：

这首诗亦作于青海湖畔。诗中除头两联和尾两联叙述诗人的出使遭遇和忧愁心情外，中间四联集中描绘了青海湖地区秋日的壮丽景象，语言朴素清新，形象鲜明生动，保留了一千多年前青海湖的风貌。这是在唐代诗歌里唯一完整地描写青海湖的诗。

非所：拘囚之所。书情：借赋诗来抒发感情。

注释：

[1] 西南穷地角：西南最边远的角落，指吐蕃首府逻逤（今西藏自治区首府拉萨）。这两句意思是，自从去年被拘系后押着向西北走，意想将要押到西南最远僻

的逻逊去，谁料竟押向东北的青海来了。地角：地的尽头，比喻极其遥远的地方。

［2］穹（qióng）帐：即吐蕃人民居住的毛毡帐篷。

［3］戎俗：少数民族的风俗人情。追观：犹远目观看。物华：指美丽的景色。《宋史・乐志・朝令乐章》："岁功天吏正，御苑物华新。"

［4］倏闪：忽然。

［5］薄暮：傍晚。斯须：片刻，一会儿。敛霁霞：云霞散去，天空放睛。霁：雨停。

［6］崇山：高峻的山。屹屹（yì yì）：突兀高耸的样子。

［7］呀呀：高耸貌，陡峭貌。杨万里《阻风泊钟家村》："峭壁呀呀虎擘口，恶滩汹汹雷出吼。"韩愈《月蚀诗效玉川子作》："东方青色龙，牙角何呀呀。"

［8］羁思：被拘系囚禁的忧思。擣：通捣。《诗经・小雅・小弁》："我心忧伤，惄焉如擣。"。

［9］迍否事：意外的祸灾。迍与否都是六十四卦中的凶卦。"迍"（zhūn）通"屯"，《易・屯》："《象》曰：《屯》，刚柔始交而难生。"否：《易・否》："《象》曰：天地不交，《否》。"

［10］何计：何种办法。

夜度赤岭怀诸知己

佚名氏

山行夜忘寐，拂晓遂登高。
回首望知己，思君心郁陶[1]。
不闻龙虎啸，但见豺狼号。
寒气凝如练[2]，秋风劲似刀。

深溪多渌水[3]，断岸绕黄蒿[4]。
驿使□靡歇[5]，人疲马亦劳。
独嗟时不利，诗笔难然操。
更忆绸缪者[6]，何当慰我曹[7]。

题解：

这是诗人夜度赤岭向临蕃时所作，诗中对赤岭景象有所描写。这也是唐代诗歌中描写赤岭很著名的诗。

赤岭即今天的日月山，在青海湖东、湟源县西南，是农业区与牧业区的分界岭。唐玄宗开元二十二年（734），唐朝和吐蕃曾在此山上用汉藏文立分界碑。

注释：

［1］郁陶：日夜思念、郁积在心的样子。《孟子·万章上》："象曰：'郁陶思君尔。'"

［2］凝如练：凝结成一片如同白色的绢。练：白绢。南齐谢朓《晚登三山还望京邑》诗："余霞散成绮，澄江静如练。"

［3］渌（lù）水：清澈的水。

［4］黄蒿：一种艾类野草，蒿的一种。这里指秋日泛黄的野草。

［5］驿使：指押送俘虏的吐蕃官吏。□靡歇：前一字不可定，但根据上下文，当是督催行走、不得歇息的意思。

［6］绸缪：深厚密切的情谊。绸缪者即前文所说的知己。

［7］我曹：我辈，指被押的同行者。

晚次白水古戍见枯骨之作

佚名氏

深山古戍寂无人，崩壁荒丘接鬼邻[1]。
意气丹城□□□[2]，惟余白骨变灰尘。
汉家封垒徒千所[3]，失守时更历几春[4]。
比日羁愁肠自断[5]，□□到此转悲辛[6]。

题解：

这是佚名诗人夜晚住宿白水军古戍（今湟源县药水峡内）见到已经腐化的战士白骨而感慨写作的诗。诗中反映了安史之乱后青海东部的荒凉萧瑟景象，发出了“汉家封垒徒千所，失守时更历几春”的感叹，把个人的遭遇和国家的不幸联系到一起，颇为感人。

晚次：傍晚到达、住宿。白水古戍：指白水军驻所，地在今湟源县药水峡内。白水军为唐玄宗开元五年（717）置，属陇右道（治所在今乐都区）管辖，派兵四千人、马五百匹戍守。唐肃宗至德年间（756～757）吐蕃占取后废止。佚名诗人到此地时，已废多年，因此称古戍。

注释：

[1] 崩壁荒丘：崩裂断残的墙壁，荒败萧瑟的坟丘。接鬼邻：形容此地荒凉无人，如同与鬼境相接邻。

[2] 意气：意志和气概。丹城：红色的城关，当指白水古戍遗址，因为湟源县药水峡内崖壁多呈红色。□□□：不可定。

[3] 汉家：代指唐朝。封垒：唐王朝修筑的战戍堡垒。徒千所：空有千所，言

徒有千所之多的堡垒，而不能抵御吐蕃的东进。“千所”言其多，唐时陇右有五镇六郡十五军，白水军是其中之一。

［4］时更：时岁的更替。

［5］比日：连日。羁愁：被拘囚的忧愁。

［6］□□：可能是“邂逅”。佚名诗人常用“邂逅”一词，如《青海卧疾之作》：“邂逅遇迍蒙，人情岂见通？”《晚秋至临蕃被禁之作》：“邂逅流移千里外，谁念恓惶一片心。”《得倍酬回》：“自怜漂泊者，邂逅闭荒城。”邂逅：偶然，意外之间。悲辛：悲痛辛酸。唐李白《古风》四十八：“力尽功不赡，千载为悲辛。”

晚秋至临蕃被禁之作

佚名氏

一片荒城恨转深[1]，数朝长叹意难任[2]。
昔日三军雄镇地[3]，今时百草遍城阴。
隤墉穷巷无人迹[4]，独树孤坟有鸟吟。
邂逅流移千里外[5]，谁念恓惶一片心[6]。

题解：

这是诗人被押送到临蕃（今湟中区多巴镇所在地）关禁起来后作的诗。诗歌描绘了战后临蕃城的荒败景象，抒发了诗人忧国悲己的思想感情。佚名氏的这首和其他临蕃诗为我们提供了一个新的情况：临蕃曾为吐蕃关押俘虏、使臣的地方。

临蕃城，为汉时临羌新县的故址，地在今湟中区多巴镇。汉武帝时设临羌县，地在湟中县镇海堡，东汉时又设临羌新县，县治移到湟水北的多巴。唐代时，吐蕃势力强盛，临近湟水上游，因而称为临蕃城。唐肃宗至德二年（757）被吐蕃统属。被禁：被囚禁。

注释：

［1］荒城：指临蕃城，因遭战乱而一片荒败，故称。

［2］数朝：几天来。意难任：愁恨的情绪难以忍受。

［3］三军：军队的兵种步、车、骑三军，一般为泛指。《荀子·赋篇》："城郭以固，三军以强。"这里是泛指戍守之军队。

［4］隤（tuí）墉穷巷：垮颓的城墙，荒芜的巷道。墉：城墙。

［5］邂逅：不意。流移：流行徙移。

［6］恓惶：烦恼不安、悲伤忧郁的样子。唐高适《同群公题郑少府田家》："郑侯应恓惶，五十头尽白。"

晚秋登城之作

佚名氏

东山日色片光残[1]，西岭云象暝草寒[2]。
谷口穹庐遥逦迤[3]，磎边牛马暮盘跚[4]。
目前愁见川原窄[5]，望处心迷兴不宽[6]。
乡国未知何所在[7]，路逢相识问看看[8]。

题解：

这是诗人来临蕃城的次年晚秋所作。前两联描绘了当时西宁西川的情况：全是吐蕃的游牧帐篷，到处牛马成群。

注释：

［1］东山：当指湟水东南的双寨山。片光：指日落时由于西北山的遮挡，日光照在东山上的一片一片的亮处。

[2] 西岭：当指通海西北附近的西石山。云象：云雾笼罩的景象。

[3] 穹庐：毡帐。南北朝民歌《敕勒歌》："敕勒川，阴山下，天似穹庐，笼盖四野。"逦迤：迤逦，连续不断。

[4] 磎：山谷。盘跚：犹蹒跚，缓慢行动。

[5] 川原窄：指多巴一带东西狭长，南北窄短的地形。

[6] 心迷：心中不清楚乡国的所在方位。

[7] 乡国：指敦煌。

[8] 看看：查看辨别。唐孟浩然《耶溪泛舟》诗："看看似相识，脉脉不得语。"

困中登山

佚名氏

戎庭闷且闲[1]，谁复解愁颜。
步步或登岭，悠悠时往还。
野禽噪河曲[2]，村犬吠林间。
西北望君处，踌躇日暝山[3]。

题解：

这首诗当是佚名诗人来临蕃的次年所作。因为关押在这里一年多了，所以行动也有些自由了，还能在闷闲时去登山。诗歌就反映了他登山过程中的见闻和感想。

注释：

[1] 戎庭：少数民族的官府所在处，这里指关押他的临蕃城。

[2] 河曲：湟水弯曲之处。河本为黄河，这里指湟水。

[3] 踌躇：犹豫、徘徊。暝：天黑。

题河州赤岸桥

吕温

左南桥上见河州[1]，遗老相依赤岸头[2]。
匝塞歌中受恩者[3]，谁怜被发哭东流[4]！

作者简介：

吕温（771～811），字和叔，又字化光，河中（今山西省永济市）人。唐德宗贞元十四年（798）中进士，官左拾遗。贞元二十年（804）冬，以侍御史身份副工部待郎张荐出使吐蕃。因适逢德宗死，吐蕃以唐廷有丧为由，留吕温一年。宪宗元和元年（806）回到长安，迁户部员外郎。后来贬为道州刺史，再贬衡州，治有善状。传世有《吕衡州集》。

吕温在使蕃的过程中，过河州，经河源军（今西宁市），傍青海湖，涉历青藏高原，最后又从湟水流域归去。在这期间他写了不少描写青藏高原的诗，描写自然风光，反映社会生活，都具有较高的文学价值。特别是《题河州赤岸桥》《经河源军汉村作》《吐蕃列馆和周十一郎中杨七录事望白水山作》等诗，是唐代描写青藏高原诗中难得的佳篇。

题解：

这是诗人进入青海后的第一首诗，作于今民和回族土族自治县官亭镇，题写于黄河边桥上。此诗描写了在吐蕃统治下的唐朝遗老倚集赤岸边，翘望唐朝使者的感人场面，隐含地表现了遗民对唐军的盼望，还谴责了那些只知在歌舞声中享乐，不知边民痛苦的统治者们。

河州：汉代为枹罕县地，唐初置河州安乡郡，其地有今甘肃省临夏回族自治州、青海省循化撒拉族自治县以及民和县南面部分地方，“安史之乱”后，被吐蕃控制。赤岸桥：桥名，即左南桥。赤岸是地名，在左南城东的黄河南，属河州地。

注释：

［1］左南：县名，其城遗址在今民和县官亭镇境内，南靠黄河。左南县为晋惠帝永宁年间（301 ～ 302）置。阚骃《十三州志》：“石城西一百四十里有左南城者也，津亦取名焉。大河又东径赤岸北。”

［2］遗老：已在吐蕃统治下还向往唐王朝的汉族老年人。相依：互相依靠，盼看唐使者的样子。赤岸头：即赤岸靠黄河的边上。《新唐书・吐蕃传》：唐穆宗长庆二年（822），大理卿刘元鼎使蕃会盟，至龙支城（今民和县古鄯乡一带），有唐遗民千人哭着拜接唐使者，问“朝廷尚念之乎？兵何日来？”问罢都呜咽哭泣。吕温这一句诗便是艺术化地含蓄地写了这样的场面。宋范成大《州桥》：“州桥南北是天街，父老年年等驾回。忍泪失声询使者，几时真有六军来？”实从吕温诗句发挥而来。

［3］匝塞歌：形容歌舞一片，欢乐至极。匝：环绕。塞：充满。受恩者：接受皇帝恩宠赐封的人，这里指那些朝廷里的贵族大官。

［4］被发哭东流：指披头散发，望着东流河水，因为思归唐王朝而哭号的遗民。披发，形容其痛苦窘困的样子。东流：因为河水东流入中原，可以寄思念中原之情于河水，所以在河边哭。

经河源军汉村作

吕温

行行忽到旧河源[1]，城外千家作汉村。
樵采未侵征虏墓[2]，耕耘犹就破羌屯[3]。
金汤天险长全设[4]，伏腊华风亦暗存[5]。

暂驻单车空下泪[6]，有心无力复何言！

题解：

河源军故址约在今西宁市东。唐高宗仪凤二年（677）设置，属陇右节度使管辖，有兵四千人。唐肃宗至德二年（757）左右被吐蕃控制，四十多年后，诗人使蕃过此，看眼前汉村耕地、伏腊华风，感河源军地依旧，规复无力，便挥泪写下了这首诗。

诗歌比较全面地描写了西宁地区乃至整个湟水流域在吐蕃统治下的情况。虽然由于时代的局限，诗人把河源军作为沦陷区来写的，但却客观地反映了现实。城外千家作汉村，他们仍然保留着伏腊华风，仍然在耕耘种田。这里有长设的天险，也有良田林木，确是一片富饶美丽的土地。

注释：

［1］行行：不停地向前行走。东汉末曹操《苦寒行》诗："行行日已远，人马同时饥。"旧河源：早已废止的河源军旧地。

［2］樵采：打柴。征虏墓：因为征伐吐谷浑、吐蕃等而死亡的将士的坟墓。

［3］破羌：破羌县，汉宣帝神爵二年（前60）置，县城即今乐都区东的老鸦城。这里是赵充国破羌之处，故称为破羌。屯：村庄。

［4］金汤天险：金城汤池，牢不可破的天然关隘，这是泛指湟水流域的城关。因为是天然雄关，故云"长全设"。

［5］伏腊华风：中原风俗。伏腊是汉民祭祀的节令，伏在夏六月，腊在冬十二月。唐杜甫《咏怀古迹》之四："古庙松杉巢水鹤，岁时伏腊走村翁。"

［6］单车：单独的车辆，指使者的车。

蕃中答退浑词（二首）并序

吕温

退浑种落尽在[1]，而为吐蕃所鞭挞[2]，有译者诉情于予，故以此答之。

一

退浑儿，退浑儿[3]，朔风长在气何衰[4]？
万群铁马从奴虏，强弱由人莫叹时[5]。

二

退浑儿，退浑儿，冰消青海草如丝[6]。
明堂天子朝万国[7]，神岛龙驹将与谁[8]？

题解：

这两首诗是吕温在吐蕃期间为答吐谷浑人而作。退浑即吐谷浑，是吐谷浑的快读音变。吐谷浑是南北朝以来游牧于青海草原上的一个民族，及至唐高宗时，吐蕃屡次进军攻击吐谷浑，最后迫使吐谷浑王逃往凉州。咸亨元年（670），唐大将薛仁贵等在大非川（今海南州切吉草原）败于吐蕃，吐谷浑领地全部被吐蕃占领。从此，原吐谷浑人便成了吐蕃贵族的属民。吕温到青海后，有人把吐谷浑人诉的苦翻译给他，他便有感而发，写下了这两首答诗。

注释：

［1］种落：种族部落。

［2］鞭挞：用鞭子抽打。这里指压迫奴役。

［3］退浑儿：吐谷浑男子。

［4］朔风：北风。

［5］铁马：披甲战马。吐谷浑拥有富饶美丽的青海湖地区，畜牧业发达，特别是马不仅品种好，而且数量很多。奴虏：奴役。

［6］青海：青海湖。草如丝：形容牧草如丝多而美。

［7］明堂：古代皇帝宣明政教的地方，臣下朝见也在明堂举行。朝：朝见。

［8］神岛龙驹：青海湖海心山上出产的龙驹马。相传在冬冰时，将贞牝马放入海心山，来春便有孕，产下的便是龙驹，能日行千里。据《新唐书·西域传上·吐谷浑传》载：唐高宗即位后拜吐谷浑王为驸马都尉，于是吐谷浑王进献名马给高宗。高宗问马品种，使者说："国之最良者。"高宗说："良马人所爱。"便下令把马还给吐谷浑。神岛：是对海心山的美称。

塞下曲

张仲素

陇水潺湲陇树秋[1]，征人到此泪双流。
乡关万里无因见[2]，西戍河源早晚休[3]。

作者简介：

张仲素（约769～约819），字绘之，河间（今安徽宿州）人。唐德宗贞元十四年（798）与吕温同榜进士，后来又中博学宏词科，官司勋员外郎，又授翰林学士。唐宪宗时，奉旨编辑卢纶诗文集，迁中书舍人。

题解：

原作共五首，这首是其四。这首诗写守戍河源军（今西宁市东）戍兵的愁苦及期望。前联写陇地的荒凉萧瑟，征人到此的痛哭状，后联写戍守河源军的人回望家乡，期待回家的情绪。

注释：

［1］陇水潺湲：北朝民歌《陇头歌辞》："陇头流水，鸣声幽咽。遥望秦川，心肝断绝。"这里即化用其意。潺湲：水徐徐流动的样子。

［2］乡关：故乡。崔颢《登黄鹤楼》："日暮乡关何处是，烟波江上使人愁。"无因见：没有办法能望见。

［3］河源：指河源军。见吕温《经河源军汉村作》"题解"。休：一作"收"。

吊西人

刘驾

河湟父老地[1]，尽知归明主[2]。
将军入空城，城下吊黄土[3]。
所愿边人耕，岁岁生禾黍[4]。

作者简介：

刘驾（生卒年不详），字司南，江东人。唐宣宗大中六年（852）中第，献《乐府十章》，累官国子博士。其诗工古风，反映民间疾苦。辛文房《唐才子传》称其"诗多比兴含蓄，体无定规，兴尽即止，为时所宗"。

题解：

这首诗是诗人献给唐宣宗的《乐府十首》之一，反映了河湟故地边民的疾苦，并祝愿这里的人们农耕丰收。西人：西边的人民，这里特指河湟故地的唐朝遗民。

注释：

［1］河湟父老地：河湟流域在唐肃宗至德初年前为唐朝郡州，之后为吐蕃攻取，边民遂为吐蕃属民，故称“父老地”。

［2］明主：指唐宣宗。唐刘元鼎《使吐蕃经见记略》：“至龙支城，耋老千人拜且泣，问天子安否，言：‘顷从军没于此，今子孙未忍忘唐服，朝廷尚念之乎？兵何日来？’”所谓“尽知归明主”，即以此为据，含有期待唐王朝收复河湟故地的意思。龙支城：在今民和县古鄯镇。

［3］这两句是说河湟各城内已无唐朝军民，不过城外有阵亡和去世的将士坟墓可供凭吊。吕温《经河源军汉村作》：“行行忽到旧河源，城外千家作汉村。樵采未侵征虏墓，耕耘犹就破羌屯。”

［4］禾黍：禾与黍，泛指黍稷稻麦等粮食作物。《史记·宋微子世家》：“麦秀渐渐兮，禾黍油油。”

塞上行

鲍溶

西风应时筋角坚[1]，承露牧马水草冷。
可怜黄河九曲尽[2]，毡馆牢落胡无影[3]。

作者简介：

鲍溶（生卒年不详），字德源。唐宪宗元和四年（809）举进士第，但终不得志。与李益、韩愈、孟郊等有交往，工于诗。

题解：

这首诗以古朴有力的笔调写出了青海高原的辽阔景象。西风应时吹拂，牛羊筋角强壮，此时正是牧马的好时节，然而西看黄河九曲的尽头，帐篷稀疏，人影几乎不见。这是因为地域太广阔遥远，所以似觉帐篷少而人影隐约不清。

注释：

［1］应时：按时。筋角：筋与角，泛指身体。《管子·山至数》："皮革筋角，羽毛竹箭。"

［2］可怜：可爱。黄河九曲尽：黄河九曲的尽头，即黄河源头地区。

［3］毡馆：毡帐，指吐蕃游牧民族的帐篷。牢落：寥落、稀疏。

河湟

杜牧

元载相公曾借箸[1]，宪宗皇帝亦留神[2]。
旋见衣冠就东市[3]，忽遗弓剑不西巡[4]。
牧羊驱马虽戎服，白发丹心尽汉臣[5]。
唯有凉州歌舞曲[6]，流传天下乐闲人[7]。

作者简介：

杜牧（803～853），字牧之，京兆万年（今陕西省西安市）人。唐文宗大和二年（828）中进士，曾为黄、池、睦、湖等州刺史，后官至中书舍人。杜牧为晚唐著名诗人，尤以七绝受后世推崇，与李商隐并号为"小李杜"，有《樊川文集》传世。

题解：

这首诗作于河湟地区未收复之前。诗篇首先通过叙述元载、唐宪宗的作为表现了当时朝廷对河湟地区的态度，表达了诗人意图收复河湟的期望，第三联又从河湟地区汉族人民的方面表现了人心思复的感情，最后倾吐了诗人对未能收复河湟的遗憾。

河湟：本指黄河与湟水之间的地区，这里泛指吐蕃从唐肃宗时东进控制的河西、陇右之地。湟水源出于青海湖东的包呼图山，流经东部农业区进入甘肃境内，再汇入黄河。

注释：

［1］元载：唐代宗时著名的宰相，官同中书门下平章事。大历八年（773），元载曾上书代宗，对西北边防提出详备的措施，可惜未能被采纳实行。相公：即宰相。顾炎武《日知录》："前代拜相者必封公，故称之曰'相公'。"借箸：《史记·留侯世家》记载，汉初名相张良在刘邦吃饭时向其进策说："臣请借前箸为大王筹之。"箸（zhù）：筷子。

［2］宪宗：即唐宪宗李纯，于806年到820年间在位。据史籍载："宪宗常览天下图，见河湟旧封，赫然思经略之。"留神：留心。

［3］衣冠就东市：指元载被杀一事。大历十二年（777），元载因事被捕下狱，并诏令他自尽。东市：汉时在长安东市处斩人，后来便代指刑场。

［4］忽遗弓剑：指唐宪宗死去一事。宪宗死于元和十五年正月。遗弓剑：相传黄帝死，唯留下弓剑。巡：本指巡幸，这里是征伐的意思。"不西巡"意即宪宗不及西征（而死去）。

［5］以上两句写河湟地区汉民虽在异族统治之下改为牧业，穿着蕃服，但心还是思念着唐朝。戎服：少数民族的服装。汉臣：唐朝的臣民。

［6］凉州歌舞曲：凉州地区的乐曲《凉州曲》等。凉州故地在今甘肃省武威地区。

［7］乐闲人：此"乐"当为动词的使动用法，意为使天下闲散无事、不知忧心国事之人快乐。

河湟诸郡次第归降

杜牧

捷书皆应睿谋期[1]，十万曾无一镞遗[2]。
汉武惭夸朔方地[3]，宣王休道太原师[4]。
威加塞外寒来早，恩入河源冻合迟[5]。
听取满城歌舞曲，凉州声韵喜参差[6]。

题解：

此诗原题《今皇帝陛下一诏征兵不日功集河湟诸郡次第归降臣获睹圣功辄献歌咏》，是在收复河湟诸郡后所作。唐宣宗大中五年（851），敦煌人张义潮率众起义，占领沙州，迅速收复河西走廊以及湟水流域等整个河湟地区，并派人奉河湟十一州图籍到长安报功，唐宣宗封张义潮为沙州防御使、归义军节度使兼十一州观察使。这次收复河湟实际是张义潮等河湟人民的功绩，并非是唐宣宗的“圣功”，诗人所谓“捷书皆应睿谋期”是吹捧不实之词，但真实表现了诗人在收复河湟地区后的喜悦心情。

注释：

［1］捷书：报捷之书。睿谋：皇帝的英明谋略。

［2］镞：箭头。无一镞遗：不费一箭。贾谊《过秦论上》：“秦无亡矢遗镞之费，而天下诸侯已困矣。”

［3］这句用汉武帝置朔方、五原郡之典故。元朔二年（前127），汉军击败北方匈奴，武帝在今内蒙古自治区等地设朔方、五原郡。这里是说汉武帝在宣宗收复河湟的功绩前，也羞惭得不敢夸他击匈奴、置朔方郡的事了。

[4] 这句用周宣王伐猃狁到太原之典故。《诗经·小雅·六月》："薄伐猃狁，至于太原。"太原：在今宁夏回族自治区固原市北界。这里是说在收复河湟的功绩前，周宣王再不要说你打到太原的军队了，那算不了什么。

[5] 河源：泛指河湟地区。

[6] 凉州：指《凉州曲》等边地乐曲。参差：不齐貌，此处形容乐曲声调抑扬顿挫。

少年行

令狐楚

弓背霞明剑照霜，秋风走马出咸阳[1]。
未收天子河湟地[2]，不拟回头望故乡。

作者简介：

令狐楚（766～837），字壳士，号白云孺子，宜州华原（今陕西省铜川市耀州区）人。唐宪宗时，与张仲素等人同为中书舍人。敬宗时曾做过宰相。令狐楚擅作诗，晚年常与刘禹锡、白居易唱和，以描写边塞生活的诗为最佳。

题解：

《少年行》也作《年少行》，共四首，这首原列第三，塑造了一个立志要收复河湟故地的青年英雄形象。河湟地区自从唐玄宗天宝、肃宗至德年间被吐蕃控制，延续了一百多年。在这期间，中原许多人希望能有一天收复河湟，这首诗通过一位青年英雄的形象反映了这一情绪。

注释：

［1］走马：跑马。咸阳：今陕西省咸阳市。

［2］天子：指唐王朝。

过华清内厩门

李商隐

华清别馆闭黄昏[1]，碧草悠悠内厩门[2]。
自是明时不巡幸[3]，至今青海有龙孙[4]。

作者简介：

李商隐（813～858），字义山，号玉谿生，怀州河内（今河南省沁阳市）人。唐文宗开成二年（837）进士，曾任县尉、秘书郎和工部郎中等职。因受牛僧孺、李德裕党争影响，受人排挤，一生不得志。李商隐特擅于律绝诗，与杜牧并号为“小李杜”，又与温庭筠齐名，世称“温李”。有《李义山集》行于世。

题解：

诗人通过抒写过华清内厩门的所见所感，谴责了唐王朝最高统治者无心规复河湟地区而取青海良马的作为。华清内厩：唐代皇帝在陕西骊山西北麓华清宫内饲养御马的地方。厩：马棚。

注释：

［1］华清别馆：华清宫，故址在今陕西省西安市临潼区骊山西北麓，唐太宗贞观十八年初建，后命名为“温泉宫”，玄宗天宝六年大加扩建，更名为“华清宫”，“安史之乱”中遭到严重破坏，后虽经重修，但已很少有皇帝游幸，逐渐荒废。诗

人过此时已荒凉不堪，宫门在黄昏时早就关闭掉了。别馆：别墅。

［2］内厩门：宫中马苑门。

［3］自是：应是，自然是。明时：政治清明的时代，表面是称颂，其实带有讽刺之意。巡幸：帝王到外地巡视。

［4］龙孙：指青海骏马。相传冬冰时，把贞牝马放入青海湖中的海心山，到次年马便有孕，生下马驹便为“龙驹”，号“龙种”，能日行千里。以上两句是反用隋炀帝典故。609年，隋炀帝巡幸西北至西宁、大通一带，闻青海骏马的盛名，便派人在海心山牧马，以求良种。

河湟旧卒

张乔

少年随将讨河湟[1]，头白时清返故乡。
十万汉军零落尽[2]，独吹边曲向残阳[3]。

作者简介：

张乔（生卒年不详），池州（今安徽省池州市贵池区）人，与周繇等号为“咸通十哲”，唐懿宗咸通十二年（871）后隐居于九华山。有《诗集》二卷行于世。

题解：

这是一首描写征戍艰苦的诗，描绘了一个少年从征河湟、老年回家的幸存老兵形象。诗的前两句写从征戍边时间之长，后两句写战场死亡之惨，以苍凉悲痛的声调反映了唐代河湟地区的戍边及战争情况。清人沈涛《匏庐诗话》予以了极高的评价：“《河湟旧卒》云云，试掩其名，读者鲜不以为右丞（王维）、龙标（王昌龄）。”

注释：

［1］讨：讨伐。

［2］零落：丧败，伤亡。唐高宗咸亨元年（670），以薛仁贵为逻逤道行军大总管，率兵十万出击吐蕃，进至大非川（今海南州切吉草原），因副将郭待封故意违反节度，分军而不能呼应，全军覆没，这一句可能以此次战役为本。

［3］边曲：凄凉忧伤的边塞曲子。

送入蕃使

周繇

猎猎旗幡过大荒[1]，敕书犹带御烟香[2]。
滹沱河冻军回探[3]，逻逤城孤雁著行[4]。
远塞风狂移帐幕[5]，平沙日晚卧牛羊。
早终册礼朝天阙[6]，莫遣虬髭染塞霜[7]。

作者简介：

周繇（841～912），字为宪，池州至德（今安徽省东至县）人，唐懿宗咸通十三年（872）举进士及第，调为福昌县尉，迁建德令，为襄阳徐商幕府，官至检校御史中丞。工诗，时号为“诗禅”。

题解：

这是送使者出使吐蕃时所作，诗篇以白描手法和粗犷气势，描绘出了整个青藏高原浩瀚无涯的壮丽景象以及遍地帐幕牛羊的富饶物产。此诗对仗工稳，韵调嘹亮，是送入蕃使诗中的佳作。

注释：

［1］猎猎：旗帜被风吹动的声音。幡：长幅下垂形的旗。这里意同旗，是泛指。大荒：指青藏高原。

［2］敕书：皇帝给臣僚的文书。按唐制，凡皇帝行文大臣、慰谕公卿、诫约朝臣者称“敕书”，这里当是指给吐蕃赞普的行文（把吐蕃看作是属国）。御烟香：皇宫所用的烟香，这里指香味。

［3］滹沱河：发源于山西省繁峙县东的泰戏山，穿太行山东流入河北平原，至天津北汇运河入海，这里借指边疆地区的河流。军回探：军士往回探路。

［4］逻逤城：又作逻娑城，今西藏自治区首府拉萨，唐以来为吐蕃首都。《卫藏通志》卷1《考证》：“逻娑城，罗些城，今唐古特语名前藏地为拉萨，盖译言之异也。”

［5］帐幕：游牧民族的帐篷。

［6］册礼：接受皇帝册封时的礼仪。《容斋随笔》卷10“册礼不讲”条：“唐封拜后妃王公及赠官，皆行册礼。”唐朝把吐蕃作为属国，其赞普宫号也可由唐朝皇帝赐封，因此说“册礼”。天阙：古代宫门外有双阙，所以把帝王所居之宫称为“天阙”，又代指朝廷。朝天阙：即朝见皇帝。宋岳飞《满江红》词：“待从头、收拾旧山河，朝天阙。”

［7］遣：使。虬髭：卷曲的胡须。虯，同“虬”。

进宣宗收复河湟诗

崔铉

边陲万里注恩波[1]，宇宙群芳洽凯歌[2]。
右地名王争解辫[3]，远方戎垒尽投戈[4]。
烟尘永息三秋戍，瑞气遥清九折河[5]。

共遇圣明千载运[6]，更观俗阜与时和[7]。

作者简介：

崔铉（生卒年不详），字台硕，博陵（今河北安平县）人，早年进士及第，曾历任荆南掌书记、左拾遗、户部侍郎等职。唐武宗会昌三年（843 年）拜相，后被罢为陕虢观察使。宣宗大中三年（849 年）再次拜相，九年（855 年）之后任淮南节度使、荆南节度使等。

题解：

唐宣宗大中五年（851），沙洲人张义潮率部起义，收复河西诸州和河湟鄯州、廓州等十一州，向朝廷进献图籍，被封为归义军节度使。在此背景之下，作为宰相的崔铉作此诗献给宣宗，对收复河湟地区表达了欣喜之情，当然也难免有吹捧宣宗圣明的一面。

注释：

［1］注恩波：倾注恩泽，指封张义潮为归义军节度使事。

［2］洽：和谐、适应。

［3］右地：本指黄河以西，这里代指黄河地区及其河西等地。名王：匈奴诸王中最尊贵的王。《汉书·宣帝纪》："匈奴单于遣名王奉献。"颜师古注："名王者，谓有大名，以别诸小王也。"解辫：解开发辫，形容归附中原王朝。

［4］戎垒：营垒、营寨。投戈：扔下戈戟，表示放下武器休战。

［5］九折河：九曲河，即黄河。

［6］圣明：指唐宣宗。

［7］俗阜：人民富庶。时和：天时和顺。

入塞

沈彬

年少辞乡事冠军[1]，戍楼闲上望星文[2]，
生希沙漠擒骄虏[3]，死夺河源答圣君[4]。
鸢觑败兵眠血草[5]，马惊冤鬼哭愁云[6]。
功多地远无人纪[7]，汉阁笙歌日又曛[8]。

作者简介：

沈彬（生卒年不详），字子文，一作子美，筠州高安（今在江西省境内）人。少孤而苦学，应考进士不中。唐僖宗乾符年间（874 ～ 879）南游湖湘，隐居云阳山数十年。又游岭表，二十年左右后还吴中。南唐李昪时镇金陵，搜罗俊逸宿儒，沈彬应辟，后授秘书郎，官至吏部侍郎。最后归居宜春。

题解：

这首诗描写了年少辞家，从征青海地区，屡建功勋，但因地远无人来记功，仍得不到朝廷恩赏的壮士的愁苦情绪，格调沉郁，气势悲壮。

注释：

［1］冠军：古代将军的名号，秦末设有卿子冠军，唐、宋有冠军大将军，系武散官。事冠军：随从冠军从事征戍。唐王涯《塞下曲》之二：“年少辞家从冠军，金妆宝剑去邀勋。”开头一句一作“苦战沙门卧箭痕”。

［2］戍楼：边防驻军的瞭望楼。星文：星象。李白《侍从游宿温泉宫作》：“羽林十二将，罗列应星文。”

［3］此句一作“生希国泽分偏将”。

［4］河源：当指今西宁市东的河源军地区。诗人生活的时代，湟水流域仍属吐蕃支系嗢末人统治。答圣君：报答圣君之恩。

［5］鸢：老鹰。血：一作“白”。

［6］冤：一作“边”。愁：一作“阴”。

［7］纪：记录。

［8］汉阁：汉宫楼阁，代指唐王朝统治者的宫廷。笙歌：指帝王宫内的声色歌舞。曛：日落后的余光，这里指黄昏。

塞上曲

周朴

一阵风来一阵沙，有人行处没人家。
黄河九曲冰先合[1]，紫塞三春不见花[2]。

作者简介：

周朴（？～878），字见素，一字太朴，福州长乐（今福建省福州市长乐区）人。初隐居嵩山，常与“诗僧”贯休交往，后寄食福州乌石山僧寺，终身不仕。黄巢起义军攻入福州后被杀。

题解：

这首诗与周朴的其他诗不同，没有雕凿的斧痕，用质朴自然、清新流畅的笔调道出了青海高原奇特壮阔的气象。

注释：

［1］黄河九曲：特指青海境内的九曲之地。

［2］紫塞：本指长城，这里泛指北方边塞之地。《古今注·都邑》："秦筑长城，土色皆紫，汉塞亦然，故称紫塞焉。"三春：春季。

河湟

罗邺

河湟何计绝烽烟，免使征人更戍边。
尽放农桑无一事[1]，遣教知有太平年[2]。

作者简介：

罗邺（825～？），余杭（今浙江境内）人。长于律诗，与罗隐、罗虬齐名，号为"三罗"。唐懿宗咸通年间（860～874）屡应试进士不第，后漂泊湘、浦之间，又北赴职于单于牙帐。一生潦落不得志，忧郁而死。至唐昭宗光化年间（899左右），因韦庄奏，昭宗追赐进士及第。罗邺著有《诗集》一卷。

题解：

这首诗反映了当时人民对河湟长期战事的强烈抗议。"河湟何计绝烽烟"既是自问，又是对最高统治者的质问。唐太宗至唐玄宗的近百年间，陇右地区"大军万人，小军千人，烽戍逻卒，万里相继"（《旧唐书·吐蕃传》），长期征戍，以致人民不堪重负，农桑荒废，使人们不知有太平年。这首诗就反映了这一残酷现实。

注释：

［1］农桑：泛指农业生产。

［2］遣教：使得。

河湟有感

司空图

一自萧关起战尘[1]，河湟隔断异乡春[2]。
汉儿尽作胡儿语[3]，却向城头骂汉人。

作者简介：

司空图（837～908），字表圣，河中虞乡（今山西省永济市）人。唐僖宗咸通年间进士，官至知制诰、中书舍人。唐末天下大乱，归隐于中条山王官谷，自号“耐辱居士”“知非子”。后梁朱温即位，司空图拒绝接受封职，不食而死。有《司空表圣集》行于世。

题解：

这首诗表现了河湟地区被吐蕃长期控制后出现的一种新现象，即“汉儿”学得“胡儿语”，并用“胡儿语”站在城头上骂汉人。从诗人的主观看，这是一种悲剧，但历史地客观地看，这却是一种喜剧，它反映了当时汉藏民族间的交流和融合。

注释：

［1］一自：自从。萧关：古代关塞，故址在今宁夏回族自治区固原市东南。起战尘：指“安史之乱”后吐蕃深入青海东部、甘肃以及陕西等地之事。

［2］异乡：指河湟地区失陷后犹若异乡。

［3］汉儿：指汉人儿童。胡儿语：指吐蕃语。

送人至边寨

穆修

岂惮河湟远[1]，男儿效主恩。
穷边人不到，孤戍自分屯[2]。
马放胡沙暖，烽传塞日昏。
军前初谒帅，戎服走辕门[3]。

作者简介：

穆修（979～1032），字伯长，郓州汶阳（今山东省泰安市肥城市汶阳镇）人。宋真宗大中祥符年间进士，初任泰州司理参军，负才寡合，被诬贬池州。后为颍州、蔡州文学参军，徙居蔡州。性刚介，好议论时弊，诋斥权贵。为文力主恢复韩愈、柳宗元散文传统，对苏舜钦、欧阳修等均有较大影响。有《穆参军集》传于世。

题解：

这是一首送给一位军人到河湟边境戍边的五言诗，诗中想象了当时西部边陲的自然景象和人文环境。

注释：

［1］惮：害怕、恐惧。河湟：本指青海东部和甘肃临夏等地，这里应是指唃厮啰政权辖地与宋王朝接壤的地方。

［2］分屯：分别驻守。《汉书·赵充国传》：“愿罢骑兵，留弛刑应募，……凡万二百八十一人……分屯要害处。”

[3] 戎服：军装。《汉书·匈奴传下》：“是以文帝中年，赫然发愤，遂躬戎服，亲御鞍马。”辕门：军营大门。

送王景彝学士使虏

梅尧臣

持节共知过碣石[1]，衔芦相背有飞鸿[2]。
地寒狐腋着不暖[3]，沙阔马蹄行未穷。
陇上牛羊冲密霰[4]，帐前徒御立酸风[5]。
归时莫问程多少，却到河湟杏萼红[6]。

作者简介：

梅尧臣（1002～1060），字圣俞，宣州宣城（今安徽宣城市）人。宋仁宗皇祐三年（1051年）召试，赐同进士出身，为国子监直讲，累迁尚书都官员外郎。诗文负有盛名，被誉为宋诗的“开山祖师”。曾参与编撰《新唐书》，有《宛陵先生集》行于世。

题解：

这是诗人为王畴出使河湟唃厮啰所赠的七律，描写了河湟谷地及其西部的风土人情，颇具诗意。

王景彝，即王畴。王畴（1007～1065），宋曹州济阴（今山东曹县西北）人，字景彝。仁宗天圣八年（1030）进士，参与编修《新唐书》。累迁太常博士、翰林学士，官至枢密副使。曾奉旨出使河湟，具体情况不详。

注释：

［1］持节：拿着旄节。节是使者所持的旄节，也叫符节，以竹为竿，上缀以旄牛尾。碣石：本指墓碑，这里指界碑。

［2］衔芦：口含芦草。相传大雁飞度江海时口含芦枝，需要时放到水面站在上面暂时休息。晋崔豹《古今注·鸟兽》："雁自河北渡江南，瘦瘠能高飞，不畏缯缴。江南沃饶，每至还河北，体肥不能高飞，恐为虞人所获，尝衔芦长数寸，以防缯缴焉。"飞鸿：指画有鸿雁的旗。《礼记·曲礼上》："前有车骑，则载飞鸿。"孔颖达疏："鸿，鸿雁也。雁飞有行列，与车骑相似，若军前忽遥见彼人有多车骑，则画鸿于旌首而载之，使众见而为防也。"

［3］狐腋：狐狸腋下的毛皮，此指狐狸皮等制作成的裘衣。唐白居易《醉后狂言》诗："吴绵细软桂布密，柔如狐腋白似云。"

［4］陇上：陇山以西。密霰（xiàn）：密集的雪粒，泛指雪气等。

［5］徒御：骑马、赶车的人。《诗经·小雅·车攻》："徒御不惊，大庖不盈。"《毛传》："徒，辇也。御，御马也。"酸风：刺骨的寒风。

［6］杏萼：盛开的杏花。萼是花朵开放。

收复河湟故地

文同

哑儿峡西山已尘[1]，驮金辇帛无断群[2]。
河湟故疆尽收复，解辫厥角归如云[3]。
堂中玉带赐丞相[4]，陇外金节酬将军[5]。
唐兵万里若日月，请作古今人未闻[6]。

作者简介：

文同（1018～1079），字与可，号笑笑居士，人称石室先生。梓州梓潼（今四川省绵阳市盐亭县）人。宋仁宗皇祐元年（1049年）进士，迁太常博士、集贤校理，历官邛州、大邑、陵州、洋州、湖州知州或知县。文同以学名世，擅诗文书画，深得文彦博、司马光、苏轼等人赞许。后人编有《丹渊集》。

题解：

唃厮啰去世后，其子孙内讧不息，西夏乘机攻略其地。宋神宗熙宁元年（1068），王韶上《平戎策》，主张“欲取西夏，当先复河湟”。三年后以王韶执事洮河安抚司，招抚西蕃，宋军势力进入河湟流域。这首诗就是这样的背景下写作的，借历史想现实，带有浓郁的想象色彩。

注释：

［1］哑儿峡：在甘肃省陇西县东，宋代设哑儿峡寨，曾被青唐（西宁）番族围攻。《宋史・范祥传》：“古渭砦距秦州三百里，道经哑儿峡，……青唐族羌攻破广吴岭堡，围哑儿峡砦，官军战死者千余人，坐削一官。”

［2］驮金辇帛：驮运车载金银绵帛，指商贸往来。

［3］解辫：解开羌戎发辫，表示归附。厥角：厥角稽首，叩头到底，是一种最恭敬的礼节。

［4］堂中玉带赐丞相：唐玄宗天宝年间，陇右节度使哥舒翰驻节鄯州（今乐都），屡败吐蕃，收复九曲之地（今贵德一带），以战功累官至尚书左仆射、同中书门下平章事，位同宰相。

［5］陇外金节酬将军：唐宣宗大中五年（851），张义潮收复河西、河湟，被封为归义军节度使。陇外：陇西以西。金节：诸侯使臣所持的符节，饰有金银，故称。

［6］请作：恭敬地当作、作为，这里表示期待出现像哥舒翰、张义潮那样收复故地的人物。

陇东西

王安石

陇东流水向东流，不肯相随过陇头[1]。
只有月明西海上[2]，伴人征戍替人愁。

作者简介：

王安石（1021～1086），字介甫，号半山，临川（今江西省抚州市）人。宋仁宗时举进士，签书淮南判官，再调知鄞县。神宗熙宁二年（1069）任为参知政事，次年拜相，大力推行新法，遭到保守派反对，推行不利后罢相。晚年退居江宁，封为荆国公，世称“荆公”。其著述颇丰，留有《临川集》等。

题解：

《陇东西》原为二首，这是其一。诗篇以陇东流水不肯随征人西去的自然情景，反映了征戍之地青海的遥远，又以明月陪伴征戍将士的情景表现了征戍之孤愁。全诗情调悲凉，音韵流畅。陇：指陇山。

注释：

［1］这一联化用前人诗句。南北朝车縠《陇头水》：“陇头征人别，陇水流声咽。”唐沈佺期《陇头水》：“陇山飞落叶，陇雁度寒天。愁见三秋水，分为两地泉。西流入羌郡，东下向秦川。行客空回首，肝肠空自怜。”陇头：即陇山，六盘山南段的别称，也称“陇坂”。《乐府诗集》卷21陈后主《陇头》诗题注引《三秦记》：“其坂九回，上者七日乃越，上有清水四注下，所谓陇头水也。”

［2］西海：一作“青海”，即今青海湖。

擒鬼章

游师雄

王师一举疾于雷[1]，顷刻俄闻破敌回[2]。
且喜将门还出将[3]，槛车生致鬼章来[4]。

作者简介：

游师雄（1038～1097），字景叔，武功（今陕西省武功县）人。宋英宗治平二年（1065）中进士，授仪州司户参军，迁德顺军判官。宋哲宗元祐初（1086），升为军器监丞。时唃厮啰东进，酋长鬼章青宜结趁机欲割据熙河（今甘肃省临夏以及青海省循化部分），游师雄分兵两道出击，大获全胜，擒鬼章及大首领九人。事后，以功迁陕西转运判官，提点秦凤路刑狱。后累迁至直龙图阁。

题解：

原诗有二首，分别载于《陕西通志》《甘肃新通志》，《西宁府新志》唯录这一首。诗歌以轻松流畅的笔调表现出了擒鬼章一战的功绩。

注释：

[1] 王师：帝王的军队。

[2] 顷刻：形容破敌时间之短。俄：不久。

[3] 将门还出将：将军之家又出名将。《史记·孟尝君列传》："文闻将门必有将，相门必有相。"

[4] 槛车：囚禁犯人的栅栏车。《史记·陈丞相世家》："哙受诏，即反接载槛车，传诣长安。"生致：活捉。

昆仑行

陆游

阴云解驳朝暾红[1]，黄河直与昆仑通[2]。
不驾鸾凤骖虬龙[3]，径蹑香烟上空中[4]。
吾行忽过日月宫[5]，下视积气青濛濛[6]。
寒暑不分昼夜同，嵯峨九关常烈风[7]。
凛然萧森变冲融[8]，不悸不眩身如空[9]。
尘沙浩劫环无穷[10]，讵须更觅安期翁[11]！

作者简介：

陆游（1125～1209），字务观，号放翁，山阴（今浙江绍兴）人。宋孝宗隆兴初年（1163）赐进士出身，授编类圣政所检讨官，后任过镇江、隆兴、夔州等府通判，中年还在川陕一带参加过军旅生活，最后累官至宝章阁待制。陆游一生写下许多充满爱国激情的诗篇，为人称颂。有《剑南诗稿》等存世。

题解：

雄伟逶迤的昆仑山横亘于青藏高原，古代有很多关于它的神奇瑰丽的神话传说，古人还认为黄河就发源于昆仑山。因而，昆仑也就常常是诗人们吟咏的题材。这首诗以写神游昆仑来抒发诗人对现实的不满和失望，认为“尘沙浩劫环无穷”，再不必去寻找长生之道了。诗人借助于神话等表现了昆仑山的嵯峨雄壮。

注释：

[1] 解驳：云雾散去，天将放晴。唐韩愈《南海神庙碑》：“云阴解驳，日光

穿漏。”朝暾：朝阳。暾：初升的太阳。

［2］古人以为黄河发源于昆仑。《山海经·西山经》：“昆仑之丘，河水出焉。”《尔雅·释水》：“河出昆仑虚。”

［3］鸾凤：指鸾鸟和凤凰。骖：驾车的三匹马。这里是驾驭的意思。虬龙：有角的龙。传说中神人来往骑鸾凤或乘虬龙车。

［4］蹑：踩。香烟：飘散着奇香的烟气，为仙人所踩。

［5］日月宫：天上的宫殿。

［6］积气：积聚的大气，本指天。《列子·天瑞》：“天，积气耳。”这里指天之下。濛濛：弥漫、密布的样子。青濛濛：青色漫漫，无所他见。

［7］嵯峨：山势险峻高耸。九关：指昆仑山。晋王嘉《昆仑山记》：“昆仑山有昆陵之地，其高出日月之上。山有九层，每层相去万里，有云色，从下望之如城阙之象。四面有风，群仙常驾龙乘鹤，游戏其间。四面风者，言东西南北一时俱起也。又有祛尘之风，若衣服有尘污者，风至吹之，衣则净如浣濯。”烈风：大风。

［8］凛然：态度严肃、令人敬畏。萧森：阴晦不明。冲融：广布弥漫的样子。唐杜甫《往在》：“端拱纳谏诤，和风日冲融。”

［9］悸：因为害怕而心跳。眩：眼睛昏花。

［10］尘沙：尘埃沙土，这里指尘世。浩劫：巨劫，历时长久之劫数。唐曹唐《小游仙》诗：“玄洲草木不知黄，甲子初开浩劫长。”古人把深重的灾难称之为浩劫。按照佛家说法，天地以成、住到坏、空为一劫，破坏是劫的一个阶段。环无穷：循环不尽。

［11］安期翁：传说中长生不老的仙人安期生。《神仙传》说安期生卖药于东海边，被人们称为“千岁公”。秦始皇召见他，相谈三天三夜，赐金璧数万，结果安期生置于阜乡亭而去，并留下一书说：“复千岁，来求我于蓬莱山下。”

下诏复河湟

岳珂

今年下诏复河湟[1]，峡路王师出省章[2]。
已报龙支新拓境[3]，更开属国处降羌[4]。

作者简介：

岳珂（1183～1243），字肃之，号亦斋，相州汤阴（今河南汤阴）人。岳飞之孙，宋宁宗开禧元年（1205年）进士出身，历任光禄丞、司农寺主簿、军器监丞、司农寺丞、户部侍郎、淮东总领兼制置使。嘉定十年（1217年），曾以奉议郎权发遣嘉兴军府兼管内劝农事。有《鄂国金陀粹编》《玉楮集》《棠湖诗稿》等行于世。

题解：

这首诗是岳珂《宫词一百首》中的第七十九首，题目是根据首句拟定。端平元年（公元1234），岳珂侄子自汴从军而归，岳珂追想东京盛时，写下《宫词一百首》以系哀思。这首诗就是回想北宋末年宋军收复河湟的往事，有感而发。

注释：

［1］今年下诏复河湟：宋哲宗元符二年（1099），命河州知州王赡等攻取河湟，先后占领邈川（今乐都）、青唐（今西宁），招抚唃厮啰后裔后撤军。至徽宗崇宁元年（1102），因局势之变，又命王厚等人进入河湟，攻取湟州（今乐都）等地，之后又陆续攻占鄯州（今西宁）、廓州（今黄南州尖扎等地），改鄯州为西宁州。此句泛指这些史实。

［2］峡路：指湟水谷地道路，这里有老鸦峡、大峡、小峡等峡谷，道路险阻。

省章：省章峡。具体在何处，有争论，但根据当时的行程，应是今之老鸦峡。宋李远《青唐录》：“西入省章峡，上峻岭二十里，入湟。”湟，即湟州，今乐都。

［3］龙支：龙支县，北魏时置北金城县，西魏改为龙支县，在今民和县古鄯一带。

［4］属国：两汉时安置归附的羌、匈奴等少数民族的行政区划。王赡攻取河湟后，以归降的唃厮啰首领陇拶知鄯州事，并赐名赵怀德，以其弟邦辟勿丁呒知湟州事，并赐名赵怀义，因此以属国视之。处：处置、安顿。羌：这里指唃厮啰吐蕃部众。

吐谷浑叶延

林同

父仇已屠脍[1]，射草复何为？
岂不念无益，其如罔极悲[2]。

作者简介：

林同（？～1276），字子真，号空斋处士，福州福清（今福建福清市）人，以先世余荫授官，弃而不仕。宋恭帝德祐二年（1276），元兵至福州城下，啮指血书墙壁，誓守忠义，被俘后拒不投降，不屈而死。有《孝诗》传世。

题解：

这是作者《孝诗二百四十首》之第九十三首，歌颂了吐谷浑王叶延的极孝事迹。

叶延（？～351年），吐谷浑政权第三代君主，公元329年～351年在位。其父吐延被羌人首领姜聪刺杀，《魏书·吐谷浑传》：叶延年十岁，“缚草为人，号曰姜聪，每旦辄射之，射中则嗥叫泣涕。其母曰：‘仇贼诸将已屠脍之，汝年小，何烦朝朝自苦？’叶延呜咽若不自胜，答母曰：‘诚知无益，然罔极之心，不胜其痛。’性至孝，母病三日不食，叶延亦不食”。

注释：

[1] 屠脍：屠杀、宰割。《晋书·慕容廆载记》："今连、津跋扈，王师覆败，苍生屠脍，岂甚此乎！"

[2] 罔极：无穷无尽。《史记·太史公自序》："受命于穆清，流泽罔极。"

夜泊青海

耶律铸

归心日夜忆咸阳[1]，海角天涯不是长[2]。
今夜月明何处好[3]，北风低草见牛羊[4]。

作者简介：

耶律铸（1221～1285），字成仲，契丹人，耶律楚材之子。宋淳祐四年（1244），任蒙古中书省事。蒙古宣宗八年（1258），随蒙哥汗攻伐蜀，次年护送死于军中的蒙哥灵柩到哈拉和林（今蒙古国境内）。忽必烈中统二年（1261）为中书省左丞相，后多次被免职和复职。有《双溪醉隐集》。

题解：

据学界考证，耶律铸曾奉命到青海、西藏宣抚西番。这首诗就是他夜宿青海湖时所作，采用集句的形式，生动地表现了青海草原壮美的风情。

注释：

[1] 此句出自唐代贾岛《渡桑干》"客舍并州已十霜，归心日夜忆咸阳"。咸阳：今陕西省咸阳市，这里代指蒙元早期的首都哈拉和林（今蒙古国鄂尔浑河上游）。

［2］此句出自唐代张仲素《燕子楼》“相思一夜情多少，地角天涯不是长”。

［3］此句出自唐代许浑《送萧处士归缑岭别业》“今夜月明何处宿，九疑云尽碧参差”。耶律铸改为“今夜月明何处好”，一个“好”字更显出青海草原之美。

［4］此句出自宋代黄庭坚《题阳关图》：“想得阳关更西路，北风低草见牛羊。”而黄庭坚此句本自北朝民歌《敕勒歌》：“天苍苍，野茫茫，风吹草低见牛羊。”

河湟书事

马祖常

阴山铁骑角弓长[1]，闲日原头射白狼[2]。
青海无波春雁下，草生碛里见牛羊[3]。

作者简介：

马祖常（1279～1338），字伯庸，世为雍古部，居靖州天山（今属新疆维吾尔自治区）。元仁宗延祐初（1314）乡贡会试皆列第一，廷试第二，授应奉翰林文字，擢监察御史。曾劾罢丞相特们德尔。至顺帝元统元年（1333），升御史中丞，累至枢密副使。有《石田集》传于世。

题解：

《黄河书事》原共二首，这首是其一。诗中以清新优美的笔调反映了青海地区一片生气勃勃的景象，与唐人“青海城头空有月，黄沙碛里本无春”形成了鲜明的对照，是宋元两代描写青海的诗歌中的佳品。

注释：

［1］阴山：这里指祁连山。角弓：用兽角装饰过的弓。王维《观猎》：“风劲

角弓鸣，将军猎渭城。”

［2］闲日：闲暇日。原头：原野。

［3］此句化用南北朝《敕勒歌》句意：“天苍苍，野茫茫，风吹草低见牛羊。”

得家书

史谨

万里来从青海头[1]，开封未读泪先流。

书中不尽心中事，只恐看时我更愁。

作者简介：

史谨，字公谨，昆山（今江苏省昆山市）人。生卒年不详，生活于元末明初。明洪武初年因事贬谪云南，后被荐为应天府（今江苏省南京市）推官，降补湘阴（今湖南省湘阴县）县丞。旋即罢归，侨居金陵，以诗画终其身。有《独醉亭集》。

题解：

这首诗以远戍青海的征人口吻，生动地表现了征人在接到家书时那种思乡哀伤的情绪，反映了当时戍守或开发青海边陲的艰辛。

注释：

［1］来从：随从前来，犹同从征。青海头：青海湖边。唐杜甫《兵车行》：“君不见青海头，古来白骨无人收。新鬼烦冤旧鬼哭，天阴雨湿声啾啾。”

河湟漫兴

宗泐

雪峰西面是羌浑[1]，天设奇关限土门[2]。
出塞已闻收部落[3]，乘槎亦欲问河源[4]。
霰铺青草玄云合[5]，风卷黄沙白昼昏。
圣代安边有良策，只今遗孽自星奔[6]。

作者简介：

宗泐（1318～1391），明初诗僧，释号全室。本姓周，字季潭，浙江临海人。八岁从中天竺寺笑隐大䜣学佛，二十岁受具足戒。明洪武初年，应诏举高行沙门，宗泐为其首，命住天界寺，注《心经》《金刚》《楞伽》三经。洪武十一年（1378），奉旨往西域求遗经。率徒三十余人经河湟，历青藏高原，游宜八里、别里迦竹等国，得《宝严》《宝王》《文殊》诸经，于洪武十五年（1382）回朝，开僧禄司，授右衔善世。曾修凤阳槎峰寺和重建天界寺，圆寂于江苏石佛寺。有《全室外集》传世。

宗泐西域求经，来往青海高原，留下了不少动人诗篇。他对这里的山川胜景、民俗人情、宗教民族等都进行了生动具体的艺术描写。其文学价值和史学价值都是很高的。

题解：

这首是诗人进入河湟地区后作的。题作《河湟漫兴》，但实际上描写的却是青海牧区的风景和民俗。由于历史的局限，诗中有侮辱少数民族的成分，但总的看来，却也真实地道出了青海高原的山川与民族情况。

注释：

［1］雪峰：指小积石山脉。小积石山是牧业区与农业区的分界岭，其山顶由于气温低，冬夏常有雪，因此称雪峰。羌浑：羌族和吐谷浑族，都是唐以前游牧于青海地区的少数民族，这里借以代指居住在这里的藏族等少数民族。

［2］奇关：奇险的关隘，泛指边塞关隘。土门（tú mán）：南北朝时突厥酋长名，意思是“万人长”，这里用来代指青藏高原上的少数民族政权。

［3］部落：少数民族氏族集体。

［4］槎：竹筏子。古人以为黄河与天河相通，唐李白《行路难》诗有“黄河之水天上来”之句。相传汉时有乘槎到达天河者，因此后人多有乘槎逆河而上可溯黄河源头的说法。

［5］霰：小雪珠。玄云：黑云。

［6］遗孽：即遗孽余烈的省称，这里指羌族、吐谷浑族的后世子孙，亦即藏族等，含有侮辱的色彩。星奔：形容如流星一样快。

雪岭

宗泐

华戎分壤处[1]，雪岭白嵯峨。
万古消不尽，三秋积又多。
寒光欺夏日，素彩烁天河[2]。
自笑经过客，相看鬓易皤[3]。

题解：

明清从青海进藏的路多经过湟源县药水峡，翻日月山。日月山是青海草原的门户，东往则为农业区，多汉族村庄田地；西出则为牧业区，多为蒙古族和藏族游牧民族。照古人行走路线，“华戎分壤处”应当指日月山及其南北绵延山峰，其山峰高处冬夏积雪不消，望之如银屏，闪烁素彩。因此，宗泐这首诗所描绘的可能就是日月山南北的雪峰。诗篇写诗人遥望雪峰的所见和感受，自然天成，表现逼真，无矫饰之嫌。

注释：

［1］华戎：指中原汉族地区和边疆少数民族地区。分壤：分界，交界。

［2］素彩：白色的光芒。天河：银河。

［3］皤：白。

望河源并序

宗泐

河源出自抹必力赤巴山[1]，番人呼黄河为抹处，犛牛河为必力处[2]；赤巴者，分界也。其山西南所出之水，则流入犛牛河；东北之水，是为河源[3]。予西还宿山中，尝饮其水。番人戏相谓曰：“汉人今饮汉水矣。”其源东抵昆仑可七八百里[4]，今所涉处尚三百余里，下与昆仑之水合流。中国相传以为源自昆仑，非也。昆仑名麻刺[5]，其山最高，山四时常雪，有神居之。番书载其境内祭祀之山有九[6]，此其一也。并记之。

积雪覆崇岗[7]，冬夏常一色。
群峰让独雄，神君所栖宅[8]。
传闻嶰谷篁，造律谐金石[9]。
草木尚不生，竹产疑非的[10]。

汉使穷河源[11]，要领殊未得[12]。
遂令西戎子[13]，千古笑中国。
老客此经过，望之长叹息。
立马北风寒，回首孤云白。

题解：

洪武十五年（1382），诗人从西域归来，路经黄河源头，宿巴颜喀拉山，饮黄河正源卡日曲之水，东望阿尼玛卿大雪山，写下了这首诗，第一次完整地描绘了河源地区壮丽的风光。诗前的小序文很有史料价值，十分详细地指明了黄河的真正源头，揭开了千年来的不解之谜，并对阿尼玛卿雪山作了具体记述。

注释：

［1］抹必力赤巴山：即巴颜喀拉山，是昆仑山脉南支，西接可可西里山，东接岷山及邛崃山。此山是长江与黄河的分水岭，西南是长江上源通天河，东北是黄河源头卡日曲。

［2］番人：藏民。犛牛河：即通天河。相传古时那里有一头神奇的母牦牛，由于这里水草很肥美，它的奶汁很多，最后流向大地，流成了通天河，因此叫犛牛河。犛牛：即牦牛。

［3］东北之水：据考察即卡日曲，确系黄河正源。

［4］昆仑：此指阿尼玛卿雪山，也称大积石山。古人认为是昆仑山。《河源纪略》卷二十四："案宗泐之说，盖亦指大积石为昆仑，故谓河源东抵昆仑可七八百里也。"

［5］麻刺：藏语音译。

［6］番书：藏文书籍。

［7］覆：覆盖。崇岗：高高的山岗。岗，一作"冈"。

［8］栖宅：居住之地方。

［9］嶰谷篁：相传昆仑山的北谷叫嶰谷，那里长有竹子。黄帝使伶伦取之，断其两节间而吹之，声调谐于音律，成为黄钟之宫。篁：竹子。律，音律。金石：钟

磬一类的乐器，这里指金石乐器所有的音调。

［10］的：的确，真的。这里对昆仑嶰谷有竹子能为乐器的传说提出了怀疑。

［11］“汉使穷河源”：语出《汉书·张骞传》。汉以来，有不少人寻找河源，但并未找到真源。汉张骞以为河出于阗、葱岭，汉武帝指和阗（今和田）南山为河出处，元都实等以为河源于星宿海。

［12］要领：关键、主要的地方，指真正的河源。

［13］西戎子：藏族男子。

和苏平仲见寄

宗泐

西去诸峰千万层，帐房牛粪夜燃灯。
马河只许皮船渡[1]，戎地全凭驿骑乘[2]。
青盖赤幡迎汉使[3]，茜衣红帽杂蕃僧[4]。
愧如玄奘新归路[5]，欲学翻经独未能[6]。

题解：

这是诗人归朝后接到好友苏平仲寄来的诗后和作的。诗歌前三联用极简炼概括的手法表现了青藏高原山川、民俗、宗教等方面的特征。在宗泐之前，这样表现青藏高原的诗是没有的。最后一联归结到诗人求经的本身，谦虚地说虽走的是玄奘的路，但不及玄奘有才，不能翻译大量的佛经。苏平仲：明初著名的文学家，名伯衡。元末中乡贡，入明后为翰林编修。

注释：

［1］马河：大河。《尔雅·释虫》：“蛗，马蜩。”郭璞注：“蜩中最大者为马蜩。”

《本草纲目》四十六《介之二·蚌蛤类二十九种》之一种“马刀”云：“俗称大为马，其形象刀，故名。”皮船：青藏高原水上主要交通运输工具，以木为骨，外蒙皮革，适宜于在流急水浅石多的河中行驶。

[2] 戎地：少数民族区域。驿骑：古代驿站上专供人骑或传递邮书用的马。

[3] 幡：挑起直挂的长条形旗。青盖赤幡：写迎客之隆重。

[4] 茜衣：红色的衣服。蕃僧：藏族喇嘛教僧徒。

[5] 玄奘：唐代名僧，即民间所说的唐僧。他在贞观元年（627），从长安出发，西行数万里，直抵五印度，在那里学梵文研佛经十七年，至贞观十九年（645）才返回长安。带回佛经六百五十七部，十年间译出七十三部，凡一千三百三十卷。并写成著名地理著作《大唐西域记》。

[6] 翻经：翻译佛经。

龙支行并序

曾棨

唐穆宗时[1]，遣大理卿刘文鼎出使吐蕃[2]。道成纪、武川以至龙支城[3]，耆老千人拜且泣[4]，问天子安否，言：“顷从军战败于此，今子孙未忘唐服，朝廷尚念之乎？兵何日来？”言已皆呜咽。密闻之[5]，丰州之人也[6]。

龙支城头暮吹角[7]，黄云蔽天沙草薄[8]。
虎髯使者长安来[9]，持麾拥盖边尘开[10]。
城门尽是胡兵守，城外老人多白首。
拜迎使者双泪流，问云天子今安否？
自言家世丰州住，少小辞家隶军戍[11]。

吐蕃昨日犯萧关，胡骑长驱泾陇间[12]。
将军战败鼓声绝，弃戈遗镞填丘山[13]。
自从陷没身为虏[14]，五十年来在边土[15]。
依栖部落作蕃人[16]，生长儿孙尽胡语。
朝看烽火望中原，夜听鸣笳忆故园。
颓垣败屋谁家宅，断碛荒蹊何处村？
奉使还时报天子[17]，早遣官军复清水[18]。
假令年老身归死，已免游魂作胡鬼[19]。

作者简介：

曾棨（1372～1432），字子棨，永丰（今江西省境内）人。明成祖永乐二年（1404）举进士第一，授编修，选入文渊阁读书，历官至詹事府少詹事。当时朝廷诸大制作，多出其手。有《曾西墅先生集》传世。

题解：

这是一首咏史诗，史事即序言所记，本于《新唐书·吐蕃传》，唐穆宗长庆二年（822），大理卿刘元鼎使蕃路过龙支故城（今民和县古鄯乡一带），唐遗老千余人泣迎，说从军后陷落于此地，至今未忘唐服，又问唐军何日来收复此地。言罢皆呜咽。这首诗即根据这一史事铺写而成。诗人进行了合理的想象补充，使得这一动人的历史场面更加具体和形象。

注释：

［1］唐穆宗：唐代第十六个皇帝，名李恒，于公元821年至824年间在位。他在位时，与吐蕃会盟，在拉萨树立了著名的会盟碑，刘元鼎便是被派往吐蕃会盟树碑的使臣。

［2］大理卿：官名，是掌管刑狱的官署行政长官。刘文鼎：即刘元鼎，因避明太祖朱元璋讳改写元为文。

［3］成纪、武川：皆在今甘肃省境内。龙支城：今民和县古鄯。东汉时设龙支县于此，筑有城。《甘肃新通志》：“今碾伯下川口城，土人犹呼为龙支城。”

［4］耆老：老人。《国语·吴语》：“有父母耆老而无昆弟者以告。”注：“六十曰耆，七十曰老。”按此句《新唐书·吐蕃传》作“耋老千人拜且泣”。耋，八十以上称耋，也泛指老人。

［5］密闻之：《新唐书·吐蕃传》作“密问之”。以问为妥。

［6］丰州：故址在今内蒙古自治区巴彦淖尔市五原县。隋开皇年间置丰州。

［7］角：号角。

［8］薄：稀少，不多。

［9］虎髯：即虎须。明宋濂《赠虎髯生》：“虎髯生，铁铸形，金铸声，双眼闪烁如怒鹰。”这里以虎髯形容使者的威武英姿。

［10］持麾拥盖：拿着麾节，坐在车盖之下，形容使者的声势。边尘开：边地的尘土被腾踏而溅起。

［11］隶军戍：被编入军籍而戍守边疆。

［12］泾陇：泛指陕甘一带地区。泾指泾州，唐置在今甘肃省泾川北。陇指陇州，唐置在今陕西省陇县。

［13］丘山：山丘。

［14］陷没：沦落。虏：俘虏。

［15］五十年：自宝应二年（763）至长庆二年（822），共五十九年。龙支遗老陷没于宝应二年之后，因此举整数说五十。

［16］依栖：互相依靠，聚集居住。

［17］奉使：奉皇帝之旨命而出使的使者。

［18］清水：在今甘肃省清水县境，西魏时置清水郡，隋置清水县。唐德宗建中四年（783），唐与吐蕃在这里会盟，唐承认吐蕃所占的陇右河西诸州县为吐蕃领土。这里以清水代指整个失地。

［19］已：通“以”。

送李进士玑还西宁

李东阳

幡戟门前绰楔高[1]，郎君身已着青袍[2]。
龙墀有地陈三策[3]，虎帐无心学六韬[4]。
归蜀漫夸题柱早[5]，入关空说弃缥毫[6]。
太行云外东西路[7]，去国怀乡两意劳[8]。

作者简介：

李东阳（1447～1516），字宾之，号西涯，长沙府茶陵州（今湖南茶陵）人，寄籍京师（今北京）。明朝中叶文学家，“茶陵诗派”的核心人物。天顺八年（1464）中进士，授编修，累迁侍讲学士，充东宫讲官。弘治八年（1495）以礼部侍郎兼文渊阁大学士直内阁、预机务。有《怀麓堂集》《怀麓堂诗话》《燕对录》等行于世。

题解：

这是李东阳在李玑返回故里时的赠别诗，诗人自注：“玑，明远都督胄子。”主要歌颂了李玑的才学抱负以及李土司家族的荣耀，从中可以看出朝中对河湟李土司家族的高度认可。

李玑（1451～？），字德贞，右军都督李昶次子。《西宁府新志》称其为“将门子，而喜读书，不事华饰”，从小随父在京学习，后例袭为东李土司第四代土司。明宪宗成化十七年（1481）中进士，授中书舍人。后累升至尚宝司卿。去世后归葬今民和享堂。地方史志多误作“李玑”“李玑”。

注释：

［1］幡戟：旌旗和棨戟，泛指前驱仪仗。《南齐书·东昏侯纪》："每三四更中，鼓声四出，幡戟横路，百姓喧走相随，士庶莫辨。"这里指李土司衙门和右军都督府。绰楔：古代树于正门两旁来表彰孝义的木柱。《新五代史·李自伦传》："其量地之宜，高其外门，门安绰楔，左右建台，高一丈二尺，广狭方正称焉，圬以白而赤其四角，使不孝不义者见之，可以悛心而易行焉。"

［2］郎君：指李巩。着青袍：穿上青色官袍，指中进士出仕。宋林逋《寄祝长官坦》："深心赖黄卷，垂老愧青袍。"

［3］龙墀：丹墀，宫殿前的红色台阶，这里特指皇宫。明徐霖《绣襦记·策射头名》："参鸾驭，虎殿龙墀，口吐虹霓气。"龙墀有地：朝堂之上有李巩进言之地。三策：三道计策。《史记·苏秦列传》："此三策者，不可不孰计也。"这里指多条策略。

［4］虎帐：将军营帐。六韬：《六韬篇》，先秦黄老道家典籍《太公》中的兵法部分，共六卷，是中国古代重要的军事著作，与另一部兵法著作《黄石公三略》并称"六韬三略"，简称"韬略"，后世泛指军事谋略。这句意思是，李巩家世本是武略之家，但李巩却又转向文韬，文武双全。

［5］归蜀漫夸：空自夸赞。题柱：桥柱上题字，以表博取功名之志。晋常璩《华阳国志·蜀志》："司马相如初入长安，题市门曰：'不乘赤车驷马，不过汝下也。'"市门，一说升仙桥。

［6］入关：归来时通过关隘。弃繻：放弃入关凭证。繻：本指彩色丝绸，代指丝帛制成的通行证。《汉书·终军传》："初，军从济南当诣博士，步入关，关吏予军繻。军问：'以此何为？'吏曰：'为复传，还当以合符。'军曰：'大丈夫西游，终不复传还。'弃繻而去。"此句形容李巩志向和终军一样，义无反顾。

［7］太行：太行山，位于山西与华北平原之间，纵横逶迤，绵延不绝。太行云外，指西去目标更在太行山以外，十分遥远。东西路：指来往之路。

［8］去国怀乡：离开帝都朝廷，怀念家乡。宋范仲淹《岳阳楼记》："登斯楼也，则有去国怀乡，忧谗畏讥，满目萧然，感极而悲者也。"两意：指报效朝廷和返回

家乡矛盾的心情。劳：辛苦、疲劳。

西宁感怀

鲁能

西山环绕古西平[1]，番簇相连汉戍营[2]。
秣马征夫思野战[3]，牧牛童子待春耕。
路经四峡风涛急[4]，水满三川月色明。
回首咸阳渺何许[5]，岭猿啼处不胜情[6]。

作者简介：

鲁能（1428～1486），字干之，新会（今广东新会）人。景泰五年（1454）进士，授南京户部四川司主事，历陕西布政司右参议、右参政、右布政使。成化二十年（1484）任右副都御史兼甘肃巡抚，卒于官。

题解：

这是作者任甘肃巡抚时在西宁所作的七律，时值和平时期，生动地描写了西宁的风土人情。

注释：

[1] 西山：泛指群山。西平：西宁。西汉时在此设西平亭，东汉时设西平郡，后代多因之，北宋末年改为西宁州，明代为西宁卫。

[2] 番簇：藏族部族。簇，集聚。此处意同“族”。《明英宗实录》：“谕甘州、西宁等卫所近边居住番簇曰：朝廷怀柔远人，咸欲使之安生乐业，尔各番簇……”

[3] 秣马：这里指饲养军马。思野战：和平年代无战事，将士只能空想野外

作战。

[4] 四峡：当指西石峡、小峡、大峡和老鸦峡，通往西宁的要隘。四峡，一作“三峡”，意思虽通，但平仄韵律不协。

[5] 咸阳：在今陕西境内，古代文人借以比喻故乡。这里指广东或内地。何许：何处。唐杜甫《宿青溪驿奉怀张员外十五兄之绪》：“我生本飘飘，今复在何许？”

[6] 岭猿：山中的猿猴，这里泛指山野动物。

积石峡

杨一清

双峡中分天际开[1]，黄河拥雪排空来。
奔流直下五千丈，怒涛从古轰春雷。
吾闻洪水降[2]，河患当其尤[3]。
彼狡高阳子[4]，而将智力谋。
窃天盗息壤[5]，欲使成高邱[6]。
河水益泛滥，横流遍九州。
坐见桑麻苦[7]，倏为蛟龙湫[8]。
上帝赫震怒[9]，殛之羽山幽[10]。
爰命伯鲧子[11]，继父集见功[12]。
九年不窥家[13]，胼胝劳其躬[14]。
山川既流浚，水复由地中。
高原与平隰，敷天乃攸同[15]；
积石之关何嶙峋[16]，青壁万丈不可扪。
两岸尽是凿通处，千秋尚带刊余痕。
吁嗟！禹功孰可伦[17]！

女娲炼五石[18]，后世荒唐论；
芦灰能止水，伯鲧配厚坤[19]。
吁嗟，禹功万世莫可伦！

作者简介：

杨一清（1454 ～ 1530），字应宁，号邃庵，又号石淙，祖籍云南安宁（今云南省境内），徙居京口（今江苏镇江市）。宪宗成化八年（1472）进士，授中书舍人，迁山西按察佥事，后以副使督陕西。在陕八年间，他对边事极为精悉，升为陕西三边（延绥、宁夏、甘肃）总制。后累官至太子太师、特进左柱国、华盖殿大学士。最后被构陷落职，病死。著述颇丰，有《石淙类稿》等。

题解：

这是诗人为官陕西时所作。明代青海东部农业区与今甘肃省等皆属于陕西省。

积石峡，因为峡北小积石山而得名。在青海省循化撒拉族自治县东北部，峡长二十五里，两岸高山耸空，峭壁排立，峡谷中黄河轰如春雷，滚滚东去，地势极为险要，气势极为壮观。相传这里便是大禹导河处，峡谷是大禹用神斧劈开的。明清以来吟咏积石峡的诗人不少，杨一清便是其中突出的诗人之一。

这首诗以磅礴的气势、遒劲的笔力描绘了积石峡的雄险气象和有关的神话传说，有声有色，动人心魄。特别是诗中赞颂积石峡的险奇以及禹功时用七言，而追述有关神话传说时用五言，五七言参差错落，音节顿挫有变，极富表现力。

注释：

［1］双峡：积石峡。因两岸峭壁一样艰险，如同双对，故称。

［2］以下十八句具体写关于大禹治水的故事。据《山海经》等记载：上古时，共工怒触不周山，碰折天柱，地东南倾，洪水泛滥，万国为渊。帝命鲧去治水，鲧偷了上帝的一种自能生长的土——“息壤”，企图堵塞洪水，结果水愈多，劳而无功，被帝杀死于羽山的郊野。帝又命鲧的儿子禹继续治水。禹接受父亲的教训，改

堵塞为疏通，把河水通过渠道引入东海，消除了水灾。

［3］河患：黄河的祸患。古人所谓“河”专指黄河而言。尤：尤为突出。

［4］彼：那个。高阳子：即鲧。古帝颛顼曾被封为高阳伯，相传鲧就是颛顼的儿子，故称高阳子。

［5］窃天：偷窃天帝。息壤：神话中舜帝的一种自己能生长的土，在帝座下。

［6］高邱：高高的山丘。鲧以为高山能挡水，因此盗窃天帝的息壤。

［7］桑麻：本指农家事，这里泛指天下百姓。

［8］倏：很快，一会儿。湫：深渊。古人认为蛟龙是水虫之神，在水中最为得意猖狂。

［9］上帝：天帝，一说即舜帝。赫：发怒的样子。《晋书·挚虞传》：“皇震其威，赫如雷霆。”震怒：盛怒。

［10］殛（jí）：杀死。之：鲧。羽山：神话中的山名。相传天帝派南方火神祝融在羽山杀死了鲧。幽：指昏暗、偏僻之处。

［11］爰：于是。伯鲧子：即大禹，伯是爵位，鲧曾被封为崇伯，故称伯鲧。他被杀死后，帝命其子大禹代为崇伯，入为天子司空，继续治水。

［12］集：成功。

［13］九年：言其治水时间之长，非实数。相传大禹治水十三年，三过家门而不入。

［14］胼胝：手掌和脚底因长期劳苦摩擦而生出的老茧。躬：身体。“劳其躬”即劳苦其身体。

［15］敷天：普天之下。《诗经·周颂·般》：“敷天之下，裒时之对，时周之命。”攸同：相同。《禹贡》：“九州攸同，四隩既宅。”

［16］积石之关：古代多在积石峡东口设积石关，屯兵防守。这里仍指积石峡。嶙峋：峭壁石层重叠而上。

［17］吁嗟：惊叹词。孰可伦：谁能伦比。

［18］女娲：传说中上古炼石补天的女神。《淮南子》记载：上古时天崩，四面天柱废，洪水泛滥为害。于是，女帝女娲氏炼五色石补上了苍天，断鳌四脚作为天

柱，积芦灰止住了洪水。

［19］厚坤：本指大地。《周易》："坤厚载物。"杜甫亦有"仰干塞大明，俯入裂厚坤"的诗句。这里当指祭祀的山川之神。配厚坤：指与山川之神一起配享祭祀。按小积石山原立有禹庙、河神庙供奉大禹，以鲧配祀。

送西宁兵备潘以正

吴俨

五月霜风卷旆旌[1]，六蕃相率道傍迎[2]。
只今塞外无烽火，空负胸中有甲兵。
校猎平原秋草碧[3]，投壶客舍夜灯明[4]。
谁知缓带轻裘者[5]，自是官家万里城[6]。

作者简介：

吴俨（1457～1519），字克温，号宁庵，宜兴人（今江苏省宜兴市）人。明成化二十三年（1487）进士，选庶吉士，授编修，历侍讲学士，掌南京翰林院。后被奸党刘瑾夺职。刘瑾败后，复官历礼部左、右侍郎、南京礼部尚书。有《吴文肃公摘稿》。

题解：

这首诗是作者送给西宁兵备副使潘楷的，描写了当时青海和平安宁的景象和潘楷轻松优雅的风度。

潘以正，即潘楷，字以正。《西镇志》西宁兵备道副使："潘楷，锦衣卫籍，弘治十一年任。"两年后离任。

注释：

［1］旆旌：军中旗帜。唐李世民《饮马长城窟行》："悠悠卷旆旌，饮马出长城。"

［2］六蕃：泛指西北少数民族，并非特指某个民族。《新五代史·李存信传》："存信少善骑射，能四夷语，通六蕃书。"

［3］校猎：遮拦野兽以猎取之，校是围猎的栅栏，这里泛指打猎。

［4］投壶：古代上层宴饮时的一种投掷游戏，分别向壶里投箭，投中多者为胜，投中少者饮酒。

［5］缓带轻裘：宽大的带子和轻暖的皮衣，形容从容儒雅。《晋书·羊祜传》："祜率营兵出镇南夏，开设庠序，……在军常轻裘缓带，身不被甲。"

［6］官家：皇帝或朝廷。宋司马光《资治通鉴》"晋成帝咸康三年"条胡三省注："西汉谓天子为县官，东汉谓天子为国家，故兼而称之。或曰：五帝官天下，三王家天下，故兼称之。"万里城：典出《魏书·刘裕传附子义隆传》："道济临死，脱帻投地曰：'乃复坏汝万里长城。'"比喻国之重臣。这里代指潘楷。

碾伯城

何孟春

大块番儿兢中原[1]，碾伯萧条何处村。
双陆马儿堪一掷[2]，髑髅台上已黄昏[3]。

作者简介：

何孟春（1474～1536），字子元，郴州（今湖南省郴州市）人。明弘治六年（1493）进士，授兵部主事，不久升为员外郎、郎中，出理陕西马政。后历任河南参政、都察院右副都御史兼云南巡抚、南京兵部右侍郎、吏部侍郎、吏部尚书等。嘉靖帝即位后被贬为南京工部左侍郎。著作丰硕，有《何文简公文集》等。

题解：

作者在管理陕西马政期间曾到甘青地区巡察，每到一地，皆有诗作。这首诗就是经过乐都碾伯城时所作，感叹了历史的沧桑和边地的落后。

注释：

［1］大块：大地、大自然。《庄子·齐物论》："夫大块噫气，其名为风。"成玄英疏："大块者，造物之名，亦自然之称也。"番儿：藏族男子。中原：指汉族移民。

［2］双陆：古代类似象棋的一种赌戏。马儿：双陆中的一种马状棋子。

［3］髑髅台：用敌军尸体堆积夯土而成的台子，又称"骨髅台""京观"等。东晋义熙三年（407），南凉王秃发傉檀与夏国赫连勃勃会战于阳武（今甘肃境内），大败，赫连勃勃用南凉将士尸骨堆积成髑髅台以扬威。碾伯之地曾是南凉国都，所以这里以髑髅台代指当地高阜之地。

西平值雨

何孟春

客里风偏冷，愁边雨未晴。
田更春试水，驿吏晓催程[1]。
行李苦难去[2]，炊烟何处停。
前途泥滑滑[3]，正尔竹鸡鸣[4]。

题解：

这是作者在西宁时适值阴雨，有感而作。诗中反映了边地遇雨之苦和巡察行程的不易。

注释：

［1］驿吏：驿站小吏。晓催程：早晨上路。

［2］行李：行程。唐杜牧《闻范秀才自蜀游江湖》："归时慎行李，莫到石城西。"

［3］泥滑滑：道路泥泞溜滑。双关竹鸡叫声。

［4］正尔：正是、即将。宋释文珦《齿脱》："世味非道腴，正尔不欲耽。"竹鸡：一种经常生活在竹林里的鸟，也叫"泥滑滑"。王安石《送项判官》："山鸟自呼泥滑滑，行人相对马萧萧。"

诸将

李梦阳

黄河青海入狼烟，汉将胡兵杀气连。
安得即时寻魏绛[1]，务农休甲报皇天[2]。

作者简介：

李梦阳（1473～1530），字献吉，号空同，庆阳府安化县（今甘肃省庆城县）人。明弘治六年（1493）陕西乡试解元，次年中进士。历任户部主事、郎中、陕西布政司经历、江西提学副使。生平不畏权贵，弹劾阉党，屡被陷害，多次下狱论死。后退隐家乡，论学著述，终身不仕。他倡导"文必秦汉，诗必盛唐"，是复古派前七子领袖。弟子在他逝世后私谥"文毅"。著作有《空同集》等。

题解：

这首诗是诗人《诸将八首》的最后一首。诗中针对当时青海等西部边陲战事不断，诸将以杀伐求取战功的现状，提出了"务农休甲"的和平主张，极富积极意义。

注释：

［1］即时：即刻、立即。魏绛：春秋时期晋悼公的国卿，姬姓，名绛，谥庄，史称魏庄子，擅长战略战术，提出和戎“五利”，实施盟好诸戎之策，使晋国获得和平环境，经济繁荣，国富民强。此举开创了我国历史上汉族争取团结少数民族的先例，为后世所称颂。

［2］休甲：按甲休兵。意思是收拾起铠甲武器。停止军事行动。皇天：皇天上帝，借指朝廷或国家。《尚书·大禹谟》：“皇天眷命，奄有四海，为天下君。”

从军行

徐祯卿

五垒神兵下玉门[1]，倒倾西海蹴昆仑[2]。
轻车夜渡交河水[3]，斩首先传吐谷浑[4]。

作者简介：

徐祯卿（1479～1511），字昌谷，吴县（今江苏省苏州市）人。明弘治十八年（1505）进士，因相貌丑，未能入翰林，改授大理左寺副，正德五年（1510）再贬为国子监博士。抑郁而死，年仅33岁。以诗文著名当世，人称为“吴中诗冠”。有《迪功集》等行于世。

题解：

这是诗人《从军行》组诗之一，以浪漫色彩和诗意想象描写了以青海为中心的西北地区从征将士的气势。

注释：

［1］五垒：本指山东滨州的信阳城、广武城、龙且城等五城，被称为“九河之会，五垒之居”，皆为历代名将所筑的军事要塞。五垒神兵，这里泛指在关塞久经战场的军队。玉门：玉门关，故址在今甘肃省敦煌西北，是通往西域的门户。

［2］西海：青海湖。《陕西通志》：“西海，在（西宁）卫西五百余里，方数百里。汉平帝时，卑禾献西海之地，即此。俗呼青海。”蹴：踢踏。昆仑：昆仑山。《西宁府新志》：“昆仑山，在县治（西宁）西北，……（明）洪武间，西平侯沐英、征西将军邓愈追羌俱至此山。”

［3］轻车：专门用来冲锋陷阵的战车。《周礼·春官·车仆》：“掌戎路之萃……轻车之萃。”郑玄注：“轻车，所用驰敌致师之车也。”交河：在今新疆吐鲁番西，汉代时有交河城。《汉书·西域传》称：“车师前国，王治交河城，河水分流绕城下，故号交河。”

［4］吐谷浑：鲜卑人在青海建立的吐谷浑王国，以其部族最初的首领吐谷浑而得名，这里泛指少数民族政权首领。这句化用王昌龄《从军行》诗句“前军夜战洮河北，已报生擒吐谷浑”。

杂感

蒋山卿

吾闻青海外[1]，赤水西流沙[2]。
神人生鸟翼[3]，蓬首乱如麻[4]。
出入乘两龙[5]，左右臂双蛇[6]。
中有不死药[7]，奇丽更纷葩[8]。
琅玕坠珠英[9]，玗琪散瑶华[10]。
双双相合并[11]，文文自交加[12]，我愿从之游，万里迹非赊。

但恐非人类，寿命其奈何[13]！

作者简介：

蒋山卿（1486～?），字子云，号南冷，明仪真（今江苏省仪征市）人。武宗正德九年（1514）举进士，授工部主事。因谏阻武宗南巡，贬南京前府都办。后历刑部郎中，出知河南府，改浔州，再改南宁。最后官至广西布政司参政。有《南冷集》。

题解：

这首诗是作者《杂感四十首》之第三十一首。描写的内容全是古代神话中有关昆仑山等仙地的传说，但诗人没到过西北，他想象青海湖以西便是这些神奇传说的世间所在，于是在诗中把神话与青海联系起来描写。从中可以看出一些内地古人对青海地区的想象。

注释：

［1］青海外：青海湖以西。

［2］赤水：神话中水名。《穆天子传》："遂宿于昆仑之阿，赤水之阳。"郭璞注："赤水出东南隅而东北流。"流沙：神话中地名，可能是沙漠。

［3］神人生羽翼：《山海经》中多有人生鸟羽的记述。这里用三国魏文帝曹丕诗意。曹丕《折杨柳行》云："西山一何高，高高殊无极。上有两仙童，不饮亦不食。……服药四五日，身体生羽翼。"

［4］蓬首乱如麻：指西王母。《山海经·西山经》："西王母其状如人，豹尾虎齿而善啸，蓬发戴胜（胜：玉饰器）。"蓬首，头发乱如蓬草。

［5］乘两龙：《山海经·大荒西经》："西南海之外，赤水之南，流沙之西，有人珥两青蛇，乘两龙，名曰夏后开。"

［6］臂：用如动词，指胳膊上搭着。

［7］不死药：传说中服后使人长生不死的药。《山海经·海内西经》：昆仑山“开明东有（群巫），夹窫窳之尸，皆操不死之药以距之。”《归藏》：“羿请不死之药于西王母。”

［8］纷葩：纷繁极多。

［9］琅玕：昆仑山上的一种仙树。《荀子·正论》：“琅玕龙兹华觐以为实。”杨倞注：“琅玕似珠，昆仑山有琅玕树。”珠英：如同珍珠一般美的花朵。

［10］玗琪：神话中的一种玉石树。瑶华：仙花。

［11］双双：神话中的奇形兽。《山海经·大荒南经》：“赤水之西，流沙之东，……有三青兽相并，名曰双双。”合并：骈连，因为双双是三青兽相连在一起的。

［12］文文：神话中的异兽。《山海经·中山经》：“（放皋之山）有兽焉，其状如蜂，枝尾而反舌，善呼，其名曰文文。”交加：聚集错杂。因为文文尾巴有数枝，所以说交加。

［13］这联化用汉司马相如《大人赋》中的句子：“吾乃今目睹西王母，皬然白首。戴胜而穴处兮，亦幸有三足乌为之使。必长生若此而不死兮，虽济万世不足以喜。”

咏古剑

李淳

昆仑一片钢[1]，磨作倚天剑[2]。
若得试一用，太平立可验[3]。

作者简介：

李淳（？～1520），明代西宁卫（今西宁市）人。据说生得广额隆准，两眉斜横入鬓，目光闪闪如电。曾去北京，途中经汤阴，谒岳飞祠，于是自刺“精忠报国”四字于背上。后因抗击青海湖蒙古贵族有功，授后所副千户。又以剿安定等叛寇于昆仑山，斩获甚众，加忠勇将军。曾奏罢屯民所供西宁喇嘛寺的斯养军，乡人感颂。但李淳性好残杀，与藏族部落战斗中，胜必屠众，藏民对他切齿痛恨。武宗正德十五年（1520）冬天，在大通北川与藏族巴哇隆卜等部落战斗中被俘，肢解而死。赠指挥佥事。

题解：

《西宁府新志》等地方志书记载，相传李淳曾得到一柄古剑，磨之有异光，出匣则铿然有声，于是李淳便慷慨吟出这首诗。

注释：

［1］钢，一作“刚”。

［2］倚天剑：形容剑之大。

［3］验：一作“见”。

湟中词次孙丰山韵送刘竹泷

王崇庆

玺书向晓归才略[1]，碧草迎秋驻大城[2]。
但使昼闲沙苑马[3]，不妨夜舞翡翠屏[4]。
旌旗日月须威远，号令风霆不废耕。
更喜凯歌应即叙[5]，愿教取次答皇明[6]。

作者简介：

王崇庆（1484～1565），字德征，号端溪，明开州（今河南濮阳）人。明正德三年（1508）进士，初授江苏常熟县令，后升沁州（今陕西境内）判官，历江西按察司佥事、山西按察司副使、河南按察司副使、南京户部尚书、南京礼部尚书，以南京吏部尚书致仕。一生稳重博雅，为官廉洁清正，学识渊博，著述甚多，有《端溪文集》《山海经释义》等传世。

题解：

这首诗是诗人送友人刘道立出任陕西佥事并分巡西宁道时所作，是对好友孙存诗的唱和，时在明武宗正德年间。诗中期望刘道立分巡西宁时要以和平为主，能够昼闲战马、不废农耕，富有积极意义。

孙丰山，即孙存，字性甫，号丰山。安徽滁州人，正德九年（1514）进士，历任礼部员外郎、江西布政使参政、河南按察使等。善诗文，精书法，是王崇庆好友。

刘竹泷，即刘道立，字成己，号竹泷，河南杞县人。成化十七年（1478）进士，正德年间以陕西佥事分巡西宁道。

注释：

［1］玺书：皇帝的任命诏书。才略：赞誉刘道立具有文才武略。

［2］大城：西宁或甘州（今甘肃张掖）。明代时分巡西宁道驻扎甘州，但因职责所在，经常到西宁处理事务。

［3］沙苑马：边地军马。明代在西北设苑马寺，驯养战马以备战，河湟流域亦不例外，诗人称之为“沙苑马”。

［4］翡翠屏：以翡翠等装饰的屏风，此指歌舞场地。

［5］即叙：即序、归顺。《禹贡》：“织皮：昆仑、析支、渠搜，西戎即叙。”这里指因为刘道立等处理得当，使得边疆人民归顺王朝，边陲和平。

［6］取次：挨个，有序。明汤显祖《牡丹亭·榜下》：“他则好看花到洛阳，咱取次擒胡到汴梁。”皇明：朝廷。明代人把当时的王朝称为“皇明”。

塞下曲

谢榛

青海城边秋草稀[1]，黄沙碛里夜云飞。
将军不寐听刁斗[2]，月上辕门探马归[3]。

作者简介：

谢榛（1495～1575），字茂秦，号四溟子，时人称为“四溟山人”，又号脱屣山人，临清（今山东省临清市）人。一生未仕，十六岁时作乐府商调，少年争相歌诵。嘉靖年间到北京，时李攀龙、王世贞结诗社，谢榛便以布衣身份为诗社之长。有《四溟诗话》《四溟集》等。

题解：

这首绝句写征伐青海地区的将军深夜不寐，等候探马归来的情景，突出了将军为了战事而不知疲倦地筹划策略的精神。前两句写地理环境，后两句写将军等候探马。夜静而有刁斗声，又有探马的马蹄声，静中有动，动中有静，烘托了将军深夜不寐的形象。

注释：

［1］青海城：泛指青海湖周围的城堡。

［2］刁斗：古代军中所用铜器，容积为一斗，白天可用来煮饭，夜里可用来敲击报更。

［3］辕门：军营门。探马：军中担任侦察任务的骑兵，也叫探骑。唐张籍《关山月》：“军中探骑暮出城，伏兵暗处低旌戟。”

河湟行

皇甫汸

君不见高帝兴师净朔方[1]，我文亲亦御戎行[2]。
征兵尽选三河少[3]，校士争收六郡良[4]。
万骑旌旂纷蔽日，千群组练凛凝霜[5]。
骠骑积弩号将军[6]，耀武宣威志立勋。
阵前杀气骄难近，幄内奇谋秘莫闻。
一朝受脤出萧关[7]，百战长驱事马鞍。
雪晦阴山乘夜袭[8]，天横北斗向南看[9]。
按辔俄传劳细柳[10]，飞书已报下皋兰[11]。
君王神武由天锡[12]，都护材雄总无敌[13]。
长戈大剑耀星芒，昼仆旌旗夜夺壁[14]。
凿空开域路应赊[15]，置亭列障遂踰沙[16]。
博望从来能许国[17]，嫖姚自誓不言家[18]。
奏凯班师截海外，共贺黄图亘地界[19]。
铭功刊石纪龙飞[20]，解甲韬弓罗虎拜[21]。
此时高会坐明堂[22]，登歌献寿乐无疆。
越巂探输陈异物[23]，巴俞角抵尽来王[24]。
世变堪嗟已巳间[25]，白登愁睹翠华还[26]。
不闻更上金城略[27]，但教常闭玉门关[28]。
王者之宝在土地，辛苦成功可轻弃。
先皇遗却平城忧[29]，谋臣徒守珠崖议[30]。
百年慷慨有书生，每过湟中气不平[31]。

非求燕颔封侯易[32]，翻思马革裹尸轻[33]。
不识忌讳尔何戆[34]，可怜身死名俱丧。
朱生肯讼伏波冤[35]，魏文犹寝中山谤[36]。
只今边徼有烟尘[37]，寄言韩相好和亲[38]。
纵使分麾思命将[39]，不知投笔竟何人[40]。

作者简介：

皇甫汸（1497～1582），字子循，号百泉，长洲（今江苏苏州）人。嘉靖八年（1529）进士，以吏部郎中左迁大名通判，授工部主事，多次被贬官，最终官至云南佥事，又被以计典论黜。平生善诗，浮沉不废吟咏。有《百泉子绪论》《皇甫司勋集》等。

题解：

这首长诗以《河湟行》为题，以“每过湟中气不平”为归结，借用汉代开拓西北的故事，敷陈明代早期经略河湟及西北的功绩以及后期对西北边疆无能为力的现实，从更广阔久远的历史背景描写经营河湟的重要和不易，同时也借题发挥，批判了朝廷无视边疆巩固的保守思想，抒发了诗人建功立业的愿望和平生坎坷的情绪。

关于本诗主题，作者自注：“伤曾公铣也。”曾铣（1509～1548），字子重，台州（今浙江省台州市）人。嘉靖八年（1529年）进士，曾巡按辽东、山西。二十一年（1542年），任兵部侍郎，总督陕西军务，以数千兵抵御俺答汗蒙古，大获全胜。但他主张修好和睦，不起边衅，贡献良多。后受诬被斩于市，妻儿流放两千里，“天下闻而冤之”。隆庆元年（1567年）昭雪，追赠兵部尚书，谥襄愍。

注释：

[1] 君不见：歌行体句首起兴语气词。高帝：明朝开国皇帝朱元璋。《明史·本纪第三》：朱元璋死后“葬孝陵。谥曰高皇帝，庙号太祖”。净：使干净。朔方：

北方寒冷之地，又指朔方郡所在地。元代末年，朱元璋北伐，提出“驱逐胡虏，恢复中华”口号。洪武元年（1368）明朝建国，八月攻到北京，元皇室北逃，随之进军西北，朔方之地尽为所有。

［2］我文：指明成祖朱棣。朱棣称燕王时即多次北伐，称帝后曾五次亲征蒙古，试图彻底平定北方和西北。御戎行：御驾亲征。

［3］三河少：三河英俊青年。根据诗意，这里的三河应是黄河、湟水、赐支河。《后汉书·西羌传》：无弋爰剑西逃，与其妻“遂俱亡入三河间”。

［4］校士：校尉战士。六郡：这里指汉代的陇西、天水、安定、北地、上郡、西河六郡。

［5］组练：精锐的部队。组甲、被练，都是军人的衣甲服装。唐杜牧《东兵长句十韵》：“羽林东下雷霆怒，楚甲南来组练明。”

［6］骠骑：骠骑将军霍去病。霍去病曾两次远征河西，大破匈奴，深入湟水流域，修筑西平亭，是中原王朝经营青海之始。积弩：连射的弓弩。

［7］受脤：受命统军。明尹耕《上谷歌》：“时名受脤当关将，岁德临分破阵年。”萧关：在今宁夏固原东南，是关中通往西北的重要隘口。

［8］阴山：在内蒙古境内，这里泛指边陲之山。

［9］北斗：北斗星，大熊座的天枢、天璇、天玑、天权、玉衡、开阳、摇光等七星。古人以黄昏时斗柄所指的方向来判断季节，认为“斗柄南指，天下皆夏”。

［10］按辔：扣紧马缰，表示徐行。劳：犒劳、慰问。细柳：细柳营。汉代将军周亚夫驻扎在细柳（今陕西咸阳西南）的军营，以军纪整肃著称。后代遂以此借指军营。

［11］飞书：快报。下：攻取。皋兰：皋兰山，在甘肃省兰州市北。一说即今甘肃省张掖地区的合黎山，霍去病与匈奴激战于此。

［12］天锡：上天赐予。

［13］都护：汉唐时驻守西域的最高军事长官。汉代设西域都护府，唐代设安西都护府。

［14］昼仆旌旗夜夺壁：白天放倒战旗，夜里攻占其壁垒，意思是偷袭。

[15] 凿空：开通道路。开域：开辟疆域。赊：遥远。

[16] 置亭列障：连绵不断地修筑亭障等军防堡垒。

[17] 博望：张骞，因出使西域诸国，被汉武帝封为博望侯。《史记·大宛列传》："然张骞凿空，其后使往者皆称博望侯。"

[18] 嫖姚：霍去病。曾任嫖姚校尉，故后世常称之为嫖姚。不言家：《史记·卫将军骠骑列传》："天子为治第，令骠骑视之，对曰：'匈奴未灭，无以家为也。'"

[19] 黄图：本指京畿地图，这里指国家疆域图。唐杨炯《和辅先入昊天观星瞻》："碧落三乾外，黄图四海中。"亘：竟，穷尽。汉窦宪《封燕然山铭》："敻其邈兮亘地界，封神丘兮建隆嵑，熙帝载兮振万世！"

[20] 龙飞：本指皇帝即位，这里指帝业兴起。

[21] 韬弓：把箭放进箭袋，表示和平，意通"解甲"。罗：排列。虎拜：有功大臣朝拜天子。周宣王时大臣召穆公名虎，因平定淮夷之乱受宣王赏封，召穆公稽首拜谢，后世引为典故。《诗经·大雅·江汉》："虎拜稽首，天子万年。"

[22] 高会：盛大的宴会。明堂：帝王朝会诸侯、发布政令、秋季祭天的建筑。

[23] 越嶲（xī）：汉代设在蜀地的郡，在今四川省西昌东南。探输：长途跋涉贡献方物。

[24] 巴俞角抵：蜀地乐舞和体育竞技。《汉书·西域传赞》："天子……设酒池肉林以飨四夷之客，作巴俞《都卢》、海中《砀极》、漫衍鱼龙、角抵之戏以观视之。"颜师古注："巴人，巴州人也。俞，水名，今渝州也。巴俞之人，所谓賨人也，劲锐善舞，本从高祖定三秦有功，高祖喜观其舞，因令乐人习之，故有《巴俞》之乐。"来王：诸侯定期朝觐天子。《尚书·大禹谟》："无怠无荒，四夷来王。"

[25] 己巳：明英宗正统十四年（1449），这年秋天，英宗北征漠西蒙古，兵败被围于土木堡（今河北省张家口怀来县境内），将士多战死，英宗被瓦剌太师也先俘，史称"土木之变"，是明朝由盛转衰的一大事件。

[26] 白登：白登山、白登道。山在今山西省大同东北，汉高祖与匈奴曾激战于此，被围七日。白登道就是汉代通往白登山的北方著名大道。这里代指明英宗被

俘后羁押一年的蒙古草原和返回京师的道路。翠华：指明英宗。古代天子仪仗以翠羽装饰旗幡和车盖，故代指皇帝。明英宗被俘一年后，又被送还，这句即指此事。

［27］金城略：西汉赵充国在金城（今民和一带）上奏的屯田湟中“十二便”经营边陲方略。“不问更上金城略”形容再也没有人策划稳定边疆的谋略。

［28］玉门关：在今甘肃省敦煌西北，是汉代通往西域诸国的关隘，国势强则开放，国力弱则封闭之，仅做防御而已。“常闭玉门关”表示国家已无力量经营边疆。

［29］先皇：明英宗。遗却：丢弃、遗失。平城：今山西省大同市，曾经是北魏首都，也是瓦剌蒙古羁押明英宗的地方之一。这句是说朝廷忘却了英宗被俘并羁押于平城的耻辱。

［30］珠崖议：西汉贾捐之《弃珠崖议》。珠崖是汉武帝平定南越后在今海南岛所设的郡，后来由于地远加之管理不善，动乱不止，朝中就弃守珠崖郡开始争论，贾捐之提出《弃珠崖议》，主张放弃。汉宣帝遂罢其郡。这句就是借此批判明朝大臣们的怯懦无能。

［31］湟中：今青海东部湟水流域。这句意思是有志之士每过湟中，联想边疆之事，就愤愤不平。

［32］燕颔封侯：相貌威武，有封侯之相。《后汉书·班超传》：班超年轻时有志向，左右都嘲笑之，但有观相者说：“生燕颔虎颈，飞而食肉，此万里侯相也。”

［33］马革裹尸：用马皮卷着尸体，形容为国捐躯。《后汉书·马援传》：马援曾言：“男儿要当死于边野，以马革裹尸还葬耳，何能卧床上在儿女子手中邪？”

［34］忌讳：顾忌（国家利益）。戆（gàng）：愚鲁浅陋。

［35］朱生：朱勃。马援被奸佞诬陷，云阳令朱勃上书力辩其冤。伏波冤：马援冤情。马援以功勋卓著被封为“伏波将军”并封侯，但遭驸马梁松等人谤陷，被光武帝刘秀收回侯印，直到章帝时才得以昭雪。

［36］魏文：战国时魏国创建者魏文侯。因功被周威烈王封为侯，以其才干和德行受到普遍好评。中山谤：魏文侯派将军乐羊攻取中山国（在今河北省境内），以太子击来治理其地，政绩显著。但因此被谋士任座非议：“君得中山，不以封君之弟而以封君之子，何谓仁君？”以上两句有诗人多次被贬，实为冤屈的意思。

[37] 边缴：边陲偏远之地。烟尘：烽烟、征尘。

[38] 韩相：韩安国，汉武帝时曾代理丞相。之前匈奴向汉王朝求婚，朝堂之上就与匈奴战与和问题展开争论，韩安国力主继续和亲，大多数大臣附合其言，汉武帝遂采纳其言。和亲：中原王朝与周边少数民族之间的一种政治联姻方式，通常把公主或宗室女嫁给少数民族首领。这句有讽刺之意。

[39] 分麾：把财物分给部下。命将：任命将帅，这里指堪可任用的将帅。

[40] 投笔：弃文从武，建功沙场。《后汉书·班超传》：班超年轻时以为官家抄书为生，劳苦不堪，"尝辍业投笔叹曰：'大丈夫无它志略，犹当效傅介子、张骞立功异域，以取封侯，安能久事笔研间乎？'"

青海引

杨慎

长白山前鸣黑风[1]，桔槔火照甘泉红[2]。
五千貂锦血边草[3]，单于夜帐移湟中[4]。
华林酒艳长庚醉[5]，沉香春浓海棠睡[6]。
金马门如万里遥[7]，那知青海城头事[8]？

作者简介：

杨慎（1488～1559），字用修，号升庵，新都（今属四川省）人。武宗正德六年（1511）试进士中第一，授翰林修撰。世宗即位后，充经筵讲官，预修《武宗实录》。嘉靖三年（1524）召为翰林学士。杨慎直言极谏，世宗怒，贬戍永昌（今云南保山）。最后死于贬所。杨慎少以诗文知名，被贬后更多感愤之作。其著作甚多，达一百余种。后人辑其诗文为《升庵集》。

题解：

此诗表面吟咏汉唐旧史，但实际上是针对当时西北地区军事形势而作。明中叶后，蒙古鞑靼强盛，威胁西北及北方，明统治者长期无对付良策，因此杨慎作此诗讽之。王夫之称此诗“杂使汉唐东西事，欲人知为讽耳”。引：乐府体裁之一种。

注释：

［1］长白山：在东北吉林、辽宁、黑龙江三省东部。喝黑风：黑风叫啸。

［2］桔槔：古代边防上报警的用具。《升庵文集》卷58《桔槔烽》：“边方备警急，作高土台，台上作桔槔。桔槔头有兜零，以薪苇置其中，常低之。有寇即然火，举之以相告，曰烽，望其烟，曰燧。”桔槔火：战火。甘泉：汉宫名，在今陕西省淳化县西北甘泉山上。据《汉书·匈奴传》载，汉文帝时匈奴骑兵入代郡，“烽火通于甘泉、长安”。因此，后人常以“甘泉烽火”指边防警急。

［3］貂锦：貂冠锦衣，代指帝王御林军，这里泛指边防将士。唐陈陶《陇西行》：“誓扫匈奴不顾身，五千貂锦丧胡尘。”血边草：鲜血染红了边塞之草，意思是战死于边疆。

［4］单于：匈奴君主的称号，这里代指蒙古贵族部落。湟中：今青海东部湟水流域，因湟水流经其中而得名。本西羌牧地，汉时开辟为农业区。这里泛指青海地区。这句实写东蒙古族移牧青海湖地区之事。明中叶以后，东蒙古亦卜剌、卜儿孩、阿勒坦等部落先后移居青海湖，成为著名的“海患”。

［5］以下两联讽刺明武宗沉迷声色，不问边事。华林：园名，三国吴时宫苑，故址在今江苏省境内。酒艳长庚醉：据《晋书》载，晋孝武帝溺酒色，长夜饮酒作乐。曾见长庚星出现，便在华林园举酒祝说：“长星劝汝一杯酒，自古何有万岁天子耶！”长庚即太白星，傍晚出现于西方，古人以为太白主兵革。

［6］沉香：亭名，玄宗时杨国忠用沉香造阁，檀香造栏，并用麝香、乳香和泥涂饰墙壁，故称沉香亭。海棠睡：《太真外传》载：唐玄宗登沉香亭，诏杨贵妃，贵妃酒尚未醒。玄宗命高力士等扶出，只见贵妃醉倚残妆，钗横鬓乱，不能叩拜。玄宗笑道：“是岂妃子醉耶，海棠睡未足耳！”

［7］金马门：汉时未央宫前铸有铜马，因此称未央宫门为金马门。当时初征召来的人，有才能优异者，令待诏于金马门。

［8］青海城头事：青海边疆的战事。

碾伯道中

胡彦

塞外不受暑[1]，入秋风飒然[2]。
日高犹长绤[3]，雨过却装绵[4]。
绝巘霾幽磴[5]，悬崖吼瀑泉[6]。
那知尘世里，别有一山川。

作者简介：

胡彦（1502～1551），字稺美，号白湖子，沔阳（今湖北省仙桃市）人。嘉靖二十二年（1543）进士，由太常博士升任御史，二十五年（1554）巡视陕西茶马，累官巡按江西。著有《茶马类考》等。

题解：

这是作者来青海视察茶马事务，途经碾伯（今乐都）境内时所作。诗中描写了河湟秋季的民俗风情和自然风光，并感叹异境突显，“别有一山川”。

注释：

［1］受暑：中暑。

［2］飒然：飒飒的秋风。宋苏辙《黄州快哉亭记》：“有风飒然而至。”

［3］长绤（xì）：粗葛布缝制的长衣服。绤是粗糙的葛布。

［4］装绵：身着棉衣。

［5］绝巘（yǎn）：指极其高远的山头。巘是大山上的小山。霾幽磴：雾霾掩盖了山上小路。

［6］瀑泉：瀑布一样下泄的泉水。

宿平戎驿

胡彦

湟中远在西海旁，秋风飒飒高云凉。
田亭驻马日初下[1]，野馆抱衾夜未央[2]。
窗前星月影明灭[3]，城上鼓角声短长[4]。
持节出塞者谁子[5]，梦魂恍惚游潇湘[6]。

题解：

这是作者西来途中夜宿平戎驿（今平安区）有感而发的诗作。诗中描写了河湟地区的秋景，表达了对故乡的思念。

注释：

［1］田亭：周围是农田的驿亭。

［2］野馆：驿馆。当时平戎驿简陋，故称。抱衾：拥着被子坐。

［3］明灭：忽明忽暗。

［4］鼓角：巡更的鼓声和角声，泛指各种响声。

［5］持节：使臣手持符节，是出使的凭证。这里指作者奉朝廷之命巡察茶马等边务。谁子：哪一位。

［6］潇湘：潇水与湘江，本指今湖南，作者家乡邻近湖南，这里借指沔阳。

游瞿昙寺

胡彦

天畔群峰孤寺开，风烟接地引楼台。
褰帏怅望已昨日[1]，驻马延游还几回。
惊见尚方真赐在[2]，喜逢异域老僧来[3]。
共传此际连青海[4]，中夜胡笳更可哀[5]。

题解：

这是作者在公余游览瞿昙寺后所作。诗中全面生动地描写了寺院风貌，特别强调了该寺的珍贵文物和僧侣特色，并由此抒发了对青海时局的担忧。

瞿昙寺在今乐都区境内，是当时政治文化方面非常重要的藏传佛教寺院。《明史》卷330《西域传二》：“初，西宁番僧三剌为书招降罕东诸部，又建佛刹于碾白南川，以居其众，至是来朝贡马，请敕护持，赐寺额。帝从所请，赐额曰瞿昙寺。立西宁僧纲司，以三剌为都纲司。……番僧来者日众。”

注释：

［1］褰帏：即褰帷，撩起官轿的垂帷，形容官员体察民情。《后汉书·贾琮传》：“时……郡县重敛，因缘生奸。诏书……以琮为冀州刺史。旧典，传车骖驾，垂赤帷裳，迎于州界。及琮之郡，升车言曰：‘刺史当远视广听，纠察美恶，何有反垂帷裳以自掩塞乎？’乃命御者褰之。百城闻风，自然竦震。……于是州界翕然。”

［2］尚方真赐：皇帝御赐。瞿昙寺由明代朱元璋赐名，而永乐、洪熙、宣德等皇帝御赐碑文多通以及其他御物，迄今犹存。故当时胡彦称之为“惊见尚方真赐在”，并自注：“佛前供具，传云自宣德拜赐。”尚方，原指宫廷里制造和掌管帝王

器物的官署，后来也代指皇帝，如所谓“尚方宝剑”。真赐：御赐真物。

［3］异域老僧：指瞿昙寺的创建者三罗喇嘛及其他藏传佛教高僧。三罗喇嘛法名桑儿加查实，是藏传佛教噶玛噶举派名僧。元朝末年生于西藏卓垄。早年来到青海，在青海湖海心山修定。明洪武年间迁徙碾伯，创建色哲三罗寺。明太祖赐名“瞿昙寺”。并封他为西宁卫僧纲司都纲，掌管地方宗教事务。

［4］此际：此处。青海：指青海湖。

［5］中夜胡笳更可哀：比喻环湖地区时局堪忧，当时河套蒙古移牧环湖，并不断袭扰河湟。作者自注：“海上皆虏巢穴。”

塞下曲

唐顺之

营平谋国最深忠[1]，每与公卿见不同[2]。
但使湟中无寇盗[3]，不须麾下有边功[4]。

作者简介：

唐顺之（1507～1560），字应德，一字义修，号荆川，武进（今江苏常州）人。嘉靖八年（公元1529年）会试第一，官翰林编修，后历任兵部主事、右佥都御史、凤阳巡抚等。平生力主抗击倭寇，不善媚上，几度被贬。在浙江沿海抗倭多年，贡献良多。嘉靖三十九年（1560年），督师抗倭途中染疾，不久去世。崇祯时追谥襄文。作品有《荆川先生文集》。

题解：

唐顺之是明代著名的诗人，《塞下曲》是赠给兵部侍郎翁万达的组诗，原题《塞下曲赠翁东厓侍郎总制十八首》，这首是第十七首。诗中高度评价了赵充国屯田河湟、安定青海的意义，旨在反对征战杀伐，倡导和平共处。

翁东厓：即翁万达（1498～1552），字仁夫，号东厓，广东揭阳人。明嘉靖五年(1526年)丙戌科进士。历任梧州知府、陕西布政使、左都御史、兵部右侍郎、兵部尚书等。所到之处，政绩卓异。因不附严嵩，竟削为民。谥号襄毅。总制：即总督。嘉靖二十二年（1543）末，翁万达以兵部右侍郎总督宣(府)、大(同)、山西、保定军务。

注释：

[1] 营平：指赵充国。汉宣帝初年，赵充国被封为营平侯。谋国：谋划国家利益。深忠：由衷的忠诚。

[2] 每与公卿见不同：指赵充国上书屯田之初，往往得不到朝臣支持。《汉书·赵充国传》："充国奏每上，辄下公卿议臣。初是充国计者什三，中什五，最后什八。诏罢兵，独充国留屯田。"

[3] 湟中：河湟流域。

[4] 不须：不愿、不肯。麾下：部下将领。《后汉书·滕抚传》："抚所得赏赐，尽分于麾下。"边功：为开拓边疆而建立战功。

河西歌

赵时春

十万鸣弦小十王[1]，曾驱叛寇入河湟[2]。
青海便为胡部落[3]，赤斤元是汉封疆[4]。

作者简介：

赵时春（1509～1567），字景仁，号浚谷，平凉（今甘肃省平凉市）人。明世宗嘉靖五年（1526）会试第一（会元），选庶吉士，又任兵部主事。因为直言论时事，被削职为平民。后来又起为翰林编修，结果又因直言而被黜为民。嘉靖二十三年（1544）后又起用，授御史，升山西巡抚。时春拟奋立功业，结果在三十二年（1553）与小王子部落俺答的一次战斗中全军覆没，被论处解职。当时明朝将帅多避蒙古，因此时春虽败，但天下都还是钦佩他的勇气。有《赵浚谷集》《平凉府志》等行于世。

题解：

《河西歌》原共十二首，这首列第二。河西，泛指今甘肃、青海黄河以西广大地区，即今河西走廊和湟水流域。明世宗年间，东蒙古首领小王子极强，控弦十几万，其部落西移控制青海湖地区以及河西松山，年年攻扰明朝郡县。这首诗就是针对这一历史背景而写的。

注释：

［1］十万鸣弦：拥有十几万军队。十万举其整数而言。鸣弦：弓弦发箭而鸣响，这里代指军队。小十王：《明史·鞑靼传》：“（嘉靖）十九年秋，……总兵周尚文大破敌于黑水苑，斩吉囊子小十王。”按这一“小十王”并未拥有十万鸣弦，因此，诗中小十王当指成化、弘治、正德、嘉靖时的小王子。蒙古鞑靼族酋长本称可汗，明英宗时，麻儿可汗即位后改称小王子。后之可汗也沿称小王子。

［2］叛寇：指投降明朝后又反对明王室的蒙古部落。叛寇入河湟：指吉囊、俺答等部落游牧青海湖等地。吉囊、俺答等对小王子以义父对待，其子孙等率部落于正德、嘉靖、万历年间相继进入青海湖地区。

［3］胡部落：蒙古部落游牧区。

［4］赤斤：地在今甘肃省玉门市及瓜州县东境地，明初曾设赤斤蒙古卫。元：同“原”。汉封疆：明王朝的疆域。

送雷信庵出按甘肃

杨博

湟中形胜地[1]，尚记昔年游。
青海昆仑断[2]，黄河积石流[3]。
左贤失右臂[4]，上将得前筹[5]。
为问乘槎客[6]，何时到陇州[7]？

作者简介：

杨博（1509～1574），字维约，明蒲州（今山西省永济市）人。世宗嘉靖八年（1529）进士，授周至知县。后授兵部主事，历户部郎中，出为山东提学副使，迁参政。于嘉靖二十五年（1546）至二十九年（1550）间为甘肃巡抚。后累迁蓟辽总督，升兵部尚书、吏部尚书，累加少师兼太子太师。有《虞坡集》。

题解：

题目又作《送雷侍御出按关西》，是诗人送友人雷稽古出按甘肃一带时写的，诗篇主要写了青海地区（明清时青海东部属甘肃）的江山形胜。从“尚记昔年游”的句子可以看出，诗作于诗人去任甘肃巡抚之后。诗人在甘肃时到过青海地区，因而对这里很熟悉。第二联写青海江山，很有气魄，道出了高原特色。

雷信庵：雷稽古，字汝征，号信菴，嘉靖三十八年（1559）进士，曾任巡按甘肃御史。出按：出任按察御史。

注释：

［1］形胜地：地势优越便利的地区。《荀子·强国》：“其固塞险，形势便，山

林川谷美，天材之利多，是形胜也。”

［2］青海：指青海湖。昆仑：昆仑山。

［3］积石：积石山，有大小之分，大积石山即今果洛州境内阿尼玛卿山，小积石山即今青海东部的积石山，黄河流经其地。

［4］左贤：即左贤王，匈奴贵族酋长的封号。右臂：人习惯于用右手做事，因此以右臂比喻事物的要害部分。这句是用汉武断匈奴右臂典故。西汉时，北方的匈奴与青海地区的羌族有勾连，给汉王朝造成威胁，于是霍去病等大将军出击河陇，打通通往西域的河西走廊，斩断了匈奴与羌族的联系，使匈奴无所措，因称此举为断匈奴右臂。

［5］上将：大将军，这里指在甘肃的最高军事长官。前筹：代人筹划。

［6］为问：因此而问。乘槎客：指雷信庵。

［7］陇州：地在今甘肃省境内，明时属陕西凤翔府，这里代指甘青地区。

九日宴西宁城楼

包节

九日依边郡[1]，登高倍黯然[2]。
山风寒拥叶，城日澹浮烟[3]。
菊亦穷荒见，萸应故国遍[4]。
何期流窜客[5]，犹接岁时筵[6]。

作者简介：

包节（1506～1556），字元达，先世嘉兴（今浙江省嘉兴县）人，徙居华亭（今上海松江）。世宗嘉靖十一年（1532）进士，授东昌推官，又征授监察御史。包节弹劾不避权贵，出巡按云南，再按湖广，欲法治显陵守备中官廖斌，结果反被诬陷，诏令下狱，贬戍庄浪卫（今甘肃省永登县等地），忧郁而死。有《台中集》《湟中集》等。

题解：

这首诗是包节《九日宴西宁城楼》四首之一，作于诗人被贬戍庄浪卫期间。当时西宁一带多事，庄浪等卫常派兵增援，包节当是由此而来西宁。这是一个晴朗的重阳日，诗人虽在贬，但仍是一名人，因而参加了官僚们在西宁城头所办的宴席。诗人看眼前江山，思自身遭遇，感慨地写下了这首诗。诗的基调正如前人所评："于湟中见穷愁之籍焉，其言婉以思。"

注释：

［1］九日：九月九日，这日为重阳节。边郡：边地郡治，这里指西宁。按西宁原为羌族游牧地。汉武帝元狩二年（前121），霍去病在这里筑西平亭，东汉末设西平郡，后代多沿之。唐高祖武德二年（619）改为鄯州，不久又置鄯州都督府。五代时唃厮啰曾筑为青唐城。宋初又改为鄯州。北宋崇宁三年（1104）正式改为西宁州。从此，"西宁"之名沿用至今。元设西宁州，明改西宁卫，清置西宁府，又设西宁县。1929年青海建省，1944年改为西宁市。

［2］登高：民间有重阳日登高的习俗。黯然：神情消极的样子。

［3］澹：淡薄。

［4］萸：茱萸。古俗有重阳日登高插茱萸，饮菊花酒之风习。唐王维《九月九日忆山东兄弟》："遥知兄弟登高处，遍插茱萸少一人。"故国：故乡。

［5］流窜客：因罪而流放边地的人。

［6］岁时筵：一年一度的重阳日宴席。筵：一作"宴"。

冬月西访瞿昙途中喜霁

包节

十年孤坐已销声，此日巾车始问程[1]。
只为慧因探法界[2]，欲将真偈谒图澄[3]。
香花散后云初霁[4]，黍律吹时暖乍生[5]。
净土本从心地觅[6]，何须驰逐向西行[7]。

题解：

这首七律当是诗人在某年冬天西来拜谒瞿昙寺时所作。途中天气转晴，诗人心情颇佳，遂结合佛教和个人心境而歌吟之。

瞿昙寺，位于河湟流域乐都城南马圈沟口，是明清时期著名的藏传佛教寺院。始建于明洪武二十五年（1392），由于得到明皇室的大力支持而规模宏大，是典型的明代早期官式建筑群，寺内珍贵文物众多，以此闻名遐迩。被贬谪河西、河湟一带的包节慕名而来拜谒，也是情理之中的事。

注释：

［1］巾车：指有帷幕的简易车，这里指整顿车马，郑重其事地出行。唐储光羲《游茅山五首》："巾车云路入，理棹瑶溪行。"问程：边打听路程边前往。

［2］慧因：智慧、因缘。这里指由于想获取佛教智慧的缘由。法界：佛教十八界之一，意识所缘的境界，这里代指佛寺及佛教文化。

［3］真偈：佛家的偈颂。唐刘禹锡《宿诚禅师山房题赠》诗之二："法为因缘立，心从次第修，中宵问真偈，有住是吾忧。"谒：拜见。图澄：竺佛图澄大师（232～348），西域人。九岁在乌苌国出家，两度到罽宾（北天竺境笳毕试国，今

克什米尔地区）学法。晋怀帝永嘉四年（公元310年）来到洛阳，适逢“永嘉之乱”，先隐居草野，后投奔后赵石勒，深得石氏叔侄宠信，遂在山西等地弘扬佛法，颇有影响。瞿昙寺为藏传佛教寺院，高僧大德均与西藏有关，故以图澄比之。

［4］香花：给寺院贡献的香与花。《北史·王劭传》：“天佛放大光明，以香花妓乐来迎之。”唐冯贽《云仙杂记·千眼仙人赴东林寺》：“皆见千眼仙人成队，执幡幢香花，赴东林寺。”

［5］黍律：古代吹奏乐器之一，典籍对其尺寸记载不一。成语“黍律回春”“黍谷生春”意思是此乐器吹奏，春风回暖，黍麦生绿。元李思衍《见王参政》：“黍律嘘春燕谷暖，梅花入梦楚天长。”

［6］净土：佛教指佛菩萨等居住的没有尘世污染的清净之地，也指佛寺。心地：生成思想意念以及气量胸怀的心。

［7］驰逐：奔驰追逐。

西昆歌

包节

吾闻金天之西有昆仑[1]，丹梯万仞干天门[2]。
玉树珠林互蒙密[3]，鸾俦鹤侣时腾轩[4]。
中有仙灵久闭关[5]，鲁城悬圃非人间[6]。
山经记载虚想像[7]，博望行游空往还[8]。
乃兹降精生甫申[9]，世持龙剑净边尘[10]。
河外藩宣谁比数[11]，汉家钟鼎称元臣[12]。
功成更受长生诀[13]，山头几见桃花春[14]。

题解：

昆仑山地处青海西部，声名久远。包节被贬谪河西，与当时镇守西北的将帅们有一定交往。同时他往来于河湟等地，遥望西极昆仑，联想神话传说，遂以此作献给某一位将帅，意在怀古寓今，以表敬仰。

西昆：即昆仑仙境。南朝梁王僧孺《赠顾仓曹》："洛阳十二门，楼阙似西昆。"宋范成大《浮丘亭》："西昆巉绝不可至，东望蓬莱愁弱水。"相传西部昆仑山是群玉之山和神圣之地，故古代把帝王藏书之处誉称为"西昆"，故唐上官仪《为朝臣贺凉州瑞石表》云："详观帝箓，披册府于西昆。"

注释：

［1］金天：西天。五行中西方为金，故称西方之天为金天，汉张衡《思玄赋》："顾金天而叹息兮，吾欲往乎西嬉。"唐李白《上云乐》："金天之西，白日所没。"昆仑：指昆仑山仙境。

［2］丹梯：盘旋入云的求仙访道之山路。天门：进入天界仙境的门户。

［3］玉树：昆仑神话中的仙树。唐李白《怀仙歌》："仙人浩歌望我来，应攀玉树长相待。"珠林：仙树丛林。唐陈去疾《忆山中》："珠林余露气，乳窦滴香泉。"蒙密：茂密。

［4］鸾俦鹤侣：形容鸾鸟、仙鹤成群。鸾、鹤，传说中皆为仙人所乘。南朝宋汤惠休《楚明妃曲》："骖驾鸾鹤，往来仙灵。"腾轩：腾跃飞举。

［5］仙灵：神仙。南朝宋鲍照《代升天行》："从师入远岳，结友事仙灵。"闭关：本指道家独居修法，这里指昆仑山的神仙们仙居修行。

［6］鲁城：鲁国都城，传说为黄帝诞生地，尔后少昊曾在此营建都城。如明代李东阳《谒少昊墓》诗："建都鲁城东，遗址有轩辕。"这里则借指昆仑仙境。悬圃：昆仑山仙境之一。屈原《天问》："昆仑悬圃，其尻安在？"王逸注："昆仑，山名也，在西北，元气所出，其巅曰县圃，乃上通于天也。"县圃即悬圃，又写作"玄圃"。

［7］山经：神话典籍《山海经》，具体则指《山海经》中的山经部分，专门记

述诸山情形。想像：此指《山海经》中诸神山皆由想象而来，虚幻不实。

［8］博望：汉代开通西域的政治家张骞，因功被封为博望侯，故常以“博望”代称张骞。汉武帝在张骞通西域归来后，以其所言钦定今新疆和田南山为昆仑山，历史上影响极大。行游：旅行、远游。空往还：空自往返，有否定张骞所言昆仑山的含义，意为虚妄不可信。

［9］乃兹：从此。降精：生下良马，精特指骏马。杜甫《骢马行》：“时俗造次那得致，云雾晦冥方降精。”仇兆鳌注：“杜修可曰：《瑞应图》：龙马者河水之精。《春秋考异邮》：地生月精为马，月数十二，故马十二月而生。”这里的意思是虽然张骞未能找到真正的昆仑山，但带来了西域良马。先有大宛汗血马，后有吐谷浑青海骢。生甫申：吉祥祝词，意为诞生出俊能之才。《诗经·大雅·崧高》云：“崧高维岳，骏极于天。维崧降神，生甫及申。”甫：甫侯。周穆王时大臣，曾建议加强刑法，所修订刑法被称为《吕刑》。申：申伯，周厉王至周宣王时大臣，政治军事方面多有贡献。这里借指能安边靖国的大臣、将帅。

［10］龙剑：古代名剑。刘禹锡《武陵观火》：“晋库走龙剑，吴宫伤燕雏。”柳宗元《浑鸿胪宅闻歌效白纻》：“翠帷双卷出倾城，龙剑破匣霜月明。”净：清洁。这句是说世之名将持龙剑骑良马平定边疆。

［11］河外：泛指黄河之北。藩宣：同“藩垣”，意为卫国重臣。《诗·大雅·崧高》：“四国于蕃，四方于宣。”马瑞辰释：“宣，当为垣之假借……‘四国于蕃，四方于宣’，犹《板》之诗‘价人维藩，大师维垣’也。”比数：相提并论，这里特指某将军。

［12］钟鼎：钟和鼎，多用以铭刻记事表功。《文选·广绝交论》：“圣贤以此镂金版而镌盘盂，书玉牒而刻钟鼎。”李善注引《墨子》：“琢之盘盂，铭于钟鼎，传于后世。”元臣：老臣、重臣。韩愈《送汴州监军俱文珍序》：“当藩垣屏翰之任，有弓矢鈇钺之权，皆国之元臣，天子所左右。”

［13］长生诀：长寿不死的仙诀。昆仑山为不死之山，西王母掌不死之药，故后羿前往求之。

［14］桃花春：蟠桃开花，长寿绵绵。传说中蟠桃是西王母的仙树，三千年一

开花，有瑶池蟠桃园。故以几次见到桃花春比喻将军健康长寿。

入古鄯回望庄浪

陈棐

山空草白转轺车[1]，忆昨庄南五月初[2]。
百里悬军无幕井[3]，两傍番族有穹庐[4]。
入湟便觉烟村接，近鄯仍看风物舒。
只恐北来烽火急，一时收保莫教疏[5]。

作者简介：

陈棐（生卒年不详），字汝忠，号文冈，鄢陵（今河南省鄢陵县）人。嘉靖十四年（1535）进士，授中书舍人，迁礼部给事中，经常直言进谏，人称“直谏官”。后被贬为泽州（今山西省晋城市）知事。以政绩突出擢升都御史，官至甘肃巡抚。嘉靖三十八年（1559）巡视河西，期间曾到河湟。有《文冈集》等行于世。

题解：

这是作者巡察河西防务进入湟水流域后所作，始终反映了湟水流域的自然民俗风情。

古鄯：古之鄯州。北魏到宋代，先后在河湟流域的乐都、西宁设置鄯州。庄浪：庄浪卫，在今甘肃省永登县，临近河湟，非今平凉的庄浪县。

注释：

［1］轺车：朝廷使者所乘的车，有伞盖。唐王昌龄《送郑判官》诗：“东楚吴山驿树微，轺车衔命奉恩辉。”

[2] 庄南：庄浪之南，约在今大通河一带。

[3] 悬军：孤军。幕井：军营专用的水井。

[4] 番族：指藏族。

[5] 收保：边塞上储藏物资和防卫的小城堡。保通“堡”。《史记·廉颇蔺相如列传》：“匈奴每入，烽火谨，辄入收保，不敢战。”

塞上（二首）

范瑟

一

金鼓旂门大将营[1]，穹庐早徙北山清[2]。
健儿骄马浑无事[3]，射得黄羊带血行[4]。

二

青海城头飞羽箭[5]，天门峡外平夷人[6]。
将军铁甲红流血[7]，锋镝黄沙雪作银[8]。

作者简介：

范瑟（1504～?），字孔和，山东历城人。明世宗嘉靖十一年（1532）进士，有文名兼有武略。嘉靖三十年（1551）任西宁兵备道副使。当时西宁卫多战事，范瑟日夜筹划，储粮修城，振作士气，颇多贡献。

题解：

范瑟诗今仅存《塞上》四首。这两首便是其中的第二、三首。第一首写无战事时将士射猎黄羊，意气昂扬；第二首写战斗时将士奋不顾身，血染沙场。都以精炼概括的语言、铿锵悦耳的音律，呈现了戍守青海将士无比昂扬的气魄和赤诚报国的精神。

注释：

[1] 金鼓：金与鼓。古代军中用具，击鼓进军，鸣金收兵。金如钟形。旂门：即旗门，古时军帅帷幕之门多立旗帜，因此称营门为旗门。

[2] 穹庐：毡帐。北山：指祁连山，因在青海湖之北，故称。

[3] 健儿：壮士。浑无事：没有一点事。

[4] 黄羊：一种蒙古羚，牛科，栖息于北方丘陵、平原、草原和半荒漠地带。肉可食，毛皮可作皮衣。

[5] 羽箭：箭杆上饰有羽毛的箭。

[6] 天门峡：古代以天门命名的地方很多，但都在内地。这里似指西石峡，即今湟源峡，明清时为关隘，出则达青海湖，入则来西宁。

[7] 铁甲：铠甲，古代作战时所穿的金属防护衣。

[8] 锋：刀刃。镝：箭头。二者并称泛指作战武器。

题积石

张涣

天上黄河天际通，凿山原有此山头。
两崖丹峭千寻壁[1]，一带横看万里流[2]。
昼夜风雷恣喷薄[3]，古今日月与沉浮。
追游漫有穷源兴[4]，欲向昆仑问十洲[5]。

作者简介：

张涣（1508～？），字文甫，定州（令河北省定县）人。明嘉靖十七年（1538）中进士，嘉靖后期曾任陕西布政司左参政、分巡副使、甘肃巡茶御史。

题解：

这首诗写相传为大禹导河的小积石山。诗中着力描绘了积石峡的雄伟壮观。前面六句从各个角度刻画峡中奇观，颇为传神。

小积石山，又名唐述山，也称拉脊山，是黄河与湟水的分永岭。山势绵延雄伟，在循化、化隆、贵德等县。

注释：

［1］丹峭：红色的峭壁。寻：古代以八尺为一寻。

［2］一带：指黄河，远看似带。

［3］恣：任凭。喷薄：喷吐、激荡。

［4］追游：追忆往年旧游情景。漫有：随意兴起。穷源：穷尽黄河源头。

［5］十洲：传说中在八方大海里的仙洲，即祖洲、瀛洲、玄洲、炎洲、长洲、元洲、流洲、生洲、凤麟洲、聚窟洲。

登边楼

邢尚简

驱车过北值清明[1]，一上高楼动客情。
万里洪涛连碛塞[2]，千年险隘接金城[3]。
黄沙漠漠村烟断，青嶂重重岸柳横[4]。
回首齐山何处是[5]，不堪来日又西征[6]。

作者简介：

邢尚简（1508～？），字原敬，号西原，山东昌邑（今山东省昌邑县）人。明世宗嘉靖二十年（1541）中进士，曾任都察院右监察御史，嘉靖三十八年（1559）巡抚甘肃，四十年（1561）升任大理寺卿。

题解：

诗人所登边楼究竟在何地，不可确定，然而诗中所描写的景象都与青海有关，万里洪涛、千年险隘、黄沙、岸柳，意境雄阔浩瀚，情调悲壮激扬，颇有艺术表现力。

注释：

［1］清明：清明节。清明节是聚族祭祖的节令，所以引出思乡的情感。

［2］洪涛：指黄河。碛塞：沙漠边塞。

［3］险隘：险峻的关隘，这里泛指湟水流域的天然关隘。金城：指兰州。汉时在皋兰县西南设金城县，晋设金城郡。

［4］青嶂：草色青青的山峰。

［5］齐山：齐地的山。齐：州名。北魏时治所在山东历城，隋称齐郡，唐为齐州济南郡。古代也常以齐州代指中原。李贺《梦天》："遥望齐州九点烟。"《尔雅》："距齐州以南。"刑昺注："齐，中也。中州，犹言中国也。"

［6］不堪：不能忍受。来日：明日。

入湟秋思讯孟兵宪贺参戎

孙昭

七月乘槎晓渡河，秋声峡口两崖多[1]。
乍惊沙柳有黄色，转见鱼梁生白波[2]。

别垒风迟悲鼓角[3]，远峰云湿暗山河。
湟中旧是屯田地[4]，筹策诸君近若何[5]？

作者简介：

孙昭（1518～1558），字明德，号斗城，浙江永嘉人。明嘉靖二十三年（1544）中进士，留都察院观政两年，先后任永丰县（今江西上饶永丰）、魏县（今河北邯郸魏县）知县，后以政绩卓异擢为云南道监察御史，巡查陕、滇、豫三省，曾远到河湟检查茶政。所到之处，清廉阿直，因此得罪严嵩奸党，遂在驿馆被毒酒致死，年仅41岁。有《斗城集》《诗法拾英》等。

题解：

这是诗人到西宁后给孟兵宪和贺参戎写的，诗中除了描绘山河景色外，还以询问的口气强调了安民屯田的进步思想。

湟：湟中的简称，指西宁。讯：讯问。孟兵宪、贺参戎：名皆不详。兵宪：即兵备道，明代地方军事长官。宪是下级对上司的尊称。参戎：参将的别称，明代武官。按《甘肃新通志》孟姓任西宁兵备道者先后有二人，一为孟易，山东济宁人；二为孟淮，河南祥符人。无贺姓参将。

注释：

［1］峡口：小峡口，在西宁市东，为西宁屏障，地势险要，两岸峭壁陡立，中间湟水轰然奔流。

［2］鱼梁：江河中一种捕鱼的设置，用土石横截水流，留一缺口用笱承之，鱼随水流入笱中，不能复出。

［3］别垒：指战垒。

［4］这句是写汉以来在西宁地区屯田事。汉宣帝时，后将军赵充国伐西羌，招降羌人一万余人，然后留兵在湟水沿岸屯田，从临羌（今湟中多巴镇海堡）至浩门（今民和县川口一带），开垦土地两千多顷。唐高宗时，河源军营田大使黑齿常之

等也在河源军（今西宁市东）一带屯田。因此说“湟中旧是屯田地”。湟中：这里指西宁卫地区。屯田：汉以后历代利用士兵在驻营地区科田，或招募农民垦田种庄稼，把这种做法叫屯田。

[5] 筹策：筹划谋策。若何：如何。

雨赴崔参戎阅边

王本固

雨余山色映清流[1]，落日残红半未收。
野麦经秋方吐穗，边人终岁独宜裘[2]。
风连古戍苍茫远[3]，云拥高旌上下浮[4]。
堪羡将军能荡寇[5]，威名遥过月氏头[6]。

作者简介：

王本固（1514～?），字子民，北直邢台（今河北省邢台市）人。明嘉靖二十三年（1544）进士。四十一年（1562）以陕西按察司副使兵备西宁，清廉有声，刚上任便下令革去旗甲供应，百姓称之为“王青天”。后升陕西按察司，历任大理寺少卿、副都御使、刑部侍郎、吏部侍郎，累官至吏部尚书。

题解：

这是诗人雨中陪崔参戎检阅边防时所作，诗中描写了青海草原上的物产、气候、军事布置等，很有民族地方特色。

崔参戎：崔廷振，肃州人，曾为镇番营参将。参戎：明代参将的俗称，位次于副将。

注释：

[1] 清流：清澈的溪流。

[2] 边人：边疆的人民，这里指藏族等游牧于青海地区的人民。终岁：全年。裘：皮衣。

[3] 苍茫：空阔辽远。

[4] 高旌：高高树起的旌旗。

[5] 堪羡：值得羡慕。荡寇：扫荡敌人。

[6] 威名：神威的声名。月氏（ròu zhī）：汉代西域民族名，本游牧于敦煌、祁连之间，汉文帝时因遭匈奴攻击，其大部分徙往今新疆伊犁河流域以及迤西一带。史称西迁的为“大月氏”，少部分留祁连山与羌人杂居的为“小月氏”。这里借代西北少数民族。

西宁道中

詹理

湟中四境接穷荒[1]，揽辔西游肃命将[2]。
赤日不磨山积雪，清秋先到草惊霜[3]。
行从问俗方停盖[4]，坐未移时又束装[5]。
自愧菲樗空倚剑[6]，升平何以答明王[7]。

作者简介：

詹理（1516～1592），字夔卿，号松屏，遂安（今浙江淳安县）人。明世宗嘉靖二十九年（1550）中进士，授中书舍人，不久，提拔为御史，巡视甘肃，后来调任陕西道监察御史。曾到西宁巡察。正直秉公，裁除冗员，因此得罪奸党，被罢官。有《松堂诗文集》。

题解：

这首诗写诗人秋日行走于西宁卫道中的所见所感，真实自然地写出了这里的山草雪霜特色。

注释：

［1］湟中：这里指西宁。穷荒：荒凉不毛之地。

［2］揽辔：骑马抓住马缰。据《后汉书·范滂传》记载，冀中饥荒，盗贼群起，皇帝命范滂前去按察，“滂登车揽辔，慨然有澄清天下之志”。因此，人们用“揽辔澄清”之词指官吏初到职任，就有政绩。辔：驾驭马时用的嚼子和缰绳。肃命将：用《诗经·蒸民》“肃肃王命，仲山甫将之”之句意，意思是服从皇帝之命而行动。肃：严肃，严正。将：奉行，秉承。

［3］清秋：清爽的秋天。

［4］从：由。方停盖：刚刚停车。盖：车盖。

［5］移时：没多长时间。束装：整理行装。

［6］菲樗：自谦之词，意思是自己不是堪用的大才，承当不起重任。菲：古代指芜精一类的植物，可食用。樗：臭椿树。

［7］何以：用什么政绩。明王：指嘉靖帝。

陇西杂兴

刘侃

西极秋高白鸟翻[1]，凭阑送目到河源[2]。
久无槎影通银汉[3]，遥见天光下火敦[4]。
青海风涛还积石[5]，玉门车马半中原[6]。
昆仑故是征西路[7]，寄语山前吐谷浑[8]。

作者简介：

刘侃（1523～？），字正言，号乐闲公，京山（今湖北省京山县）人。明世宗嘉靖三十二年（1553）进士。由户部郎出为成都知府，升为洮岷道副使，有善政。历官至福建左布政使。所到之处，廉洁有声。有《新阳诗草》。

题解：

这首诗题虽为陇西，范围比较大，但具体描写的却是青海高原。短短八句中，河源、星宿海、青海湖、积石山、昆仑山以及玉门关等名山大海尽入笔底，纵横辽阔数千里，气势雄浑，格调高扬，笔力遒劲，道出了青海高原的自然景象。如此概括地写尽青海江山的诗篇，在明一代诗中不多见。

陇西：指陇山以西的地方。杂兴：无一定思路、随便生发的感兴。

注释：

［1］西极：西方极远之地，这里指江河源头地区。白鸟：蚊子。《大戴礼·夏小正》："丹鸟羞白鸟。丹鸟者，谓丹良（即萤火虫）也；白鸟者，谓蚊蚋也。"翻：翻滚。

［2］凭阑：依着栏干。送目：放目，放眼遥望。河源：黄河源头。

［3］银汉：银河。相传汉代有人乘槎泛河至银河，遇见牛郎织女。因此，古人以为黄河源通银河。

［4］天光：天上的光辉，这里指天星。火敦：即星宿海，在青海省果洛州境内。元以来人们多以为星宿海即黄河发源地。《河源记》："河源在吐蕃朵甘思西鄙，有泉百余泓，……立高山下视，灿如列星，以故名火敦脑儿，译言星宿海。"

［5］青海风涛：青海湖的狂风激涛。还：环绕。积石：指小积石山，即今青海省循化县境内的孟达山，黄河从山南流过，狂涛如雷，日夜奔腾。

［6］玉门：即玉门关，在今甘肃省敦煌市西，是古代通往西域的要道，经济很繁荣。车马：车水马龙的省称。半：一半。

［7］昆仑：昆仑山，这里指大积石等山。征西路：明朝初年，西平侯沐英、征

西将军邓愈先后追击羌人至大积石山，史书上说追至昆仑。

［8］吐谷浑：本是南北朝隋唐时游牧于青海草原的鲜卑族，这里指藏族等少数民族。

塞上呈中丞侯公

艾穆

青海湾头调角声[1]，贤王西牧欲横行[2]。
戎心纵欵犹难测[3]，斥堠无烽却不惊[4]。
破胆争传司马谕[5]，受降高筑白狼城[6]。
腐儒未识麒麟画[7]，只道风尘易请缨[8]。

作者简介：

艾穆（1534～1600），字和父，号纯卿、熙亭，岳州平江（今湖南平江）人，嘉靖时举人，任国子监助教，万历初年升任刑部主事员外郎、户部员外郎。万历六年（1578），因得罪权臣张居正，廷杖八十，贬戍西宁卫，四年后赦还复职。后迁右佥都御史，巡抚四川。有《终太山人集》。

题解：

一作《甘泉塞上呈中丞侯公》，是诗人在谪戍西宁时呈给甘肃巡抚侯东莱的诗作，反映了当时漠南蒙古俺答汗率部进入青海游牧和侯东莱等明朝边将处置的态度，表达了攻防兼施的见解。

中丞侯公：即侯东莱，字儒宗，山东掖县人。嘉靖二十九年（1550）进士，隆庆二年（1568）任西宁兵备副使，修边隘，恤士卒，抚边民，扶善良，对地方贡献良多。万历二年（1574）后任甘肃巡抚，邀请三世达赖喇嘛会见于凉州（今甘肃武威）幻化寺，接着奏开西北与蒙古人的互市。中丞：本是汉代之后负责检察的御史中丞，明清时也称巡抚为中丞。

注释：

［1］调角：吹奏的号角。唐张乔《书边事》："调角断清秋，征人倚戍楼。"

［2］贤王：指俺答汗，明朝蒙古土默特部首领。嘉靖三十八年（1559）率部进入青海草原游牧。万历六年（1578），与三世达赖喇嘛会见于青海湖南的仰华寺，互赠尊号，推进了格鲁派在蒙古诸部的传播。"贤王西牧"即指俺答汗部族进入青海事。

［3］戎心：敌人入侵之心。《国语·晋语一》："疆埸无主，则启戎心。"纵欵：意为敌人入侵之心放缓或表现得没有入侵之意。欵同"款"，意为忠实诚恳或徐缓的样子。

［4］赤堠：也作斥候，用以侦察敌情的堡垒烽台。《旧唐书·宣宗本纪》："瓯脱顿空于内地，斥堠全据于新封。"斥堠无烽表示没有战事迹象。

［5］司马谕：司马大人的晓示。谕同"喻"，晓喻。这里指侯东莱会晤并劝喻三世达赖喇嘛倾向明王朝。

［6］白狼城：在今辽宁喀左县境内。顾祖禹《读史方舆纪要》："白狼城在营州西南。"这里借指侯东莱等人修筑的西宁边墙，来往隘处往往筑有小型城池和暗门。

［7］腐儒：只读书而不懂大事的迂腐者。麒麟画：麒麟阁上的功臣画像。汉武帝在狩猎时获得麒麟，在未央宫建麒麟阁，绘功臣像以示表彰。后世遂以麒麟画来形容战功卓著的将帅。

［8］风尘：战事。唐李端《代村中老人答》："京洛风尘后，村乡烟火稀。"请缨：请求出征杀敌。缨是长绳，用来绑缚俘虏的敌军首领。《汉书·终军传》："南越与汉和亲，乃遣军使南越，说其王，欲令入朝，比内诸侯。军自请：'愿受长缨，必羁南越王而致之阙下。'"

塞下曲（三首）

石槚

一

春色茏苁四望青[1]，远山压雪玉为屏。
东风几度千崖静，绝岛羌声咏治平[2]。

二

野寺钟声催晓箭[3]，长安战士铁生面[4]。
扬旌飞卷海尘空[5]，坐笑边楼月生院。

三

风软芳郊淑媚天[6]，杏红飞雨杂青烟[7]。
枝头款款啼春鸟[8]，似与征人奏凯还。

作者简介：

石槚（1541～？），字伯材，汝宁（今河南省汝南县）人。明穆宗隆庆二年（1568）中进士，授湖广辰州府推官，调为陕西太仆卿，任西宁兵备道副使，主张善抚番民，后升任布政司右布政使，因厌恶佞僚，弃官而归，自号“西湖钓叟”。有《湖上草》。

题解：

石槚所作《塞下曲》共十首。“春色茏苁”原列第一首，描绘了一派羌声治平的太平景象，色彩鲜丽，情调愉快。“野寺钟声”原列第五首，写青海乱起，将士迅速平定的奇功以及取胜后欢庆的神情，韵调铿锵，气势雄壮。“风软芳郊”原列第六首，写凯旋时西宁郊野美好的景色，有声有色，情景交融。这几首都是诗人在任西宁兵备副使时所作，风格清新明快，不同于一般边塞诗的残酷激烈，是颇有特色的，在明代边塞诗中可谓独具一格。

注释：

［1］茏苁：聚集的样子。《淮南子·俶真训》：“被德含和，缤纷茏苁。”

［2］绝岛：青海湖中的海心山，因为其岛四面不接陆地，所以称绝岛。羌声：藏语歌吟之声。治平，国事安定太平。

［3］晓箭：即清晨。古代计时的铜漏上所刻示的标记叫作箭。杜甫《和贾至舍人早朝大明宫》诗：“五夜漏声催晓箭，九重春色醉仙桃。”

［4］长安战士：从长安调来征戍青海的将士。铁生面：披上铁甲。

［5］扬旌：挥舞战旗。海尘空：青海湖的氛尘靖息。

［6］芳郊：长满芳草的郊野。淑媚：美好、明媚。

［7］杏红飞雨：风吹杏花落如雨。西宁一带多植杏树，夏日杏花飞如红雨，景色十分美丽。青烟：漂浮的青色烟岚。

［8］款款：鸟婉转鸣叫的声音。

河湟警报

游朴

西宁烽火照京西[1]，百二河山厌鼓鼙[2]。
策士两年心欲腐[3]，边城千里血为泥。
榆关有急时传箭[4]，枫陛无人夜刺闺[5]。
便欲狂排阊阖叫[6]，天高瑶圃听犹迷[7]。

作者简介：

游朴（1526～1599），字太初，号少涧，福宁（今福建柘荣）人。万历二年（1574）进士，授成都府推官，德政突出，入为大理寺评事，署左寺正事，实授左寺正等职，后迁刑部郎中、广东按察使副使，官至湖广布政使司右参政。有《藏山集》。

题解：

诗题一作《西宁警报》，是作者听闻河湟边警的消息后写的，反映了当时边情的紧急，诗人心情的焦急，也讽刺了朝廷的懒政。表面是写唐宋时期因朝廷不够重视而失去河湟，实际是借题发挥，对明神宗在后期不理朝政的批评。

注释：

［1］京西：首都以西。这句意思是西宁的烽火映照到首都的西边，形容警报的紧急。

［2］百二山河：重重叠叠的山河，“百二”形容其多，比喻山河险阻。唐卢宗回《登长安慈恩寺塔》诗：“九重宫阙参差见，百二山河表里观。”厌鼓鼙：阻断鼓鼙之声。厌，排斥、压抑。鼓鼙，军中的大鼓和小鼓。

［3］策士：谋士。腐：腐烂、颓废。这句的意思是谋士连年献策，无人听取，以至于心灰意冷。

［4］榆关：山海关，在今辽宁秦皇岛。隋朝在此地筑关，名曰临渝关，明代称为榆关。这里代指西部边关。传箭：传递令箭，古代北方少数民族起兵时往往以传箭为号。唐杜甫《投赠哥舒开府翰》诗：“青海无传箭，天山早挂弓。”仇兆鳌注引赵汸之：“外寇起兵，则传箭为号。”

［5］枫陛：皇宫、皇上。唐陈元光《示珦》：“恩衔枫陛渥，策向桂渊弘。”刺闺：冲击内宫。意思是没有人能因为边事紧急而进入宫中向皇帝告急。唐郑锡《出塞曲》：“会当系取天骄入，不使军书夜刺闺。”

［6］便欲：就要、试图。狂排：未经允许，径自推门而入。排是推门，叫排闼、

排户等。阊阖：神话传说中西边的天门。屈原《离骚》："吾令帝阍开关兮，倚阊阖而望予。"王逸注："阊阖，天门也。"后来代指皇宫或朝廷。唐杜甫《八哀诗·故秘书少监武功苏公源明》："晨趋阊阖内，足踏宿昔趼。"仇兆鳌注："天上有阊阖殿，故人间帝殿，亦名阊阖。"叫：大声呼唤。

［7］瑶圃：产玉的园圃，指仙境。屈原《涉江》："驾青虬兮骖白螭，吾与重华游兮瑶之圃。"这里指皇帝游乐的地方。

古鄯行吟

高洪

青柳垂丝夹野塘[1]，农夫村女锄田忙。
轻鞭一挥芳径去，漫闻花儿断续长[2]。

作者简介：

高洪（生卒年不详），山西人。明万历年间任职河州（今甘肃临夏），有德政，入祀名宦祠。有《秦塞草》。

题解：

从诗题可知，这是作者在古鄯一带行走时所吟，首次把农民唱西北花儿的情景描写了出来，难能可贵。

古鄯：古鄯驿，建于明洪武年间，城墙遗迹犹存，今为民和县古鄯镇。

注释：

［1］野塘：村外水塘。

［2］花儿：流行于青海、甘肃等地的一种民歌，分为河湟花儿和洮岷花儿两种。

河湟花儿主要流行于青海东部湟水流域和甘肃临夏一带。断续：断断续续的样子。南朝齐王融《巫山高》："烟霞乍舒卷，猿鸟时断续。"

峡口

郑洛

此地何年辟，层关一径通。
山深开路险，谷邃起风雄[1]。
日月分明晦[2]，烟岚亘始终。
营平人迹远[3]，犹说汉时功。

作者简介：

郑洛（1530～1600），字禹秀，号范溪。安肃遂城（今河北省徐水区遂城）人。嘉靖三十五年（1556）进士，历官御史、右佥都御史、兵部右侍郎、兵部尚书兼右都御史等职。万历十八年（1590）经略青海，用分化政策保番安民，孤立蒙古贵族，焚毁仰华寺，稳定西陲，却遭奸党诬陷诽谤，遂愤而谢病辞职。数年后朝廷意欲重新启用，仍因群小谤议而作罢，终老故里。有《白贲堂诗草》。

题解：

这首诗描写了西宁东边的小峡口，当是诗人往来峡口时的写实。

峡口：即小峡口，两边山被称为峡口山。《西镇志》："峡口山，城东三十里，地极险阻，为湟鄯往来咽喉地。汉时名湟陿，唐人常修阁道，宋筑省章城，控制要害，又名绥远关。"

注释：

［1］谷邃：山谷深邃。

［2］明晦：明暗，晴阴。

［3］营平：营平侯赵充国。《甘肃通志》：峡口“汉时名湟陋，赵充国屯田金城，奏治湟陋以西道桥”。赵充国从峡口到西石峡（今湟源峡）以西，修建路桥，便于屯田交通，开湟水流域农耕先河，后世歌颂之。

西大通

郑洛

远戍垂荒塞[1]，孤城此大通。
平沙连野白，斜日半岩红。
草莽苍茫外，烟墟隐约中[2]。
停骖聊问俗[3]，南北杂羌戎[4]。

题解：

这是诗人巡边到西大通问俗访遗后所作，诗情画意般地描绘了海北门源的自然风貌和民族杂居情形，视野辽阔，气象恢宏。

西大通，今海北藏族自治州门源县一带。明代中期后为蒙古族牧地，曾建有城堡。清雍正三年（1725）在此设大通卫，接着在今门源县城所在地修筑卫城，派兵戍守，称为北大通。乾隆时迁卫城到今大通县境内的白塔城。关于明代在门源的大通城，地方史志几无记载，这首诗正好弥补了这一史实。

注释：

［1］远戍：遥远的戍边城堡。荒塞：洪荒要地。

［2］烟墟：烟霭中的废墟。

［3］停骖：停下马车。骖是三匹马所驾的车。作者是兵部尚书，所乘车规格较高，故云停骖。

［4］羌戎：指藏族和蒙古族。

塞垣春

郑洛

三月花时花未开[1]，东风无力懒相催。
上林桃李休闲笑[2]，塞下春光取次来[3]。

题解：

这是作者《塞垣春》二首之二，是诗人在西宁暮春时所作，对尚未开花的边陲充满了繁花即开的信心。这是明以前边塞诗中少见的正能量佳作。塞垣，塞上城垣，指西宁。

注释：

［1］花时：百花盛开的季节，指春天。

［2］上林：上林苑。汉武帝时修建的皇家园林，旧地在今陕西省境内，规模宏伟，地跨数县，每当春季，繁花竞艳。闲笑：轻率嘲笑。

［3］取次：次第，逐渐。元揭傒斯《山市晴岚》："近树参差出，行人取次多。"

观猎

张问仁

霜落兽初肥[1]，将军自指挥。
羌儿识兔窟[2]，胡马趁鹰飞[3]。
云响雕垂箭，尘喧鹿夺围。
平原日欲暮，长啸振缨归[4]。

作者简介：

张问仁，字以元，明代西宁卫人。嘉靖三十四年（1555）中举人，次年又中进士。出宰阳城，升为工部主事，又迁员外郎。后又历任山东东兖佥事、直隶昌平兵备参议等。他为官传承师德，刚正清廉，任职清江水司期间，剩黄金一万五千两，全部上交国库，时人称颂之。后遭诬陷罢官回家，所带除一些书籍外，别无值钱东西。回家后还参与过抵御西海蒙古的军事擘画。问仁善诗文，张九一有“佳句频传水部名，溪上孤槎曾奉使”的誉赞诗句。有《闵子集》《河右集》等。

题解：

此诗写在青海高原观将军围猎的场景，有声有色，形象生动逼真，风格雄浑壮阔，颇有时代特色和地方特色。这是诗人现存的诗中具有代表性的一首，它体现了诗人俊朗洒落的诗歌风格。

注释：

［1］霜落：秋季，这时兽类最肥，因而围猎。

［2］羌儿：藏族男子。

[3] 胡马：少数民族饲养的马，马种优良，能随鹰飞奔。

[4] 长啸：蹙口作声，声音嘹亮而清脆。振缨：犹弹冠，本指出仕或隐遁，这里是整齐衣冠的意思。

秋夜边城闻警

张问仁

羽檄尚纷纷[1]，忧怀乍欲焚[2]。
秋笳寒泣月[3]，戍鼓夜翻云[4]。
急速天边火[5]，深孤海上军[6]。
飞书问都护[7]，露布几时闻[8]？

题解：

这是诗人归居西宁时所作。当时居牧于青海湖地区的蒙古族贵族常常袭击藏族部落，攻扰西宁地区，史书称为“海寇”。可能是在某一年秋夜，诗人突然听到“海寇”又开始向东攻掠了，于是忧怀欲焚，心事重重，写下了这首诗。诗中充满了诗人忧国忧民的赤子热情。

注释：

[1] 羽檄：汉代用一尺二寸长的木简为书以征兵，称作檄。如遇急事，则插鸟羽其上，以表紧急，称作羽檄。后世便把紧急的军用文书统称为羽檄。纷纷：繁多。

[2] 忧怀：忧愁的胸怀。乍：忽然。

[3] 笳：胡笳，古时一种类似笛子的乐器，其声悲。

[4] 戍鼓：戍楼的鼓声。

[5] 天边火：明朝边界上的战火。天边：这里代指青海湖东日月山一带。

［6］海：青海湖。

［7］飞书：飞快传递来的书信。都护：古代边疆官名。汉时有西域都护，唐时又有安西、北庭等都护。这里用来借指戍边大将。

［8］露布：本指不封口的文书，后来多用称捷报、檄文。

破夷曲（二首）

张问仁

一

赤帜高标大将旗[1]，残胡营帐尽潜移[2]。
雪山更作屯田地，青海重为饮马池[3]。

二

弦管军民日醉酣[4]，一朝塞北又江南。
非常事业非常誉，海外而今转绎谈[5]。

题解：

这是诗人《破夷曲七首》之五、七首。写于田乐等人率领明军先后击败青海蒙古贵族之后，反映了和平之后的情景。关于写作背景和主题，诗人有序道："大中丞任邱田公，一岁与夷战于五郡之间三，大破，夷远遁。上喜，报宠有加，军中争为歌谣。余闻诸将所谈尤悉，于是采其词意之雅切者，节为七言绝句，以比昔人凯歌，传之永永。其曰《破夷曲》，则军中之原号，故不复易，以存实云。"

注释：

［1］赤帜：红色大旗，这里指军中主帅的旗帜。

[2] 潜移：悄悄迁走。

[3] 弦管：弹奏的弦乐器和吹奏的管乐器，这里代指欢庆胜利的音乐。

[4] 绎谈：神奇传说。绎：演绎。

河西（二首）

万世德

一

虏骑谁驱青海头[1]，藩篱鼙鼓入新秋[2]。
关东老将多筹策[3]，一战能纾天子忧[4]。

二

五月湟中气犹冽[5]，天骄远遁长城窟[6]。
汉家追骑到昆仑[7]，健儿夜啮西山雪[8]。

作者简介：

万世德（1547～1603），字伯修，号邱泽，山西偏头（今山西省偏关县）人。明隆庆五年（1571）中进士。万历十四年（1586）任西宁兵备佥事。当时西陲多事，这年松山蒙古入掠燕麦川，番部攻入北川，世德分别率兵击退。兵部尚书郑洛经略青海，采纳世德建议，进兵青海湖，焚毁仰华寺，取得大胜。万世德治兵西宁卫，采取保藏族、孤立蒙古的方针，颇为得计。后来反被以罪罢官。有《湟中牍》《塞下曲》等。

题解：

这是作者《河西》六绝的第五、六首。河西本指黄河以西广大地区，但这两首写的全是有关青海的事。第一首写现实，即郑洛经略青海之战，第二首追溯历史，即唐初和明初中原王朝军队追击吐谷浑和羌人到昆仑的战役，都写得慷慨激烈，豪放悲壮，即使和唐人王昌龄的边塞诗放在一起，也毫不逊色。

注释：

［1］虏骑：一作“夷骑”，指蒙古贵族骑兵。此句写的就是东蒙古移牧青海为患的事。明武宗正德五年（1510），亦卜剌和阿尔秃斯两部首先进入青海湖区，正德九年（1514），卜儿孩部亦移来。世宗嘉靖三十八年（1559），俺答率部来青海，赶走卜儿孩等，留其子丙兔驻牧。后来，俺答属下火落赤、永邵卜等部也进入青海地区。他们常常袭掠藏族部落，攻掠西宁卫地区，有时兵势极盛，曾屡使明朝军队全军覆没。

［2］藩篱：属地。青海为少数民族地区，其时已在明朝版图内，少数民族首领接受明王朝的诰封，设有曲先、安定等卫，因此称藩篱。鼙鼓：指战乱。

［3］关东老将：当指郑洛。郑洛为安肃（今河北省徐水区）人。其地在函谷关东。古有“山西出将，山东出相”的说法，因为汉代军事家多出自关陇，丞相多出关东。这里是说郑洛智勇双全，善于筹策。

［4］纾：解除。

［5］湟中：泛指西宁卫地区。气：气候。冽：冷。

［6］天骄：汉时称匈奴单于为“天骄”，意思是“天之骄子”，后用以代指北方少数民族君主。长城窟：形容极远僻的地方。三国魏陈琳《饮马长城窟》云：“饮马长城窟，水寒伤马骨。”

［7］汉家：中原王朝。昆仑：指大积石山。据《旧唐书·吐谷浑传》，唐太宗贞观九年（635），李靖、李道宗、侯君集、李大亮等率兵追击吐谷浑王伏允，“经涂二千余里空虚之地，盛夏降霜，多积雪，其地乏水草，将士啖冰，马皆食雪”。按此地即今大积石山一带，明人称为昆仑。又《明史》邓愈、沐英、李英诸传载，明洪武二年（1369），沐英略地至昆仑山，十年（1377），征西将军邓愈、副将沐英讨吐蕃至昆仑山，大破之。洪熙元年（1425），会宁伯李英追击安定叛众踰昆仑山。

[8] 健儿：军中将士。西山：泛指大积石一带诸山。

入塞曲（二首）

万世德

一

雪岭黄河不解春，征裘犹带旧风尘[1]。
谁知戈戟年来事[2]，赢得纶竿塞下身[3]。

二

记得沙场逐左贤[4]，几回鸣剑向祁连。
为忧属国新承宠[5]，何事书生著祖鞭[6]。

题解：

这是作者《入塞曲》十首的第一、四首，作于万历十六年（1588）秋天。关于写作背景，作者在诗序中曾说："戊子秋，余治兵湟中，以保番创虏。……为赋《入塞曲》以见意。"当时进据青海的蒙古贵族经常掳掠奴役藏族民众，明朝西宁兵备副使的主要职责是打击蒙古贵族以保护藏族民众。经多次交锋，赢得一时和平，所以万世德《入塞曲》主要以和平无战事为主题。

注释：

[1] 征裘：征衣、战袍。

[2] 戈戟：戈与戟，两种兵器，这是代指作战。

[3] 纶竿：钓鱼的钓竿。宋徐积《渔父乐》："渔唱歇，醉眠斜，纶竿蓑笠是生涯。"这里是指因为没有战事，将军只好学做渔翁钓子。塞下身：身居塞下的作

者自己。

［4］逐：驱逐。左贤：左贤王，西汉时匈奴贵族封号，诸王侯中地位最高。这里指进据青海湖的漠南蒙古首领。

［5］属国：两汉时为安置归附的匈奴、羌等民族部众设立的行政区划，这里指青海地区。明代在今柴达木盆地和环湖地区曾设安定、阿瑞、曲先、罕东等四卫，归西宁卫管辖，统称“西宁塞外四卫”。承宠：承受恩宠。指作者被朝廷任用为西宁兵备佥事一事。

［6］何事：何故、何必。书生：作者自指。著祖鞭：争先征伐。《晋书·刘琨传》：刘琨“与范阳祖逖为友，闻逖被用，与亲故书曰：‘吾枕戈待旦，志枭逆虏，常恐祖生先吾著鞭。’”这里指因为时值和平，无须谋划战策。

西宁延寿果

汤显祖

欲扶灵寿向江天[1]，茹菊寻芝总不仙[2]。
何得对餐延寿果，与君长似十年前[3]。

作者简介：

汤显祖（1550～1616），字义仍，号海若、若士、清远道人，临川（今江西抚州市省临川区）人。万历十一年（1583）进士，先后任南京太常寺博士、詹事府主簿和礼部祠祭司主事。因上书痛斥官场腐败被贬为广东徐闻典史，后调任浙江遂昌知县。终因看不惯官场恶风，愤而辞职，潜心戏剧创作，成就斐然。有《玉茗堂全集》等。

题解：

这是诗人为答谢友人赵邦清远送礼品而作的组诗之一，总题《谢赵仲一远贶八绝》。赵仲一即赵邦清，曾任吏部稽勋司郎中，因得罪权臣被革职为民，与汤显祖意气相投。赵邦清给作者送去西宁蕨麻，作者以此诗表示感谢。

延寿果：蕨麻，野生蔷薇科果实，也叫人参果。西宁蕨麻，也称青海蕨麻，品质好，具有健胃补脾、生津止渴、益气补血等功能，所以明清时列为珍品。

注释：

［1］灵寿：手杖。魏晋时王氏《灵寿杖铭》："杖之身安，越龄松乔。"

［2］茹菊：食用菊英，宋毛滂《阇黎从上人予往年香火院学徒也去之天竺益求其师之说归为邑人言之予自江东归见于昭庆寺喜其进学不已为作此诗》："烧香如意夜，茹菊钵盂秋。"寻芝：寻找灵芝。唐刘得仁《送姚处士归亳州》："石路寻芝熟，柴门有鹿来。"

［3］长似十年前：永远和十年前一样健壮年轻。

吊西宁帅

汤显祖

峡石千兵死战场[1]，将军不敢治金疮[2]。
筹边自有和戎使[3]，阁道无劳问破羌[4]。

题解：

明万历十六年（1588）秋，青海蒙古塔布囊部出袭西宁，副总兵李魁战死于王狗尔峡（在今湟中区南川），全军覆没。顾炎武《天下郡国利病书》对此役概括道："十六年九月，海虏瓦剌他卜囊入掠南川蕃部，副总兵李魁等御于王狗尔峡，死之，覆其军。"然而朝廷没有及时有效遏制，以致西陲边境连年不得安宁。汤显祖遂作此诗，对朝廷不能及时处置边事表示不满。

西宁帅：指李魁，生平不详。这次战斗中，他“乘醉率所部遏寇归路，为所围”，被射杀。

注释：

［1］峡石：峡石山。徐朔方笺注《汤显祖诗文集》：“峡石，即西宁东南之峡口山。”

［2］金疮：刀剑等兵器所造成的创伤。

［3］筹边：筹划边务。和戎使：朝廷派出和蒙古贵族和解的使者。

［4］阁道：栈道，此指征途。无劳：无须劳累、不用麻烦。

湟中纪事（二首）

刘敏宽

一

亲提义旅虎台西[1]，夜向荒祠藉草栖[2]。
秉烛借筹劳待旦[3]，雄心起舞陋闻鸡[4]。

二

十道雄师西合围[5]，雕戈指日驻斜晖[6]。
欲知辛苦龙荒战[7]，腥血模糊在铁衣[8]。

作者简介：

刘敏宽（1545～？），字伯功，安邑（今山西省运城市）人。明神宗万历五年（1577）中进士。二十三年（1595）任西宁兵备副使，这年九月，大破蒙古永邵卜部于西宁南川捏耳朵峡（今湟中区上新庄乡）；十月，再破蒙古诸部于西宁西川康缠沟（今湟中区多巴镇境）。以功加按察使。在青海时多有创新，如开设北山（今互助）炼铁厂、制造炮车等。后历任甘肃巡抚、延绥巡抚，最后至陕西三边总督、兵部尚书。

题解：

《湟中纪事》凡十六首，这两首原列第十三、十四首。这组诗记述的是明神宗万历二十三年（1595）明藏联军连破西海蒙古的战役。明军在九月重阳日先破敌于南川；十月，与藏族军队联合，设十面埋伏，再破敌于西川，并追至西石峡（今湟源峡）以外。从此青海蒙古势力大弱，已不足为边患。时人称这两次战役是明边防“二百年无前之奇捷”。（张问仁《湟中破虏碑记》）刘敏宽亲自参加指挥了这场战役，因而其诗中不论描写战前将士激情（如第一首）或记述战时残酷场面（如第二首），都很自然逼真。

注释：

［1］亲提：亲自率领。义旅：正义之师。虎台：在今西宁市杨家寨，相传南凉王秃发傉檀所筑，是他出兵誓师之地，其遗迹今存。这里特别提到虎台，有着誓师的含义。

［2］荒祠：荒废的祠宇。藉草栖，铺着草休息。

［3］秉烛：手持油灯。借筹：汉时张良去向刘邦献策，刘邦正在吃饭，张良说：“臣请前箸为大王筹之。”便拿着吃饭的筷子比画着陈述形势。这里用来说明诗人连夜筹划是为了帮助主将田乐。在西川之役中，主指挥官是甘肃巡抚田乐。

［4］这句反用晋祖逖故事。《晋书·祖逖传》：祖逖与司空刘琨俱为司州主簿，关系密切，同床而卧。半夜听见鸡叫，祖逖蹬着刘琨说：“此非恶声也。”于是起而舞剑。后来便用“闻鸡起舞”来比喻志士奋发的豪情。

［5］合围：四面包围。

［6］雕戈：刻有花纹、经过装饰的戈。驻斜晖：使快要落山的夕阳停留天中。这句用鲁阳公挥戈指日的故事。《淮南子·览冥训》：楚国鲁阳公与韩构战斗，战

正酣，而天快黑了，鲁阳公挥戈而指，太阳为之倒返三舍。后来用此典比喻人力胜天。舍：《论衡·感虚篇》："星之在天也，为明舍。"二十八宿有分度，一舍为十度，日返三舍，即太阳倒退三十度。

［7］龙荒：荒凉的边塞地带。龙指匈奴祭天的所在地龙城，在今蒙古人民共和国鄂尔浑河境，这里代指所谓"塞上"的青海地区。

［8］铁衣：铁甲。

塞上杂咏（二首）

龙膺

一

湩酪饮如甘露[1]，香秔粒比明珠[2]。
亭堠星罗留壁[3]，里廛云集氍毹[4]。

二

蕃寺椎牛佞佛[5]，羌人屠马祭天[6]。
五月阴峰尚雪，三春荒戍空烟[7]。

作者简介：

龙膺（1560～1622），字君御，号朱陵，武陵（今湖南省常德市）人。明神宗万历八年（1580）进士，二十三年（1595）任西宁监收通判，后曾为分巡西宁道。在西宁卫任职期间，兴社学，修《西宁卫志》，颇有政绩。万历三十八年（1610）升西宁监司布政，官至南京太常寺卿。时人评他"本雍容冠玉之才，负叱咤摧山之气，临阵不辞锋镝，挥戈足扫穹庐"。龙膺善诗文，有《纶溦全集》。

题解：

《塞上杂咏》原有四首，这两首分别为第二、三首。诗篇歌吟了青海地区的物产、民俗、宗教、气候、山川等，颇为精炼独到，逼真传神。以白描手法，显示了青海高原多方面的特色。

注释：

［1］湩酪（dòng lào）：用牛羊的奶乳制成的食品，如酸奶等。甘露：甘美的雨露。

［2］秔：同“粳”，麦粒。过去青海麦类多种青稞、大麦。

［3］亭堠：边境上监视瞭望敌军的岗亭。星罗：星罗棋布到处皆是。塈：涂抹屋顶。

［4］里廛：也作廛里，村落房屋，这里指少数民族部落居牧的区域。云集：聚集。氍毹（qú shū）：毛毯，这里代指毛织帐篷。

［5］蕃寺：喇嘛教寺院。椎：击打，这里引申为杀、宰。佞佛：崇尚、虔信佛教。

［6］羌人：这里是泛指在青海境内的少数民族人民。祭天：祭祀天神，古代一种大祭仪。

［7］三春：春季三个月。荒戍：荒凉的戍地。

辛亥七月朔味爽谒元朔绛霄宫纪游

龙膺

重谒灵山思欲飞[1]，岩花涧草缀晴晖[2]。

嵌空碧石攒华盖[3]，逼汉彤云护紫微[4]。

昆阆移来天柱耸[5]，沧溟浴出日轮晞[6]。
神龙穴壁腾霄上[7]，远近争传肃帝威[8]。

题解：

这是龙膺在明万历三十九年（1611）七月初一黎明登上元朔山（今大通县老爷山）拜谒绛霄宫后作的一首七律，生动地描写了清晨山景以及道教风情。

辛亥：明万历三十九年。朔：初一。昧爽：黎明、拂晓。《孔子家语·五仪》："昧爽夙兴，正其衣冠。"元朔：元朔山，即今之老爷山，在大通县桥头镇。民国《大通县志·地理志》："元朔山，去县城（今大通县城关）东南三十五里，人称北武当。石磴盘梯，川流绕带。山顶有太元宫，即关帝庙，故土人又呼为老爷山。此外古庙不可胜计。盛夏花浓，名野芍药。每逢天贶，士民游集，称大会焉。北有巨石高二丈许，监司龙膺题名'海藏'。"由此可知，龙膺不仅留下了歌咏老爷山的诗篇，还在山石上题写过"海藏"两个大字。绛霄宫：道教神殿，居于紫微上宫，又称勾陈天宫。道教把真人心称之为绛霄宫，故以绛霄宫作为道教建筑群的核心。金王处一《安丘陈县君出家求教》有"一气周流清净体，万神齐会绛霄宫"之句。这首诗中指老爷山最高处的真武大殿。

注释：

［1］灵山：宗教界向往的神仙所居之山，如道教中的昆仑山、蓬莱山等，这里指元朔山。

［2］重谒：再次拜谒。晴晖：晴天阳光，这里当指清晨朝晖。

［3］攒：聚集，高耸。华盖：华盖星，属紫微垣，共十六星，形似伞状，故名。道教以华盖指眉毛，《黄庭内景经·天中》云："眉号华盖覆明珠。"这里两义兼通，指凌空巨石的高险危耸。

［4］逼汉：逼近银汉。彤云：红霞。紫微：紫微星，也叫北极星。紫微星是北极五星中的帝星，被视为众星之主。

［5］昆阆：昆仑阆苑，即昆仑山上的阆风，是昆仑神话中神仙所居之仙境。《博异志·阴隐客》："修行七十万日，然后得至诸天，或玉京、蓬莱、昆阆、姑射。"天柱：擎天之柱。

［6］日轮：太阳。《列子》："日初出，大如车轮。"晞：破晓。

［7］此句指的是同年五月元朔山神龙穴壁而升天的灵异传说。诗人附记："五月二十八日，风雨晦冥，香亭右壁闻霹雳大震，神龙穴壁，直透瓦角上腾，拔兽吻而去。"神龙：传说中龙见首不见尾，变化莫测，又具有神圣地位，故有此称。穴壁：凿穿墙壁。

［8］肃帝威：敬畏真武大帝的威严。肃：肃敬。《说文解字》："肃，持事振敬也。"帝：这里特指元朔山道教最高神灵真武大帝。

湟中张以元藩参招游南园即席赋十六韵

龙膺

郊原步屧散边愁[1]，选胜名园事事幽。
五柳逶迤如栗里[2]，众芳葱蒨宛沧州[3]。
跨虹曲涧遥相引[4]，冠日轻霞晚未收[5]。
绕郭山含苍霭媚[6]，绿池树夹绿云流[7]。
浪说寻源从博望[8]，惊看造径到王猷[9]。
林端横吹兼群籁[10]，竹外行厨出庶羞[11]。
东挽黄河开墨渚[12]，西移玄圃筑糟邱[13]。
渥丹颜色浛朱草[14]，雅素心盟订白头[15]。
午夜文星高北斗[16]，暮年词藻动南楼[17]。
偏宜倒载襄阳骑[18]，那似虚乘剡上舟[19]。

赌墅熏风披远志[20]，醉茵明月挂扶留[21]。
濠梁共悟从容乐[22]，蒙谷重期汗漫游[23]。
家忆桃源归迹稳[24]，能无清梦绕并州[25]。

按：全诗缺鸠韵一句，《重刊纶灊诗集》注：“阙存鸠韵一句云‘健饭何须杖刻鸠’”。

题解：

这首诗是龙膺应西宁诗人张问仁的邀请，游玩张氏南园后所作，描写了南园幽美的风情，歌颂了张问仁的才华性情，同时也表达了对自己故乡的怀念和个人不俗的心态。根据诗题，全诗应为三十二句，现存文集仅二十八句。

湟中：即西宁。张以元藩参：即张问仁，当时张问仁回归故里，应聘参与西宁军事谋略。以元：张问仁的字。藩参：藩镇幕僚。南园：应是张问仁私人花园。

注释：

[1] 郊原：城郊原野。步屧（xiè）：穿着木底鞋行走，屧是木板为底的家居休闲鞋。唐杜甫《遭田父泥饮美严中丞》：“步屧随春风，村村自花柳。”司空图《二十四诗品》：“可人如玉，步屧寻幽。”

[2] 五柳：五柳先生。陶渊明《五柳先生传》：“先生不知何许人也，亦不详其姓字，宅边有五柳树，因以为号焉。”这里借指张问仁罢官后所居之南园风景。逶迤：芳径弯弯曲曲，连绵不断。栗里：晋代诗人陶渊明故里栗里村，在今江西庐山下，风景优美。此句既写南园风景，也隐喻张问仁淡泊名利的性情。

[3] 葱蒨：草木青翠茂盛。蒨，同“茜”。宛：宛如。沧州：沧洲，靠近河水的地方，比喻高士隐居之地，故有沧州访贤的说法，这里借喻张问仁是贤能的隐居高士。

[4] 跨虹：拱形桥。曲涧：弯曲的涧沟。

［5］冠日轻霞：太阳辐射出的晚霞。轻霞，淡淡的霞光。

［6］苍霭：白色云气。媚：明媚、好看。

［7］绿云：绿色之云，比喻缭绕仙灵的瑞云。唐李白《远别离》诗："帝子泣兮绿云间，随风波兮去无还。"

［8］浪说：漫说。博望：博望侯张骞，曾通西域探求黄河之源。

［9］造径：造访幽径。王猷：王子猷的省称。《世说新语·任诞》："王子猷居山阴，夜大雪，眠觉，开室，命酌酒，四望皎然。因起彷徨，咏左思《招隐》诗。忽忆戴安道。时戴在剡，即便夜乘小船就之。经宿方至，造门不前而返。人问其故，王曰：'吾本乘兴而行，兴尽而返，何必见戴？'"这里反其意而用之，意思是访问友人张问仁到其家中。

［10］林端：云林深处。横吹：横着吹奏的笛子之类乐器，此处指吹奏的乐声。群籁：各种自然声音。

［11］行厨：外游时带的酒食，这里指主人传送酒食。庶羞：多种美食。《仪礼·公食大夫礼》："士羞庶羞皆有大盖执豆如宰。"胡培翚正义引郝敬云："肴美曰羞，品多曰庶。"

［12］墨渚：墨色池水中的小块陆地，犹小岛。这句意思是引黄河之水为池，中凸陆地为小岛。

［13］玄圃：昆仑神话中最高处的仙境。糟邱：积糟为丘。糟是粮食，邱同丘。小山。宋项安世《次韵衡山徐监酒同考府学试》："祝融峰下筑糟邱，此段输君第一流。"此句说张氏南园人工山峦犹如把昆仑玄圃搬来筑成一样。

［14］渥丹：一种鳞茎卵球形的花草，可酿酒入药。花呈深红色，星状开放。飡：同"餐"。朱草：传说中的一种红色瑞草，此草出现是王者有盛德的标志。

［15］雅素：平生。心盟：不表现于语言的内心盟约。明李东阳《祭尼山庙文》："尚冀圣灵其幸鉴之，庶几无负于心盟也。"

［16］午夜：夜里子时。《玉篇·午部》："午，交也。"文星：文昌星，又叫文曲星，借指有学问有文采的文人雅士，这里特指张问仁。北斗：北斗星，比喻张问

仁文采之好、学问之富，堪当一时文宗。

［17］暮年：晚年。词藻：辞藻，诗文中的藻饰，这里泛指学识。南楼：南边之楼，一般泛指高楼。这里是说张问仁在晚年仍然读书写作，文采斐然。

［18］偏宜：特别合适。倒载：倒载干戈，刀锋向里倒插闲置，比喻天下太平。襄阳：今湖北西北部汉水中游，古来为兵家必争之地，又以风景优美、人才辈出著称。这句是说河湟动乱之日，张问仁参与军事谋划有贡献，而边陲稳定之世，张问仁又骑马漫游山水，醉情诗赋。

［19］那似：真像。虚乘：不骑马。剡上舟：剡溪上行舟。剡溪在今浙江东部曹娥江上游，风景绝佳，有著名的“剡溪九曲”胜景，历史上文人吟咏诗句甚多。这句也是指张问仁游览山水的情趣。

［20］赌墅：临危不惧的大将风范。《晋书》卷79《谢安传》载：晋时苻坚率众百万逼近淮淝，京师震恐。晋孝武帝加谢安为征讨大都督，“安遂命驾出山墅，亲朋毕集，方与玄围棋赌别墅”。熏风：和煦之风。远志：诗人自注：“草名。”是一种草药，主治失眠多梦、健忘惊悸，神志恍惚等。这里也暗指张问仁老年而精神清爽，才华不减。

［21］醉茵：醉卧于地毯。茵，本指车子上的垫子，后泛指铺垫的东西，这里借指可坐卧之物。扶留：诗人自注：“藤名。”即扶留藤，一种藤科植物，叶肥嫩美，果实可食。这句形容张问仁醉卧于花木之间，陶醉于自然。

［22］濠梁：濠水之上。濠水又名石梁河，在今安徽凤阳县境内。梁：桥梁。《庄子·秋水》：“庄子与惠子游于濠梁之上。庄子曰：‘鲦鱼出游从容，是鱼之乐也。’惠子曰：‘子非鱼，安知鱼之乐？’庄子曰：‘子非我，安知我不知鱼之乐？’惠子曰：‘我非子，固不知子矣；子固非鱼也，子之不知鱼之乐全矣。’庄子曰：‘请循其本。子曰汝安知鱼乐云者，既已知吾知之而问我，我知之濠上也。’”历史上把这个故事称为“濠梁观鱼”和“濠梁之辩”。共悟：一起体悟。这句是说诗人和张问仁有共同的价值情趣。

［23］蒙谷：神话中太阳落入的山。《淮南子·天文训》：日“至于蒙谷，是谓定昏”。高诱注：“蒙谷，北方之山名也。”重期：再次相约。汗漫游：遥远之旅游。

明张煌言《冬怀》：“万里孤槎真汗漫，十年长剑总蹒跚。”

［24］桃源：龙膺家乡常德的桃花源，因为陶渊明《桃花源记》而闻名，风景绝美，是历代文人向往之地。归计：归去的打算。宋陆游《行在春晚有怀故隐》诗：“归计已栽千个竹，残年合挂两梁冠。”稳：稳定、持续。

［25］能无：能不能。清梦：好梦。并州：大禹九州之一，约在今山西太原、大同及河北保定一带，历史上是北方军事之地，这里当是代指青海及甘肃河西走廊。当时诗人守戍这里，思乡心切，但不能预计返乡时间，故有此语。

龙君御过西楼谈眺得庭字

俞安期

地极赴寥廓[1]，楼居邻杳冥[2]。
聊舒河外望[3]，直过幕南庭[4]。
碛雨关城黑[5]，羌烟海色青[6]。
远心将猛气[7]，异域忘飘零。

作者简介：

俞安期（1550～？），字羡长，号震维居士，吴江（今江苏省苏州市吴江区）人。出身平民，终身不仕，一生为生计而流离颠沛，多次充作幕宾。明万历二十二年（1594），从贵州转陕甘来到西宁，走访塞上烽堠，与龙膺、张问仁等为诗友。约在二十五年（1597）离开青海，游燕赵齐鲁等地，回到南京定居。擅长诗文，被当时汪道昆、屠隆等名家所推崇。有《翏翏集》等。

题解：

这是诗人在西宁时与龙膺畅谈远望，吟咏唱和时所作。诗中描写了青海的自然风貌，颇具韵味。

龙君御：龙膺，字君御，当时被贬谪到西宁卫任通判。西楼：具体不详，应是西宁卫官衙建筑。眺：登高望远。得庭字：数人一起作诗时分韵而作，作者拈得的是下平青韵的庭字。

注释：

［1］地极：极远之地。寥廓：空旷深远。

［2］杳冥：高远的天空。唐魏朴《和皮日休悼鹤》："直欲裁诗问杳冥，岂教灵化亦浮生。"

［3］聊舒：聊以舒心。唐韦应物《与友生野饮效陶体》："聊舒远世踪，坐望还山云。"

［4］幕南：漠南，沙漠之南。幕通"漠"。幕南庭：沙漠南边的匈奴王庭。宋徐钧《臧宫》："电扫风驱寇已平，雄心又向幕南庭。"

［5］碛雨：沙漠凉飕飕的雨。陆游《胡无人》："铁衣度碛雨飒飒，战鼓上陇雷凭凭。"关城：关塞上的城堡。

［6］羌烟：羌人草原上的风烟。海：特指青海湖。

［7］远心：深远的报国心意。猛气：勇猛的气势。

刘宪使持节湟中赋赠

俞安期

鄯湟绝微接金城[1]，青海迢迢秉节行[2]。
坐啸楼中刘越石[3]，屯田河外赵营平[4]。
横开右地空胡幕[5]，遮入西羌护汉兵[6]。
敢借军声远出塞，名王阙下系长缨[7]。

题解：

这是作者在明万历二十三年（1595）赠给西宁兵备副使刘敏宽的二首之一。诗中既引述历史上中原王朝经营青海的要事，又对刘敏宽寄予了保境安民的期待。

刘宪使：刘敏宽。万历二十三年（1595）由河间府知府调任西宁兵备副使。宪使是对兵备副使的尊称。持节：官名，汉末魏晋南北朝时，地方军政官一般加“使持节”“持节”“假节”等号，可以看作节度使的前身。唐以后此号渐有名无实，后世仍以此称太守、刺史。这里是借古喻今的尊称。湟中：西宁兵备副使所管辖的湟水流域等地。赋赠：赋诗以赠。

注释：

［1］鄯湟：鄯州和湟州，皆是南北朝到宋代在青海东部的行政建置，这里泛指湟水流域及相近地方。绝徼：极远的边塞。徼是边境、边界。金城：指兰州。

［2］秉节：持节。宋欧阳修《武恭王公神道碑》：“秉节治戎，出征入卫。”

［3］刘越石：晋朝军事家刘琨，以战功累迁并州刺史，封广武侯。“永嘉之乱”后，据守晋阳九年。匈奴数万围困晋阳，援军七日未到，形势危急，刘琨登坐城楼，令军士吹奏《胡笳五弄》，哀伤凄婉，匈奴军心骚动；午夜再吹，匈奴泣泪而去。

［4］河外：黄河以北。赵营平：西汉军事家赵充国。汉宣帝时，赵充国化解与羌人的矛盾，屯田河湟，有重大影响。

［5］横开：横向开拓。右地：黄河以北的西陲要地。

［6］遮入：全面进入。西羌：先秦至魏晋时期生活在青海、甘肃等地的民族族群。

［7］名王：最尊贵的匈奴王。阙下：朝廷的宫阙之下。

登元朔山谒太玄宫

俞安期

曲栈钩梯倚石攀，登来俨在小三山[1]。
峰悬丹殿扶天起，飙引玄旂拂斗还[2]。
出海羌云西度幕，盘崖塞水北临关。
帝前清切参香案[3]，身列丛霄第一班[4]。

题解：

这是诗人和好友谢陛、秦株等人登上老爷山后所作。诗题一作《同谢少连秦万年登玄朔山谒太元宫》。太玄宫即真武大帝殿。

注释：

[1] 三山：海上三仙山方丈、蓬莱、瀛洲。晋王嘉《拾遗记》：“三壶，则海中三山也。一曰方壶，则方丈也；二曰蓬壶，则蓬莱也；三曰瀛壶，则瀛洲也。”

[2] 玄旂：玄旗，道家黑色的旗幡。拂斗：拂拭北斗星。

[3] 帝：指真武大帝，元朔山太玄宫所供奉。清切：清贵而切近。参：参拜，此指上香。香案：供奉神灵、摆放祭品的长方形桌子。

[4] 丛霄：九霄。宋范成大《小望州》诗：“丛霄一握近，罡风振衣冷。”第一班：第一排。比喻最高处。

登元朔山谒太玄宫

谢陛

振衣高叩碧琳宫[1]，石蹬盘云曲曲通。
仙杖绕庭临帝坐[2]，雄图控夷借神功。
天垂北斗悬旂上[3]，云压西山挂殿中。
万里壮心思出塞，长驱青海欲临戎[4]。

作者简介：

谢陛（1547～1615），字少连，歙县（今安徽省黄山市歙县）人。早年屡试屡败，乃出游四方，万历中期与友人到西宁，曾参与《西宁卫志》的编撰。晚年致力于文史研究，著《季汉书》尊蜀汉为正统，以蜀为本纪，以魏吴为世家，又著有《读书论》《黄山总记》等。

题解：

这是作者和俞安期、秦株等登上元朔山（今老爷山）后唱和之作，描写了元朔山的雄险壮美及由此引发的从戎壮思。

注释：

［1］振衣：抖掉衣服上的灰尘，表示恭敬。碧琳：青绿色的美玉。因为仰望太玄宫高耸于碧霄，似碧玉之间，故以碧琳宫比喻之。

［2］仙杖：神仙所倚的拐杖，这里比喻太玄宫周边的翠树。帝坐：天帝之座。坐同“座”。

［3］北斗：北斗星。旂：太玄宫所树的道幡。

［4］临戎：投身军旅，同“从军”。

元朔山谒太玄宫

秦株

绛殿穹窿冠岭开[1]，清秋高倚集灵台[2]。
复崖树色山中满，入峡河声塞外来[3]。
飞骑随人穿石往，抠衣谒帝拂衣回[4]。
挥毫遍扫苍苔壁[5]，深愧登高作赋才[6]。

作者简介：

秦株（生卒年不详），字万年，广陵（今江苏省扬州市）人。明万历年间举人出身，漫游四方，曾到西宁卫，与俞安期、谢陛为诗友。后赴京师，不知所终。

题解：

这也是作者与俞安期、谢陛等登临元朔山后所作的同题诗，形象生动地描写了元朔山的优美景色。

注释：

［1］绛殿：指太玄宫，因为其四周墙壁涂为深红色，所以称绛殿。穹窿：中间高而四周低垂。冠岭开：在山顶上建成。

［2］集灵台：唐玄宗时台名，即长生殿，初建成时号为集灵台，用来祭祀天神。这里借指太玄宫。

［3］入峡河：指东峡河。

［4］抠衣：提着衣裳下面部分而行走，表示敬谨严肃。拂衣：因为跪拜衣沾尘

而拂之。

[5] 挥毫：挥笔书写。苍苔壁：长满青色草苔的石壁。这句是说诗人挥笔在石壁赋诗寄情，因而扫尽了石壁上的苍苔。

[6] 登高作赋：《韩诗外传》载：孔子游景山，有子路、子贡、颜渊随从。到了山上，孔子说："登高必赋，小子愿者何？"按古人认为大夫有"九能"，其中第五能是"升高能赋"。这里诗人用此典是谦虚自己没有登高能赋的才能，挥笔书写的诗不太好。

西宁南川勘战场同龙君御联句

李本纬

倚徙沙场处[1]，苍茫欲问天。
可怜歼虏地，犹忆劫盟年[2]。
剑拂阴山雪，旌摇古戍烟。
试操班椽笔[3]，几为勒燕然[4]。

作者简介：

李本纬（生卒年不详），字君章，锦衣卫籍，曲沃（今山西省临汾市境内）人。明万历二十年（1592）进士，任巩昌府推官。二十三年（1595）在西宁卫参与伏击蒙古贵族战斗，并与龙膺等人勘察战场，后累任至山东右布政使。博学尤擅诗文，有《灌蔬园诗集》。

题解：

明万历二十三年（1595）九月，青海蒙古永邵卜、吉囊等部从南川进攻西宁，明军设伏于捏耳朵峡（今湟中区上新庄南），大败之，被称为"南川大捷"。事后，作者陪同龙膺等人视察战场，遂联句吟作此诗。诗中描写和歌颂了战事的成效，难免有夸大的成分。

龙君御：即龙膺。联句：两人或多人各作一句或两句，相联成篇。

注释：

［1］倚徙：徘徊流连。南朝宋鲍照《拟行路难》："人生不得恒称意，惆怅倚徙至夜半。"

［2］劫盟：逼人缔结盟约。《左传·哀公十六年》："太子使五人舆豭从己，劫公而强盟之。"

［3］班椽笔：班固的如椽史笔。班固是东汉著名史学家，其著《汉书》是纪传体断代史书的开创之作，也是官方修史的开端。椽笔：大笔如椽，形容大手笔。

［4］几为：几乎就要。勒燕然：东汉将军窦宪等征伐匈奴胜利后，封燕然山（今内蒙古杭爱山），班固作《封燕然山铭》，勒石记功，后世遂以"勒石燕然""燕然勒功"形容将军在边疆建立功业。

走古鄯以牛革渡黄河（二首）

李本纬

一

禹沦龙支碛[1]，河流浩亹泉[2]。
罟师无挂席[3]，牛革当浮莲[4]。
涛涌施钩颤[5]，波漩玉虎缠[6]。
何以禁愁剧[7]，丝线性命悬[8]。

二

银屏危矗矗[9]，湟陋俯萧萧[10]。
座引查边梗[11]，兵扶顶上轺[12]。
铙歌喧断岸[13]，候骑走雄骁[14]。
画桨江南舫[15]，休将塞渡骄[16]。

题解：

这是作者从甘肃过黄河奔赴古鄯（湟水流域）时，乘牛皮筏渡黄河后写的，形象生动地描写了乘坐皮筏的危险情形，反映了古代黄河无桥梁时渡河的艰辛。原题作《走古鄯以牛革渡黄河名曰馄饨甚险二首》。

古鄯：今民和县古鄯驿一带。皮革：即牛皮筏子，古称“浑脱”，音如“馄饨”。

注释：

［1］禹沦：大禹导河（积石）。沦：凿河道使河水下泄。龙支：龙支县或龙支城，在今民和县境内，黄河之北。龙支碛：泛指黄河岸边。

［2］浩亹：浩门河，即大通河。大通河本是黄河支流，发源于青海刚察县与祁连山之间，流经门源、大通等县后汇入黄河。这里以浩门河暗喻作者将要去的地方。

［3］罟（gǔ）师：渔夫。挂席：悬挂的渔船帆。这句是说没有渔夫。

［4］浮莲：漂浮在水面上的莲花，形容水面上的皮筏。

［5］施钩：荡秋千。此处形容皮筏在河面上随着波涛起伏，像荡秋千一样。

［6］玉虎：古代玉器，形状如趴伏。此处形容人趴伏在皮筏上。

［7］禁愁剧：防止忧愁连续不断。愁剧，忧虑不绝。宋王令《春晚雨后》：“绿柳从来却堪笑，叶眉愁剧遂长眠。”

［8］丝线性命悬：人命悬于一根丝线，比喻极其危险。

［9］银屏：镶银的屏风，此指对岸无草的山崖。矗矗：高峻重叠。

［10］湟陋：陋，现一般作“峡”。本指西宁小峡，这里泛指湟水诸峡。萧萧：

草木摇落的声音。

[11] 查：同“槎”，水中浮木。梗：草茎根条。

[12] 轺：本指使节所乘的小型马车，一般有顶盖，这里当指皮筏上给官员遮阳或遮雨的伞之类。

[13] 铙歌：马上吹奏的军歌。喧：热闹。

[14] 候骑：巡逻边关的骑兵。候，同“堠”，赤堠。雄骁：勇猛。以上两句形容前来迎接的军人队伍。

[15] 画桨：精美的小船。江南舫：岸边仿照江南石舫而造的建筑。这里表示已到达对岸。

[16] 塞渡：边塞渡河。骄：得意、自豪。

西羌杂诗（四首）

王与胤

一

司马筹边几叩阍[1]，甫能转饷过关门[2]。
貔貅十万欢如沸[3]，报道全归吐谷浑[4]。

二

羌人岁岁议添巴[5]，不似通官欲太奢[6]。
攫取军需三两万，半供抚讲半熬茶[7]。

三

哈喇为音衣尽红[8]，土人也自习夷风[9]。
三军未动先移帐，番汉由来一线通[10]。

四

叠牙峻岭失千夫[11]，老羯耽耽已负嵎[12]。
半万强兵空仰视，诸僧谈笑饮橦酥[13]。

作者简介：

王与胤（1589～1644），字百斯，一字永锡，新城（今山东省淄博市桓台县人）。明崇祯元年（1628）中进士，授官湖广道监察御史。因为弹劾总兵官邓玘而被陷，降补光禄寺署正。后曾巡视河东盐课、陕西茶马、应天学政。李自成起义军攻入北京，与胤泣涕不食，自写墓志，然后与妻子登楼缢死。有《陇首集》。

题解：

这是诗人所写组诗中的四首，以“西羌”为题，反映了明代青海高原的民族风情和民族关系，颇能表现当时的良好局面。

注释：

［1］司马：古代官名，历代各有不同，唐以后代指兵部尚书。明万历十八年（1590）到次年，兵部尚书郑洛经略青海，招抚番族，焚蒙古贵族活动中心仰华寺。筹边：筹划边境事务。叩阍：本指平民直接向皇帝申诉冤情，这里指边疆民众通过兵部尚书向朝廷表达意愿。

［2］甫能：刚刚能够。转饷：运送军粮。

［3］貔貅：传说中身如虎豹、首尾似龙的神兽，凶猛威武，所以用来比喻勇猛善战的军队。

［4］吐谷浑：东晋到唐初在青海的鲜卑吐谷浑王国，这里代指青海地区。

［5］羌人：指藏族。添巴：按时向蒙古贵族进献财物。《明史·西域传二·西番诸卫》：“自青海为寇所据，番不堪剽夺，私馈皮币曰手信，岁时加馈曰添巴。”

［6］通官：通理各种事务。欲太奢：欲望太重，指蒙古贵族对藏族的经济剥削。

［7］抚讲：安抚宣讲，指借佛教来稳定民心。熬茶：佛教徒向寺院布施酥油茶

以及金银财物等。清魏源《圣武记》卷5《国朝抚绥西藏记上》：“东西数万里，熬茶膜拜，视若天神。”

［8］哈喇：呢绒，关于其语源，众说不一。这里泛指毛织衣物等。衣皆红：指藏传佛教僧侣服色。

［9］土人：土著族群。夷风：少数民族风俗。这里指当地汉族也受少数民族风俗影响。

［10］一线通：指汉藏民众之间联系密切，互通信息。

［11］叠牙峻岭：险峻的岭关。千夫：千夫长，统领千人的武将。

［12］老羯：指蒙古贵族资深首领。羯人是匈奴的一个分支，东晋十六国时灭匈奴政权，建立后赵政权，成为北方游牧民族政权之一。耽耽：同眈眈，眼睛看着。负嵎：依靠险要地势抗衡。

［13］犊酥：牛奶，这里指酥油茶。犊是无角小牛，这里泛指牛。这里是说不论外面如何纷乱，藏传佛教僧人仍然在平静地饮茶诵经。

访西纳国师

蒲秉权

问他西纳老头陀[1]，四大空空纳甚么[2]。
坐破蒲团无处觅[3]，谁知芥粟橐山河[4]。

作者简介：

蒲秉权（？～1644），字度之，号平若，湖广永明（今湖南江永）人。万历四十一年（1613）进士。任江西建昌令，举卓异，升吏科给事中，崇祯四年（1631）调任西宁兵备道，后转肃州兵备副使。有《硕薖园集》。

题解：

这首诗是作者在访问西纳国师后所作，以略带戏问的口吻请教这位佛教高僧，表示了他对修行要义的理解。作者访问西纳国师时，其仍属于萨迦派，西纳国师驻西纳川西纳寺（在今湟中区拦隆口镇上寺村）。

西纳国师：指明末时西纳喇嘛班觉仁钦。西纳是元、明、清时期著名的藏传佛教活佛系统，源于西藏，“西纳”是家族名称。曾活跃于唃厮啰时期，译作“斯纳”。宋元之际，西纳格西成为藏传佛教萨迦派著名僧人，并得到成吉思汗赏识，“西纳喇嘛”从此获得政教地位。明永乐八年（1410），明朝廷尊西纳喇嘛却帕坚赞为国师，宣德二年（1427），进一步封为“通慧净觉国师”。到崇祯年间，又封班觉仁钦为“灌顶国师”，赐金印。格鲁派在涉藏地区的政教合一地位确立后，西纳活佛及其家族归宗之，西纳成为塔尔寺的活佛系统，西纳族成为塔尔寺六族之一。

注释：

［1］头陀：苦修僧，泛指和尚。《六院汇选江湖方语》：“头陀，乃和尚也。”老陀头的意思是苦修老僧，指西纳国师。

［2］四大空空：即四大皆空，佛教四大本指地、水、火、风等四大物质元素，而中国世俗以忠孝仁义为四大，认为对出家修行的佛教徒来说，就不能用忠孝仁义的标准作为评价标准，故为空。纳甚么：追求什么。唐吕岩《赠江州太平观道士》诗：“不知甚么汉，一任辈流嗤。”

［3］蒲团：本指用蒲草编成的坐垫，后泛指修行人坐禅及跪拜时所垫之物，佛教徒的蒲团多用绫锦等包成。

［4］芥粟：小草小米，形容细微纤细的事物。橐：装东西的袋子。这句的意思是细微之处囊括着天下的大道理。

繇南川望镇海

蒲秉权

南川西望海西头，海色微茫见蜃楼[1]。
列队马皆红叱拨[2]，拥舆人尽赤兜鍪[3]。
祁连氛净边烽冷[4]，浩亹霜凄塞草秋[5]。
寂寂柳营寒夜客[6]，忽闻羌笛动乡愁[7]。

题解：

这是作者巡边到西宁南川，联想万历年间明军与青海蒙古会战于南川、西川的往事，西望镇海堡以及广阔的青海草原，有感而作。借着西望，描绘了和平年代的宁静情形。

繇：由、从，通“由”。镇海：镇海堡，在今湟中区多巴镇通海，历来为兵家重地，是通往青海草原的必经关隘。这里泛指镇海堡以西广大的青海草原。

注释：

［1］微茫：迷茫模糊。蜃楼：海市蜃楼。

［2］叱拨：古良马名。宋李石《续博物志》卷四：“唐天宝中，大宛进汗血马六匹：一曰红叱拨，二曰紫叱拨，三曰青叱拨，四曰黄叱拨，五曰丁香叱拨，六曰桃花叱拨。”唐岑参《玉门关盖将军歌》：“枥上昂昂皆骏驹，桃花叱拨价最殊。”

［3］舆：马车或轿子。兜鍪：将士作战时戴的头盔。

［4］祁连：祁连山，历来是兵家必争之地。边烽冷：没有战事警报，烽火台空置无烽火，所以显得冷落。

［5］浩亹（mén）：浩亹河，即今大通河。湟水支流之一，发源于天峻县沙果

林那穆吉林岭东端的扎来掌，流经天峻、门源、互助等县，汇入湟水。明清时以海北一带为源头，故称之为亹源，今有门源县。

［6］寂寂：寂静。柳营：细柳营，即军营。汉代周亚夫屯军细柳，文帝劳军至细柳营，因无军令而不得入，周亚夫下令始开营门迎驾。文帝赞道："此真将军矣！"后代遂以细柳营形容军纪严整的军营。

［7］羌笛：羌人吹管乐器，因其自然环境，乐声悲凉。唐王之涣《凉州词》："黄河远上白云间，一片孤城万仞山。羌笛何须怨杨柳，春风不度玉门关。"

阅边宿瞿昙寺

蒲秉权

香刹庄严甲鄯州[ ]，湟西净土此堪游[2]。
烟笼宝篆蟠蝌蚪[3]，风动旛幢醒钵虬[4]。
贝叶朝翻云满阁[5]，部笳宵吹月当楼[6]。
好将一滴杨枝水[7]，洒濯边尘慰杞忧[8]。

题解：

这首诗是作者巡边到乐都，游览瞿昙寺并夜宿于此而作。诗中形象生动地描绘了瞿昙寺的庄严华美，并抒发了祝愿西陲安宁的情怀。原题作《阅边宿瞿昙寺用杨廷俞贰守韵二首》，这是第一首。贰守：州府长官太守的副手。

阅边：巡视边境。瞿昙寺：明清以来著名的藏传佛教寺院，在今乐都区碾伯镇南21公里处的马圈沟口，始建于明洪武年间，具有皇家寺院的建筑风格，寺内有珍贵文物以及巨幅彩色壁画等。

注释：

［1］香刹：佛寺。庄严：佛家对佛教事物从道德意义上所作的强化修饰，《阿弥陀经》："舍利弗，极乐国土，成就如是功德庄严。"甲：最大、最佳。鄯州：指乐都地区。北魏时期在这里设鄯州，唐代时是陇右节度使驻地。

［2］湟西：湟水之南。净土：佛教清净之地。

［3］宝篆：此当指藏文。蟠：屈曲盘绕。蝌蚪：本指蟾蜍、青蛙的幼体，这里形容藏文形体。因为作者看不懂藏文，只看表面形体，故以"蟠蝌蚪"比喻之。

［4］旛幢：幡幢、幢幡，寺院里面竖起的经幡。旛，同"幡"。钵虬：以钵镇压的虬龙。峨眉山雷音寺传说，深谷妖龙伤人，有高僧将其镇压于钵盂之下，后来变为虬枝横飞的古松，临风和鸣。故明代王元正题楹联："云深自宿听经鸟，坡冷长鸣镇钵虬。"

［5］贝叶：贝叶佛经，刻写于贝叶上面。翻：一作"繙"。

［6］部笳：也称后部笳，后部所吹奏的胡笳声，宋梅尧臣《晨起裴吴二直讲过门云凤阁韩舍人物故作五章以哭之》："明日东城陌，悲凉后部笳。"

［7］杨枝水：佛教传说中能使万物复苏的甘露。《晋书·佛图澄传》：石勒"爱子斌暴病死……乃令告澄。澄取杨枝沾水，洒而呪之，就执斌手曰：'可起矣！'因此遂苏"。这里指佛教特有的慈悲和谐的精神力量。

［8］洒濯：遍洒洗涤。杞忧：杞人的担忧。《列子·天瑞篇》："杞国有人忧天地崩坠，身亡所寄，废寝食者。"后人遂以杞人忧天来形容总是去忧虑那些不切实际的事物。这里指总是担忧边烽再起。

南禅寺孔雀楼

夏璜

传闻孔雀旧栖游，禅院新修孔雀楼[1]。

夜月谈经音宛转[2]，晴霞飞栋色飘浮[3]。
青山白雪千崖晓，紫塞黄河万里秋[4]。
最是西风动归思，乡关回首不胜愁[5]。

作者简介：

夏瓒，明末人。其余皆不详。唯《西宁府新志》等录其诗三首。

题解：

南禅寺，也叫南山寺，在西宁城南凤凰山（也称南禅山）上，最早建于明永乐八年（1410），十四年（1416）成祖赐额“华藏寺”。寺内建有楼阁，登之可以望远。其上有一座楼，相传刚建成时，有一双孔雀来集，因此称为孔雀楼。这首诗就描写了诗人登孔雀楼后的所见所感。

注释：

[1] 禅院：佛教寺院。

[2] 宛转：指委婉曲折，也形容声音悦耳动人。

[3] 晴霞：晴日云霞。

[4] 紫塞：本指长城，这里泛指西北边塞。

[5] 乡关：家乡。回首：回头看。不胜：不堪忍受。

铁佛寺钟

夏瓒

西来铁佛倚嵯峨[1]，铸得钟来圣绩多[2]。
地上轮菌含混沌[3]，土中窨霭孰摩娑[4]。

海潮无响闻仙梵[5]，月影飞光下素娥[6]。
安得六丁起潜伏[7]，五更鲸吼震山河[8]。

题解：

铁佛寺原在西宁城北土楼山下。相传寺内有座大钟，高大不可知，半入地下，半在地上，不能掘取。这首诗从各方面描绘了铁佛寺大钟，联想丰富，颇有神奇色彩。

注释：

[1] 嵯峨：指土楼山。倚嵯峨就是说铁佛寺依土楼山麓而建。

[2] 圣绩：神圣的功绩。这句是称赞佛教的话。

[3] 轮菌：高出的样子。《文选·景福殿赋》："爰有遐狄，镣质轮菌。"李善注："以镣为质轮菌，然也。"李周翰注："遐狄，长狄也，古之长人，以银铸之，其形质轮菌然而高。"混沌：天地未开辟前的元气状态。这句是说大钟内部因未通外面大气，还处在混沌之中。

[4] 窅霭：指深入土中在阴暗潮气中的部分。孰：谁。摩娑：即摩挲，抚摸。

[5] 海潮：大海的潮声。仙梵：指佛寺禅钟。这句是说大钟镇压大地，使海潮无声。

[6] 素娥：穿白衣的仙女。这句是形容大钟的神奇，似从天上下来，无人知其根本。

[7] 安：哪里。六丁：道教所谓六甲中的丁神。《后汉书·梁节王畅传》："从官卞忌自言能使六丁。"刘昭注："六丁，谓六甲中丁神也。若甲子旬中，则丁卯为神；甲寅旬中，则丁巳为神之类也。"潜伏：指大钟。

[8] 鲸：一种生活在海洋中的哺乳类动物，体长可达三十多米，是目前世界上最大的动物。鲸吼：声音特大的吼声。指一旦从土中取出来的大钟所发出的巨响。

过碾伯城

冯如京

行止都非我[1]，宵征岂敢辞[2]。
塞云方在挂，涧水尚流澌[3]。
杏颊初迎日，柳丝半拂枝。
客情悲旦晚，春色故迟迟。

作者简介：

冯如京（生卒年不详），字紫乙，一字秋水，代州（今山西忻州市代县）人。明崇祯元年（1628）拔贡，授滦州知州，调任永平同知。清顺治初年出任永平知府。四年（1647）调任西宁兵备副使，在任期间治乱安民，“修学宫，治舆梁，凡所经画，悉有益于民”（《西宁府新志》）。后累迁至陕西按察副使、广东左布政使，每上书奏事，次第施行。平生以孝仁著名。有《秋水集》十六卷。

碾伯城：在今海东市乐都区政府所在地。《西宁府新志》：“乐都城，即今之碾伯城。……其碾北、碾伯命名之由，无所考。”汉代为破羌县，东晋时为南凉首都，唐朝时为陇右节度使治所，宋元明清皆为军政要地。明代先后设碾伯卫、西宁卫碾伯右千户所，清雍正年间设碾伯县，碾伯城均为卫、所、县之中心。

题解：

这是作者春天早晨路过碾伯时所作，描写了当地的早春风景，也抒发了对国事“岂敢辞”的担当以及客旅西陲的情怀。

注释：

［1］行止：行踪、行动。都非我：皆由不得自己。

［2］宵征：赶夜路。

［3］澌：水流的声音。《后汉书·王霸传》："候吏还白河水流澌，无船，不可济。"

东巡允吾

冯如京

夜风吹月月初新，细碾寒沙白似银。
衽铁不生边士暖[1]，饮水难洗客心尘。
邮亭到处身为梦[2]，乡国年来梦是身。
青海雪山真异域，可将冠冕望人伦[3]。

题解：

这是诗人巡视允吾（今民和下川口一带）时所作的诗篇。"夜风吹月月初新，细碾寒沙白似银"，描写了这里清新优美的春天景象，"青海云山真异域"，赞扬青海云山的不同一般。同时也抒发了作者报国与思乡的双重情感。

允吾（qiān yá）：县名，西汉昭帝始元六年（前 81 年）置，为金城郡治，县府在今民和县马场垣乡下川口村。《后汉书》颜注："允吾，县名，属金城郡……允音铅。吾音牙。"《西宁府新志》："允吾县故城，在县（指清碾伯县）治东南……计其里至与夫形势，允吾在今之下川口。"

注释：

［1］衽铁：铁衣、铁甲。衽：衣襟。衽铁不生的意思是和平无战事，将士不用

穿铁甲。

[2] 邮亭：古代传递文书的人沿途休息的地方，往往设有收寄邮件的处所，形制如亭子，故称之为邮亭。

[3] 冠冕：冠帽，指官位、仕途。人伦：本指长幼尊卑之间的关系及应遵守的行为准则，这里特指故乡亲情。《南史·列传第十四》论曰：“观夫晋氏以来，诸王冠冕不替，盖亦人伦所得，岂唯世禄之所专乎。”

行允吾道中

冯如京

杜若洲傍狎野鹓[1]，长亭草蔓怨王孙[2]。
云开远壁山明性[3]，花发前溪水变魂[4]。
瘦马汗途衔白日[5]，寒鸥叫木应清猿[6]。
相携惟有孤桐操[7]，愁绕离弦落泪痕[8]。

题解：

这首诗也是诗人行走于今民和、乐都之间所作的诗篇，描写了沿途的壮丽风光，形象生动，饶有情趣，同时表达了思念朋友的情绪。

注释：

[1] 杜若洲：长满香草的水中小洲。杜若是一种寄托相思的香草，多年生草本，高一二尺，夏日开白花，果实蓝黑色。古代常以“杜若洲”来表示令人陶醉的芳洲。屈原《九歌·湘君》：“采芳洲兮杜若，将以遗兮下女。”唐徐坚《棹歌行》：“影入桃花浪，香飘杜若洲。”狎：戏玩。野鹓（yuān）：野鸟。鹓是传说中一种像凤凰的鸟。

［2］长亭：古时设置在路边的亭子，用以亲友送别或行人歇息。怨王孙：想念远方的友人。王孙，本指贵族后代，后泛指远方友朋。唐白居易《赋得古原草送别》："又送王孙去，萋萋满别情。"又有词牌名《怨王孙》，以李清照词"湖上风来波浩渺"最著名，描写湖光山色之美。

［3］远壁：远远的峭壁。性：性情。

［4］水变魂：水气成为花魂。

［5］汗途：劳顿出汗的旅途。此句是说途中西望，白日衔含于峡口山间。

［6］寒鸥：寒冷中的鸥鸮。清猿：即猿，因其声凄清，故称清猿。此句是说鸥鸮的叫声如同猿声，凄清悲凉。

［7］孤桐：《尚书·禹贡》："厥贡惟土五色，羽畎夏翟，峄阳孤桐，泗滨浮磬，淮夷蠙珠暨鱼。"孔传："孤，特也。峄山之阳，特生桐，中琴瑟。"因为峄阳孤桐可以斫琴瑟，故以"孤桐"指琴。峄山又名邹峄山，在今山东济宁邹城市东南。

［8］离弦：离别时的琴弦声。最后两句的意思是他乡旅途，拨动琴弦，想起远方的亲友，伤感落泪。

平戎驿道中

冯守真

古驿空山里［1］，民居遍土房。
千峰昏积雪，四境接穷荒。
乡国迷云树，边城望夕阳。
旅人中夜起［2］，凄绝是西凉［3］。

作者简介：

冯守真（生卒年不详），字宝初，华亭（今上海市松江区）人。生活于清顺治年间，擅长诗律。以诗文交友，漫游四方，曾西至河湟，留下若干诗篇。

题解：

诗人路经平戎驿（今海东市平安区）并夜宿于此，吟成此作。此诗主要表现了清代初年平安地区的风土民情，清新自然，颇具韵味。

注释：

［1］古驿：平戎驿。据《西宁府新志》卷9《建置志一》："明洪武十九年置平戎马驿。嘉靖元年置防守官。……皇清康熙年，以郡城设镇，撤防守官，仍置马驿，设驿丞一员。"故称"古驿"。

［2］旅人：在外旅行者，这里是作者自指。中夜：子夜及前后。

［3］西凉：本指凉州（今甘肃武威），这里代指平戎驿及河湟地区。

九日鄯州城楼登眺

冯守真

天畔危楼揽四荒，苍茫独立雁千行。
西羌日落清砧急[1]，北虏秋深画角长[2]。
涧静碧流疏宿雨[3]，山高红叶映残阳。
只身异地多憔悴，愁对茱萸忆故乡[4]。

题解：

这首诗是作者在重阳日登上西宁城楼有感而作，描写了秋日的西宁风光，同时抒发了对江南故乡的思念。

鄯州：西宁古称。唐宋时曾在此处置鄯州，北宋崇宁三年（1104年），改鄯州为西宁州。

注释：

［1］西羌：借指青海高原。清砧：捶洗衣物的砧石。唐杜甫《暝》：“半扉开烛影，欲掩见清砧。”此处指洗衣声。

［2］北虏：本来是北魏的蔑称，这里泛指北方民族。画角：古代乐器名，清徐珂《清稗类钞·音乐类》：“画角，木质，空心，腹广端锐，设木哨入角口吹之。”常用于仪仗鼓吹乐队和军营。

［3］宿雨：经夜之雨。唐韩翃《寄赠虢州张参军》：“百雉归云过，千峰宿雨收。”

［4］茱萸：落叶乔木的一种，古人在重阳日登高时臂带茱萸袋，内插茱萸，以祈延年益寿。唐王维《九月九日忆山东兄弟》：“独在异乡为异客，每逢佳节倍思亲。遥知兄弟登高处，遍插茱萸少一人。”这里借以抒发思乡之情。

送蒋桓游西宁歌

尤侗

送征人兮往西羌[1]，祁连高揭兮青海汤汤[2]。
天鸡振翼兮野马腾韁[3]，结发从军兮吊古战场[4]。
解逢掖兮袴褶鞁装[5]，援弧矢兮射欃枪[6]，
驾犏牛兮牵羱羊[7]。
烽烟息兮庐帐相望[8]，和门合宴兮笳鼓行觞[9]。
朔风萧萧兮月苍苍[10]，为君起舞兮唱伊凉[11]！

作者简介：

尤侗（1618～1704），字同人，又字展成，号悔庵、艮斋、西堂老人等，长洲（今江苏省苏州市）人。清世祖顺治时拔贡，授永平推官，后因事降调。康熙十八年（1679）举博学鸿词科，授翰林院检讨，参与纂修《明史》，三年后告归。著述颇多，有《西堂全集》。

题解：

此诗见录于来维礼等纂修的《西宁府续志》。诗从送征人蒋桓往西宁起，以铿锵顿挫的音调，古劲苍凉的笔力，描绘出了青海高原壮阔富饶的景象，也表达了预祝蒋桓结发从军，立功边疆的愿望，激情洋溢。全诗雄浑悲壮，读之令人精神大振。

注释：

［1］征人：远征之人，指蒋桓。西羌：本汉代居住在青海地区的民族，此处代指青海高原。

［2］祁连：祁连山。高揭：高高地突出，犹似举起一般。汤汤（shāng shāng）：大水急流的样子。

［3］天鸡：泛指野鸡之类。《急就篇》注："野鸡生在山野，鷮鸡、鹖鸡、天鸡、山鸡之类，皆是也。"振翼：拍动翅膀而飞。野马：《甘肃新通志》卷十二："野马，凉肃、安西、西宁属较多，一名野驴。土黄色，肩有十字纹。大者重千斤，皮制股革。"明李素《西平赋》："野马腾骧，牦牛奔靡。"腾韁：不受缰绳的约束而腾跃。韁：同"缰"。

［4］结发：古时男子成年时，把散披的头发束结起来，上加冠，表示成年。吊：凭吊。古战场：指青海湖地区。汉唐以来，中原王朝和地方少数民族政权之间，以及少数民族部落之间，经常在青海湖边发生战争。

［5］解：脱掉。逢掖：古时儒者的服装，袖子宽大。袴褶（kù xí）：古时骑兵或猎人的骑服，紧凑利落，南北朝时最为盛行。鞓（tīng）：皮带。

［6］援弧矢：扯动弓弦射箭。弧是弓，矢是箭。欃枪（chán chēng）：即彗星，有长尾如扫帚，因此俗称扫帚星。古人认为彗星是兵乱不安的凶星。俗语云："天上出扫星，地下不太平。"射欃枪：即消灭叛乱者，安定边疆。

［7］犏牛：牦牛与黄牛交配后生的第一代杂种，体大力壮。羱（yuán）羊：野山羊。

［8］烽烟息：战乱平息。庐帐：毡帐，帐篷。这句指战争结束，人民得以安居乐业。

［9］和门：军门。《周礼·夏官·大司马》："中冬，教大阅：……遂以狩田，以旌为左右和之门，群吏各帅其车徒以叙和出。"郑玄注："军门曰和，今谓之垒门，立两旌以为之。叙和出，用次第出和门也。"合宴：摆开宴席。梁何逊《七召八首·声色》："开洞房以命赏，召才人而合宴。"

［10］朔风：北风。萧萧：风吹声。苍苍：月光明亮的样子。

［11］伊凉：古曲调《伊州曲》和《凉州曲》。宋苏轼《子玉家宴用前韵见寄复答之》："自酌金樽劝孟光，更教长笛奏伊凉。"

古北口提督马进良

玄烨

勇贯先锋气，鹰扬后阵威[1]。
秦关提宝剑[2]，沙碛历天旗[3]。
白发秋霜肃，丹心皎日辉。
饯饮军民别[4]，恩崇赐御衣。

作者简介：

玄烨（1654～1722），清朝第四代皇帝，满族，爱新觉罗氏。8岁登基，年号康熙。14 岁亲政，在位 61 年，是中国历史上在位时间最长的皇帝。在位期间，挫败权臣鳌拜，平定“三藩”，抵御沙俄，收复台湾，三征噶尔丹，创立“多伦会盟”，同时注意休养生息，发展经济，笼络汉族士人。

题解：

西宁回族名将马进良，在康熙五十三年（1714）春夏之交致仕回归青海，康熙帝特作此诗，以表彰其功勋。对具体的写作背景，康熙帝如此表述道：“古北口提督马进良，以年老辞去，朕念当日鹰扬百战，挽强执锐，自守紫塞，内外恬静，皆因宿将老成之所致，今回林泉，深所惜也，故赋五言特记，不忘疆场旧事也。”

马进良（1650 ～ 1717），字栋宇，西宁东关人。年轻时随甘肃总兵孙思克平定“三藩之乱”，以战功累迁中军参将、古北口总兵。康熙三十五年（1696）随驾征讨噶尔丹，多著奇绩，被赐以“骁勇将军”称号。四十二年（1703），晋加为提督直隶总兵官，仍驻古北口（今北京密云区境内），称直隶提督或古北口提督。整饬营务，抚恤地方，政绩突出。五十三年（1714）三月请求辞职还乡。回西宁后关心桑梓，颇多贡献。去世后谥号“襄毅”。

注释：

［1］鹰扬：威武的样子。《诗·大雅·大明》：“维师尚父，时维鹰扬。”毛传：“鹰扬，如鹰之飞扬也。”

［2］秦关提宝剑：指马进良在甘肃平凉等地平叛时的英勇表现。《清史稿·孙思克附传》：马进良“从攻平凉，辅臣拒战，贼斫思克手。进良闻之，曰：‘斫我总兵手，我必杀之！’乃入贼阵，逐斫思克手者杀之，身被数创”。秦关：指平凉城。

［3］沙碛历天旗：指随驾北征噶尔丹时奉旨督阵事。《清实录》：马进良等“系简选任用之人。今已逼近噶尔丹，若遇敌交战时副将以下至兵众人等，有退怯违令者，着该总兵官正法奏闻”。沙碛：沙漠。历：经历、执掌。天旗：天子的令旗。

［4］饯饮：饮酒送别。

游瞿昙寺

寂讷

云连涧水树连空，杳杳溪山一径通[1]。
为问瞿昙何处是，翠微深锁绿荫中。

作者简介：

寂讷（1657～？），临济宗高僧，俗姓姜，秦州天水（今甘肃省天水市）人。少年时出家为僧，在海会堂随太虚和尚学佛，后云游海内诸名刹，在峨眉山拜耨云实禅师为师学佛，佛法愈精。康熙年间曾到河湟，先后主持西宁印心寺、葆宁寺、永兴寺，贡献甚多，后被尊称为印心佛。圆寂后佛教界谥号“佛光”。著有《心经直解溪山咏》等。

题解：

这首诗是寂讷在青海期间游访瞿昙寺时而作。诗虽简短，但形象地呈现出了瞿昙寺夏季的优美环境，韵味隽永。

瞿昙寺在今海东市乐都区内，是著名的藏传佛教寺院。

注释：

［1］杳杳：幽远渺茫。

西宁镇

蔡升元

青海遥连积石山[1]，设州地险众峰环[2]。
湫泉喷涌声如沸[3]，雪岭岧峣势可攀[4]。
羌镇卑禾鸣镝静[5]，阁凭绥远戎歌闲[6]。
驼酥潼酒争来献[7]，绝塞名王正欵关[8]。

作者简介：

蔡升元（1652～1722），字方麓，号征元，浙江德清人。康熙二十一年（1682）状元，颇得康熙帝信任，历任中允、詹事、内阁学士、左都御史、礼部尚书等。康熙五十二年（1713），奉诏巡视陕西，祭黄帝陵，赏赐绿营官兵。著有《使秦草》。

题解：

蔡升元在奉使陕西期间，曾到西宁镇巡视边防，赏赐绿营官兵，写作了此诗。诗中形象地描写了青海的地理风光与和平年代的和睦气象。

西宁镇，清代初年军事建制之一。顺治十三年（1656），移临巩镇（今甘肃省定西市境内）总兵至西宁城，始设西宁镇。镇标中左右前后5营，协路29营，驻军12400余名，遍及河湟全境及海南、黄南部分地区。镇最高长官是总兵，全称“镇守陕西西宁临巩等处地方统辖汉蒙番回挂印总兵官”。西宁镇由甘肃提督统属，并由陕甘总督、甘肃巡抚节制。

注释：

［1］青海：本指青海湖及环湖地区，此处泛指西宁镇所属的广大地域。

［2］设州：泛指历史上在河湟和环湖等地设置的州县，如宋元时期的西宁州。

［3］湫泉：指贵德等地的热水泉。

［4］岧峣：形容山势高峻。三国魏曹植《九愁赋》："践蹊隧之危阻，登岧峣之高岑。"

［5］卑禾：卑禾羌，秦汉时游牧于环湖地区的羌人部落。这里泛指蒙藏等民族。鸣镝：箭矢之一种，因为射飞时有声，故称。也叫响箭、嚆矢。《史记·匈奴列传》："冒顿乃作为鸣镝，习勒其骑射，令曰：'鸣镝所射而不悉射者，斩之。'"南朝宋裴骃《史记集解》："《汉书音义》曰：镝，箭也，如今鸣箭也。韦昭曰：矢镝飞则鸣。"

［6］绥远：城楼名。北周时曾在今黄南藏族自治州同仁县设绥远县，宋代在今西宁小峡设绥远关。这里借以代指西宁镇城楼。戎歌：军歌。《旧唐书·音乐志四》："戎歌陈舞，晔晔震震。"

［7］驼酥潼酒：泛指少数民族食品。清屈大均《胡姬曲》："朝食驼乳糜，暮饮马潼酒。"驼酥是用骆驼乳制成的油脂，清袁枚《随园随笔·杂记》："驼酥割罢行酥酪，又进椒盘剥嫩葱。"潼酒是马奶子酒，也叫马潼。胡朴安《中华全国风俗志·新疆·准噶尔风俗记》："其酒缝皮为带［袋］，中盛牲乳，束其口，久而酿成，味微酢，谓之挏酒。每岁四月，马潼新得，时置筵酬神。"

［8］绝塞：极远的边塞。名王：泛指少数民族首领。《汉书·宣帝纪》："匈奴单于谴名王奉献"，颜师古注："名王者，谓有大名，以别诸小王也"。款关：清刻本作"欵关"。款关即款塞、叩关。《史记·商君列传》："由余闻之，款关请见。"裴骃《集解》引韦昭："款，叩也。"

宿平戎驿

金人望

浮生踪迹任悠悠[1]，曾把吟筇遍九州[2]。
不信于今垂老日，一鞭直指海西头[3]。

作者简介：

金人望（生卒年不详），字留村，又字道洲，山阳（今江苏淮安）人。康熙十一年（1672）副贡，曾任广西马平、陕西长武知县。三十八年（1699），充陕西乡试同考官，晋庄浪（今甘肃省永登县）同知，卒于官。以词著名，词学辛弃疾。有《瓜庐词》。

题解：

词人任职庄浪时因公到西宁，途经平戎驿（今平安区）时有感而发，遂成此诗，颇具豪气。

注释：

［1］浮生：平生。庄子认为人生在世空虚无定，故称为“浮生”。

［2］吟筇：诗人的手杖。元袁士元《送信孚中住龙翔集庆寺》：“寻幽近复游天童，万松径里支吟筇。”

［3］海西头：青海头。这里指西宁。

立夏后于役西宁再睹梨花口占

金人望

梨花三月已嫌残，又向湟中待饱看[1]。
颇怪一年经两度，天公有意补阑珊[2]。

题解：

这是词人初夏在西宁时看到盛开的梨花后所作。因词人在内地已观赏过春天的梨花，一年两次观赏梨花，颇感幸运，同时表现了青海高寒花迟的季候特点。

注释：

［1］饱看：尽情观看。元耶律楚材《过济源登裴公亭用闲闲老人韵》之二："掀髯坐语闲临水，仰面徐行饱看山。"

［2］阑珊：凋残、衰落。唐白居易《咏怀》："白发满头归得也，诗情酒兴渐阑珊。"

城西

岳礼

暂出城西路，天高雁影过。
塞云含雨重，岭雪到秋多。
黄叶山村酒，斜阳白鹭波[1]。

时清边事息[2]，处处起讴歌。

作者简介：

岳礼（1688 ～ 1771），字会嘉，号蕉园，那木都鲁氏，满洲正白旗人。康熙五十年（1666）举人，乾隆二年任西宁府知府，迁陕西汉兴兵备道。善诗文，工书画。有《兰雪堂集》。

题解：

这是作者任职西宁时秋日出游城西后所作，用清新的语言描绘了西宁的秋季风景，尤其是反映了当时人们处在和平丰收时期的快乐。

注释：

［1］白鹭波：白鹭在夕阳下低翔于湟水的波浪之上。

［2］时清：时世清平。

病起

岳礼

天涯花欲暮[1]，病起小堂清[2]。
地远秋先至，山多雨易成。
青枫闲钓舸[3]，白发又边城。
门外河湟水[4]，东流日夜声。

题解：

这是作者在西宁的秋天病愈后有感而发所作。诗中既描写了西宁的秋日风光，也表达了思念家乡的心情。

注释：

［1］花欲暮：秋天来临，花木将衰。唐杜甫《送韦郎司直归成都》："别筵花欲暮，春日鬓俱苍。"

［2］小堂清：小小的厅堂很清静，形容其孤寂。

［3］舸：本指大船。《扬子·方言》："南楚江湘，凡船大者谓之舸。"这里泛指船。

［4］河湟水：本来分别指黄河和湟水，这里指的是湟水。

大通河

德龄

山断得平路，摇鞭渡大通。
千峰晴入画，一水澹涵空。
狐兔营深窟，鹰鹯识顺风[1]。
惭无绥远略[2]，观猎赋徒工[3]。

作者简介：

德龄（？～1770），清满洲镶黄旗人，钮祜禄氏，字松如。康熙五十四年（1715）进士，选庶吉士。历任内阁学士、《大清一统志》及《八旗通志》馆总裁、湖北巡抚等。雍正十二年（1734）八月，"赴西宁总理青海番人事务"。三年后累任镶红旗汉军副都统、统领、盛京礼部侍郎。有《倚松阁集》。

题解：

这是作者在青海期间去大通河流域办理公务时所作，生动地描绘了大通河流域的自然风貌，谦叹自己没有安边定国的雄才，只可赋诗作文。

注释：

［1］鹰鹯（zhān）：鹰和鹯。鹯是一种类似鹞鹰的猛禽。《左传·文公十八年》："见无礼于其君者，诛之，如鹰鹯之逐鸟雀也。"

［2］绥远略：安定远方的谋略。绥远，即经远。宋曾巩《中书令制》："某敏于学术，优有时材，以经远之谋，弥纶治具。"

［3］赋徒工：徒自擅长于诗文。史载德龄所作诗颇受袁枚称许，故自许之。

初夏登楼有怀

德龄

雪尽河湟水漫流，绿杨枝外有高楼。
欲为登眺消长昼，却对云山动旅愁。
通德门依天北极[1]，护羌人在海西头[2]。
一家兄弟三年别，偏倚长风忆少游[3]。

题解：

这是作者初夏时节登上西宁北城楼后所作，描写了青海壮美的山川形势，也引发了想家的情绪。

注释：

［1］通德门：东汉时为表彰经学家郑玄在其故里设郑公乡，扩大闾门并命名为

通德门，地在今山东高密西北。这里代指西宁北城门。明清时期，西宁北城门名为拱辰门，门楼悬“澄波献瑞”匾额。拱辰，意思是拱卫北极星。北极：北极星，比喻朝廷。唐杜牧《酬张祜处士见寄长句四韵》：“北极楼台长入梦，西江波浪远吞空。”

［2］护羌人：任职护羌校尉的人，指作者本人。护羌校尉是汉武帝时设在青海掌控西羌事务的官职，德龄当时任钦差办理青海蒙古番子事务大臣，职责与护羌校尉基本相似，故自称“护羌人”。海西头：又叫“西海头”，古人常以此比喻遥远的西边。唐王维《陇头吟》：“苏武才为典属国，节旄空尽海西头。”

［3］少游：少年时一起游玩的故人。

湟中暮春词

德龄

破裘农夫趁春晴[1]，白发垂肩驱犊行。
山顶雪融田似玉，一犁直上乱云耕[2]。

题解：

这首诗描写了暮春时节西宁郊野农夫放牧耕田的情景，清新自然，形象生动。

注释：

［1］破裘：破旧的羊皮衣。旧时河湟农民生活艰辛，多着羊皮袄。

［2］乱云：无形状、黑白相间的云。

西宁感旧

王以中

雁行昔日聚湟中[1]，曾论屯田效汉功[2]。
事去繁华原似梦[3]，重来童稚半成翁[4]。
沙塞戍迥千山月[5]，夜静楼高一笛风。
几度荒园亭上望，廿年前醉牡丹红。

作者简介：

王以中（1691 ～ 1752），字慺公，号时斋，晚号梅岑主人。清康熙、雍正时汉军旗人。曾官泾州州判。从军历湟中、敦煌、玉门等地，皆留有诗作。后官环县。有《西征草》等。

题解：

这是诗人在二十年后第二次来西宁时所作的诗。诗中回忆了二十年前西宁的繁华情景，也描写了二十年后在西宁的所见所感。对偶工整，笔力苍劲，特别是第三联写西宁地区的辽阔壮丽，颇有表现力。

注释：

[1] 雁行：相次而行，如群雁飞行有队列。这说明诗人第一次来西宁是从军而至，故云。湟中：此处指西宁。

[2] 屯田：汉以来士兵在边地开垦田地种庄稼，作为长久之计，叫屯田。效汉功，效仿汉赵充国在湟中屯田的有效作为。按汉宣帝时后将军赵充国以击羌之兵在湟水流域屯田，效果极佳，后世如唐、明多效仿之。

［3］繁华：指诗人二十年前在西宁看到的情景。

［4］童稚：儿童。

［5］沙塞：沙漠之地上的关塞。戍：戍楼。迥：高远。

南楼远景

张恩

谁言荒僻是边郵[1]，酷爱南城会景楼[2]。
远岫孤标晴亦雪[3]，长桥稳渡陆如舟[4]。
浪浮燕麦川平面[5]，烟簇蜗庐柳罩头[6]。
一幅画图看不尽，雄文碑版吊千秋[7]。

作者简介：

张恩，平定（今山西省平定县）人。清世宗雍正六年（1728）任碾伯（今乐都区及民和县部分）县令。其余生平不详。《西宁府新志·艺文志》录其诗二首。

题解：

南楼远景是碾伯八景之一。碾伯城南门有楼，登之可以观赏山川佳景，因此叫会景楼。《康熙碾伯所志》："会景楼，即所治南门，四山围绕，湟水前流，风景绝胜。"明代陈仲录《碾邑会景楼记》更详细地记载说："碾伯四城皆有楼，是楼当城之南……一举目可以挹四望二溪之概矣。因题曰'会景楼'。朗溪子曰：天地四时，景象攸异，春雨夏云，秋花冬雪，皆景也。凡登是楼，随其时而可觞可咏，无异意焉，谓之'会景楼'，宜也。"朗溪子即陈仲录自己。从此，南楼远景便成为碾伯名胜之一。张恩这首诗即用凝练形象的艺术手法描绘了会景楼的景色以及陈仲录碑文。

注释：

［1］荒僻：荒凉偏僻。边郵：即边陲。汉蔡邕《难夏育上言鲜卑仍犯诸郡》："边郵之患，手足之疥瘙也。"

［2］酷爱：非常喜爱。

［3］岫：山。孤标：突出。这句写从会景楼所见碾伯八景的一景南山积雪。南山在碾伯城南六十里，延长数百里，耸出万山之上，冬夏积雪不消，犹如银屏，颇为壮观。

［4］这句写的是碾伯八景中另一景长桥夜月，也可从会景楼中望见。桥在碾伯城西河上，长虹飞架，激流奔腾，亦为壮观。

［5］这句写碾伯川里燕麦翻浪。青海地区过去多种燕麦。

［6］簇：聚集。蜗庐：本指极其狭小的房舍，这里泛指普通百姓家的住房。蜗即蜗牛。

［7］雄文碑版：指陈仲录的碑记，清时立于会景楼边上。雄文，有才气、有魄力的文章。碑版，刻在石碑上的文章。

东溪春色

张恩

桥横独木渡东溪，竟日寻芳望眼迷[1]。
激浪跳珠圆转磨[2]，清风漱玉曲分畦[3]。
柳边小径飞鹦鹉[4]，花里孤村系驮騠[5]。
一片翠烟芳草外[6]，牧牛人背夕阳西。

题解：

东溪春色也是碾伯八景之一，地在碾伯城东北一里许。这里地势低凹，气候早暖，每到农历二三月，已是芳草滴翠，繁花似锦，而青海其他地方草木刚刚发绿，寒气未尽，因而人们喜欢到东溪游赏。《西宁府新志》卷5《地理志三》：“东溪，在县治（碾伯城）东北二里。春时小桥流水，花发鸟鸣，亦可游赏。邑人谓之‘东溪春色’。”诗人这首诗便描写了东溪春日明媚秀丽的景色。

注释：

［1］竟日：终日，整天。寻芳：寻找春色。

［2］这句写湟水上的水磨。水磨从南北朝时传入青海地区，一直被广泛使用，至今仍有不少。激浪跳珠指从磨槽里奔腾而下后溅起的浪花。

［3］漱玉：山泉漱石，溅起飞沫如玉。畦：长块形的田地。

［4］鹦鹉：即鹦哥，羽毛美丽，鸣声婉转。小径：小道。

［5］驮騠（jué tí）：即驴骡，为公马与母驴杂交所生。《甘肃新通志·物产》：“骡，二种，驴父马母生者为羸，同骡；马父驴母生者为驮騠，俗呼驴骡。皆壮健有力，而驴螺尤耐渴。”因为驴骡体健力壮，能负重行远，旧时青海农村饲养的比较多。

［6］翠烟：翠绿色的烟气。

湟中仲春大风

杨文乾

小斋独坐意凉凉[1]，何事春风怒欲狂。
傍卷青峦云乱舞[2]，上凌碧落日无光[3]。
想应虎啸山林震，可但龙吟海势忙。
读罢汉高雄句后[4]，壮怀直欲比中郎[5]。

作者简介：

杨文乾（1682～1728），字元统，号霖宰。辽海（今辽宁）人。清康熙时为曹州知府，又调东昌。五十八年（1719）清军征准噶尔，杨文乾押送军粮到西宁，然后到乌鲁木齐。后累官至广东巡抚，颇多善改，死于任。《西宁府新志·艺文志》录其诗三首。

题解：

这是诗人在西宁适逢刮春风时所作。诗篇描绘了春风的狂烈，具体逼真，并抒发了他愿乘风破浪、建功边地的壮怀。湟中：这里特指西宁。仲春：农历二月。

注释：

［1］小斋：小小的住室。凉凉：寒凉。

［2］凌：逼近。碧落：天空，道家的称法。

［3］汉高雄句：汉初高祖刘邦平定黥布回朝，路经家乡沛县，召故人饮酒。酒酣，刘邦击筑而歌："大风起兮云飞扬，威加海内兮归故乡，安得猛士兮守四方！"雄句即指刘邦所唱的这首《大风歌》。

［4］中郎：指汉时张骞。他曾被汉武帝拜为中郎将，出使西域诸国，建立功业，归来后封为博望侯。

湟中东郊晚归即事

杨文乾

射罢归来意不灰[1]，夕阳西照马头催。
落霞一片疑飞鹜[2]，更欲弯弓射几回。

题解：

这是诗人在西宁东郊打猎晚归时所作，把落霞当作飞鸟，弯弓射击，颇为传神地刻画了他激昂奋发的形象。即事：记眼前事物。

注释：

［1］灰：疲乏，松懈。

［2］这句化用唐王勃《秋日登洪府滕王阁饯别序》“落霞与孤鹜齐飞”句意。落霞：晚霞。鹜：鸭子。飞鹜：泛指飞鸟。

峡口道中

杨汝楩

雨后平戎驿[1]，山田接鄯州[2]。
草肥坡岸没，石乱马蹄愁。
峡口西衔日，河腰远带流。
及旬归已晚[3]，重过不登楼[4]。

作者简介：

杨汝楩（生卒年不详），字工求，号青眉，仁和（今浙江省杭州市）人。清康熙六十年（1721）中进士，曾为肃州直隶州知州。雍正十一年（1733）任西宁府知府。有《红杜村庄诗》。

题解：

这是诗人去碾伯办理公事完毕后回府城西宁，下午途经小峡口时所写。诗中描写了从平安到西宁一带的山川自然风貌：田地遍布，连成一片，花草繁多而坡岸被埋没，西望峡口，夕阳被衔其间，湟水似白色飘带。描绘自然朴实，清新可爱。

峡口：今西宁市的小峡口。

注释：

[1] 平戎驿：即今海东市平安区。五代、北宋时为宗哥城，明以来为平戎驿，后改称平安驿。

[2] 鄯州：即今西宁。北魏孝明帝孝昌二年（526）改西平郡为鄯州。隋改为西平郡。唐高祖武德二年（619）又改为鄯州。后来又设鄯州都督府。唐玄宗时又恢复为西平郡。宋哲宗元符二年（1099）又置鄯州。

[3] 及旬：将近十日。

[4] 楼：指小峡口兴龙寺内的小阁。《甘肃新通志》卷三十：“兴龙寺在府城（西宁）东小峡口，有阁焉。下临大溪，秋水方至，云泄雷奔。夏日为往来冠盖小憩之所。”

青海平定诗

徐元梦

熙朝文轨庶邦同[1]，青海从来候尉通[2]。
早列屏藩承正朔[3]，久安沙碛沐皇风[4]。
跳梁忽轶生成外[5]，负固难容覆载中[6]。
万里驱除非得已[7]，神机密运付元戎[8]。

作者简介：

徐元梦（1655～1741），字善长，号蝶园，舒穆禄氏，满洲正白旗人。康熙十二年（1673）进士，选为庶吉士。康熙五十三年（1714），授浙江巡抚。雍正帝即位后署大学士，充《明史》总裁。乾隆帝即位，入直南书房，充《世宗实录》副总裁，修撰《八旗满洲氏族通谱》。

题解：

这是作者《圣武远扬青海平定诗六首》之一。

清雍正元年（1723），平定青海罗卜藏丹津之乱，朝廷大臣纷纷献诗歌颂之，绝大部分都是阿谀颂圣之作，且不乏侮辱少数民族的倾向。徐元梦亦作颂诗多首，这首尚算平和，反映了这次重大的历史事件。

注释：

［1］熙朝：强盛的国家。文轨：文字和车轨。古人以书同文、车同轨形容国家的统一。宋王禹偁《单州成武县行宫上梁文》：“一戎而倒载干戈，万国而混同文轨。”庶邦：诸侯众国。《周书·苏绰传》：“庶邦百辟，咸会于王庭。”

［2］候尉：古代守边的都尉与伺敌的斥候。杨雄《解嘲》：“今大汉左东海，右渠搜，前番禺，后陶涂。东南一尉，西北一候。”又南齐王融《三月三日曲水诗序》：“一尉候于西东，合车书于南北。”

［3］屏藩：屏风、藩篱，指王朝周边疆土。正朔：天子颁布的历法，这里泛指中央王朝的政策法令等制度。

［4］沙碛：沙漠。皇风：皇恩。

［5］跳梁：跳跃，比喻叛乱者骄横跋扈。《汉书·萧望之传》：“今羌虏一隅小夷，跳梁于山谷间。”轶：超出、僭越。《说文解字》：“轶，车相出也”。段玉裁注：“车之后进突于前也。”生成：常态、规矩。

［6］负固：依仗险阻地形。覆载：天地。明刘基《遣兴》：“人生覆载间，与物共推迁。”

［7］驱除：驱逐、清除。非得已：情非得已，不得已。

［8］神机：灵巧机变的谋略。密运：周密运筹。元戎：军中统帅。

平定青海诗

朱轼

皇仁浩荡播休和[1]，圣武丕昭庆止戈[2]。
云拥旌旄清朔漠[3]，霜严刁斗靖关河[4]。
齐归风教天无外[5]，尽禀声灵海不波[6]。
从此九边闲将吏[7]，军中惟唱太平歌[8]。

作者简介：

朱轼（1665～1736），字若瞻，号可亭，瑞州（今江西省高安市）人。康熙三十三年（1694）进士，选为庶吉士。后历仕康熙、雍正、乾隆三朝，曾经是乾隆帝老师。官至文华殿大学士，兼吏部尚书、兵部尚书。精于经史，擅长诗文。有《朱文端公文集》等。

题解：

这是作者《圣武远扬青海平定诗六首》之四，同样是为庆贺雍正平定青海罗卜藏丹津之乱而作的，表现了战后统一和平的和谐景象。

注释：

[1] 休和：安定和平。《左传·襄公九年》："若能休和，远人将至。"

[2] 圣武：圣明英武，对最高统治者的谀辞。丕昭：伟大光明。丕是伟大，昭是光明。止戈：以武力停止战争。《左传·宣公十二年》："楚子曰：止戈为武。"

[3] 旌旄：军中指挥的旗帜。唐李频《陕府上姚中丞》："关东领藩镇，阙下授旌旄。"朔漠：北方沙漠之地。唐杜甫《咏怀古迹》："一去紫台连朔漠，独留青

家向黄昏。”

［4］刁斗：军中盆形用具，白天可用以煮饭，夜里用以敲击巡夜。关河：关塞、边陲。

［5］风教：风气教化。《毛诗序》：“风，风也，教也。风以动之，教以化之。”

［6］禀：禀知、报告。声灵：声势威灵。海不波：江海不起波澜。

［7］九边：明代在长城沿边设置辽东、蓟州、宣府、大同、太原、延绥、宁夏、固原、甘肃九个军事重镇，号称“九边重镇”。这里泛指边陲军镇。

［8］太平歌：时世和平安宁时所咏唱的歌谣。宋释思岳《颂古》：“时清休唱太平歌，大冶红垆著一毛。”

雨后西平途中喜作

申梦玺

郁郁复葱葱[1]，山川爽气通。
麦针全破雨[2]，柳线半穿风[3]。
急濑驯鸥鹭[4]，停云掩螮蝀[5]。
客游何太数[6]，此景不多逢。

作者简介：

申梦玺（生卒年不详），阳曲（今山西省境内）人。清高宗乾隆四年（1739）任西宁知府，后调任甘肃巩昌府，累任上海道道员，因事牵连去职。有《湟中诗稿》。

题解：

雨后往西宁的途中，诗人在爽气吹拂下，游赏湟川佳景，写下此诗。由于作者身处佳景之中，看得真切，感受深入，因而描绘得格外清新自然，令人数读不厌。

西平：即西宁。自汉武帝元狩二年（前121）霍去病在西宁筑西平亭以来，直至北宋末年改称西宁州，在这期间，把西宁多称为西平。

注释：

［1］郁郁、葱葱：皆草木茂盛青翠的样子。

［2］麦针：麦芒。宋苏轼《赠眼医王生彦若》：“针头同麦芒，气出如车轴。”全破雨：全被雨湿透了。

［3］柳线：柳条下垂，细长如线。唐孟郊《春日有感》：“风吹柳线垂，一枝连一枝。”

［4］濑（lài）：湍急的水。鸥鹭：沙鸥和白鹭。

［5］螮蝀（dì dōng）：彩虹。

［6］数（sù）：同“速”，快。

湟中春日登北禅寺楼寓目

杨应琚

路为沿坡曲，楼因峭壁悬。
春流争浴马[1]，薄雾竞耕田。
乍静心如濯，居高势欲仙。
只愁归去后，尘事尚依然。

作者简介：

杨应琚（1696～1767），字佩之，号松门，辽海（今辽宁）人，杨文乾之子。清世宗雍正七年（1729）官户部员外郎，曾出任山西河东道。十一年（1733）任西宁道按察司佥事，次年调临巩布政使。高宗乾隆元年（1736）又出任西宁道，一直到十三年（1748）调离。后历任两广总督、闽浙总督、陕甘总督，加太子太保，拜东阁大学士。三十一年（1766），中缅边境发生战事，杨应琚又被调为云贵总督以靖边事。因事被赐死。

杨应琚两次出任西宁道，政绩相当突出，而且能诗文。著有《西宁府新志》四十卷、《据鞍录》一卷。《新志》中载有他在青海时所作诗词十四首。这些诗皆以欢快轻松的笔调描绘了湟水流域的秀丽景色。

题解：

北禅寺即今西宁北山上的北山寺。南北朝就已建筑，明洪武（1368～1398）年间重建，永乐十四年（1416）明成祖赐额永兴寺。其寺嵌筑危岩，奇巧玲珑而又高耸雄伟。寺楼高揭突出，蔚为壮观。过去士人多登之览赏湟川美景。这首诗便是诗人在春天登上北山寺楼后观赏景色而作。诗篇描绘寺楼的幽静秀丽以及周围所见，令人神往。

寓目：观赏品览的意思。

注释：

［1］马：一作“鸟”。

宿川口越圣寺梨花草堂晓起作

杨应琚

一夕山风衣倍加，晓来板屋乱鸣鸦[1]。
开门惊道满庭雪，细看方知是落花。

题解：

越圣寺在今民和县上川口。寺内有梨树数十棵，繁花似锦，无比秀美。诗人夜晚住宿在那里，第二天早上起来开门一看，满地雪花，晶莹洁白，细看原来是昨夜大风吹落的梨花，于是写了这首精巧动人的小诗。

川口：上川口，即今民和县委所在地。草堂：用草木盖的一般房子。

注释：

[1] 板屋：用木板作为墙壁的房屋。

乐都山村

杨应琚

巨石斜横碧水涯，石边松下有人家。
春风不早来空谷[1]，四月深山见杏花。

题解：

这是一首描写乐都山村景色的小诗。全诗就像一幅美妙的山水田园画，清新幽美，沁人心脾。诗句浅近朴实，随口吟来，浑然天成，毫无刻意雕琢的痕迹，确实称得上是一首好诗。

注释：

[1] 空谷：空旷静谧的山谷。

自金城返湟中

杨应琚

昨宵酒浅心先醉，今日云深马不前[1]。
笑举一鞭山径远，疏林残雪早寒天[2]。

题解：

这首诗写诗人从兰州返回西宁途中的情景，充满了向往青海、热爱青海的真挚感情，塑造出了一个开拓者的形象。

注释：

［1］此句化用韩愈《左迁至蓝关示侄孙湘》“云横秦岭家何在，雪拥蓝关马不前”的诗句。

［2］疏林残雪：秋时树叶落，因而树林显得稀疏，雪也易化，只有一些残迹。早寒：未到寒冰时节而天气先冷，这里指初秋。

郊原

杨应琚

郊原按辔树阴凉[1]，父老欢呼夹道傍[2]。
溪外一群沙鸟白，麦中几片菜花黄。
十年抚字颠毛短[3]，百岁升平化宇长[4]。

但愿吾民勤且俭，何妨湟水作桐乡[5]。

解题：

这是诗人在西宁郊外受到父老百姓的欢迎后感慨而作的。次联色彩明艳地描绘了西宁郊区的自然景色。后四句抒发了诗人要把湟中作为自己第二故乡的思想感情以及对西宁地区人民的希望，感情真诚，至今仍然有积极意义。

注释：

[1] 郊原：郊野平原。按辔：拉紧马缰绳，使马缓步而行。

[2] 父老：地方上的长者，此处泛指当地百姓。

[3] 抚字：抚养爱护。颠毛：头发。

[4] 化宇：王化的地区。

[5] 桐乡：在今安徽省桐城市北。汉代大司农朱邑曾任桐乡啬夫，因为政绩昭著，人民很爱戴他，他死后，便埋葬在桐乡。

次新城望元朔山

杨应琚

端岩双水曲[1]，斜影数峰晴。
过客停骢马[2]，秋风满石城[3]。
沙头起雁语，天际落钟声。
白道如丝细[4]，层层草木青。

题解：

这是诗人去大通县城（今大通县毛伯胜城关）时路经大通新城，仰望元朔山而作。

次：行途中暂时住宿。新城：今大通县府所在地桥头东。因为清时大通城在毛伯胜，而桥头新城筑成较迟，故称为新城，与城关老城相对而称。元朔山：即今老爷山，在桥头镇北，又称北武当。山上石峰林立，盘梯石磴，松桦苍苍，山下环流东峡水和北川水。山形突兀拔起，奇雄崔嵬。

注释：

［1］端岩：直起而圆弧状的山岩，指老爷山。双水曲：指东峡水和北川水环流山下。

［2］骢：青白色的马。

［3］石城：指大通新城。其地多石，故云。

［4］白道：指元朔山上的白色小道。

咏狮子崖

杨应琚

两崖怪石多[1]，中挂瀑布水。
岩雨阴忽晴[2]，涧云低复起[3]。

题解：

狮子崖在大通卫北永安城（今海北藏族自治州门源县境内）西北，怪石如狮状，瀑布奔流，景象美观。诗人自己曾认为这首诗真实地反映了狮子崖景观。

题目一作《咏狮子岩》。

注释：

［1］崖：一作“岸”。

［2］岩：一作“崖”。

［3］复：一作“自”。

毡庐听雨

杨应琚

空山连日喜晴明[1]，顷刻烟云石隙生。
最是毡庐堪听雨，一宵荷叶打珠声[2]。

题解：

毡庐就是用牛毛等织成的帐篷，雨湿后发硬，雨滴击打其上声音很脆。诗人夜宿帐中，又遇一夜大雨，他不仅没有像一般官员那样说愁道恨，怨天尤人，反而把雨落毛帐称为悦耳动听的珠打荷叶声，形象生动，意境新辟。

注释：

［1］连日：连续几天。

［2］荷叶打珠：珠打荷叶。

和杨松门观察六月六日游五峰山寺原韵（二首）

吴四古

一

城隅直北胜人间[1]，别有幽栖可趁闲[2]。

风景清妍松桧老[3]，软红飞不到空山[4]。

二

秀削芙蓉向晓看[5]，奇峰如掌列云端。

此中清景堪游赏，盛夏犹嫌积雪寒。

作者简介：

吴四古，钱塘（今浙江省杭州市）人。生活于清乾隆时期，其余生平不详。《大通县志》录其诗四首。

题解：

五峰山在今互助土族自治县五峰乡，是湟水流域的风景名胜。清杨应琚曾作《五峰山寺壁记》详细描写说："五峰森立，形如举掌，萦青缭白，烟云生指甲间。……兹山高而锐，峰众而多穴，有泉流以益其奇，烟云以助其势，草木禽鸟以致其幽，虽无层岩大壑，亦具体而微。……山无名，余以数名，寺无名，以山名。"杨应琚不仅给五峰山起了名，写了记，而且赋诗吟咏，惜其诗已佚。吴四古的这首便是和杨应琚的诗而作的。原诗共四首，这里选其第一、二首。

松门：杨应琚的号。观察：清代俗称道员为观察。观察本是唐初观察使，后改为节度使兼职。因为杨应琚任职西宁道，因此称观察。

注释：

[1] 城隅：西宁城边。直北：正对北。

[2] 幽栖：幽美得可以隐居的地方。

[3] 清妍：清秀美丽。桧：常绿乔木之一种。松桧：泛指五峰山上的树木。

[4] 软红：城市繁华。这里指尘世的繁华热闹。

[5] 芙蓉：本指华山。唐李白《登庐山五老峰》："青天削出金芙蓉。"明杨慎："白帝真源紫界封，金天削出翠芙蓉。"这里化用李白、杨慎诗句，以形容五峰山如

同削出，无比秀丽。

和杨松门观察六月六日游五峰山寺原韵

张本涵

烟崖月壑恣采看[1]，奇秀须教绘笔端。
想见低徊千仞上[2]，振衣长啸晚风寒。[3]

作者简介：

张本涵，海盐（今浙江省境内）人。生活于清乾隆时期，其余生平不详。《大通县志》录其诗四首。

题解：

这也是和杨应琚诗而作的，原共四首，这首是第二首。描写了五峰山的奇秀幽凉。

注释：

［1］烟崖月壑：形容山崖在烟云缭绕之中，奇壑形似月状。

［2］低徊：徘徊，游览。千仞：形容山峰之高。仞是古代长度单位，周制八尺，汉制七尺。

［3］振衣：整理衣服。

惜阵亡总兵高天喜

弘历

始由小校出从征[1]，优擢奇雄至总兵。
留后修桥耻苟活，复前入阵遂捐生。
绿旗中只一人实[2]，绝域外传千载名。
裹血结缨宁让古[3]，诗非奖勇奖忠诚。

作者简介：

弘历（1711～1799），清朝第六代皇帝，满族，爱新觉罗氏，年号乾隆。在位六十年，禅位后又继续训政三年，是中国历史上实际执掌国家最高权力时间最长的皇帝。在位期间，致力于社会稳定和国家统一，同时注重文教，编修《四库全书》，文治武功，盛极一时。但也大兴文字狱，毁坏文化典籍，同时闭关锁国，造成后患。

题解：

这首诗是乾隆皇帝为悼念战死新疆的西宁总兵官高天喜而作的。

高天喜（1720～1758），回族，西宁东关人。年轻时即从军，累迁为保宁堡守备。乾隆二十二年（1757）春天，清军定边右副将军兆惠先后在伊犁和济尔哈朗被叛军包围，形势危急，高天喜从巴里坤驰援，英勇有功，升为参将、副将，不久又升任西宁镇总兵，授领队大臣。次年十月，清军与叛军会战于叶尔羌，高天喜督兵修黑水桥以渡。清军渡过一半，前军被叛军包围，兆惠身陷敌阵，高天喜遂即舍桥前往救援，奋勇拼杀，为国捐躯。谥号“果义”，追赠提督。

注释：

［1］小校：小卒和低级军官。元关汉卿《哭存孝》：“小校与我打将出去。”

［2］绿旗：绿旗兵、绿营。清朝把不是八旗的将士参照明军旧制，建成以营为基本单位的部队，以绿旗为标志，故被称为绿营，又称绿旗兵。这句是说高天喜是绿营中最杰出的将领。

［3］裹血：浴血拼死奋战。结缨：整理好帽缨，比喻从容就义。《左传·哀公十五年》：“子路曰：‘君子死，冠不免。’结缨而死。”宁让古：不肯输给裹尸沙场的古人。

西宁令洪时懋见过赋赠

李锴

衰废勿复道[1]，寸心怀国恩。
相逢无厚薄，努力尽深言[2]。
沙碛黔黎苦[3]，边城风俗惇[4]。
君如敷德化[5]，抚字莫辞烦[6]。

作者简介：

李锴（1686～1755），字铁君，号豸青山人等，汉军正黄旗人。尝充笔帖式，旋弃去。乾隆元年（1736）举鸿博未选中。以岳丈索额图声势煊赫，借故避隐于盘山獬豸峰（今天津市蓟州城区西北）下，“闭户耽吟，罕接人事”。有《睫巢集》《尚史》等。

题解：

这首诗是写给来访的西宁县知县洪时懋的。诗人虽然没有到过西宁，但对这里的民生疾苦和淳朴民俗做了准确的描写，并嘱托洪时懋要不辞辛苦地多施德化，善待百姓。这种理念甚是难得。

西宁令：即西宁县知县。“令”是古代对县官的称呼。洪时懋：具体不详。查《西宁府新志》《西宁府续志》中西宁县知县表，期间并无姓洪的县令，或许遗漏。《新志》中最后一任陈铦于乾隆九年任，而《续志》中第一任梁彬于乾隆十七年任，中间相隔十年，或有缺轶。洪时懋可能就是在这期间调任西宁县知县的。见过：来访。

注释：

[1] 衰废：衰老病弱。这是诗人早已因为退出朝堂而自谦之词。

[2] 深言：坦率地说个人心里话。汉桓宽《盐铁论·盐铁箴石》：“悬言则辞浅而不入，深言则逆耳而失指。”

[3] 沙碛：沙漠。黔黎：黎民百姓。唐苏拯《长城》：“运畚力不禁，碎身沙碛里。黔黎欲半空，长城春未已。”

[4] 惇：敦厚、淳朴。

[5] 敷：布陈、实施。德化：道德教化。

[6] 抚字：安抚体恤百姓。宋陆游《戊申严州劝农文》：“虽诚心未格于丰穰，然拙政每存于抚字。”

积石歌

吴镇

羽山黄熊老无谋[1]，万国戢戢生鱼头[2]。
圣子疏凿起积石[3]，神工鬼斧惊千秋[4]。
天门屹立云根断[5]，灵光闪闪飞雷电[5]。

君不见悠悠河水向东流[7]，至今无复蛟龙战[8]！

作者简介：

吴镇（1721～1797），字信辰，号松花道人，狄道（今甘肃省临洮县）人。清高宗乾隆六年（1741）举拔贡。历任陕西耀州学正、湖北兴国知州、湖南沅州知府等。与袁枚、杨芳灿、杨揆等诗人有交往。袁枚称其诗“新妙奇警，夺人目光”。吴镇一生著述颇多，有《松花庵全集》行于世。

题解：

吴镇一生热爱家乡，写了不少歌颂家乡山川的诗歌。小积石山就在他家西北，因此写下这首赞歌。诗题虽作“积石”，但吟咏的不是山，而是积石峡。诗篇以简洁凝练的笔触，描绘了大禹神工鬼斧导河积石的功绩，歌颂了积石峡的神奇壮观。

注释：

［1］羽山黄熊：指大禹的父亲鲧。《山海经·海内经》：“洪水滔天，鲧窃帝之息壤以堙洪水，不待帝命。帝令祝融杀鲧于羽郊。鲧复生禹，帝乃命禹卒布土以定九州岛。”

［2］万国：万邦，全天下。戢戢：密集；形容鱼唼水的声音。唐杜甫《又观打鱼》：“小鱼脱漏不可记，半死半生犹戢戢。”生鱼头：指万民沦于水中，头一浮一浮的，如同鱼头。

［3］圣子：指大禹。起积石，相传大禹西行导河，遇到一山，堆起一堆石头作为标记，然后疏导河水东去。于是，人们便把这座山叫作积石山。

［4］神工鬼斧：形容大禹凿导的技术极为高妙，不是凡人所能达到。

［5］天门：指积石峡两岸峭立如天门。云根：深山里云起的地方。这里形容积石峡屹立如天门，峡中云雾缠绕，时有所断。

［6］灵光：神异的光彩。

［7］君不见：乐府歌行中常用的一种套语。君并非实指，是泛指。悠悠：河水

平静无波地流动的样子。

［8］蛟龙战：古人认为发生水灾是由于蛟龙在作怪，因此称洪水之灾为蛟龙战。《续水经》："蛇雉遗卵于地，千年而为蛟，其出壳之日害于一方，洪水飘荡。"

赴循化道中

龚景瀚

河州西去郁岧峣[1]，鸟道盘空百丈遥[2]。
出塞方知天地阔[3]，近关已觉语音嚣[4]。
山当绝域朝朝雪[5]，路绕流泉处处桥。
持节惭为假司马[6]，从今未敢薄班超[7]。

作者简介：

龚景瀚（1747～1802），字海峰，福建闽县（今福建省福州市）人。清乾隆三十六年（1771）中进士。先后在甘肃、宁夏的靖远、中卫、平凉、静宁、固原等地做过知县、知州，政绩优卓。乾隆五十七年（1792），调为循化厅同知，两年后调任陕西邠州。最后官至兰州知府。有《澹静斋文钞》《循化志》等著作多种。

龚景瀚是清代著名的循吏，也是学者。他虽然在循化任职只有两年，但政绩颇多。所撰《循化志》八卷，以体例严谨、考订准确而受人推崇。他在循化期间所作诗文虽少，但从艺术和思想性看，皆堪称佳作。

题解：

这是诗人上任循化厅的途中所作，真实地描写了壮丽的循化山川，并抒发了此去要为循化作出贡献的决心。

循化原来一直属于甘肃河州。宋徽宗崇宁二年（1103）曾筑循化城。清乾隆二十七年（1762）设循化厅，属甘肃兰州府。1913 年改循化县。

注释：

［1］河州：在今甘肃省临夏回族自治州。清时为州，起初循化即属其管辖。岧峣：高耸、峻高。

［2］鸟道：险峻得只有鸟才能飞过去的山路。

［3］塞：指河州以西。

［4］关：积石关，在循化撒拉族自治县孟达峡东口，是从河州来循化必经之地。嚣：喧哗、吵闹。这里是指撒拉族人的语音明显地跟河州等地不一样。

［5］绝域：指循化地区。

［6］持节：本官名，魏晋以来设使持节、持节、假持节等职，都是州刺史加管军戎。清代的厅与以前的州差不多，因此，诗人自称持节。假司马：也是自指。司马是隋唐时州府佐吏中的一种官职，位在别驾、长史之下。清代时在府以下有的地方设厅，厅同知由知府的佐官担任。循化厅属兰州府管辖，而诗人任这里的同知，职位相当于州府佐吏职司马。假是代理，诗人这次出任循化厅是暂任，所以自称为假司马。

［7］薄：看轻。班超，汉代人，本以为官府抄书养家，曾投笔说："大丈夫无它志略，当効傅介子、张骞，立功异域，以取封侯，安能久事笔砚间乎？"（见《后汉书》本传）后率三十六人出使西域诸国，留十一年，使五十余国获得安宁。

小积石山

龚景瀚

当年凿空说昆仑[1]，曾笑张骞是妄言[2]。

今日舆中观积石[3]，真从塞外溯河源[4]。

题解：

这首诗是诗人在路途中望小积石山而作。小积石山，一名唐述山，又称拉脊山，在青海省东境，横亘于贵德、湟中、循化等地。这里所说的是循化撒拉族自治县境内的小积石山，在黄河北，相传是大禹导河的地方。

注释：

［1］凿空：凿导，疏通。说昆仑：大禹导河自积石山，而汉代张骞使西域回来，汉武帝据其言而定昆仑为黄河源，历史上常以之为典故。

［2］妄言：乱说。《管子·山至数》："不通于轻重，谓之妄言。"

［3］舆：马车。

［4］溯河源：逆河水而上，推求黄河源。

题阿少司空奉使探河源图

邵晋涵

昔从石室校图录[1]，纪远得见河源书[2]。
祎钦盛治辟星窽[3]，于阗葱岭成通涂[4]。
寻源特命世臣往[5]，覈实还奏承帝俞[6]。
勒成巨编贮秘阁[7]，流传芳迹存遗图[8]。
连峰接天势匝匼[9]，盘陀一径通幽岖[10]。
峦回谷转地平衍[11]，突见泉脉交融输[12]。
垂杓宛转排列宿[13]，堆盘错落喷灵珠[14]。
元人误会鄂端尾[15]，传讹互证潘与朱[16]。
岂识上源更冲演[17]，里余三百黄英铺[18]。
迤西巨石巩庨豁[19]，若戴斗极开辰枢[20]。

悬崖黄赤本鸿致[21]，天神百幅空中舒[22]。
粲莹散作镠瑬影[23]，倾沃疑有神浆储[24]。
真源见处云日朗，山灵豫使曾岚祛[25]。
乃知天池悬北极，真抵瀛渤成归墟[26]。
豁疑千载经目验[27]，岂非精意能感乎[28]。
古人睹记限方域[29]，构虚设象终拘墟[30]。
流沙西海岫连属[31]，广轮孰与分川衢[32]。
潜流出地经盐泽[33]，扶风义弗龙门殊[34]。
元公辨言述释水[35]，高源峻凑昆仑虚[36]。
浑泡穿地互汩漱[37]，千七百一川所渠[38]。
简语弗详待申阐[39]，影附谁信沟犹儒[40]。
披图万里在咫尺[41]，揽辔如见神敷愉[42]。
阆风緤马古有志[43]，游仙或在清虚都[44]。

作者简介：

邵晋涵（1743～1796），清著名学者。字与桐，又字二云，号南江，余姚（今浙江省境内）人。高宗乾隆三十六年（1771）进士，任翰林院庶吉士、编修，升侍讲学士。三十八年（1773）预修《四库全书》，与纪昀等撰成《四库全书总目提要》。晋涵一生著述很多，主要有《尔雅正义》《南江诗文钞》等，还从《永乐大典》中辑出了《旧五代史》。

题解：

清高宗乾隆四十七年（1782）春，因为在河南省青龙岗黄河漫口合龙未成，乾隆帝便派乾清门侍卫阿弥达前来青海，寻找河源告祭。夏季，阿弥达一行到达河源地区，发现星宿海并不是黄河发源处，源处在星宿海西三百里的阿勒坦郭勒（有人说即今卡日曲）。《河源纪略》卷二十三详细记载阿弥达所见黄河正源说："星宿海西南有一河，名阿勒坦郭勒，蒙古语云阿勒坦即黄金，郭勒即河也。此河实系黄河上源，其水色黄，回旋三百余里，穿入星宿海。又阿勒坦郭勒之西有巨石，高数丈，名阿勒坦噶达素齐老。蒙古语噶达素，北极星也；齐老，石也。其崖壁黄赤色。壁上为天池，池中流泉喷涌，洒为百道，皆作金色，入阿勒坦郭勒。则真黄河之上源也，是星宿海之上尚有三百余里之真源矣！此皆元使之所不至，遂为潘志所不详。”阿弥达将所见根据帝命绘成图案，呈献给朝廷。乾隆帝命四库馆总裁纪昀等人根据这一探源新成果和康熙时探源情况，对以前诸家河源说加以辨正，编成《钦定河源纪略》。邵晋涵参加了这项工作，因而得见阿弥达河源图，并题了这首诗。诗篇根据阿弥达奏书，全面地描绘了河源地区的奇丽风光、阿弥达探源经见以及历史上有关河源的传说记载，形象完整，气势磅礴，简直是一篇河源记。

阿少司空：即阿弥达，后来官至工部侍郎。司空本是周至汉代的官名，先秦时掌管工程，西汉时改御史大夫为大司空。后世用为工部尚书的别称，而侍郎被称为少司空。奉使：奉帝命出使。河源图：即阿弥达《黄河源图》，今存北京故宫明清档案馆。

注释：

［1］石室：藏书之室，这里指四库馆。《后汉书·黄琼传》：“陛下宜开石室，案《河》《洛》。”李贤注：“石室，藏书之府。”校：校订。这里有编修撰写的意思。图录：泛指图书。

［2］纪远：指编撰《河源纪略》的事。河源书：指阿弥达《黄河源图》。

［3］祎欤：美好呀。欤：感叹词。张衡《东京赋》：“汉帝之德，何其祎而。”盛治：盛世的统治。这里特指清王朝统治下的社会。星窾（cuì）：边远之地。《八旬万寿盛典》卷 99《万寿乐府九章》：“化成于悠久，以宣伟略，则星窾月窟，列收安屯，里踰二万；金川雪蹬，辟为垣涂。”辟星窾，开发边远之地。

［4］于阗：汉时西域国名，今作“于田”，地在今新疆维吾尔自治区和田县一带。葱岭：古代对今帕米尔高原和昆仑山、天山西段的统称，相传葱岭高大，上面生葱，因此叫葱岭。通涂：即通途，坦荡大道。按汉代张骞出使西域，说黄河有两源，一是于田，一是葱岭。

［5］特命：特别命令。《三国志·魏志·崔林传》："复特命他官祭也。"世臣，历世有功勋的大臣，这里指阿弥达。按阿弥达的祖父阿克敦为大学士，死谥文勤。父阿桂屡将大军，亦为大学士，死赠太保，谥文成，显赫一世。阿弥达之子那彦成，又为大学士。因此称世臣。

［6］覈（hé）实：查验审核属实。覈：查验得实。此指探清河源的事。俞：皇帝许可的声音。《尚书·尧典》："帝曰：'俞，予闻如何？'"

［7］勒：刻成、雕刻。巨编：是对阿弥达图的赞词。贮秘阁：藏于皇帝藏书之所。秘阁：古时禁中藏书的地方。

［8］芳迹：对阿弥达图的美称。

［9］连峰：连绵的山峰。晋谢灵运《会吟行》："连峰竞千仞。"李白《蜀道难》："连峰去天不盈尺。"匝匼（zā kē）：周匝环绕。

［10］盘陀：路上石多，崎岖不平的样子。幽岖：山凹。

［11］平衍：平坦广阔。汉张衡《南都赋》："上平衍而旷荡，下蒙笼而崎岖。"

［12］泉脉：本指地层中流着的泉水。这里指星宿海一带的泉流。交融输：交杂融合而流淌。星宿海是几百个泉水组成的，泉水相互穿插，分不清溪流始终，远看如一片汪洋。

［13］垂杓：从天垂下的北斗七星柄部的三星。杓星又称斗柄，即北斗七星柄部的三颗星。宛转：辗转排列的样子。宿：星宿。

［14］错落：错乱罗列。灵珠：玉珠。杨应琚《西宁府新志》卷38"星宿海奇观"条记星宿海奇观云："每月既望之夕，天开云净，月上东山，光浮水面，就岸视之，大海洋洋涌出一轮冰镜，亿万千百明镜晻映，又似大珠小珠落玉盘也。"

［15］这两句写元代人误以为星宿海便是黄河源的事。按元忽必烈至元十七年（1280）冬，招讨使都实穷黄河源，后来翰林学士潘昂霄从都实的弟弟阔阔出那里获得都实探源原始资料，从而写出了专著《河源志》。又有朱思本得到藏梵文资料，编译出《河源记》，认为星宿海是黄河源头。鄂端：即星宿海。万斯同《昆仑河源考》："河源在吐蕃朵甘思西鄙，有泉百余泓，沮洳散涣，弗可逼视，方可七八十里。履高山下瞰，灿若列星，以故名鄂端诺尔。鄂端，译言星宿也。"

[16] 传讹：传播错误的东西。潘与朱：即潘昂霄与朱思本。

[17] 上源：即所谓阿勒坦郭勒。冲演：水势浩大。

[18] 黄英：黄花、花草。

[19] 迤：向，往。巨石：指所谓噶达素齐老。庨（xiāo）豁：庞大峥嵘。

[20] 斗极：北斗星和北极星。《尔雅·释地》："北戴斗极为空桐。"若戴斗极：指噶达素齐老如头戴北斗、北极。辰枢：北极星和北斗星。辰是北极星，枢是北斗七星中的第一个星天枢。开辰枢指噶达素齐老形成北极北斗的形状。

[21] 鸿致：宏大的景致。

[22] 形容悬崖飞流百道如天神百幅，在空中舒展舞动。

[23] 粲莹：璀灿晶莹。镠璗（liú dàng）：黄金。《尔雅·释器》："黄金谓之璗，其美者谓之镠。"

[24] 倾沃：倾泻。神浆：神仙的琼浆。储：储藏。

[25] 山灵：山神。曾岚：即层层岚气。曾，通"层"。

[26] 瀛渤：瀛海和渤海。这里泛指大海。归墟：神话中海水归宿汇集的地方。《列子》："渤海之东，不知几亿万里，有大壑焉，实惟无底之谷，其下无底，名曰归墟。"

[27] 豁疑：极其怀疑。经目验：亲自过目验证。

[28] 精意：尽心，用心专注。感孚：感动。

[29] 睹记：看见，记述。限方域：受到活动区域的限制。方域，区域。

[30] 构虚设象：凭空想象虚构。拘墟：见识不广，只凭想象，不切实际。《河源纪略》乾隆帝诗注："谓河源出于积石，是皆拘墟未见颜色之言。"

[31] 西海：青海湖。岫：山。连属：连接系属。

[32] 广轮：指大地。东西为广，南北为轮。川衢：川谷道路。

[33] 潜流：地下潜流的河水。盐泽：即今罗布泊，在新疆维吾尔自治区。汉人以为黄河从葱岭、于田发源，流到罗布泊后潜流地下，南至小积石山再流出地面。因此称潜流出地。

[34] 扶风：疾风。《淮南子·览冥训》："阴阳交争，降扶风，杂冻雨，扶摇

而登之。”高诱注：“扶风，疾风也。”义弗：风吹得一片昏暗的样子。通“郁茀”。《文选·吴都赋》：“尔其山泽，则嵬嶷峣屼，巊冥郁茀。”注：“郁茀，山气暗昧之状。”龙门：在陕西省韩城市与山西省河津市之间黄河峡口，相传大禹导河积石，至于龙门。《天中记》引《慎子》曰：“河下龙门，其流驶如竹箭，驷马追弗能及。”

［35］元公：大圣人。指周公，相传他是《尔雅》一书的最先作者。邵晋涵《尔雅正义》序：“元圣周公始作《尔雅》，以观政辨言。”释水：《尔雅》中的第十二篇篇名，专释诸水，其中对黄河源有记述。

［36］高源：高处之水源。峻凑：水势汇腾湍急。昆仑虚：也作昆仑墟，昆仑山根部。《尔雅·释水》：“河出昆仑虚，色白。”郭璞注：“《山海经》曰：河出昆仑西北隅虚山下基也。发源处高激峻凑，故水色白也。”

［37］浑泡：即浑浑泡泡，水势很大的样子。《山海经·西山经》：“不周之山，北望诸毗之山，临彼岳崇之山，东望泑泽，河水所潜出也，其原浑浑泡泡者也。”汩漱：流动冲击洗刷的样子。《尔雅·释水》：“所渠并千七百一川，色黄。”郭璞注：“潜流地中，汩漱沙壤，所受渠多，众水溷淆，宜其浊黄。”

［38］渠：渠并、汇合。这句意思是汇并一千七百零一川水。也有人认为是一千七百条川汇为一川，《尔雅·释水》中的句子应点为“所渠并千七百，一川色黄”。

［39］弗详：不详细。申阐：进一步考证引申阐述。

［40］影附：附会。沟犹儒：愚昧迂腐的儒者。《荀子》：“案往旧造说，……案饰其辞而祗敬之曰：此真先君子之言也。子思唱之，孟轲和之。世俗之沟犹瞀儒，嚾嚾然不知其所非也。”

［41］披图：展开阿弥达河源图。咫尺：形容距离很近。周制八寸为咫，十寸为尺。

［42］敷愉：高兴、和悦。古乐府诗《陇西行》：“好妇出迎客，颜色正敷愉。”

［43］阆风：神话中昆仑山上仙地。绁马：拴马。战国时屈原《离骚》有“朝吾将济于白水兮，登阆风而緤马”的句子，因此诗人说“阆风緤马古有志”。

［44］游仙：游心仙境，脱离尘俗。清虚都：清净虚无的地方。古人把月宫称

为清虚殿，或称作清虚府。

夜宿东科尔寺

杨揆

古寺枕山麓，地僻人踪稀。
风急堕檐瓦，月寒浸门扉[1]。
征夫深夜来，支床息饥疲[2]。
炊薪借佛火[3]，遮户移灵旗[4]。
一灯照深龛[5]，澹澹宵烟微[6]。
枯僧瘦如腊[7]，尘渍百衲衣[8]。
面壁偶转侧[9]，块独闻累欷[10]。
将非入定禅[11]，疑是未解尸[12]。
悮来穴窗见[13]，慄然粟生肌[14]。
感叹不成寐，空槽马长嘶。

作者简介：

杨揆（1760～1804），字同叔，号荔裳，江苏金匮（今无锡）人。乾隆四十五年（1780），清高宗南巡，召试赐举人，授中书，后来为军机处行走。五十六年（1791），廓尔喀入侵西藏，杨揆被大将军福康安奏请从军，出征卫藏。事平，以功进内阁侍读，最后官至四川布政使。著有《卫藏纪闻》《桐华吟馆诗词稿》等。

杨揆从军征卫藏，取道青海，写下了许多令人动人心魄的诗篇，这些诗大部分是古风，一改诗人之前巧纤华丽的诗风，气势浩瀚磅礴，风格悲壮苍凉，确是清代诗坛上独具特色的佳品。前人对他的这些诗给予了极高的评价。

题解：

东科尔寺故址在今湟源县日月乡境，是清代青海著名藏传佛教寺院，依隔板山麓而建，殿宇宏敞，门前修八座如意宝塔。寺院领地超过青海蒙旗各寺院。清代凡祭海会盟，王公贵族都会聚在这里，以寺为馆驿。清朝中央和西藏地方政权间使臣等来往，也都借宿寺内。

这首诗便是诗人从军进藏经过湟源药水峡，夜宿东科尔寺时所作，遣词古雅，造句刚劲，由动逐步写到静，静中又强调战马长嘶，静中有动，有力地渲染描绘了佛寺的深夜气氛。

注释：

[1] 浸：渗透。门扉：门缝。

[2] 支床：安顿床铺。

[3] 炊薪：起火烧饭。薪，柴火。佛火：寺院的火。东科尔寺是佛寺，因此称其寺之火为佛火。

[4] 遮户：遮住窗户。灵旗：画有日月、北斗星或者飞龙的军旗。

[5] 龛：供奉佛塔的小阁。

[6] 澮澮：烟雾袅袅升动的样子。宵烟：夜雾。

[7] 枯僧：瘦和尚。腊：此指僧人枯瘦如腊肉。

[8] 尘渍：因为穿得太久，满是尘土。百衲衣：和尚的衣服，衲是补缀，百衲是说补得特别多。

[9] 面壁：佛教指坐禅，面向墙壁，端坐静修。宋刘克庄《题小室》："近来弟子俱行脚，谁伴山僧面壁参。"偶：偶然、有时。转侧：转动身子。《诗经·周南·关雎》："悠哉悠哉，辗转反侧。"

[10] 块独：孤独。累欷：屡次唏嘘。

[11] 将非：莫不是，恐怕不是。假设之词。入定：僧人静坐静心，不生杂念，使心思专注于一处，佛教上就叫入定。

[12] 解尸：即尸解。道家语，意思是脱离形骸而成仙去。《后汉书·王和平

传》："北海王和平病殁，后弟子夏荣言其尸解。"李贤注："尸解者，言将登仙，假托为尸，以解化也。"指寺僧修行成佛。

[13] 穴窗：墙上钻洞穴作为窗，即通风口。

[14] 慄然：寒冷的样子。粟生肌：因为寒冷在肌皮上生出颗粒。

日月山

杨揆

从军远行迈，言度日月山。
地势束全陇[1]，边形控群番[2]。
时平四夷守[3]，设险匆置关[4]。
旷望极原野[5]，剩垒多萧寒[6]。
王师从天来，负弩趋羌汗[7]。
蛮靴缚袴褶[8]，罗拜千声欢[9]。
分旗驱战马[10]，征车走班班[11]。
窅崖冰雪悬[12]，队队相跻攀[13]。
返景下前谷[14]，无风月生阑[15]。
连嶂插枯绿，一云露微殷[16]。
男儿重横行[17]，心敢怯险艰。
侧耳听湟水，东流正潺潺[18]。

题解：

日月山位于青海湖东，湟源县西南，是青海草原的门户。西去是茫茫草原，广袤壮阔，东来是漠漠良田，富饶美丽。关于日月山山名的来源有好几种说法。一般传说是，唐太宗时，文成公主嫁松赞干布进藏曾经过赤岭，公主登上山顶，西眺东看，景色迥异，不禁思念家乡，于是拿出唐太宗所赠象征中原的日月宝镜，反复抚摸，但她继而想起和亲重任，便把日月宝镜弃于地上，毅然西去。从此，赤岭便被改名为日月山。

日月山古来在军事上占有重要地位，是兵家必争之地。明清时在这里举行茶马互市贸易活动。因此，诗人随军过此，便浮想联翩，写下这首充满了秋风铁马色彩的诗章。

注释：

［1］束全陇：收束整个陇地。陇，甘肃省的简称，清时日月山以东青海东部属今甘肃省。

［2］边形：边地形胜，指日月山。群番：泛指日月山以西的少数民族部落。

［3］时平：时局安定。四夷：东夷、西戎、南蛮、北狄的统称，是古代统治阶级对华夏族之外的各族的蔑称。守：遵守王法。

［4］设险勿置关：意谓日月山很险，足以抵御敌人，再用不着筑关了。

［5］旷望：放眼远望。

［6］剩垒：战后废弃的堡垒。萧寒：萧瑟，荒凉。

［7］负弩：背负着兵器。弩：一种可以利用机械力发射箭的弓。趋：奔赴。羌汗：据说古羌族是藏族的先人，而汗是古代北方匈奴等族君主的称号，这里用来代指西藏地方首领，羌汗并称指西藏地方。

［8］蛮靴：边疆少数民族所穿的靴子，这里指皮靴。袴褶（kù xí）：骑兵所穿骑服。这里泛指戎装。

［9］罗拜：围绕、罗列而下拜。

［10］分旗：分兵。按清军入藏从西宁出口，分两起出发，第一起为主帅嘉勇公福康安，五十六年（1791）十二月初一出发，诗人杨揆便是随从福康安的；第二起为参赞大臣超勇公海兰察，十二月初四日出发。

［11］班班：繁密，众多。也可理解为征车走动的声音。

［12］窅（yǎo）崖：深崖。

[13] 跻攀：登攀，攀援。

[14] 返景：落日。景通“影”。前谷：前面的山沟。

[15] 阑：残，尽。

[16] 枯绿：即将枯白的绿色残迹。

[17] 殷：红黑色。这句写夕阳落山时西天的红霞。

[18] 这句化用唐高适《燕歌行》“男儿本自重横行”的诗句。男儿：男子汉大丈夫。横行：纵横驰骋，意思是建立功名于战场。

[19] 潺潺：水流动的声音。

青海道中

杨揆

朝从青海行，暮傍青海宿。
平野浩茫茫[1]，隆冬气何肃。
悬军通间道[2]，万骑夸拙速[3]。
严霜拂大旗，边声动哀角。
飞沙怒盘旋，迎面骤如雹。
时当泽腹坚[4]，海水沍且涸[5]。
层冰摇光晶，黯惨一片绿[6]。
忽闻大声发，冻坼千丈玉[7]。
中流起危峰，势可俯乔岳[8]。
将倾未倾云，欲飞不飞瀑。
云是太古雪[9]，压叠如皲瘃[10]。
出没罔象形[11]，吐纳蛟蜃毒[12]。
西荒此巨浸[13]，洪流所潴蓄[14]。

卑禾百战地[15]，秦汉尚遗镞[16]。
萧萧古垒平[17]，兀兀边墙矗[18]。
青燐风焰小[19]，白骨苔花驳[20]。
夜深驻戍帐[21]，冻土遍垆埆[22]。
冷月悬一钩，荒荒堕厓谷[23]。
嗟哉征戍士[24]，辛苦离乡曲。
试听青海头，烦冤鬼犹哭[25]！

题解：

这是诗人路经青海湖时所作。诗篇着力刻画了青海湖冬日的粗犷雄浑的景象，铺陈夸张，骇人心魄，把那琉璃连天的景观和磅礴漭沆的气势表现得淋漓酣畅，读之令人精神倍增，声色俱振。

注释：

［1］浩茫茫：平坦广阔，茫茫无边。

［2］悬军：深入敌境的孤军。间道：小道，捷路。按清军入藏本欲走四川路，但由于其路曲折遥远，耽误时日，因此改从青海草原挺进，可以提前一月到达西藏。

［3］拙速：与其工于计划，宁求迅速。这是古人用兵理论之一。为了迅速消灭敌人，行军不讲究计划的巧妙或笨拙，只求神速进军，很快接近敌人，从而取胜。《孙子兵法·作战》："兵闻拙速，未睹巧之久也。"《晋书·谯刚王逊传附子闵王承传》："兵闻拙速，未睹工迟。"

［4］泽腹：湖中。此处是说青海湖面冬季结了冰，冰结得很牢固。

［5］沍（hù）：冻结。涸：水干。因为结冰后上面无水。沍且涸：指湖结冰后上面无水。

［6］黯惨：昏暗。

［7］这两句写青海湖结冰的情形。《西宁府新志》卷 38"青海凝冰"条云："每岁长至前数日，水无纤冰。一夕间轰轰大炮声作，自海中震天动地。诘朝视之，满

枝凝冰，如万顷琉璃。”

［8］俯高岳：俯压高山。

［9］太古：上古，远古。

［10］皲瘃（jūn zhú）：手脚因为冻裂而生疮。这里形容层冰互相压叠的形状。

［11］罔象：也作象罔，虚幻的意思。《庄子 · 天地篇》说，黄帝游赤水之北，登昆仑之丘，南还后发现丢了玄珠。便派知去找，又派离朱等先后去找，都未找到，“乃使象罔，象罔得之”。象罔是虚构的人物，意思是似乎有形象而其实并没有。根据老子思想，罔象是无心，以无心求玄珠，才能求得。

［12］吐纳：呼吸。吐纳蛟蜃毒，意思是大蛟和海蜃呼吸皆为毒气，形成海市蜃楼的虚幻景观。

［13］西荒：荒凉的西疆。浸：大湖。指青海湖。

［14］洪流：水势浩大的河流。潴蓄：水聚集汇合在一起。按青海湖周围有一百余条河，其中以布哈河等水势最大，其河水皆流入青海湖。

［15］卑禾：卑禾羌海，即青海湖。因为汉时青海湖畔居住有卑禾羌部落，故称。《水经注》引阚骃曰：“（临羌县）西有卑禾羌海者也，世谓之青海。”百战地：秦汉以来，在青海湖边经常发生战事，因此称百战地。

［16］遗镞：指秦汉等历代战争中遗留下来的折残兵器。镞：箭头。

［17］萧萧：风声。古垒：古代的战垒。平：指战垒颓损，几乎与平地一样。

［18］兀兀：高耸静止不动的样子。边墙：明代为了保证西宁卫城的安全，在西宁周围修筑有许多边墙。按青海湖地区并无西宁卫城的边墙，因此这里是泛指过去建筑物遗迹。

［19］青燐：青色的磷火，即所谓鬼火。

［20］苔花：因腐朽而生出的苔一样的腐朽斑点。驳：杂乱。

［21］驻戎帐：驻扎军营。戎帐，军帐。

［22］垸埆（qiāo què）：土壤贫瘠。

［23］荒荒：暗淡遥远的样子。厓谷：山谷。

［24］嗟哉：感叹词。征戍士：远征作战的将士。

[25] 这两句用杜甫诗句意。杜甫《兵车行》："君不见青海头，古来白骨无人收。新鬼烦冤旧鬼哭，天阴雨湿声啾啾。"烦冤：愁闷，冤屈。

昆仑山

杨撰

浇河三匝积石雄[1]，支辅上与昆仑通[2]。
昆仑嵚崎出霄汉[3]，詄荡阊阖吹回风[4]。
灵鸽振翅巨鳌戴[5]，周圆如削开天墉[6]。
下浮弱水波晶晶[7]，傍绕炎火光熊熊[8]。
三壶五岳遥拱揖[9]，何论太白兼崆峒[10]。
我来陟险跨西域[11]，绳行沙度迷遐踪[12]。
邱陵駊騀寒翳日[13]，冰雪岞峈高摩穹[14]。
八隅九门渺惝恍[15]，但觉天人灏气盘心胸[16]。
昔闻群真宴元圃[17]，周穆八骏驱如龙[18]。
渊精光碧邃而密[19]，王母正坐瑠璃宫[20]。
开明守户目睒瞯[21]，钦原集柱毛毵毵[22]。
沙棠琅玕不死药[23]，凉风四至摇玲珑[24]。
琼华紫翠倏明灭[25]，少广自是仙灵宗[26]。
又闻山名阿耨达[27]，巨冢高碣营丰隆[28]。
恒流曲折极西北[29]，迦叶说法燃薪空[30]。
辟支野鹿栖古苑[31]，耆阇雕鹫撑孤峰[32]。
庄严妙境足供养[33]，天魔舞罢云蓬松[34]。
按图考索据经说[35]，灵境咫尺非难逢[36]。
胡为骞英走不到[37]，远舍蓝莫遗樊桐[38]。

檋车杳未经禹迹[39]，荷精无自归尧封[40]。
仙耶佛耶剧荒留[41]，意想仿佛欺颛蒙[42]。
层厓嵩崒了无睹[43]，烟灌相望殊绵濛[44]。
元霜零零石鬣鬣[45]，冻云折堕声碚礲[46]。
或言去古千万载[47]，天荒地老山应童[48]。
蓬莱清浅火宅坏[49]，琪花贝叶无乃为蒿蓬[50]。
心焉然疑口箝噤[51]，欲问青鸟杳不知西东[52]。
我朝疆索大无外[53]，节使到此曾支筇[54]。
神祇受范方位定[55]，枝流异派徒交攻[56]。
征人自诩得钜观[57]，奇气奔逸无牢笼[58]。
吴门匹练莫回顾[59]，快意且挂天山弓[60]。
此时河水正消落[61]，一发天际微摇溶[62]。

题解：

清代人所谓昆仑山，实际就是今天的阿尼玛卿山。此山一称玛积雪山，一称大积石山，在青海省果洛州，延伸入甘肃省南部，是昆仑山脉的中支。黄河绕流于东南边，山上玉装素裹，雄浑壮绝。有丰富的珍贵野生动物和矿藏。近年来，国内外登山运动员常到这里登攀。

诗人从军过此，眼望巍峨壮丽的“昆仑山”，联想历史上、神话中的种种记载和传说，上下千古，纵横万里，诗情澎湃，写下了这首前无古人的赞歌。诗中神话和现实、历史和眼前、神秘和壮丽、白描和夸张融为一体，有力地表现了阿尼玛卿山的雄壮景观和神奇色彩。

注释：

［1］浇河：古河名，在今贵德县境内，具体是今天的哪一条河不详。匝：环、圈。积石：积石圃，神话中地名。这里指小积石山。

［2］支辅：辅助支柱。《十洲记》：“昆仑山在西海之戌地，北海之亥地。去岸

十三万里，有弱水周匝绕山。东南接积石圃，西北接北户之室，东北临大阔之井，西南近承渊之谷。此四角大山，实昆仑之支辅也。”

［3］嵚（qīn）崎：山势高竣。霄汉：天空极高的地方。霄是云，汉是天河。这句是说昆仑山高耸于云霄之中。

［4］詄荡：《汉书·礼乐志》：“天门开，詄荡荡，穆并骋，以临飨。”如淳曰：“詄读如迭。詄荡荡，天体坚清之状也。”阊阖（chāng hé）：神话中的天门。回风：旋风。据晋王嘉《昆仑山记》，昆仑山有九层，远望如城阙，四面回风吹拂。

［5］鸧（cāng）：鸧鸹，神话中的一种九头怪鸟。《冲波传》：“有鸟九尾，孔子与子夏见之。人以问，孔子曰：‘鸧也。’子夏曰：‘何以知之？’孔子曰：‘《河上之歌》云，鸧兮鸧兮，逆毛衰兮，一身九尾长兮。’”又《抱朴子外篇·博喻》：“逸麟逍遥大荒之表，故无机阱之祸；灵鸧振翅玄圃之峰，故违罩罗之患。”灵鸧振翅：比喻昆仑山如九头鸟振翅，九峰并立，连绵伸展的样子。巨鳌戴：《列子·汤问》中说，渤海之东有无底之谷叫归墟，其中有五座山，分别是岱舆、员峤、方壶、瀛州、蓬莱。其山高下周旋三万里，顶上平处九万里，山与山之间相距七万里。五山之根，无所连箸，常随潮波上下往还，不得安稳。五山的仙圣向上帝诉苦，“帝恐流于西极，失群仙圣之居，乃命禺彊使巨鳌十五，举首而戴之，迭为三番，六万岁一交焉。五山始峙而不动”。巨鳌，巨型大鳖。戴，用头顶着。这里用这一传说来比喻昆仑山连绵岿立似乎有巨鳌在用头顶着一样。

［6］周圆如削：《神异经》：“昆仑有铜柱焉，其高入天，所谓天柱也。围三千里，周圆如削。”天墉：天墉城，神话中神仙所居的地方。《水经注·河水》：“承渊山又有天墉城，金台玉楼，相似如一。”形容昆仑山天柱高入天空，周圆如同削过，上面是天墉城。

［7］弱水：神话中水名，在昆仑山外围。《搜神记》：“昆仑之山，地首也，是惟帝之下都，故其外绝以弱水之深，又环以炎火之山。”晶晶：晶莹闪烁。

［8］炎火：神话中昆仑山弱水的外面。熊熊：大火猛烈地燃烧。

［9］三壶：神话中神仙所居的三座山，在东海中，一方壶，即方丈；二蓬壶，即蓬山；三瀛壶，即瀛洲。形状都像壶，所以称三壶。（见《拾遗记》）五岳：即东

岳泰山、西岳华山、南岳衡山、北岳恒山、中岳嵩山。拱揖：打躬作揖，即行礼。这句是说昆仑要比三壶五岳高大雄伟，因而三壶五岳都要远远地致敬行礼。

［10］太白：山名，在陕西省境内。当地以太白山为最高，古代有“武功太白，去天三尺”的谣谚。崆峒：在甘肃省平凉市境内，山形高峻，壮绝一方。

［11］陟险：登攀险峻。西域：指青藏高原。

［12］绳行沙度：用绳子吊着攀山过河，在沙漠里涉度。形容行走道路的艰险。《后汉书·西域传》：“梯山栈谷绳行沙度之道。”遐踪：远去的路迹。

［13］邱陵：即丘陵。駊騀（pǒ ě）：如同群马起伏奔腾、纵恣奔突。汉扬雄《甘泉赋》：“崇丘陵之駊騀兮，深沟嵚岩而为谷。”翳：遮蔽。

［14］岞峈（zuò luò）：冰雪形成险峻形势的样子。摩穹：迫近苍穹。

［15］八隅、九门：神话中昆仑山上的山岩名和门名。《山海经·海内西经》：昆仑山“面有九门，门有开明兽守之。百神之所在，在八隅之岩”。

［16］天人：天上的仙人。灏（hào）气：浩然之气。

［17］群真：众仙。真，仙人。《楚辞·哀岁》：“随真人之翱翔。”王逸注：“真，仙人也。”元圃：即玄圃。因避清康熙帝玄烨名而改玄为元。玄圃是神话中的仙地。西王母曾在这里举行宴会，邀请众仙饮乐。

［18］周穆：周穆王。据《穆天子传》，他曾乘八骏马前往瑶池会见西王母。八骏：周穆王的八匹骏马，《穆天子传》中记载八马是：赤骥、盗骊、白义、逾轮、山子、渠黄、骅骝、绿耳。龙：古代把八尺以上的马称为龙。

［19］渊精、光碧：都是神话中宫堂名。《水经注·河水》引高诱语：昆仑山有“渊精之阙，光碧之堂，琼华之屋，紫翠丹房，景烛日晖，朱霞九光。西王母之所治，真官仙灵之所宗”。邃而密：深邃而密布。

［20］王母：神话中仙人，豹尾虎齿，蓬发戴胜，居于昆仑山等仙地。瑠璃宫：传说中用琉璃玉翠筑成的宫殿。

［21］开明：神话中兽，守昆仑九门。《山海经·海内西经》：“昆仑南渊深三百仞。开明，兽身，大类虎而九首，皆人面，东向立昆仑上。”郭璞注：“天兽也。铭曰：开明为兽，禀资乾精，瞪视昆仑，威振百灵。”睒睒（shǎn shǎn）：闪烁。

[22] 钦原：神话中奇鸟。《山海经·西山经》：昆仑之丘“有鸟焉，其状如蜂，大如鸳鸯，名曰钦原。”集柱：集落于昆仑天柱上。氋氃（méng tóng）：羽毛散披的样子。

[23] 沙棠、琅玕：神话中昆仑山上的珠树。《淮南子》：昆仑山“高万一千里百一十四步二尺六寸。上有木禾，其修五寻，珠树、玉树、璇树、不死树在其西，沙棠、琅玕在其东”。不死药：服后长生不老的仙药。相传昆仑山上有不死药。

[24] 玲珑：珠树枝凉风吹动后发出的玉声。

[25] 琼华、紫翠：神话中昆仑山上的宫室。明灭：忽明忽暗。

[26] 少广：神话中西王母所住的岩穴。《庄子·大宗师》：“西王母得之，坐乎少广。”仙灵：神仙。宗：家族。

[27] 阿耨（nòu）达：山名，本在今印度境内，是释迦牟尼说法之处。但古人多指为昆仑山。《水经注》引《释氏西域记》：“阿耨达太山，其上有大渊水，宫殿楼阁甚大焉。山即昆仑山也。”

[28] 巨冢：很高大的坟墓。高碣：高高的墓碑。营：营造。丰隆：雷公。《穆天子传》：穆“天子升于昆仑，观黄帝之宫，而封丰隆之葬”。这句即写穆天子曾在昆仑山为雷公营葬的事，其坟本来很大，又立了高大的墓碑。

[29] 恒流：即恒河，发源于喜马拉雅山南麓，流经印度、孟加拉国，最后汇入孟加拉湾。这句是说恒河曲折地流于昆仑山极西北的地方。

[30] 迦叶：即摩诃迦叶佛。本来从事外道，后来皈依佛教。死后传正眼法藏，为佛教长老。禅宗奉他为西土二十八祖的始祖。说法：宣讲法典。燃薪空：《水经注》引《支僧载外国事》：“去（拘夷那褐国）王宫可三里许，在宫北。以旃檀木为薪，天人各以火烧薪，薪了不然。大迦叶从流沙还，不胜悲号，感动天地。从是之后，他薪不烧而自然也。”薪，烧柴。

[31] 辟支：辟支迦佛陀。他不逢佛世，便能自悟佛经。野鹿栖古苑：《水经注》引法显语说，王舍城“东北十里许，即鹿野苑，本辟支佛住此。常有野鹿栖宿，故以名焉”。

[32] 耆阇：即耆阇崛山，在印度阿耨达王舍城东北，相传是释迦牟尼说法的

地方。其山顶形如鹫，因此又叫鹫峰山，也叫灵鹫山。耆阇堀是梵语译音，耆阇是鹫，崛是头，意思是鹫头山。《水经注》引《释氏西域记》："耆阇崛山在阿耨达王舍城北，西望其山，有两峰双立，相去二三里，中道鹫鸟常居其岭。土人号曰耆阇崛山。胡语耆阇，鹫也。"鹫：大雕。雕鹫撑孤峰：形容灵鹫山的形状。

［33］庄严妙境：装饰华美的奇妙仙境。庄严：装饰华美。《无量寿经》："又讲堂精舍，宫殿楼观，皆七宝庄严，自然化成。"供养：佛教把供献神佛和设饭食招待僧人称为供养。这句意思是，那华美妙境，值得去给佛献贡东西。

［34］天魔舞罢：《水经注·河水》："菩萨前到贝多树下，敷吉祥草，东向而坐。时魔王遣三玉女从北来试菩萨，魔王自从南来。菩萨以足指按地，魔兵散却。"这里活用这一典故，意思是天魔以舞蹈诱惑佛。蓬松：松散。

［35］考索：考证。经：指《山海经》《水经注》等书。

［36］灵境：指昆仑山。咫尺：很近。

［37］胡为：为什么。骞英：张骞和甘英。都是汉代人，以使西域跋涉地广、见闻多而著名。张骞在汉武帝时出使西域，发现黄河源于于田。甘英在汉元帝时随班超使西域，凡前人所未至，《山海经》所未详，莫不备知其风俗。然而，张骞、甘英所到的地方毕竟是有限的。《水经注》卷7引法显语，度葱岭后入北天竺，其路极为险阻，"汉之张骞、甘英，皆不至也"。

［38］舍：舍弃。蓝莫：西域国名，也写作蓝摩。《佛国记》："从佛生处东行五由延，有国名蓝莫。此国王得佛一分舍利，还归起塔，即名蓝莫塔。"樊桐：神话中的昆仑山仙境之一。《水经注·河水》："昆仑之山三级，下曰樊桐，一名板桐。"

［39］梮（jū）车：亦作"梮"，有锥齿的木头鞋，穿上可以登山路。《史记·夏本纪》："泥行乘橇，山行乘梮。"《集解》："如淳曰，梮车，谓以铁如锥，头长半寸，施之履下，以上山不蹉跌也。"这里用以代指张骞、甘英的足迹。杳：远。经禹迹：经过大禹所走过的地方。

［40］荷精：即黄河，荷通"河"。古人认为黄河是诸水的精华，故称河精。《水经注》引《春秋说题辞》："河之为言荷也。荷精分布，怀阴引度也。"《水经注》引

《考异邮》："河者，水之气，四渎之精也。"无自：自此而没有。尧封：中原王朝的疆域。古史说舜受尧禅后，每州表封一山，其地大小仍然如尧在位时一样。后代便用尧封来代指中国疆土。

[41] 仙耶佛耶：是神仙呢，或是佛呢？耶，表示疑问的语气助词。剧荒曶(hū)：很不清楚。剧，很，极其。荒曶，通"恍惚"。

[42] 意想：想象。颛（zhuān）蒙：愚昧，无知。这句是说因为想象昆仑山是仙山还是佛山，结果搞不清，自己仿佛变得愚昧无知了。

[43] 层厓：层层叠起耸立的崖壁。崷崒（qiú zú）：现一般写作"崷崪"，险峻高耸的样子。了无睹：全都看不清。

[44] 烟灌：烟雾中的灌水。灌是神话中的水名。《山海经·西山经》："石脆之山，……灌水出焉，而北流注于禺水。"绵濛：幽远昏暗，看不分明。

[45] 元霜：即玄霜，因避清康熙玄烨名而改玄为元。玄霜是一种丹药。《汉武帝内传》："仙家上药，有玄霜绛雪。"零零：颗粒如珠的样子。齾齾（yà yà）：参差起伏的样子。

[46] 硡礲（hóng lóng）：石头落下的响声。

[47] 或言：有人说。古：上古。

[48] 天荒地老：形容历时极其久远。唐李贺《致酒行》："吾闻马周昔作新丰客，天荒地老无人识。"童：山上没有草木。

[49] 蓬莱：神话中的仙山，在东海中。火宅：烦恼的人世俗界。佛教认为凡人被情爱所纠缠，如居火坑之中，因此叫火宅。

[50] 琪花：神话中琪树上的花。《山海经·海内西经》：昆仑山"开明北有视肉、珠树、文玉树、玗琪树、不死树"。贝叶：贝多罗树上的叶子，用水浸后可以写经。因此，贝多罗树也被佛教看作仙树。琪花贝叶：泛指仙境中的草木。无乃：莫非，岂不是。蒿蓬：蒿子和蓬草。这里泛指一般野草。

[51] 焉：才，乃。箝噤：嘴紧闭，不敢出声。这句是说，心中有疑，但不敢说出来。

[52] 青鸟：传说中西王母的信使。《汉武故事》："七月七日，上（汉武帝）

于承华殿斋，正中，忽有一青鸟从西方来，集殿前。上问东方朔，朔曰：‘此西王母欲来也。’有顷，王母至，有两青鸟如乌，侠侍王母旁。”

［53］我朝：指清王朝。疆索：疆土，疆域。无外：没有边。

［54］节使：持节的使者。支笻：扶依着手杖行走或暂歇。笻，本是一种竹子，可以用来作扶杖，因此称杖为笻。按清乾隆四十七年（1782），乾清门侍卫阿弥达奉旨探河源，于六月到阿尼玛卿山，曾祭祀之。这一句即指此事。

［55］神祇：天地之神。《释文》：“天曰神，地曰祇。”受范：接受范围限制。方位：地域上的位置。

［56］枝流异派：指神话传说和佛教传说等对昆仑山不一致的说法。徒交攻：徒自互有差异，各说一套。

［57］征人：自指。自诩：自夸。钜观：巨观。

［58］奔逸：急速奔驰。牢笼：限制，拘束。

［59］吴门匹练：传说颜回随孔子登泰山观日，回望吴门，只见一匹白练在飘动，孔子说：“白马也。”唐李白《赋武十七谔》：“马如一匹练，明日过吴门。”吴门，古吴县城的别称，即今江苏省苏州市。匹练，一匹白绢，形容白马飞驰。

［60］快意：得意，高兴。挂天山弓：杜甫《投赠哥舒开府翰》：“青海无传箭，天山早挂弓。”天山，即今祁连山，唐代曾置天山军。挂弓，形容战争结束，大功告成。

［61］河水：黄河水。消落：消解，流散。

［62］一发天际：远望天边来的黄河水，就像一根头发那样细。摇溶：形容河川长而又广。摇同“遥”。唐李商隐《河阳诗》：“黄河摇溶天上来，玉楼影近中天台。”

星宿海歌

杨揆

平沙浩浩丕无垠[1]，黄雾四塞长风翻[2]。
凭高极视目眩眴[3]，漭泱巨浸坼混元[4]。
谁欤远佩櫜与鞬[5]，直跨地首摩天根[6]。
十步九折愁攀援[7]，瘴烟黯澹旍旗幡[8]。
我闻导河出昆仑[9]，贯纳忽兰兼赤宾[10]。
宁知一脉遐荒存[11]，浩气磅礴相吐吞[12]。
皇舆纪载穷垓埏[13]，祀典崇列肸蠁尊[14]。
陈以卣罂投牺豚[15]，远超岳渎陵厚坤[16]。
百泓所进万马奔[17]，泡泡汩汩还浑浑[18]。
沮洳洄洑失晓昏[19]，高泻直欲浮中原[20]。
巨灵伸掌不敢扪[21]，蓄束幸藉山为门[22]。
阳乌咮缩鳌足蹲[23]，下穴龙蜃蛟鼍鼋[24]。
雄呿雌唫卵育繁[25]，欲出不出层波掀[26]。
霜飙中夜迷征轓[27]，众星倒景何焞焞[28]。
车舍旝积勾陈垣[29]，大若悬瓮小覆樽[30]。
分野莫辨牛斗痕[31]，有时天际生朝暾[32]。
白毫万丈惨不温[33]，玉龙露脊遥蜿蜒[34]。
乃是太古坚冰嶟[35]，汉家使者辞帝阍[36]。
远过大夏经乌孙[37]，枯槎安得通星源[38]？
沐日浴月摇心魂[39]，凿空或者乘鹏鹍[40]。
我行陟险随戎轩[41]，弓刀列帐千军屯[42]。

穷冬草落山顶髡[43]，斧冰凿雪劳炮燔[44]。
马蹄未脱骊与骠[45]，车轴全折輓与軏[46]。
清角夜奏同哀猿[47]，壮士僵立愁还辕[48]。
何如排风驱九鲲[49]，手握斗柄凌云骞[50]。
下瞰大泽如盎盆[51]，倘遇博望毋卮言[52]！

题解：

星宿海在果洛州玛多县境内，藏语为火敦脑儿（一译鄂敦诺儿，一译鄂端他腊）。在四山之间，数百泉水星罗棋布，汇为大湖，方圆七八十里，从高山上下看，灿如列星，十分壮观。星宿海在历史地理上非常著名。唐贞观九年（635），李道宗、侯君集等击吐谷浑曾达这里，史书上称“星宿川”。贞观十五年（641），文成公主进藏，松赞干布亲自到这里迎接，并举行了婚礼。长庆二年（822），刘元鼎出使吐蕃，也经过这地方。到了元代，都实于至元十七年（1280）探河源，定星宿海为黄河源头。从此星宿海声名大震，国内无不知晓祖国西部有个星宿海。

杨揆经过此地，目睹星宿海奇景，联想千古往事，便满怀激情地写了这首歌。此诗长五十多句，通韵到底，音节铿锵，气势浩瀚，极力渲染夸张星宿海泡泡浑浑、沮洳泂湫的壮丽景象。读之令人如身临其境，豪情倍生，胸襟开阔。在古代描写星宿海的诗篇中，这首称得上是出类拔萃的佳品。

注释：

［1］平沙：平坦的沙漠。浩浩：旷远辽阔的样子。丕：广大。无垠：没有边际。这句用唐李华《吊古战场文》“浩浩兮平沙无垠”句意。

［2］黄雾四塞：黄色的雾气弥漫于天地四方。古人认为出现这种气象是天下将要大乱的征兆。《汉书·成帝纪》：“（建始元年）夏四月，黄雾四塞，博问公卿大夫，无有所讳。”这里指天地间昏暗一片。长风：从远方吹来的大风。

［3］极视：极目远看。眩眴（xuàn xuàn）：眼睛昏花，看不清楚。眴通“眩”。按星宿海百泉星布，从高处下望，晶光耀眼，因而感到眼花。万斯同《昆仑河源

考》："河源在吐蕃朵甘思西鄙，有泉百余泓，沮洳散涣，弗可逼视。"

［4］漭泱：水极其深广，没有边际。巨浸：大湖，指星宿海。圻：通"碕"，漫长的曲岸。混元：又作"浑元"。指天地。

［5］欤：感叹语气词。佩：佩挂。櫜（gāo）：盛箭的器具。鞬（jiān）：马上盛弓的器具。櫜装箭，鞬装弓，并代指武将的装束。

［6］地首：指昆仑山。《搜神记》："昆仑之山，地首也。"天根：氐星的别称。《尔雅·释天》："天根，氐也。"古人还认为氐星就在星宿海上面，明罗玘《河源吟送熊节之知河源县》："华言星宿海，或曰此天根。"

［7］十步九折：形容道路曲折难走。攀援：攀登。

［8］瘴烟：瘴气，俗称烟瘴。古代指我国南部、西南部山林中湿热蒸发后能使人中毒的气。黯澹：黯淡，浓郁的样子。斿（yóu）：通"游"，飘浮。

［9］导河出昆仑：汉以前古人认为黄河出自昆仑山。《山海经·西山经》："昆仑之丘，河水出焉。"《尔雅·释水》："河出昆仑虚。"

［10］贯纳：连贯、汇合。忽兰、赤宾：都是黄河源头河名，汇入黄河。潘昂霄《河源记》：自星宿海东"行一日程，迤逦东骛成川，号赤宾河。二三日程，水西南来，名亦里，出合赤宾。三四日程，水南来，名忽兰"。

［11］宁知：岂知。一脉：指星宿海。遐荒：边远广大的地方。

［12］浩气：弥漫于天地间的大气。磅礴：广大无边。吐吞：呼吸。

［13］皇舆：国君的舆图，这里指清王朝所藏有关疆域的图籍。纪载：记载。纪一作"地"。垓埏（gāi shān）：极边远的地方。汉司马相如《封禅文》："上畅九垓，下泝八埏。"这句是夸誉清朝疆域之大。

［14］祀典：祭祀的礼仪。崇：隆重。肸蠁（xī xiǎng），本是分布、弥漫的意思，这里是神灵的意思。唐杜甫《朝献太清宫赋》："若肸蠁而有凭，肃风飙而乍起。"这句是说清军祭祀星宿海的仪式很隆重，星宿海的神灵受到了尊奉。

［15］陈：陈列。卣鬯（yǒu chàng）：祭祀时所陈献的美酒。卣是盛酒的器具，鬯是祭神的酒，用郁金香酿黑黍作成。投：投入湖中。牺豚：祭祀用的牲畜。牺是祭祀用的皮毛纯一色的牲畜，豚是小猪。

［16］远超：远远地超过。岳渎：五岳四渎的省称。五岳是泰山、华山、衡山、恒山、嵩山。四渎是长江、淮河、黄河、济水。古代帝王常对五岳四渎进行祭祀。陵：超过。厚坤：山川大地。《易经》："坤厚载物。"唐杜甫有"仰干塞大明，俯入裂厚坤"的诗句。古代帝王也有祭祀山川的礼仪。

［17］泓：深而广的水。这里指星宿海。

［18］泡泡汩汩：水流湍急奔腾的声音。浑浑：通"混混"，水势很大的样子。《山海经·西山经》："河水所潜也，其源浑浑泡泡。"《淮南子·原道训》："原流泉浡，冲而徐盈，混混汩汩，浊而徐清。"

［19］沮洳洄洑：水流在地面上错综纵横，来回盘旋。晓昏：早晨傍晚。

［20］高泻：从高处猛泻而下。《尔雅·释水》："河出昆仑虚。"郭璞注："河出昆仑西北隅虚山下基也，发源处高激峻凑。"直欲：简直想要。浮：漂浮。

［21］巨灵：河神。汉张衡《西京赋》："巨灵赑屃，高掌远蹠，以流河曲。"李善注："综曰：巨灵，河神也。"扪：抚摸。

［22］蓄束：约束，控制。幸藉：幸亏依靠。星宿海在四山之中，因此说幸亏有山为门，使星宿海的水受到控制约束，才不至恣肆下泻。

［23］阳乌：太阳，传说太阳里有一种三足乌鸦，故称太阳为金乌。咮（zhòu），鸟的嘴。鳌足：鳌的腿。《补史记·三皇本纪》："女娲乃炼五色石以补天，断鳌足以立四极。"这里用阳乌的缩头和鳌的下蹲形容星宿海地势低下，因为它处于四山包围之中。

［24］下穴：指湖底，胡炳文《龙井晓云》："华光殿东泉有灵，下穴空洞神功冥。"龙蜃蛟鼍鼋（tuó yuán）：这是想象中的情景，用以表现星宿海水面不平静。蜃，蛤蜊。鼍，即猪婆龙，鳄鱼的一种。鼋，大鳖。

［25］呿（qū）：张着嘴。唫（jìn）：闭着嘴。《吕氏春秋·审应览》："君呿而不唫。"高诱注："呿，开，唫，闭。"卵育繁：生育繁殖得很多，此指龙蜃鼍鼋。

［26］可：一作"出"。层波：层层波浪。

［27］霜飙：夹杂着霜雪的大风。中夜：半夜、午夜。征轓（fān）：战车，这里指战车前进的路。轓是车两旁掎出，用来遮挡泥土的部分，犹今天的叶子板。

[28] 众星倒景：形容星宿海景象如同倒过来的天上众星的影子。景通“影”。黄宗羲《今水经》：“星宿海四山之间，有泉百余泓，涌出汇而为泽，方七八十里。登高望之若列星，故名火敦脑儿。”焞焞（tūn tūn）：星光暗淡。《左传·僖公五年》：“鹑之贲贲，天策焞焞，火中成军，虢公其奔。”杜预注：“焞焞，无光耀也。”

[29] 车舍旝积：用战车军旗汇环为营。旝（kuài），古时军中的旌旗，用帛做成，后来为大将指挥号令的旗。这里泛指旗。勾陈：一作“钩陈”，星名，在紫微垣内，即北极星。古人以为勾陈星主天子六军将军。这句承“迷征旝”“中夜”而来，写深夜军队扎下营寨。

[30] 瓮：一种陶制盛器，腹部大。悬瓮就是挂提起来的瓮。樽：酒杯。覆樽：倒扣的酒杯。

[31] 分野：古代九州诸国的封域上应着各星宿的位置，因此把大地叫做分野。牛斗：二十八宿中的牛宿和斗宿。唐王勃《滕王阁序》：“物华天宝，龙光射牛斗之墟。”这里指分野星宿方位。

[32] 朝暾（tūn）：早晨初升的太阳。暾，旭日。

[33] 白毫：四射如毫毛的白色光线。惨不温：暗淡五色，阳光不暖。

[34] 玉龙露脊：形容星宿海周围起伏的群山冰雪如玉龙在大地上露出的脊背。婉蜒：弯弯曲曲地延伸。

[35] 乃：是。太古：远古。嶟（zūn）：山势竦峭高拔。

[36] 汉家使者：指汉武帝时出使西域兼觅河源的张骞。帝阍：帝都的门。阍是宫门。

[37] 大夏：汉时西域国名，在今阿富汗北部一带。乌孙：汉时西域国名，在今新疆维吾尔自治区伊犁河流域。这两国都是张骞所到的地方，但方位与星宿海相去甚远。

[38] 枯槎：枯烂的筏子，这里指张骞的足迹。安得：怎么能得。星源：即星宿海，元人以为黄河的源头便是星宿海。

[39] 沐日浴月：受日月光辉的润泽。心魂：精神。唐李白《古风五十九》（其六）：“虮虱生虎鹖，心魂逐旌旃。”

［40］凿空：疏通，凿开。鹏鹍（péng kūn）：传说中的大鸟和大鱼。《庄子·逍遥游》："北冥有鱼，其名为鲲。鲲之大，不知其几千里也。化而为鸟，其名为鹏。鹏之背，不知其几千里也。怒而飞，其翼若垂天之云。"鹍通"鲲"。这里的鹏鹍是偏义词，义在鹏。

［41］陟险：攀登险要的路。戎轩：兵车。

［42］屯：驻扎。

［43］穷冬：将尽的冬季，指冬季最后一月。髡：古代一种剃掉头发的刑法。这里形容山顶光秃秃的。

［44］斧冰凿雪：用斧头砍冰取雪，化水食用。劳：劳用。燔（fán）：焚烧。

［45］马蹄未脱：马掌还没有掉落。骊：纯黑色的马。騵（yuán）：红黑色而腹部发白的马。这句反用唐岑参《轮台歌》"沙口石冻马蹄脱"句意。

［46］輐（yuān）：轒輐，攻城用的四轮兵车。《六韬》："攻城则有轒輐临冲。"軘（tún）：兵车名。《左传·宣公十二年》："晋人惧二子之怒楚师也，使軘车逆之。"杜预《注》："軘车，兵车名。"孔颖达《疏》引服虔曰："軘车，屯守之车。"

［47］清角：凄凉的号角声。哀猿：哀鸣的猿声。

［48］僵立：痴立，呆呆地站着。还辕：回军。

［49］何如：怎样。排风：驾着大风。唐杜甫有"会是排风有毛质"的诗句。驱：赶着。九鲲：即能飞腾九万里的大鹏。《庄子·逍遥游》中说，北海有大鱼叫鲲，化为大鸟鹏，"是鸟也，海运将徙于南溟，南溟者……天池也，水激三千里，抟扶摇而上者九万里"。

［50］斗柄：如杓形的柄把，即北斗星第五至第七三颗星。凌云：超凌云空。骞：飞起。

［51］瞰：俯视，下看。大泽：大湖，指星宿海。盎盆：古代的一种腹大口小的容器。这里比喻星宿海的形状。《西宁府新志》卷38"星宿海奇观"条：星宿海"形如葫芦，腹东口西，东南汇水汪洋，西北乱泉星列，合为一体，状如石榴迸子"。

［52］博望：张骞。他因出使西域有功，封为博望侯。卮（zhī）言：古代对自己著作的谦辞。《庄子·寓言》："卮言日出。"

穆鲁乌苏河

杨揆

人行沙岸何寥寥[1]，严霜封马毛如胶[2]。
前途夷坦不可辨[3]，倏见长河横亘千里层冰交[4]。
相传河流通天浩无极[5]，惊涛骇浪出没难容舠[6]。
我来值凝沍[7]，度险谁遮邀[8]？
雄虹雌蜺痴睡唤不醒[9]，凌空何计飞长桥？
马蹄蹴踏辔头脱[10]，但恐巨穴迸裂冲起千螭蛟[11]。
中央起伏若鱼脊[12]，高下亦复成嶕峣[13]。
磊磊怪石五色杂绀绿[14]，疑是天星吹陨化作英琼瑶[15]。
探怀置袖试携去[16]，回问成都卜肆未必知其繇[17]。
俄焉云势忽堆积[18]，冷日傍午光摇摇[19]。
峥泓萧瑟不著一草木[20]，狞风拗怒都向空中号[21]。
呼吸众窍[22]，调调刁刁[23]。
惊沙直上，盘旋紫宵[24]。
车轮大翅腾紫雕，炯炯下视欲啄犛牛腰[25]。
羽林健儿恐堕指[26]，袖手不敢弯弓鞬[27]。
据鞍兮魄动[28]，裹甲兮骨销[29]。
穷荒如此谁复到？朱颜一夕恐为风尘凋[30]。
河流兮通天，去天岂云遥？
我行策马随神飚[31]，穹庐夜卧蒙征袍[32]。
心魂糜散无所倚[33]，彷徉旷宇谁赋归来招[34]？

题解：

穆鲁乌苏河即通天河，是长江正源，在玉树州境内。它上汇江源沱沱河和当曲河水，流贯八百多公里后入金沙江。通天河藏语称为“直曲”，意思是奶牛的河。相传古时候，一天，玉皇大帝向地下一看，竟有一片比天堂还富饶美丽的土地，不觉大怒，派一头神牛犊下去，要把草啃光。然而美丽的景色迷住了牛犊，它不仅不破坏，反而吐出了两条清泉水，这就是沱沱河与当曲河。上帝知道后更怒，便把牛犊变为石头，后来从石中间又流出一条大河，这就是通天河。穆鲁乌苏河是清代人对通天河上半段的统称。

通天河曾被众多诗人描绘，以杨揆这首为最精彩。冬春之际，诗人纵马到此，只见长河千里层冰晶莹，两岸广袤土地上狞风长号，紫雕盘旋，壮观无比，于是提笔赋来，豪宕奔腾，恣肆汪洋，冲破格律限制，长句短句错综其间，尽写其景，尽抒其情，把通天河冬冰以及两岸雄浑的景象描绘得惊心动魄，感人肺腑。

注释：

［1］寥寥：稀少。

［2］这句意思是由于严毒霜雪的袭击，汗马的毛一绺绺的如同胶一样粘着。

［3］夷坦：平坦宽阔。

［4］倏见：突然看见。横亘：横卧在前面。

［5］河流通天：这是顾名思义的说法。浩无极：浩瀚奔腾，没有尽头。

［6］舠（dāo）：小船。

［7］凝冱：结冰。

［8］遮邀：拦腰截阻。

［9］雄虹雌蜺（ní）：指彩虹。相传虹有雄雌的区分，色彩鲜盛的是雄，叫虹，色彩暗淡的是雌，叫蜺。《尔雅・释天》：“螮蝀，虹也；蜺为挈贰。”邢昺疏：“《音义》云：‘虹双出，色鲜盛者为雄，雄为虹；暗者为雌，雌为蜺。’”痴睡：迷睡。

［10］蹴：践踏。辔头：马笼头。

[11] 螭（chī）蛟：传说中龙一类的动物。螭是无角的龙，蛟是类似龙的动物。

[12] 中央：河中间。起伏若鱼脊：指高低不平的冰面。

[13] 嶕峣：江河中的岩石。

[14] 磊磊：石头很多的样子。绀绿：深青透红的颜色。

[15] 天星：天上的星星。陨：陨落。一般指天上的物体下落。英琼瑶：非常精美的似玉的石头。英通“瑛”。按这句下面诗人原有注说：“沿河多绿石，颜色可爱，因与葆岩前辈各怀数枚而行。”

[16] 探怀置袖：放在怀里，或放在袖子里。

[17] 成都：即今四川省成都市。卜肆：占卜的地方。繇：缘由，来源。

[18] 俄焉：突然间。

[19] 冷日：冬天的太阳。摇摇：摇荡不定的样子。

[20] 峥泓：泛指高低到处。峥是山峻高，泓是水深。著：生长。

[21] 狞风：猛烈的狂风。拗（ào）怒：发了怒而又有所抑制。号：号叫。

[22] 呼吸：形容到处风吹动。众窍：所有的窟窿。

[23] 调调刁刁：风吹得动摇的样子。《庄子·齐物论》：“厉风济则众窍为虚，而独不见之调调、之刁刁乎？”郭象注：“调调、刁刁，动摇貌也。言物声既异，而形之动摇，亦又不同也。动虽不同，其得齐一耳，岂调调独是，而刁刁独非乎？”

[24] 紫宵：天空。

[25] 炯炯：形容紫雕的眼睛凶狠光亮。啄：鸟用嘴啄食物。犛牛：即牦牛，全身生长毛，腿比较短，为青藏高原上主要的力畜。

[26] 羽林健儿：泛指军中官兵。羽林是皇帝禁军的名称，意思是行如飞羽，多如树林。恐堕指：害怕一伸手指头将会被紫雕啄去。

[27] 袖手：把手缩藏到袖子里不敢出来。弓鞬：角弓。

[28] 据鞍：骑在马上。魄动：心魄紧张动摇。

[29] 裹甲：穿戴盔甲。骨销：形容忧伤骇惧至极。

[30] 朱颜：红润的容貌。凋：凋谢，衰老。

[31] 策马：用鞭打马。神飚：极其猛烈，如有神驱使的暴风。

［32］穹庐：帐篷。蒙征袍：用战袍蒙在头和身上。

［33］心魂：心神魂魄。糜散：粉碎，消散。《汉书·贾山传》："万均之所压，无不糜灭者。"

［34］彷徉：徘徊游荡。旷宇：辽阔而无人的原野。赋：写作。归来招：宋玉有《招魂》诗云："归来归来，不可以久些。"

嘉平月护送参赞海公统军赴藏

和宁

青海诸番道[1]，兼衣夏月过[2]。
冰天无汗马，雪峤有埋驼[3]。
地险达般岭[4]，天通穆鲁河[5]。
噶达苏屹老[6]，超蹀快如何[7]？

作者简介：

和宁（1740～1821），因避清宣宗旻宁名而改宁为瑛，字太菴，额勒德特氏，蒙古镶黄旗人。清高宗乾隆三十六年（1771）进士，授户部主事。后历任四川按察使、四川布政使、安徽布政使等。五十九年（1794）任西藏办事大臣。八年后又历任理藩院侍郎，工部、户部侍郎，以至陕甘总督。嘉庆二十一年（1816）曾来西宁按办知县杨毓锦等亏缺仓库案。归后调为兵部尚书，官至军机大臣、领侍卫内大臣等。有《西藏赋》《易简斋诗钞》等。

题解：

这是诗人在清乾隆五十六年（1791）十二月，送参赞大臣海兰察领兵由青海赴藏反击廓尔喀侵略军时所作，当时诗人任陕西布政使。诗原四首，这是第三首。诗中描写了青海高原气候寒冷、地域壮阔的特色。

嘉平月：腊月的别称。《史记·秦始皇纪》：“三十一年十二月，更名腊曰‘嘉平’。”参赞：即参赞大臣，清代出征时主帅下面所设的副帅职务，其职责是赞襄军务，分领军队。反击廓尔喀的战役中，鄂温克名将海兰察是大将军福康安的参赞大臣。

注释：

[1] 诸番道：各条通往西藏的道路，这里泛指日月山以西的藏族地区。

[2] 兼衣：穿多层衣服。夏月：夏季。

[3] 雪峤：泛指积雪中开辟的路。埋驼：被风雪埋没的骆驼。

[4] 达般岭：不详具体所指。按青海境内以“达般”命名的山有好几座，都以山势险峻著名。

[5] 穆鲁河：即通天河。清代称为穆鲁乌苏河。

[6] 噶达苏屹老：又译作噶达素齐老，是黄河源头的一座山峰。据乾隆四十七年（1782）乾清门侍卫阿弥达探黄河源结果，说这里是黄河真源。具体所在今不详。诗人自已在这句下面附注道：“过此即西藏界。”

[7] 超蹀：跨越，翻过去。

游南山寺二首

冷纮玉

其一

南禅云外寺，暇日惬招寻[1]。
辟石通危径，开窗出远林。
古灯明雪屋，疏磬落烟岑。

坐觉尘缘寂[2]，同参入定心[3]。

其二

危楼冠绝壁，突兀俯千寻。
烟拥城中市，花明郭外林[4]。
晴光开紫塞，雪色出遥岑。
故国空云海，凭高寄远心。

作者简介：

冷纮玉（生卒年不详），名芝严，号纮玉，胶州（今属山东青岛市）人。专心书画，乾隆四十三年（1778）进士，随即以孝为由回家不仕。其父冷文炜于乾隆四十九年（1784）调任西宁府知县，兴办教育，冷纮玉随行来西宁，被聘为湟中书院主讲。《西宁府续志》称他“学问淹通”，并继承家风，擅长楷行草书，尤工楷书，其字婉转秀丽，颇有乃父之风。有《研经堂诗集》。

题解：

这是作者在湟中书院（在西宁南郊）任教之余，游览南山寺后所作，以清新明快的手法描写了南山寺的幽静以及西宁的风光。

南山寺：也称南禅寺，在西宁凤凰山麓。

注释：

［1］招寻：招呼探寻、游玩。唐代骆宾王《夏日游山家同夏少府》：“返照下层岑，物外狎招寻。”

［2］尘缘：佛教认为人心与尘世间的色、声、香、味、触、法等“六尘”有缘分，并受其拖累。寂：寂静、六尘不染。

［3］参：参拜领悟。入定：进入到禅定的境界。出家人认为入定后，身体的各种疾病和精神痛苦便可缓解乃至消失。

[4] 郭外：城外。郭本是在城的外围加筑的城墙，故内城为城，外城为郭。这里泛指城墙。

青海骏马行

吴栻

极目西平大海东[1]，传来冀北马群空[2]。
当年隋炀求龙种[3]，果能逐电又追风[4]。
西汉曾筑令居地[5]，乌孙遣使贡良骥[6]。
汗血多从大宛来[7]，权奇远向西平至[8]。
唐帝整驭六龙还[9]，回纥献马入关山[10]。
皎雪奔虹翔麟紫[11]，名擅贞观天宝间[12]。
谁知天驷照今古[13]，腾骧騕褭五霞吐[14]。
此后还名西域骢[15]，神骏奇骨谁与伍[16]？
芳草遍天涯，胡马入流沙[17]。
可羡鼓鬣云衢近[18]，可羡蹀足天路斜[19]。
自兹花虬蕃衍入青海[20]，奔驰电掣摧残垒[21]。
未知龙种果龙驹[22]，岛屿深处耀光彩[23]。
借问苦心爱者谁[24]？空将神物镇边陲[25]。
雄姿磊落徒自许[26]，还登峻岅到天逵[27]。
至今海水澄清不起波，到处文人歌海晏[28]。
地精月度两相生[29]，天骥呈材空自见[30]。
平沙短草自青葱[31]，胡马回来不敢践[32]。
君不见海水能安百谷王[33]，至今无复蛟龙战[34]！

作者简介：

吴栻（1740～1803），字敬亭，号对山，又号洗心道人、怡云道人。清碾伯（今乐都区）人。十六岁考中秀才，高宗乾隆四十二年（1777）举人。但他在仕途上并未实现理想。从青年开始，一生奔走于河湟各地，就馆教书，以馆谷养家。最后在病愁困顿中死去。有《醉吟录》《岁吟录》《云庵杂志》《赘言存稿》等。

吴栻的诗歌描绘了家乡的山山水水，浓墨细笔，清丽动人，字里行间充满着挚诚的乡情，具有鲜明的地方特色。同时还反映了悲凉的社会现实，抒发了愤懑的情绪。诗人吴镇曾评其诗说："湟中古鄯善。近数十年，武备雄于五凉，甲科蔚起，亦埒中原，然求一诗人不易。见吾宗敬亭，碾伯之诗人也。一身之所居游，固皆边塞之真诗，其骨力清刚而感激豪宕也。"

题解：

青海骏马古来驰名天下，在《北史》《魏书》《隋书》《新唐书》《甘肃通志》等史籍中都有记载，史称"青海骢"。相传是波斯草马与青海公马交配所产遗种。这首歌行广博地采用历史上有关青海马以及名马的传说和史实，从各个侧面刻画了青海骏马英俊非凡、踏云荡霞的神奇形象和威武气概。

注释：

［1］极目：尽目力所及而远望。西平：西宁的古称。大海：指青海湖。

［2］冀北马群空：韩愈《送温处士赴河阳军序》："伯乐一过冀北之野，而马群遂空。"冀北：古冀州（今山西以及河北、河南、辽宁部分地区）以北。

［3］这句写隋炀帝派人牧马青海湖的事。隋大业五年（609），炀帝巡幸西平、大通等地，闻"青海骢"是龙种，便派人在海心山专门牧马，以求龙种。龙种：即青海骏马。《周书·异域志》："青海周回千余里，海内有小山。每冬冰合后，以良牝马置此山，至来冬牧之，马皆有孕。所生得驹，号为龙种。"宋杨亿《汉武帝》："力通青海求龙种，死讳文成食马肝。"

［4］逐电、追风：形容马奔驰之快。北齐刘昼《刘子·知人》："故孔方諲之

相马也，虽未追风逐电，绝尘掣影，而迅足之势，固已见矣。”

［5］这句写西汉元狩二年（前121）霍去病打通西域通道，筑令居塞的事。令居：故址在今甘肃省永登县西北。

［6］良骥：千里马。据《汉书·西域传》：西域乌孙国在汉武帝时遣使“献马”，求汉公主为婚姻，于是汉嫁刘细君。

［7］汗血：良马名。《文献通考·马政》：汉太初元年（前104），汉武帝派贰师将军李广利率兵十余万伐大宛，“时宛别邑七十余城，多善马，马汗血，言其先天马子也。……献马三千匹，汉军乃还”。附注：“孟康曰：大宛国有高山，其上有马，不可得，因取五色母马置其下，与集生驹，皆汗血，因号曰天马子云。”大宛：汉时西域国名，故址在今中亚费尔干纳盆地。

［8］权奇：高超，非常。这里指骏异的马。古诗《天马》：“志俶傥，精权奇。”王先谦注：“权奇者，奇谲非常之意。”唐李白《天马歌》：“嘶青云，振绿发，兰筋权奇走灭没。”

［9］唐帝：唐朝皇帝。整驭：整顿车马。六龙：皇帝的车驾，其车有六马，马八尺以上称龙，故称六龙。唐李白《上皇西巡南京歌》：“谁道君王行路难，六龙西幸万人欢。”

［10］回纥：古代民族，隋唐时游牧于东起兴安岭，西至阿尔泰山，北至中亚费尔干纳盆地的广大地域。唐德宗以前与唐一直保持着友好关系。献马入关山：唐太宗贞观二十一年（647），骨利干（故地在今贝加尔湖以北）遣使来献马，唐便以其地置玄阙州。

［11］皎雪、奔虹、翔麟紫：都是骏马名。据《旧唐书·骨利干传》载，唐太宗以骨利干地为玄阙州后，骨利干又遣使向唐“献良马十匹。太宗奇其骏异，为之制名，号为十骥：一曰腾霜白，二曰皎雪骢，三曰凝露骢，四曰悬光骢，五曰决波騟，六曰飞霞骠，七曰发电赤，八曰流星騧，九曰翱麟紫，十曰奔虹赤。又为文以叙其事”。

［12］擅：独占。贞观：唐太宗李世民年号，从公元627年到649年。天宝：唐玄宗李隆基年号，从公元742年到756年。

［13］天驷：星名。东方苍龙七宿之一。古人认为天驷星主马。

［14］腾骧：形容马奔驰时马头高昂的威武样子。騕褭（niǎo）：良马名。汉司马相如《上林赋》："罥騕褭，射封豕。"《集解》引郭璞注："騕褭，神马，日行万里。"后用作骏马的代称。五霞：形容骏马奔驰时呼出的气如五彩云霞。

［15］西域骢：即青海骢。

［16］谁与伍：有谁能与青海骢相媲美。

［17］胡马：中原以外地方所产的马。这里指波斯良马。据《西宁府新志·艺文志》：吐谷浑曾得波斯草马，放入青海湖海心山牧之，生下龙驹，能日行千里。流沙：沙漠。

［18］振鬣：竖起鬃毛，形容鼓劲奔驰的样子。宋苏轼《三马图赞引》："振鬣长鸣，万马皆瘖。"鬣，马鬃。云衢：云中的路，指天空。

［19］蹀足：踏践。天路：天空中的路。

［20］自兹：从此。花虬：唐代名马，称九花虬，额高九寸，毛拳如麟，头颈鬃毛，身披九花纹。这里代指青海马。蕃衍：繁殖衍延。

［21］电掣：形容马快跑如闪电一样。摧残垒：摧毁残破堡垒。

［22］龙种、龙驹：都是指青海骏马。

［23］岛屿：指青海湖海心山。这句是形容海心山的神奇，因为上面产龙驹。

［24］这句是用杜甫《韦讽录事宅观曹将军画马图歌》中的句子："借问苦心爱者谁，后有韦讽前支遁。"苦心：极尽心意。

［25］神物：指青海骏马。

［26］磊落：俊伟。徒自许：空自许为神物。

［27］峻岅：很陡的山坡。天逵：天路。逵，路。

［28］海晏：大海平静无波澜，比喻天下太平。

［29］地精月度：古人认为地主月，月精为马，十二月而生。《渊鉴类函》引《春秋说题辞》："地精为马，十二月而生，应阴纪阳以合功，故人驾马任重致远，利天下。月度疾，故马善走。"《春秋考异邮》："阴合于八，八合阳九，八九七十二，二为地，地主月，月精为马。月数十二，故马十二月而生，人乘马以理天下，王者驾

马，故其字以王为马。”

［30］天骥：天马，即千里马。呈材：呈现为奇材。

［31］青葱：葱绿色。

［32］践：踩，踏。

［33］君不见：古代乐府诗中常用的套语。百谷王：指海，因为海可容纳从千谷万壑来的水，故称王。《老子》：“江海所以能为百谷王者，以其善下之，故能为百谷王。”

［34］蛟龙战：古人认为蛟龙作怪导致水灾。《续水经》：“蛇雉遗卵于地，千年而为蛟，其出壳之日害于一方，洪水飘荡。”

南楼远景

吴栻

会景楼连斗以南[1]，一川风物入诗谈[2]。
烟笼万井迷芳甸[3]，月度双桥印碧潭[4]。
远岫天寒云似墨，平原秋老草如岚。
眼前有景难图画，说与骚人取次探[5]。

题解：

这是诗人《碾伯八景诗》之一，描写了乐都古城南楼远景的景色。当时碾伯另一位文人傅泳曾和这首诗道：“危楼百尺枕溪南，携友登临恣笑谈。雁阵横空连远塞，虹桥垂影卧碧潭。一川古木含秋雨，几片残霞带夕岚。景物怡人看未足，奚囊收贮待常探。”关于“南楼远景”，见前张恩同题诗“题解”。

注释：

［1］会景楼：碾伯城南门城楼。登上此楼，可以观赏碾伯山川景象，因此叫会景楼。斗：指南斗六星，二十八宿之一。

［2］风物：风光，景物。

［3］万井：万顷田野。芳甸：长满芳草的郊野。甸指县城郊外。

［4］这句写的是碾伯八景之一长桥夜月，桥在城西门外河上。

［5］骚人：诗人。自战国时楚国诗人屈原作《离骚》诗后，诗人们多效仿作骚体，因此称诗人为骚人。取次：任意、随便。唐白居易《病假中庞少尹携鱼酒相过》："闲停茶椀从容语，醉把花枝取次吟。"

长桥夜月

吴栻

谁叱鼋鼍运石梁[1]，双桥直接彩虹长[2]。
一川水泛高低影，两镜人摇上下光[3]。
月空波心舟似画，夜沉涧底树分行。
未知题柱成何事[4]，驴背行吟空自芳[5]。

题解：

这是《碾伯八景诗》中的第二首。长桥在乐都城西门外沙沟河上，原为双桥，长十五丈，宽丈二，木石构造，形象奇巧，桥下流水湲漫。每至夜晚，明月映入河中，上下两镜相映，景色分外清静幽雅。桥毁于清末。这首诗描写了夜月中的长桥景色。

注释：

［1］叱：呵斥，驱使。鼋鼍：都是水中大而恶的爬行动物。鼋是绿头鼋，鼍即

扬子鳄。古诗多作为驮载桥梁的动物。石梁：石桥。

［2］彩虹：比喻长桥形如虹。

［3］两镜：指月亮和映入水中的月影。

［4］题柱：题词于桥柱，以示抱负理想。《华阳国志》等载，成都城北十里有升仙桥，汉时司马相如初次去长安经过此桥，便在桥柱上题道："不乘赤车驷马，不过汝下也。"唐岑参《升仙桥》诗："长桥题柱去，犹是未达时。及乘驷马车，却从桥上归。"成何事：有什么成就呢。按诗人也曾北上长安考取举人，企图功成名就，结果一生潦倒，所以说"成何事"。

［5］驴背行吟：形容自己像一个诗人以吟诗自乐。自芳：即孤芳自赏。

南山积雪

吴栻

皎洁凌空似玉山[1]，深秋常见羽人还[2]。
高低望处峰千叠，远近看来月一弯。
影射长天迷素鹤，光浮浅水失群鹇。
堪将此地千峰雪，置向巴陵伯仲间[3]。

题解：

这也是碾伯八景之一景。南山也叫照壁山，在乐都城南六十里，横亘数百里，叠峦重岭，连绵起伏，气势雄伟。而最高峰耸出万山之上，顶上气候寒凉，积雪莹莹，冬夏常白，远望如银龙蜿蜒，又如银屏兀立，蔚为壮观。所以号为"南山积雪"。这首诗用形象夸张的手法表现了这一壮丽的景观。

注释：

［1］皎洁：洁白明亮的样子。玉山：神话中西王母所居的仙山。《山海经·西山经》："玉山，是西王母所居也。"

［2］羽人：古代神话中生翅膀的仙人。《楚辞·远游》："仍羽人于丹丘兮，留不死之旧乡。"因道士言飞升成仙，遂以此为道士的代称。按旧时常有道人修炼于山中。

［3］巴陵：即今湖南省洞庭湖一带，其地风景秀丽，古来称美天下。伯仲：本指兄弟顺序，这里用来比喻南山积雪的美景堪与洞庭秀色相提并论。

莲台夕照

吴栻

梵台形势宛如莲[1]，美景佳名自古传。
花雨斜飘返照处[2]，昙云远挂夕阳天[3]。
铜池泻出千潭月[4]，石室分开一炷烟[5]。
最是尘氛消不得[6]，来登绝顶暂疑仙。

题解：

"莲台夕照"为碾伯八景中的一景。莲台即莲花台，在今民和县松树乡境内。地形突起如莲花，左右有山溪水潺潺流入湟水，前面湟水奔腾东去，景象壮观。清乾隆时西宁道杨应琚曾有"三面临流五瓣开"的吟咏句子。台上曾建有佛寺，称莲花寺。相传清初时有一位异僧来此地束茅而居，后徒众增多，遂建此寺。这首诗描绘了在夕照中的莲花台景色。

注释：

［1］梵台：指莲花台。因为台上有佛寺，所以称为梵台。梵是有关佛教的词。宛：仿佛。

［2］花雨：落花如雨。佛教赞叹佛说法之功德犹如散花如雨。唐李白《寻山僧不遇作》："香云遍山起，花雨从天来。"返照：夕照。

［3］昙云：此处应有二层意思，一指云气密布。晋陆云《愁霖赋》："云昙昙而叠结兮，雨淫淫而未散。"二指佛法。《正字通·日部》："昙，梵音译，佛法曰昙。"佛教认为佛法普惠如云，无处不在。

［4］铜池：本来指屋檐下承接雨水的器具，宫中用铜做成。这里泛指檐水下泻冲激而成的圆月形的小池窝。

［5］石室：用石头筑成的房屋，这里指莲花寺。炷：量词，如一炷香。

［6］尘氛：尘世的气氛。

冰沟奇峰

吴栻

东来遥望接千峰，翠障青峦历几重[1]？
峭势凌霄飞似鹤[2]，岩光耸日宛如龙[3]。
峡中何处题图画，天半谁人插剑锋[4]？
若许丹梯瞻紫气[5]，定西门外敢辞从[6]！

题解：

这首也是《碾伯八景诗》中的一首。冰沟在今乐都区芦化乡境内，两边山崖壁立，中间鸟道盘桓，泉水从山阴流下，冬夏不枯，皆凝为冰，所以称冰沟。奇峰即冰沟北面的奇峰山。山与桌子山等绵延相接，上面林泉怪石，布局幽胜。这里形势险难，是古代从青海通往皋兰等地的要道，明代曾建定西门，清代号为冰沟驿，颇得骚人墨客题咏。这首诗便描绘了冰沟奇峰山的雄奇景象。

注释：

［1］几重：几层。

［2］峭势：指奇峰山陡峭高耸的气势。凌霄：高入云霄。

［3］岩光：指奇峰山明丽的色彩。

［4］天半：半天空中。剑锋：指奇峰山。

［5］丹梯：登高入仙境的山路。紫气：祥瑞之气。

［6］定西门：在冰沟南面，明代嘉靖年间由西宁兵备道范瑟所建，目的在于阻止永登等地藏族部落的进攻。范瑟作有《创建定西门记》。敢：岂敢。辞从：推辞从军。

红崖飞峙

吴栻

峭壁削成接翠微[1]，朱明炎火望依稀[2]。
高台月照千峰色，云窦烟含百孔晖[3]。
洞外丹砂经雨艳[4]，岩边紫石入秋肥[5]。
几时搔首从天问[6]，得向蔚蓝捧日飞[7]。

题解：

这是《碾伯八景》诗中的一首。红崖峙立在乐都城北二里多地，其山呈红色，远望峭壁断层，犹如一围红裙，所以也叫裙子山。山崖上原来有许多空洞可以栖居，但人迹罕到。这首诗描绘了裙子山的奇丽景色。

注释：

［1］翠微：苍翠轻淡的山色。这里指红崖山顶，因为顶上长有草。

［2］朱明：夏季。《尔雅·释天》："夏为朱明。"郭璞注："气赤而光明。"炎火：形容红崖山色如炎火之色一样红赤。依稀：朦胧，不十分清晰。

［3］云窦：云雾中的山洞。窦，洞。

［4］丹砂：也叫朱砂，一种可入药的矿物质。《史记·孝武本纪》："致物而丹砂可化为黄金。"经雨艳：经过雨水冲洗后更加新鲜美观。

［5］紫石入秋肥：古人认为石头也像牲畜一样，到了秋天会肥大。

［6］搔首：抓着头若有所思的样子。

［7］蔚蓝：深蓝色天空。

东溪春色

吴栻

小桥长短接春溪，柳色青青草色萋。
十里云霞含秀色，一行烟雨入新题[1]。
波开水镜鱼游岸，影动沙矶树绕堤。
借问都人何处去[2]，双柑斗酒听黄鹂[3]。

题解：

《东溪春色》是诗人《碾伯八景诗》中的第七首，关于这一景色，见前张恩《东溪春色》诗"题解"。

注释：

［1］题：诗文题目。这里指诗篇。

[2] 借问：向人打听事情的敬辞，相当于现代汉语中的“请问”。

[3] 这句化用戴颙故事。唐冯贽《云仙杂记》卷2《俗耳针砭诗肠鼓吹》：“戴颙春携双柑斗酒。人问何之，曰：‘往听黄鹂声！’”镏泰《春日湖上》：“明日重来应烂漫，双柑斗酒听黄鹂。”双柑斗酒即两盘柑一斗酒，本代指游春时所备的酒食，后来借指春游。

三川杏雨

吴栻

曾将烂熳照三川[1]，活色生香谁与怜[2]？
柳外青帘堪问酒[3]，水傍红雨白成泉[4]。
千家门巷皆铺锦，十里园林尽罩烟。
岂是中州文杏好[5]，移来还待探怀贤[6]。

题解：

《三川杏雨》是《碾伯八景》诗中最后一首。三川在今民和县官亭镇、中川乡、峡口乡一带，即上川（又称为赵木川）、中川、下川（又称峡川），清代时属碾伯县管辖。这里节气早于乐都，杏花先乐都等地而开，农历三四月时到处杏花争艳，风吹时，落花又如红雨白泉，景色极其美丽可爱。这首诗便描绘了这种动人的景色。

注释：

[1] 烂熳：烂漫，色彩明丽斑斓。指盛开的杏花。

[2] 活色：鲜丽生动的色彩。怜：爱。

[3] 青帘：酒店门前的酒旗。

[4] 红雨：形容落下的杏花如红色的雨。白成泉：落花堆积一起，随风翻动，

如同泉水流动。

［5］中州：中原。文杏：杏的一种。《西京杂记》："上林苑有文杏，谓有文彩也。"

［6］探怀贤：怀念先贤。《神仙传》云：三国时董奉居庐山，为人治病不要钱，凡重病被治好的种杏五棵，轻病被治好的种杏一棵。数年之后，种下十几万棵杏树，郁然成林。凡欲灵杏者不需告知，"但将谷一器置仓中，即自往取一器杏"。

塞下曲

陈鸿寿

白骨青燐瀚海头[1]，琵琶一曲动边愁。
眼前滴尽征人泪[2]，并作黄河地底流[3]！

作者简介：

陈鸿寿（1768～1822），字子恭，号曼生，浙江钱塘（今杭州市）人。嘉庆年间举拔贡，官江南海防同知。当时宜兴产砂壶，精作精巧。陈鸿寿在其基础上辨别砂质，设计新样，流传一时，号为"曼生壶"。陈鸿寿博学工诗，有《种榆仙馆诗集》等。

题解：

《晚晴簃诗汇》卷116题作《塞上曲》，这里从《国朝正雅集》卷51题。诗歌化用杜甫诗意和黄河潜流的传说，写出了久戍青海的将士的痛苦。

注释：

［1］这句化用前人诗意。唐杜甫《兵车行》："君不见青海头，古来白骨无人

收。”清杨揆《青海道中》：“青燐风焰小，白骨苔花驳。”瀚海：本指沙漠。这里泛指青海高原。

[2] 征人：征戍边地的军人。南朝梁车敭《陇头水》：“陇头征人别，陇水流声咽。”

[3] 黄河地底流：汉以来古人认为黄河发源于新疆境内的昆仑山，至罗布泊潜流地下，到小积石山再流出地面。

与徐星伯年丈论江河二源赋此纪之

陈裴之

河出昆仑虚[1]，并渠千七百[2]。
昆仑在何所，译言阿木七[3]。
其下星宿海[4]，沮洳钟巨泽[5]。
三伏复三见[6]，经历古西域[7]。
伏遇沙塞黄，见遇土壤黑。
神禹所疏凿[8]，荒度始积石[9]。
汉使寻张骞[10]，元使命都实[11]。
虽经绝塞行，所见殊未的。
国朝幅幁广[12]，已扩地球脊[13]。
茫茫叶尔羌[14]，远与河源值。
迢迢阿克苏[15]，亦近河源侧。
我观河源图，惜未河源涉。
聊作河源诗，当著河源说。
江源亦有三，远者来昆仑。
山南与山北，与河同发源。

是名金沙江[16]，两界包乾坤。
万丈温都雪[17]，消以朝阳暾[18]。
亦有鸦砻江[19]，青海接玉门[20]。
源与星宿同，满地银涛翻。
岷山地最近[21]，门闼通松潘[22]。
羊膊与铁豹[23]，咫尺篱与藩[24]。
远干近为支，势若卑承尊[25]。
卫藏地可括[26]，井络天可扪[27]。
李冰凿离堆[28]，石犀今犹存[29]。
鳖灵辟三峡[30]，更验江水痕。
一卷入蜀记[31]，剪烛从君论[32]。

作者简介：

陈裴之（1794～1826），字孟楷，号朗玉山人，钱塘（今浙江杭州）人。出身诸生，曾任云南府南关通判。善于诗文，有《澄怀堂集》《香畹楼忆语》等。

题解：

这是作者与地理学家徐松讨论江河源头问题后所作，较为详尽地描述了长江、黄河源头的地理形胜、水流走向、历史人文以及他对江河两源的观点，实际是一篇关于江河源的研讨心得，具有很好的史料价值。

徐星伯：即徐松（1781～1848），清代著名地理学家，星伯是字，浙江绍兴人。嘉庆十三年（1808）以进士任翰林院编修，道光年间任江西道监察御史等。博学多才，尤长于地理之学。著述丰硕。特别是嘉庆十五年（1810）被贬职新疆，乃考察西域山川，撰写《西域水道记》《汉书西域传补注》《新疆识略》等，其中对黄河源头问题多有论述。年丈：年伯。陈裴之父亲陈文述与徐松为友，故称其为年丈。

江河二源：长江、黄河源头。

注释：

［1］昆仑虚：即昆仑山，又写作昆仑墟，中国典籍皆以昆仑墟为黄河发源处。如《山海经》："昆仑墟在西北，河水出其东北隅。"《河图括地象》："昆仑之墟，有五城十二楼，河水出焉，四维多玉。"

［2］并渠千七百：黄河有容乃大，汇收一千七百支流。《尔雅》：黄河"所渠并千七百，一川色黄"。

［3］译言：翻译之言，此处指藏语。阿木七：即阿尼玛卿山，史书也写作阿木你麻禅母孙山，又称为大积石山。《河源记略》卷 28："积石山即今大雪山，番名阿木你麻禅母孙山。"

［4］星宿海：在果洛藏族自治州玛多县，是黄河源头地区重要湖泊，古代曾认为是黄河源头。冯复京《六家诗名物疏》："水从地涌出百余泓，方七八十里，履高瞰之，灿若星列，因名星宿海。东北流百余里为大泽，又东流为赤宾河，又合忽兰等河，始名黄河。"

［5］沮洳：低湿之地。《诗经·魏风·汾沮洳》："彼汾沮洳，言采其莫。"孔颖达疏："沮洳，润泽之处。"钟：集中，聚集。巨泽：大泽。

［6］三伏复三见：古人认为黄河源头之水自西域流出后，三次潜伏沙漠地下，又三次流出地上，在大积石山始成为黄河。清庞垲《诗义固说》："如黄河之水，三伏三见，而皆知一脉流转。"

［7］经历：流经。西域：指新疆。古人认为黄河发源于西域昆仑山。

［8］神禹所疏凿：指大禹导河传说。《禹贡》："导河积石，至于龙门。"神禹：对大禹的尊称。疏凿：疏导凿开。

［9］荒度：通盘筹划，竭力治理。

［10］汉使寻张骞：汉朝使者张骞寻找河源。汉武帝建元三年（前 138），张骞奉诏出使西域，逗留十余年，期间寻求到所谓的昆仑河源。《史记·大宛列传》："而汉使穷河源，河源出于阗，……天子案古图书，名河所出山曰昆仑云。"

［11］元使命都实：元代都实奉诏勘察河源。元至元十七年（1280），忽必烈派都实为"招讨使佩金虎符"，到黄河源进行勘察。都实回到大都（今北京）后，

绘图上报考察情况。这是元历史上第一次大规模考察河源。元代潘昂霄根据都实之弟阔阔出的转述，写成《河源志》。

[12] 国朝：指清王朝。幅幁：即幅员，疆土。

[13] 地球脊：地球脊梁。指昆仑山等最高山峰。

[14] 叶尔羌：指叶尔羌城，在新疆的南疆。汉代为莎车国属地，明代为叶尔羌汗国首府，清朝统一新疆后，设叶尔羌办事大臣，衙门驻叶尔羌回城（今莎车县），光绪年间置莎车府。古人认为其地亦属河源流域。

[15] 阿克苏：在新疆中部，汉唐时曾派兵驻守，清代设阿克苏办事大臣、阿克苏道，并筑城戍守。现在为阿克苏市。古人认为阿克苏也在河源流域。

[16] 金沙江：长江上游的一部分，源于青海，穿流于川、藏、滇三省（区），因江中沙土呈黄色而得名。

[17] 温都：泛指长江源头雪山。具体不详。

[18] 朝阳暾：朝阳。宋陆游《感旧》："穷通在公岂足论，浮云终散朝阳暾。"

[19] 鸦砻江：今作雅砻江，长江上游最大支流，藏语称尼雅曲，意为多鱼之水。发源于青海巴颜喀拉山南麓，流入四川后在攀枝花市三堆子汇入金沙江。

[20] 玉门：玉门关，汉时为通往西域各地的门户，故址在今甘肃省敦煌西北小方盘城。

[21] 岷山：在甘肃省西南部至四川省北部，是长江水系和黄河水系的分水岭。

[22] 门阃：门户。松潘：在四川省阿坝藏族羌族自治州境内，长江上游支流岷江流经此地。清代曾置松潘厅和松潘直隶厅。

[23] 羊膊：羊膊岭，在四川松潘县西北岷山之麓，岷江发源于此。古人曾认为岷江是长江的主源。铁豹：铁豹岭，岷山的别称，在今四川松潘县西北。《舆地广记》："岷山在西北，俗谓之铁豹岭。"

[24] 篱与藩：即藩篱，防卫屏障。篱是篱笆，藩是屏障。

[25] 卑承尊：卑微仰承尊贵。比喻青海江河源是以上诸水的本源。

[26] 卫藏：指西藏。西藏在吐蕃时设置卫藏四茹，是吐蕃的本部所在。元明时称为乌斯藏，清代时改称卫藏。括：囊括。

［27］井络：古代天文中井宿的分野，对应岷山。晋左思《蜀都赋》：“岷山之精，上为井络。”刘逵注：“《河图括地象》曰：‘岷山之地，上为井络，帝以会昌，神以建福，上为天井’，言岷山之地，上为东井维络；岷山之精，上为天之井星也。”有时也指蜀地，宋陆游《晚登子城》诗：“老吴将军独护蜀，坐使井络无欃枪。”这里当指江河发源地。扪：触摸、抚摸。

［28］李冰凿离堆：李冰为治蜀水之患，凿通离堆。李冰是战国时蜀郡太守，与其子李二郎修建都江堰水利工程，使蜀中成为富饶的天府之国。离堆是被分开的玉垒山末端，形如离开的大石堆，故名。《史记·河渠书》：“蜀守冰凿离堆，辟沫水之害。”

［29］石犀：石刻的犀牛。古人常用于镇压水怪，故李冰凿石牛于岷江。晋常璩《华阳国志·蜀志》：“秦孝文王以李冰为蜀守……作石犀五头，以厌水精。”

［30］鳖灵：传说中古蜀国治水功臣，因之禅位为丛帝，人称开明帝。三峡：即长江三峡。相传为鳖灵凿辟。

［31］入蜀记：南宋诗人陆游游历蜀中的日记，这里是本诗作者自喻在蜀中的见闻思考。

［32］剪烛：剪去烧过的烛灰，使灯火更为明亮。唐李商隐《夜雨寄北》：“何当共剪西窗烛，却话巴山夜雨时。”这里用来比喻在夜灯下随徐松讨论江河之源问题。

宿东科尔寺

文孚

梦醒招提境[1]，烟岚聚小楼。
一峰寒受月，万木夜生秋。
薄酒难成醉，清笳易动愁。

卧听清梵静[2]，身世笑浮鸥[3]。

作者简介：

文孚（？～1841），满族，博尔济吉特氏，字秋潭，满洲镶黄旗人。曾官内阁中书。清仁宗嘉庆十三年（1808）来西宁任办事大臣，第三年调离。道光年间累官至文渊阁大学士。有《秋潭相国诗存》《青海事宜节略》等。

文孚在青海的时间不长，事迹也多不可考，但他在这里却写下了不少歌吟青海山川的诗篇，这些诗篇对仗工稳，基调悲壮。

题解：

东科寺在湟源县日月乡境内，建筑庄严，规模壮大，是清代青海重要的佛教寺院。因为寺处在去日月山途中，所以当时祭海会盟，蒙藏王公多以这里为馆驿，青海办事大臣会集诸王公，行会盟之仪式。诗人这首诗便是在祭海时夜宿东科寺中所作。

注释：

［1］招提境：指东科尔寺。招提：梵语"拓斗提奢"的省称，意思是四方。后来误"拓"为"招"，以招提代指佛教的事物，如招提僧、招提僧房等。北魏时因太武帝造佛寺，命为招提，后来便成为寺院的别称。

［2］清梵：僧徒诵经的声音。南朝王僧孺《初夜文》："清梵含吐，一唱三叹，密义抑扬，连环不辍。"

［3］身世：经历、遭遇。浮鸥：比喻自己如同漂泊天涯的孤鸥。唐杜甫《旅夜书怀》："飘飘何所似，天地一沙鸥。"

过日月山

文孚

边门才八月[1]，落木早惊秋。
白草连天远，黄河出塞流。
原荒蹲健鹘[2]，山暝下毛牛[3]。
已觉征衣冷，前途更上头。

题解：

这首诗当是诗人在农历七月赴青海湖祭海途中所作。诗中描绘了诗人过日月山时的所见所感。

注释：

［1］边门：边境之门。这里指日月山，唐代时是唐蕃分界岭。

［2］原荒：即荒原。健鹘：凶猛的大鹘。鹘是一种能俯冲捕食的鸷鸟。

［3］毛牛：即牦牛，青海高原以盛产牦牛而著名，存栏数占世界牦牛总数的37%，占全国牦牛总数的42%。

青海（二首）

文孚

一

乍来青海畔[1]，霜雪满弓刀[2]。

不到椎牛地[3]，安知汗马劳[4]。
幕随秋草远[5]，鹰挟塞风高。
莫笑书生懦，临边气倍豪。

二

清笳何处起，偏动异乡愁。
塞岭常凝雪，边声总带秋。
河源天外落[6]，海气日傍收。
欲访飞仙迹[7]，昆仑最上头。

题解：

这两首诗也是诗人到青海湖参加祭海会盟时所作。诗中用凝练的笔力，描绘了青海湖地区以至整个青海高原壮阔广袤的景象，抒发了诗人作为书生到此也豪情倍增的感受，情调慨慷。

注释：

[1] 乍：才，刚。青海畔：青海湖边。

[2] 这句套用唐卢纶《塞下曲》其四“大雪满弓刀”之句。

[3] 椎牛地：杀牛祭海的地方。清以来祭青海湖，主要以牛为祭品。椎：杀，宰。

[4] 汗马：因为长途跋涉奔驰而出了汗的马。

[5] 幕：指蒙古族和藏族游牧人的帐篷。

[6] 这句意思是说黄河源出塞外高处，从下游看似乎是从天上落下来的一样。天外：即塞外。

[7] 飞仙踪：传说中在空中来往的仙人的踪迹。

观青海图作（二首）

文孚

一

咫尺蛮笺记塞程[1]，洪河碧海似闻声[2]。
三边草木单于垒[3]，八阵风云汉将营[4]。
牧马羌番停北渡[5]，当关小吏劝春耕[6]。
轻裘笑指烽烟息[7]，匣里龙泉夜不鸣[8]。

二

极目岩疆万里平[9]，披图灯底塞霜清[10]。
摩天雪岭春无草[11]，伏地黄河夜有声[12]。
秃发穹庐烟缥缈[13]，乌斯朝贡路分明[14]。
九重若访安边策[15]，循吏由来胜甲兵[16]。

题解：

这两首诗是诗人夜观青海地图而作，时间在他任青海办事大臣期间。诗篇从咫尺地图写起，展开想象的翅膀，运用写实的本领，描绘了当时青海草原的山川地理、政治形势、民族关系等，气势壮阔，形象逼真。特别是诗中“当关小吏劝春耕”“匣里龙泉夜不鸣”“循吏由来胜甲兵”等句，表达了作者积极向上的思想感情。

注释：

[1] 咫尺：比喻青海图的大小。咫：古代以八寸为一咫。蛮笺：唐代时产于四

川地区的一种彩色花纸。这里指用藏纸绘成的青海地图。塞程：塞外路程。

［2］洪河：指黄河。碧海：指青海湖。这句是写看图上黄河、青海湖，如闻其波涛声。

［3］三边：汉代曾以幽州、并州、凉州为三边，因为三州都在边疆地方。后来遂用三边来代指边疆地区。单于垒：指少数民族政权筑造的堡垒。单于是汉代匈奴君主的称号，后泛指少数民族首领或政权。

［4］八阵：古代中原部队作战时布成的八种阵形，如蜀汉诸葛亮曾布八阵图。据王应麟《小学绀珠》载，八阵为洞当、中黄、龙腾、鸟飞、折冲、虎翼、握机、连衡。汉将营：汉代赵充国等人的军营，这里借指清朝的防守部队。

［5］牧马羌番：指青海黄河南藏族。清雍正九年（1731），清廷将藏族牧地限在黄河以南，蒙古族牧地在黄河以北。至嘉庆道光年间，藏族人畜发展壮大，经常渡过黄河游牧，时与蒙古族部落发生争斗，清政府便用镇压手段来阻止藏族北渡。这句即指这件事。

［6］当关小吏：把守关隘的小官吏。清政府曾派官吏和军队驻守于黄河一带渡口，以阻止藏族北渡。

［7］轻裘：即轻裘缓带。过去以轻暖的貂裘、宽松的衣带来形容人闲适雍容的风度。烽烟：指战乱。

［8］这句是写没有杀伐战争、边疆安宁的气氛。古人多以“剑鸣”来形容向往战场、杀伐建功的激情。南朝梁无名氏《柘枝词》：“闻道烽烟动，腰间宝剑匣中鸣。”龙泉：宝剑名。晋《太康地记》中说，楚地西平县有龙泉水，用来磨剑，剑锋特别坚利，因此以龙泉剑号为楚宝。

［9］岩疆：险要的边疆。这里指青海地区。

［10］披图：展开图阅看。塞霜：边塞的霜雪。

［11］摩天：高摩苍天。

［12］这一句下面诗人自注：“按黄河在番地，时伏时见，至星宿海以东，始建瓴而下。”这是继承前人黄河潜流地下的说法。

［13］秃发：东晋时鲜卑族姓。秃发乌孤弟兄三人曾在青海东部建立过南凉王

国，先都西平，后迁都到乐都。这里用以代指青海牧区的少数民族。穹庐：帐篷。缥缈：隐隐约约、似有似无的样子。

［14］乌斯：藏语，即乌斯藏，意思是卫藏，今西藏。元代曾置乌斯藏等三路宣慰司都元帅府，明代置乌斯藏行都指挥使司，西藏政权便为中原王朝的属国。朝贡路：给中原王朝进贡礼物所走的道路。按清代进藏或从藏来中原，多取道青海草原。

［15］九重：天子所住宫殿有九门，路门、应门、雉门、库门、皋门、城门、近郊门、远郊门、关门，故以九重指朝廷和皇帝。安边策：安定边疆的策略。

［16］循吏：奉职守法、爱护百姓的好官吏。甲兵：指军队。《荀子·王制》："故不战而胜，不攻而得，甲兵不劳而天下服。"

送余子佩大令之巴燕戎格通判任

张祥河

签判高材磊落胸［1］，西平布治本从容［2］。
诸羌旧占湟中地，四望空传峡口烽［3］。
青海迢迢支水热［4］，红崖兀兀洞云封［5］。
翁孙一倡金城议［6］，剑戟芒销尽务农［7］。

作者简介：

张祥河（1785～1862），字诗舲，号法华山人，娄县（今上海松江）人。嘉庆二十五年（1820）进士，授内阁中书，充军机章京。道光间历户部郎中、河南按察使、广西布政使、陕西巡抚。咸丰间，官至工部尚书。有《小重山房集》。

题解：

这是送余子佩赴任巴燕戎格通判时的赠别诗。诗中全景式描写了青海东部大美的山川地理和悠久的历史风貌，是历代送人到青海的诗作中的佳作。

余子佩：《西宁府续志》记载任巴燕戎格通判的余姓官员中有余济川，时在乾隆后期。余济川，字子佩，江苏人。大令：古代对县令的尊称。巴燕戎格：巴燕戎格抚番厅，清乾隆十年（1745）设，治所在今巴燕镇。后来简称巴燕戎格厅。1913年改为巴戎县，1929年改称巴燕县，1931年又改为化隆县。通判：早期是州府的长官下掌管粮运、家田、水利和诉讼的官员，清代在边疆设厅，相当于县，厅通判为厅的最高行政长官。

注释：

［1］签判：宋代时选派京官充当各州、府判官，称签书判官厅公事，简称签判。这里指任巴燕戎格通判的余子佩。

［2］西平：此指西宁府，巴燕戎格厅隶属于西宁府。布治：施政。明高启《三贤堂》诗："至今郡中人，犹想布治年。"

［3］四望：四望峡。诗人自注："山名。"西汉赵充国经过四望峡进入湟中，具体指老鸦峡还是大峡，学界有不同看法。这里泛指西宁周边峡谷。

［4］青海：青海湖。支水热：指汇入青海湖的支流源头往往有温泉热水。

［5］红崖：指西宁土楼山。因其佛崖呈红色，故称。兀兀：突兀而静穆。唐杨乘《南徐春日怀古》诗："兴亡山兀兀，今古水浑浑。"土楼山有佛寺道观，又以兀兀形容其高隐静修。洞云封：北山寺有九窟十八洞，从下仰望，皆在烟雾之中。

［6］翁孙：赵充国。赵充国字翁孙。金城议：赵充国在金城（今民和县上川口一带）提出的留兵屯田河湟的"屯田十二事"。《汉书赵充国传》："臣谨条不出兵留田便宜十二事。……留屯田得十二便，出兵失十二利。"朝廷采纳，于是有汉军屯田湟中的历史。

［7］剑戟芒销：兵刃不再锋利，意为没有战事。

碾伯县

斌良

蒲海沿边郡[1]，峥嵘磴道盘[2]。
河冰连地结[3]，岭雪极天寒[4]。
属国秋持节[5]，将军老据鞍[6]。
西戎今底定[7]，何事剪楼兰[8]？

作者简介：

斌良（1784～1847），满族，瓜尔佳氏，字备卿，又字笠耕，号梅舫，满洲正红旗人。清仁宗嘉庆年间，由荫生做官四方，足迹几至全国，官至刑部侍郎、驻藏大臣。斌良极善诗，曾与陈荔峰、李春湖、吴兰雪等人相唱和。一生作诗八千多首，由其弟法良汇刊为《抱冲斋全集》。

清宣宗道光四年（1824）秋，斌良奉旨来青海湖祭海，次年秋回到北京。这次出使中他得诗三百余首，后编为《青海奉使集》。其中有不少诗篇展示了一幅幅清秀明丽的青海山河图画。这些诗索隐探奇，自具风格，曾深得清著名学者阮元等人的誉评。

题解：

碾伯县即今乐都区，清代还包括今民和县一部分。碾伯历史悠久。汉神爵二年（前60）置破羌县，属金城郡。东晋末年南凉吕光置乐都郡，秃发氏曾以这里为都建南凉王国。唐时置鄯州，是陇右节度使驻所。宋改邈川城，明初置碾伯卫，清改为碾伯县，属西宁府。1929年青海建省改为乐都县。

这首诗是诗人入湟水流域后经碾伯城而作。前两联描写碾伯边郡的形胜，后两联抒发诗人祭海为了和平的意念。

注释：

［1］蒲海：古时新疆境内有蒲类海（今巴里坤）和蒲昌海（今罗布泊，在若羌县北），因而唐曾设蒲类县和蒲昌县。这里用蒲海来代指边疆郡县。边郡：边疆的郡县。

［2］峥嵘：山势险高的样子。这里指来碾伯途中经过的冰沟山路。磴道盘：石头台阶路在山上盘旋。

［3］这句写的是在碾伯县东的冰沟。明范瑟《创建定西门记》："（冰沟）去老鸦城三十里，两山壁立，中通鸟道，泉水自山阴流出，春夏不枯，皆凝为冰。"

［4］这句写碾伯县南的南山，其上积雪皑皑，冬夏不消。

［5］属国：附属国。汉时在边郡皆设属国，以属国都尉掌管属国事务。这里以属国代指青海。持节：手持符节的使者，诗人自指。

［6］这句用马援故事自比虽老而志壮。据《后汉书·马援传》记载，马援年六十三，欲统兵出征，光武以其老，恐不胜任。于是马援上马据鞍，以示可用。

［7］西戎：西部少数民族地区。底定：平定。这里指和平安宁。

［8］何事：为何。楼兰：汉代西域国名，地在今罗布泊西。唐王昌龄《从军行》有"黄沙百战穿金甲，不破楼兰终不还"的句子。这里是反其意而用之。

湟中吟

斌良

秋塞荒，秋风凉。
雪积众峰白，鞭挥我马黄［1］。
陇西健儿好身手［2］，自挽雕弧射白狼［3］。

题解：

这首诗歌颂了湟中（即湟水流域）的健儿形象。诗篇采用三三五五七七的节奏，字数逐联增加，形象逐层达到鲜明。“好身手”三字极度夸誉了湟中健儿的英姿气魄。

注释：

［1］黄：病，疲乏。《诗经·周南·卷耳》：“陟彼高冈，我马玄黄。”玄黄是病的意思。这里由于音节的需要，简为“我马黄”。

［2］这句套用唐杜甫《哀王孙》中“朔方健儿好身手”一句。陇西：陇山以西的河湟地区。这里特指湟水流域。健儿：壮士。身手：武艺。

［3］雕弧：雕饰过的弓。

平戎驿

斌良

不道平戎驿[1]，风光隽可人[2]。
绿杨临水润，红叶染霜匀。
俗俭民衣褐[3]，天寒屋积薪。
晴川鸭头碧[4]，随处涴征轮[5]。

题解：

平戎驿即今平安区平安镇。汉宣帝神爵二年（前60），在这里设安夷县，隶属于金城郡，东汉护羌校尉便驻守在这里。宋代筑有宗哥城，唃厮啰以之为都建立地方政权。明洪武十九年（1386）设平戎马驿，嘉靖元年（1522）建平戎城。清代改为平安镇，其名沿袭到今天。平安镇是古代人口聚集的城镇，地势雄伟，风光秀丽，清代诗人多有吟诵的诗篇。这首诗使用通俗浅近的文字反映了当时平安镇的情况。

注释：

［1］不道：想不到。

［2］隽可人：风景优美宜人，使人留恋。

［3］褐：粗布衣服。

［4］晴川：风光明媚的平安川。鸭头：绿色。《格物论》："鸭雄者，绿头文翅；雌者黄斑色。"后便以鸭头指绿色。唐李白《襄阳歌》："遥看汉水鸭头绿，恰似蒲桃初酦醅。"

［5］涴（wò）：染，粘。征轮：使者的马车。

镇海堡

斌良

老鹳苍头耀锦丛[1]，征车曲绕水西东[2]。
眼明群玉峰千笏[3]，知是晴云是雪峰？

题解：

镇海堡在湟中县多巴镇湟水南岸。汉宣帝神爵二年（前60），这里曾置临羌县。明代中叶，镇海堡是极为重要的军事关隘。清代设镇海营，派兵镇守。是去青海湖必经之地，因此在明清两代颇有盛名，诗人们有不少描写它的诗篇。斌良这首主要描绘了镇海堡壮丽的山川景象。

注释：

［1］老鹘：一种凶猛的鹰。苍头：裹着青头巾的士卒，指镇守镇海堡的清兵。锦丛：形容镇海堡一带风光如锦。

［2］曲绕：傍着湟水弯弯曲曲地绕着前进。

［3］笏：古时大臣朝见皇帝时手中所执的手板，上窄下宽。这句是形容镇海堡西南的山峰耸立如玉笏，晶莹美观。

老鸦堡

斌良

黄茅山驿喜逢秋[1]，暖脱蒙茸紫绮裘[2]。
饭细鱼香风味美，枫丹柳碧石塘幽。
槎浮雪鹭随波远，牛载寒鸦入坞游[3]。
记得菊黄萧寺里[4]，寻花瘦马晚钟留。

题解：

老鸦堡在乐都区境内，傍山枕水，地形壮丽。汉宣帝神爵二年（前60）在这里置破羌县，从明代以来，一直称为老鸦堡，是古代从冰沟或老鸦峡来西宁必经的地方，明代曾设老鸦城驿，修敌楼，清派把总一员镇守。这首诗是诗人祭海后归去途中经老鸦堡住宿时所作。诗篇赞美了这里的山川风光和物产风味。

注释：

［1］黄茅山驿：指老鸦堡。黄茅是茅的一种。刘兼《重阳感怀》："黄茅莽莽连边郡，红叶纷纷落钓舟。"老鸦堡旁边山上多茅草，因此称黄茅山驿。

［2］蒙茸紫绮裘：皮毛细柔，用紫绮做面子的裘衣。蒙茸：皮毛细多，乱蓬蓬

的样子。紫绮：紫色的罗绮。

［3］坞：构筑在村落外围作为屏障的土堡。这里指老鸦城堡。

［4］萧寺：即佛寺。《国史补》载，南北朝时梁武帝建造一座佛寺，命萧子云飞白大书"萧寺"二字，后世遂以之代称佛寺。"记得"两句写诗人秋日到老鸦城，其地美丽的景象使他联想起了往年秋日到一座佛寺赏花并夜宿在那里的美好情景。古人多有到寺内赏花住宿的习好，如清末词人赵熙《甘州·寺夜》云："任西风吹老旧朝人，黄花十分秋。自江程换了，斜阳瘦马，古县龙游。……一笠青山影，留我僧楼。"

巴燕戎格竹枝词（二首）

朱绪曾

一

寸心何以致拳拳[1]，哈达双持羊一牵[2]。
莫要等闲轻玩视[3]，几家辛苦织毡钱[4]。

二

蛮语啁哳待译陈[5]，传来亦自理津津[6]。
世间胞与原无异[7]，莫便看为化外人[8]。

作者简介：

朱绪曾（1805～1860），字述之，号北山，上元（今江苏南京）人。道光二年（1822）举人，任巴燕戎格厅通判，后历任秀水、孝丰知县、广西上思州知州等。生平藏书甚富，一度甲于江浙，斋号开有益。有著作十余种，如《开有益斋读书志》《璞疑集》。

题解：

这两首诗是作者在任职巴燕戎格厅通判时所作的竹枝词组诗中的第四、七首，描写了献哈达、织毛毡等民俗，表达了把少数民族视为同胞善待的思想。

巴燕戎格厅，清代青海地方行政建置。乾隆九年（1744）设巴燕戎格抚番厅，隶西宁府，辖地相当于今海东市化隆县，治所在今巴燕镇。1913 年改巴戎县，隶甘肃省西宁道。青海建省后改为巴燕县，1931 年改为化隆县。

注释：

［1］寸心：微小的心意。拳拳：诚恳之情。唐孟简《惜分阴》："业广因功苦，拳拳志士心。"

［2］哈达：作者自注："哈达即白绢手幅。"哈达是藏族等民众的礼仪用品，白色或黄色的长条丝巾和纱巾，奉献给对方表示敬意或祝贺。双持：双手捧起。羊一牵：牵着一只羊作为礼物。

［3］轻玩：本意是轻慢玩忽，这里借用为不足为珍的物品。

［4］织毡钱：编织毛毡的成本。

［5］蛮语：指藏语等少数民族语言。啁哳（zhāo zhā）：声音繁杂细碎，表示作者听不懂，便觉得烦琐杂乱。译陈：翻译陈述。

［6］传来：转达过来。津津：形容饶有趣味。理津津是说挺有道理。

［7］胞与：即民胞物与，意思是博爱世上一切人和物。宋张载《西铭》："民吾同胞，物吾与也。"这里特指善待藏族等民众。

［8］莫便：不要就。化外人：化外之民。化外在古代指儒家文化普及率很低的地方。

由西宁至大通道中作

古汝连

西风吹马首，按辔度溪流[1]。
薄暝迷前浦[2]，寒烟结戍楼。
径阴冰作铁，天冷雪为裘。
欲就长亭酌[3]，村醪不可求[4]。

作者简介：

古汝连，字朴臣，广西镇平（今广东省境内）人。曾官江西巡检，清宣宗道光年间曾来青海。其余生平不详。有《存园诗草》。

题解：

这首诗可能是诗人巡察西宁府时去大通途中所作。诗歌描写的是冬天北川的景象。

注释：

[1] 按辔：抓住马缰。

[2] 薄暝：天色暗下来，接近黄昏。这里指暮气。浦：水边。

[3] 长亭：古代每十里置一个驿站，叫做长亭。《白孔六帖》："十里一长亭，五里一短亭。"这里指途中驿站。

[4] 村醪：乡村中自制的酩酼酒，酒性不太烈。

登北禅寺福宁楼

朱向芳

北斗山威重[1]，孤高路自通。
铎声云窟里[2]，梵宇洞天中[3]。
帘挂三秋雨，窗开八面风。
登临凭一览，多少俗心空[4]。

作者简介；

朱向芳（生卒年不详），名维庵，以字行，清嘉庆、道光时西宁人。性慷慨，有大志，但一生穷苦困顿，以设帐教书为生。善诗文，喜饮酒，饮酣下笔，每有好诗。相传有次考试，规定不许携酒入场。向芳便把酒藏在衣下，以疝气对付过搜者。到中午，向芳在场内酩酊大醉，敲几长吟。主司意想试卷必未作完，便催着收卷，企图为难向芳。结果向芳交卷第一，诗文俱妙。主司奇异，遂列为前茅。向芳一生著有诗六七百首，特别以五言见长，但多佚失，今仅存十二首。其孙朱耀南编为《寻芳书屋遗诗》一卷。

题解：

北禅寺即西宁北山寺，以冠壁筑造、气势雄高著名。而寺中福宁楼更是孤高凌云，别具清雅风格，所以古时人们经常登福宁楼以品赏风景。现在，楼虽然早已不存，但通过诗人这首诗，可以想象出其楼高耸的雄姿和环境的幽雅来。

注释：

［1］北斗：星名。这里用来代指北山，以形容其高。山威重：指山势雄伟岿立。

[2] 铎声：铃声。铎是大铃。云窟：云雾中的寺洞。

[3] 梵宇：佛寺。洞天：道家语，指神仙居住的地方。

[4] 俗心：尘俗的意念。

峡口弹子石

朱向芳

传闻开此山，丸脱神手间。
百丈惊星落，三生逐月还[1]。
烟凝苔草绿，雨点土花斑。
会待娲皇炼[2]，补成天九寰[3]。

题解：

弹子石原在西宁东小峡湟水中。传说古时西宁一带乱山纵横，洪水泛滥。有一位神仙从天上把一颗弹子石弹投下来，顿时峡口分开，河水东泄而去，才形成今天这个样子。原来峡中有一块大石相传就是弹子石遗迹。弹子是弹射用的弹丸。诗人以丰富的想象描写了小峡弹子石古迹。

注释：

[1] 三生：《甘泽谣·圆观》中记载，传说唐代李源与僧人圆观相友善，圆观对李源约期，等他死后十二年再在天竺寺相会。到期后，李源到天竺寺，只见一牧童唱道："三生石上旧精魂，赏月吟风不要论。惭愧情人远相访，此身虽异性长存。"这牧童便是圆观的托身。杭州天竺寺后有石叫三生石，据说便是李源和圆观相会的地方。这里用这一典故来形容弹子石的灵奇。逐月还：随着日月周转而如期有灵。还：指神异的功能又回来。这是诗人想象的说法。

［2］娲皇：即传说中的女娲氏，相传古时地裂天崩，她炼五色石补天。

［3］寰：即九天。古人认为天有九天，分别是中央钧天、东方苍天、东北变天、北方玄天、西北幽天、西方颢天、西南朱天、南方炎天、东南阳天。这里以九寰指完整的天。

吟峡口风神洞

朱向芳

风姨何处家[1]，石洞锁烟霞。
山月眉含翠，溪云鬓掠花。
气清河两岸，力挽水三叉。
从此扶摇去[2]，鹏抟路不斜[3]。

题解：

风神洞原在西宁东小峡口南面半山壁崖上，也称风岩，洞中塑有风姨像。传说风姨昭司湟水两岸的风雨，因此每起大风，当地居民就前往祈祷。20世纪50年代开凿公路时被毁。诗人这首诗便用想象的手法描绘了风神洞景观和风姨的神奇。

注释：

［1］风姨：风神，又称封姨。《博异记》中记载，崔玄微春夜与诸女共饮，席上有一女称封十八姨，实为风神。何处家：居住在何处。

［2］扶摇：盘旋而上。《庄子·逍遥游》："鹏之徙于南冥也，水击三千里，抟扶摇而上者九万里。"

［3］鹏抟：大鹏展翅，盘旋而上。唐王勃《常州刺史平原郡开国公行状》："凤鸣千仞，鹏抟万里。"

晚登南禅寺三清殿

李荣树

石磴层层路不平[1]，登临绝巘四望惊[2]。
田分万井村高下[3]，烟点三川树纵横[4]。
山势东来围古塞[5]，河声北走撼边城[6]。
自然落日遮青海，欲泻杯中水一泓[7]。

作者简介：

李荣树，西宁人，约生活在清代嘉庆、道光年间。善于七言诗，今存六首。其余生平不详。

题解：

南禅寺在西宁城南凤凰山，又名南山寺。最初建于明成祖永乐八年（1410），十四年（1416）由番僧舍剌卜奏请赐名为华藏寺。清代时亦有道观，释道相邻，信众较多，也是西宁人休闲郊游的胜地。寺在山上，登之可以俯望西宁全景。诗人这首诗便是在傍晚登上三清殿四望江山胜景后写的。粗笔勾勒了一幅西宁山川气势图，雄伟壮阔，富饶美丽，读之拓心开胸，壮感倍生。

三清殿：道教供奉最高尊神三清祖师即玉清元始天尊、上清灵宝天尊、太清道德天尊的殿堂。

注释：

［1］石磴：石头台阶。这句写登南山。

［2］巘：山峰。绝巘：山顶。

［3］井：相传殷周时把土地划为“井”字形，因此把田地称井田。田分万井：指田地很广阔，被分为无数块。

［4］三川：指西宁南川、北川和西川。

［5］山势东来：指西宁西南诸山，其走向为东西。

［6］河声北走：湟水汇北川和南川水后从西宁城北向东流去。

［7］泓：水清深而广阔。这句用唐李贺《梦天》中“遥望齐州九点烟，一泓海水杯中泻”句意。这是诗人想象的形象，从南山寺并不能看到青海湖。

登南禅寺孔雀楼晚眺

李荣树

岚气回环映水光[1]，麦花吐秀菜花黄。
痴儿今日忘尘事[2]，孔雀楼前看夕阳。

题解：

相传南禅寺楼刚建成，有一对孔雀来集，因此寺楼被命名为孔雀楼。登楼可以远眺。诗人傍晚在孔雀楼上写下这首绝句，前两句描绘了西宁郊区秀丽富饶的山川景色，后两句则反映了诗人短暂忘却尘世烦恼，静看夕阳的超然心绪。

注释：

［1］岚气：山野中的雾气。回环：飘荡回浮的样子。

［2］痴儿：天真、流连美景的男子。这是诗人自指。尘事：世俗的事。

享堂

钱茂才

才过盘山渡口船[1]，斜通一径又前川。
危桥接岸虹腰细[2]，碧水澄潭镜面圆[3]。
野树含风千嶂雨，夕阳射影几村烟。
青帘动处归来晚[4]，回首依稀忆去年[5]。

作者简介：

钱茂才，碾伯（今海东市乐都区、民和县）人，约生活在清嘉庆、道光年间。留有诗二首，其余生平不详。

题解：

享堂在民和县东北边界，是从甘肃进入青海的第一个村庄，古代又称浩门隘，人们称为青海的东大门。旧时在这里有酒店、旅邸，是来往旅客住留的地方。背靠八楞山，右绕大通河，左流湟水，因此青海花儿有“左钟右鼓（指山形）的八楞山，二龙（指湟水和大通河）戏珠的享堂”的颂词。钱茂才的这首七律则以清新浅近的文字，描绘了享堂优美的风景。

注释：

[1] 盘山：可能指今甘肃省皋兰县境内的八盘峡，这里古代有渡黄河的渡口，有渡船，过此便可直往享堂。

[2] 危桥：极高的桥，指大通河上的桥。清代以后河上就有桥，两岸相距十二三丈，岸壁高十五六丈。虹腰细：比喻桥如彩虹，远看又高又细。

［3］这句写桥下水。据史料，桥下水平如镜，凝碧美观。民国时桥上有题联道：“一湾清水澄明镜，两岸青山架彩虹。”

［4］青帘：酒旗。过去酒店把布挑在竿上，挂在门前作为招牌。

［5］诗人在前一年也曾经过这里，并在酒店内饮酒歇息。

老鸦峡

钱茂才

曲径迂回两岸间，斜阳卸影鸟飞还。
云垂峭壁青千丈，风皱奔流绿一湾。
踏破丹梯崖作磴[1]，凿开石锁路为关[2]。
当年浪费五丁力[3]，剑阁巉岩只一般[4]。

题解：

老鸦峡在乐都区与民和县接壤处，长三十里，两边悬崖峭壁，中间湟水奔腾，形势极为险要，特别是大、小鹦哥嘴，尤以险峻著名。这首诗所描绘的是清中叶时老鸦峡的雄险壮奇景象，形象生动，音韵流转。

注释：

［1］丹梯：红褐色的台阶路。晋谢朓《敬亭山寺》：“要欲追奇趣，即此陵丹梯。”

［2］石锁：形容老鸦峡中崖石阻道，峡口如锁，不能通过。关：关隘。明神宗万历年间，西宁兵备刘敏宽曾在老鸦峡西的老鸦城增修敌楼，清时设把总一员，驿丞一员。

［3］五丁：传说中的五壮士。《水经注》卷 27 中记载，秦惠王想伐蜀，但苦于

无路，于是造了五头石牛，扬言石牛能屙金。蜀王负力信以为真，派五个壮士把石牛拉了回去，于是开通了向蜀的大道。

［4］剑阁：在四川省剑阁县境内，为川陕间的主要通道，过去其道路极其险难。这里诗人把剑阁当作是传说中五丁开通的。巉岩：险峻的崖岩。只：仅仅。

青海竹枝词

叶沣

一

西宁旅店绕通涂[1]，奶饼还兼把辣苏[2]。
镇海一过丹噶尔[3]，新晴无限白蘑菇[4]。

二

山色遥连巴燕戎[5]，河湟环绕接申中[6]。
东来碾伯分三岔，左至平番右大通[7]。

三

两过贵德腊鸡山[8]，乱石丛丛着步艰[9]。
晴日半天烟雾罩，顿教驴背把诗删[10]。

四

勺挂纯良铁布蛮[11]，番刀长短插腰间[12]。
卖完麝子牛黄后[13]，上马飞腾各进山[14]。

五

辛苦耕犁力已殚[15]，短衣粗食历艰难[16]。
昨宵忽到催科吏[17]，磨得钱粮久未完[18]。

六

厂车拥坐乱云鬟[19]，手抱婴儿马上闲[20]。
银锁项圈拖绿袖[21]，青绡面幅罩红颜[22]。

七

男捻羊毛女种田[23]，邀同姊妹手相牵。
高声各唱花儿曲[24]，个个新花美少年[25]。

作者简介：

叶沣（生卒年不详），号龙眠山民，安徽桐城人。清道光二年（1822），游历甘肃、宁夏、新疆、青海等地，留下百数首竹枝词，其中有关青海的近三十首。今选其中七首，题目为编者所加。

题解：

竹枝词是乐府曲名。唐代诗人刘禹锡根据巴渝民歌改创新词，歌吟当地风光和男女恋情。后来便沿用歌咏风土人情。形式上都是七言绝句，诗句通俗浅近，音调轻快流杨。叶礼的青海竹枝词以清秀通俗的诗笔歌咏了青海的山川地理、民族宗教、社会生活、男女爱情等，内容丰富，形象生动。这里所选前三首描写了青海东部农业区地理情况，后四首反映了青海各民族的生活场景。

注释：

［1］通涂：通途，大道。

［2］奶饼：青海地方吃食，也叫“奶皮子”。用牛奶熬煎成薄面饼，软酥可口。

吃时加饮奶茶，更加香美。把辣苏：藏语。诗人自注：“酸奶子名。”

［3］镇海：镇海堡，在今湟中区多巴镇湟水南，是明清从西宁至湟源必经的地方。丹噶尔：即今湟源县。诗人来青海时还没有建置，但其地处于通往青海湖的大道，因而有镇，人口颇多。道光九年（1829）设丹噶尔厅，归西宁府管辖。

［4］白蘑菇：形容晴天上白云如同蘑菇一样。

［5］巴燕戎：即今化隆县。清乾隆十年（1745）设巴燕戎格厅。

［6］申中：在今湟中县南境，是明清时期较为著名的村镇。

［7］平番：今甘肃省永登县。大通：今大通县等地。清雍正三年（1725）设大通卫，乾隆二十六年（1761）改为县。

［8］贵德：今海南藏族自治州贵德县。腊鸡山：今拉脊山，在湟中县与贵德县接壤处，属于祁连山脉，东西走向，平均海拔三千五百米，气势雄伟，多得诗人吟咏。

［9］丛丛：纵横乱布的样子。着步：下脚，行步。

［10］驴背：驴背诗思。《北梦琐言》卷7《郑綮相诗》：“或曰：‘相国近有新诗否？’对曰：‘诗思在灞桥风雪中驴背上，此处何以得之？’盖言平生苦心也。”

［11］勺挂：藏族部落名，在海南州境内。纯良：纯朴善良。铁布：藏族部落名。《甘肃新通志·兵防》载：西宁口外西番四十九寨中有铁布寨，在今海南州贵德县境内。蛮：顽强。

［12］番刀：藏刀。

［13］麝子：即麝香。是雄麝腹部香腺中的分泌物，干后呈颗粒状和块状，香味浓烈，是青藏高原所产的极珍贵的药物和香料。古代多系私人捕猎贸易。牛黄：牛胆囊中的结石，也是上等药品。过去青海亦由私人贸易。

［14］飞腾：飞奔，腾跃。

［15］殚：尽，竭尽。

［16］历：经受，遭遇。

［17］催科吏：催促征收赋税的官吏。科同“课”，赋税。《旧唐书·职官志》：“凡赋役之制有四：一曰租，二曰调，三曰役，四曰课。”

[18] 磨：推移时间。钱粮：即赋税。

[19] 厂车：没有盖子的马车。云鬟：古时妇女梳的一种环形的发髻。

[20] 闲：安闲、优雅。

[21] 银锁：用银子做成的锁子。这里指小孩身上佩带的装饰锁。项圈：小孩脖子上套用的装饰圈。

[22] 青绡：青色的生丝绸。面幅：指回族妇女所戴的盖头，多用黑色绸子做成，戴上可以罩住脸。红颜：年轻女子。

[23] 捻：用手指搓。捻羊毛：古代河湟各民族把羊毛搓成线，再做成袜子、裤子等。

[24] 花儿曲：即“少年”，是流传于青海、甘肃、宁夏等地的一种民歌，主要内容是男女爱情，声调高亢悠扬，优美动听。

[25] 新花：形容青年女子如刚开的花朵。美少年：指男青年。

荡青海

魏源

贺兰山以南[1]，星宿海以东。
八家和硕部[2]，屏藩世效忠[3]。
北捍准噶寇[4]，南与卫藏通[5]。
丹津忽枭獍[6]，好乱矜枭雄[7]。
思复祖霸业[8]，兼长四部宗[9]。
要盟集毡帐[10]，汝各弓汝弓[11]。
纵兵三十万[12]，一时草偃风[13]。
王师会青海[14]，特命简元戎[15]。
雪夜七千卒[16]，径捣穹庐空[17]。

荡荡河源西[18]，茫茫海柳红[19]。
师来自天降，师反如飘风[20]。
穹碑立大学[21]，遂绍天山功[22]。
青海虽云平，准夷尚复在[23]。
赖有和林超勇王[24]，一战浑河震瀚海[25]。

作者简介：

魏源（1794～1857），字默深，邵阳（今湖南省邵阳市）人。道光二十四年（1844）进士。官至高邮知州。一生主张改革内政，抵制外国侵略。通经史，善诗文，有《圣武记》《古微堂集》《清夜斋诗稿》等多种。

题解：

这首诗是诗人描写清前期武功的一组诗中的一篇，描绘了雍正初年清军迅速平定青海叛乱的一次战役。

清世宗雍正元年（1723），青海和硕亲王、蒙古贵族首领罗卜藏丹津趁康熙帝刚去世，驻西宁的抚远大将军允禵赴京奔丧之机，召蒙古诸台吉（贵族封号）在察罕托罗海会盟，鼓动要恢复先祖固始汗的霸业，强令诸部取消清朝封号，自称达赖珲台吉，举兵造反，企图实行地方军阀割据。清政府便派川陕总督年羹尧为抚远大将军，四川提督岳钟琪为参赞大臣，会兵青海，平定叛乱。罗卜藏丹津连遭败仗，退居青海湖。岳钟琪率轻骑六千余人，雪夜追袭，一昼夜驰三百里，直追至桑骆海（今柴达木西），俘罗卜藏丹津之母、妹以及其他首领。罗卜藏丹津换上妇女服装，骑白驼逃往新疆准噶尔。青海事平，清雍正帝自制平定青海文，刻立太学，并诏令传布全国。魏源作这首诗歌咏之。荡是扫荡的意思。

注释：

［1］贺兰山：在宁夏回族自治区西北和内蒙古自治区接界处。山多青白草，远望如骏马。蒙古语称骏马为贺兰，因此称贺兰山。

［2］八家和硕部：青海蒙古和硕特部八旗。魏源《绥服蒙古记》云，明末固始汗率众从乌鲁木齐迁居青海，“分部众为二翼，子十人领之，除分附察哈尔一旗及分牧阿拉善山一旗外，余八家皆为青海和硕特蒙古”。

［3］屏藩：藩护国家的重臣或部队。这里指和硕特部。世效忠：世代忠于清王朝。

［4］捍：抵御。准噶寇：即准噶尔，清卫拉特蒙古四部之一，据有今新疆诸地。首领噶尔丹勾结沙俄，攻袭喀尔喀蒙古，侵掠西藏、青海，给西部安定带来了威胁。在这期间，青海和硕特部经常抵御准噶尔部的进攻。魏源《雍正两征厄鲁特记》：“是时，惟准噶尔桀横，而和硕特驯扰，故朝廷惟捍准夷，以扶植和硕特。”

［5］卫藏：即西藏。西藏旧分阿里、藏（后藏）、卫（前藏）、康（一作喀木）四部。西藏人用卫藏统称前、后藏。清人多以卫藏统称西藏四部。

［6］丹津：即罗卜藏丹津。他是固始汗之孙，达什巴图尔之子。康熙五十五年（1716）袭和硕亲王爵位，为青海本部首领。六十年（1721）随清军入藏击败入侵的准噶尔兵。雍正初年叛乱，失败后逃往准噶尔。乾隆二十年（1755），清军平定伊犁时被俘，赦免死罪，后病死。枭獍（xiāo jìng）：凶恶强悍，犯上作乱。枭是猫头鹰，形象凶恶，旧传生而食母，因此用以比喻恶人。獍是传说中形似虎豹的恶兽，生下来就吃掉生父。

［7］好乱：喜好作乱。枭雄：凶狡强悍的雄杰。

［8］祖：指固始汗（1582 ～ 1656），名图鲁拜琥，和硕特部蒙古首领。明末由乌鲁木齐率部南徙青海，进而统一青海高原。清顺治十年（1653）受封于清王朝。

［9］长四部宗：为蒙古四部的总首领。按清代分布于青海、新疆、蒙古等地蒙古族总称为额鲁特，下分四部，即和硕特、准噶尔、杜尔伯特、土尔扈特。后来土尔扈特部西迁而去，原杜尔伯特部的辉特部分出来，为四部之一部。四部宗：四部宗族，指四部所有部落。

［10］要盟：以势力胁迫为盟。按罗卜藏丹津会盟时，遭到和硕亲王察罕丹津、多罗郡王额尔德尼厄尔克托克托奈等人的反对，此二王后分别投奔清军。毡帐：用牛毛制成的帐篷。

［11］汝各弓汝弓：罗卜藏丹津命令蒙古各部的口气："你们拉开各自的弓。"意思是背叛清王朝，与清政府为敌。

［12］纵兵：指率兵恣肆杀掠。

［13］草偃风：形容罗卜藏丹津叛势汹汹，如疾风吹草，不可抵挡。

［14］王师：帝王的军队。

［15］特命：特别的命令。简：致书。元戎：指奋威将军岳钟琪。魏源《雍正两征厄鲁特记》载，岳钟琪在西宁向清世宗奏请："不如乘春草未生，以精兵五千，马倍之，兼程捣其不备。世宗壮之，诏专任钟琪。"令他率兵追击罗卜藏丹津。

［16］雪夜七千卒：岳钟琪率骑六千余，于雍正二年二月初八日分三路出日月山，雪夜追袭叛军。

［17］径：直接。穹庐：蒙古人帐篷。指罗卜藏丹津遁居的地方。

［18］荡荡：辽阔、广袤的样子。河源西：指桑骆海。魏源《雍正两征厄鲁特记》："桑骆海者，青海、西藏交界，在河源西七百余里。"

［19］海柳：桑骆海所产的一种柳树，叶呈红色。魏源《雍正两征厄鲁特记》云："数日至桑骆海，红柳蔽天，目望不极，路尽而返。"

［20］师反：军队凯旋而回。反：同"返"。飘风：旋风。

［21］穹碑：高大的碑。指青海事平后，刻立雍正帝所作《平定青海文》石碑。大学：即太学。贵族子弟读书的最高学校。

［22］绍：继续。天山功：指康熙时屡次平定准噶尔的战功。

［23］准夷：即准噶尔。

［24］和林超勇王：指清康熙、雍正时蒙古族名将策棱（？～1750）。他是喀尔喀部喀喇和林（今蒙古人民共和国乌兰巴托西南）人。雍正九年（1731）因从征噶尔丹有功，封和硕亲王。后来又因战功晋号为超勇亲王。和林：喀喇和林的省称。

［25］浑河：即鄂尔浑河，在蒙古人民共和国乌兰巴托西北。雍正十年（1732）六月，乘策棱出师未归，准噶尔部东侵，并袭掠策棱游牧旧帐于塔密尔河（今蒙古人民共和国车车尔勒格东北）。策棱在途中，所乘马忽然人立，嘶风而蹄，一会儿便接到警报。策棱大怒，断己发，截马鬃以誓天，兼程归救，大战于森齐泊（今蒙

古人民共和国赛音山达），又大战于鄂尔昆河（今蒙古人民共和国鄂尔浑河），使准噶尔几乎全军覆没，从此，准噶尔不敢轻易内犯。策棱因此而被晋封超勇亲王。

塞下曲

林寿图

天遣黄河界黑山[1]，穷边多事拓三关[2]。
玺书屡问翁孙策[3]，老守湟中未拟还[4]。

作者简介：

林寿图（1809～1885），字颖叔，号欧斋，闽县（今福建省福州市）人。清道光二十五年（1845）进士。由京兆尹外放为官，累至陕西布政使，署巡抚。寿图工诗，反映民生疾苦，且得罪权贵，生前不得刊印。有《黄鹄山人诗钞》。

题解：

原题二首，这是其二。诗中表现了一种开拓边疆、不拟回家的豪迈精神。基调悲壮，颇能感人，具有唐人绝句的风骨。

注释：

［1］界：分界。黑山：在陕西省榆林市西南，黑水流经其下。明代曾在这里筑造塞堡。这里泛指黄河以北广大地区。

［2］穷边：边塞。拓：开拓。这里有增修、扩筑的意思。三关：泛指边疆关隘。

［3］玺书：皇帝的诏书。问：过问。翁孙策：赵充国屯田的策略。汉宣帝就西羌问题问策于后将军赵充国，赵充国奏请罢兵屯田，和羌安民。在从临羌（今湟中多巴）到浩门（今民和享堂）的地域上，留兵一万多人垦田种耕。从此后，历代效

仿屯田的很多。翁孙：赵充国字。

［4］湟中：指青海湟水流域。

北郭浮岚

李协中

北山横郭远浮青[1]，一带晴岚绕翠屏[2]。
却恨迷离偏隔柳[3]，许多好景辨零星。

作者简介：

李协中（1797～1877），字和庵，西宁人。清宣宗道光十七年（1837）举拔贡，历任直隶大兴、束鹿、广东从化等县知县。在家期间曾主讲湟中书院，培养后学。著有《双榆草堂诗集》《说说草》《四书对联》等。

题解：

这是诗人《时乐楼八景诗》中的第四首。诗人在西宁西郊建时乐楼。自谓登此楼，则东南西北，春夏秋冬，都有风景可赏。“北郭浮岚”便是八景之一。诗中描写了西宁城北明媚秀丽的景色。北郭：指北山，其如同西宁的外郭。

注释：

［1］横郭：横亘的城郭。

［2］晴岚：晴天山中的岚气。翠屏：翡翠一般碧晶明亮的屏障。当时西宁城北杨柳繁茂，夏日郁郁葱葱，岚气浮绕，宛如一道屏障。

［3］却恨：然而遗憾的是。迷离：模糊不清。

春莺流语

李协中

出谷早莺弄舌尖[1]，诗肠鼓吹耳针砭[2]。
柳溪春雨丝丝细，一串珠喉贯入帘[3]。

题解：

“春莺流语”也是时乐楼八景之一。诗篇描绘了春日听黄莺弄舌的优美情景。

注释：

［1］莺：一种鸣声悦耳的小鸟，也叫鸧鹒、黄鸟、黄鹂、黄莺。

［2］诗肠鼓吹耳针砭：《云仙杂记》卷2：戴颙在春日携双柑斗酒出，有人问何去，戴颙说：“往听黄鹂声，此俗耳针砭，诗肠鼓吹，汝知之乎？”看来便用这一典故比喻黄鹂声可以激发人的诗情。诗肠：作诗的心情。鼓吹：鼓动。针砭：刺激。

［3］珠喉：比喻黄莺优美的鸣声如玉珠碰击声。贯：穿透。贯入帘：穿帘而入。

登元朔山

张思宪

元朔山如画里看，湟流一带绕疏栏[1]。

千重楼阁峰三面[2]，万树松杉路几盘。
采药云间频着雨[3]，披衣夜半尚生寒。
我来仙境寻幽胜[4]，石磴萧萧落叶残[5]。

作者简介：

张思宪（1828～1906），字慎斋，号友竹，西宁人。清文宗咸丰十一年（1861）举拔贡，殿试第一。先分发湖南，不久改派四川，为他人幕府八年，后为永宁县令。思宪从小耳力极差，当时由其兄张思元辅办公事。在蜀期间，游历名山大川，喜好吟诵。故其诗大多是描绘四川山水风景的。在永宁一年，由于讨厌官场生活，便挂冠辞职，回家闲居，与张思元以书画自娱。有《鸿雪草堂诗集》四卷。

题解：

这首诗真实地反映了大通桥头镇北老爷山（即元朔山）的奇伟风光。在清人写老爷山的诗中，这是富有艺术表现力的一首。

注释：

［1］湟流：指湟水支流北川水，绕流于老爷山南麓。疏栏：可能指老爷山。

［2］千重楼阁：清时老爷山上有很多寺院楼阁。峰三面：老爷山南、西、北三面皆为耸立的山峰。

［3］着雨：雨点落在身上。

［4］仙境：形容老爷山幽胜如仙境。幽胜：幽雅的山水形胜。

［5］萧萧：风吹落叶的声音。

石峡清风

张思宪

石峡新开武定关[1]，东西流水北南山。
行人莫道征尘污，两袖清风自往还。

题解：

“石峡清风”是诗人《题湟中八景》诗八首之一。所谓“湟中”指西宁府。石峡即西宁市东的小峡口，两岸石山对立如门，中间湟水向东奔流，是从碾伯通往西宁的咽喉，放之则通，扼之则死。汉唐以来，屡设关隘。清光绪年间，设武定、德安两关。因为峡中崖高沟低，阳光极少照入峡底羊肠道上，寒冷之风时常吹拂，即使在夏天，也凉风习习，所以称石峡清风。

注释：

［1］武定关：在小峡口湟水南岸。光绪三年（1877）秋七月由西宁办事大臣豫师筑，同时在北岸筑德安关。左宗棠为之作碑文道：“南关曰武定之关，志兵威也；北关曰德安之关，饬吏治也。”

金蛾晓日

张思宪

金蛾池水涌金蛾，五色斑斓迷目多[1]。

破晓云开登绝顶，惊人佳句问如何？

题解：

“金蛾晓日”是“湟中八景”之一。金蛾山在西宁西北七十里，今大通县境内。山势雄伟，山顶有湫池，夏季积雨水一潭，周围金蛾飞舞，五彩斑斓，所以称金蛾山。山峰很高，早晨可以登观日出。日出时晓云四开，金光耀眼，极为壮观。隋炀帝西巡，曾与群臣会宴于山顶。这首诗描写了金蛾晓日奇景。

注释：

［1］五色：泛指各种色彩。《老子》：“五色令人目盲。”斑斓：色彩交错、鲜明灿烂的样子。

文峰耸翠

张思宪

文峰崱屴耸云霄[1]，孔雀楼前望不遥[2]。
最爱年年秋雨后，青螺翠黛画难描[3]。

题解：

“文峰耸翠”也是“湟中八景”之一。文峰在西宁南三里，超拔特出于众山之上，峥嵘俊秀。夏秋远望，青翠苍苍，如同玉笔插立山中，峰尖宛若笔颖，所以称文笔峰。基生兰有“文峰峥嵘灵秀钟，新晴更见翠千重”的诗句。张思宪这首诗描写文笔峰的丰姿翠色，清秀明丽，濯人心脾。

注释：

［1］崱屴（zè lì）：突兀高峻。

［2］孔雀楼：在西宁南山寺中。

［3］青螺翠黛：形容文笔峰形状美如酒杯，翠如颜料。

凤台留云

张思宪

凤台何日凤来游？凤自高飞云自留[1]。
羌笛一声吹不落，纤纤新月挂山头[2]。

题解：

这首也是《题湟中八景》诗之一，描写了西宁凤凰山云雾缭绕的风景。凤凰山高峻特起，俯瞰古城，从下仰望，山顶台上浮云飘飘，绵绵不断，因此称“凤台留云”。

注释：

［1］这两句套用唐李白《登金陵凤凰台》中“凤凰台上凤凰游，凤去台空江自流”的诗句。

［2］纤纤：柔美的样子。新月：刚刚升上来的月亮。

龙池夜月

张思宪

龙池环注五龙宫[1]，一水清澄月正中。
底事夜深风静候[2]，恍如龙戏玉珠同。

题解：

这也是《题湟中八景诗》之一。所谓龙池在西宁西郊苏家河湾。其地有一股龙泉水，泉眼径尺，深不可测，水涓涓上涌，恍如喷珠，当地人们称为药水，相传能治百病。每到夜晚，明月映入龙泉，十分明亮美观，所以称“龙池夜月”。清代时，泉旁建有龙池药王庙宇，每遇旱灾，人们前往祈祷。

注释：

[1] 五龙宫：指龙池药王庙，内塑青、赤、黄、白、黑五条龙。

[2] 底事：何事、如何。

湟流春涨

张思宪

湟流一带绕长川，河上垂杨拂翠烟。
把钓人来春涨满[1]，溶溶分润几多田[2]。

题解：

“湟流春涨”是“湟中八景”之一。湟水（西川水）在西宁城西汇合北川和南川水后，北绕古城，浩荡东去。特别是春日温暖时，四山冰雪融化，汇入湟水，波涛汹涌，激湍奔腾，蔚为壮观。再加上此时两岸杨柳吐翠，碧烟缭环，景色更加壮丽。所以有“湟流春涨”的美称。

注释：

［1］把钓人：持钓鱼竿的人，即钓鱼人。

［2］溶溶：水势浩大，向前流动。

五峰飞瀑

张思宪

五峰如掌列云端[1]，瀑布飞流似激湍[2]。
六月炎天来避暑，松声飒飒水声寒。

题解：

“五峰飞瀑”是“湟中八景”之一。五峰山在今互助土族自治县五峰乡，是清代青海最优美的风景区之一。山上有一股澄花泉，细流上喷，穿流山石间，远看如瀑布。这首诗主要描写了夏日五峰山爽凉的特色。

注释：

［1］这句写五峰山形状。杨应琚《湟中五峰山寺壁记》：五峰山“五峰森立，形如举掌。萦青缭白，烟云生指甲间”。

［2］激湍：流势很急。

北山烟雨

张思宪

北山隐约树模糊，烟雨朝朝入画图。
却忆草堂留我住[1]，爱他水墨米颠呼[2]。

题解：

这首是《题湟中八景》诗之一。北山指西宁土楼山。上面建有寺观，杨柳葱葱，景色美丽。如遇阴天，从下望之，山上薄烟层云，缭绕飘浮，山形似有似无，忽隐忽现，如同一幅水墨画。诗人便描写了这种景观。

注释：

［1］草堂：山野间用茅草盖起来的房子。这里指北山上的房子，诗人曾住宿过。

［2］水墨：中国画的一种画法，纯用水墨作画。这里形容北山烟雨景色如同画家笔下的水墨画。米颠：宋代画家米芾。他作画多用水墨点染，画面多是烟云掩映树石。因其举止癫狂而被人称为“米颠”。

积石

崔启晦

龙支迢递入羌中[1]，峭拔千寻积石雄[2]。
山色遥看金纽接[3]，河源更向火敦穷[4]。

屏开碧嶂临关月，戍冷黄沙逐塞风。
别有灵区津逮少[5]，藏书岩畔气融融[6]。

作者简介：

崔启晦，生卒年不详，约生活于清代道光、咸丰、同治年间，湖南长沙人。早年屡从戎幕，慷慨以求功名，因不谙官场潜规则，多年竟无所得，于是游走江汉，游览山水，访友会笔，搜读群经。甚至与越南诗人阮思僩“终日笔谈”。曾被荐为孝廉方正，坚辞不应。后归隐湘沩（今湖南境内），以采药读书为乐。精于史学，擅长方舆及医学。时人评价：“崔君真史，学正品醇，略才长裕。”著有《禹贡山水诗》等。

题解：

这是作者系列禹舆诗中的一首。全诗以积石山为题，结合神话与现实，全面描写了黄河上游的壮丽风光，气势雄浑，形神兼备。

积石：本为积石成堆，后世专指积石山，有大积石山、小积石山之分。大积石山即今青海西南的阿尼玛卿山，小积石山即今海东市循化县境内的积石山。相传大禹导河始于此。《尚书 · 禹贡》：“导河积石，至于龙门。”

注释：

［1］龙支：古代县名。西魏废帝二年（553 年）置，治所在今海东市民和县古鄯镇北古城，因靠近龙支谷（今民和县隆治沟）而命名。后各朝延续之，直到唐代宗广德元年（769 年）县废用。这里代指河湟地区。羌中：秦汉时指青海及西藏和四川西北部、甘肃西南部，因其地为羌人居牧，故称。

［2］峭拔：挺拔、险峭。

［3］金纽：即石纽。石在五行中属金，故称金纽。四川省汶川县石纽山刳儿坪，相传是大禹出生之地。汉扬雄《蜀王本纪》：“禹本汶山郡广柔县人，生于石纽，其地名刳儿坪。”另外，甘肃省和政县境内有金纽城，新修《和政县志》：“公

元 325 年（晋太宁三年），前凉在和政地置金剑县，治金纽城（又名金柳城，今蒿支沟口）。”当地人认为即大禹故里。

［4］火敦：火敦淖尔，又作火墩脑儿，即今黄河源头的星宿海。《元史·地理志》：河源有泉百余泓，“方可七八十里，履高山下瞰，灿若列星，以故名火敦脑儿。火敦，译言星宿也”。穷：穷尽源头。

［5］灵区：神灵所在的地方。清许承钦《石竺山》：“灵区与世疏，真仙此盘礴。”津逮：能通往此地的渡口。

［6］藏书岩：此句底下作者自注引《水经注》：“悬岩之中多石室焉，室中若有积卷，而世士罕有津逮者，因谓之积书岩。”融融：形容和乐明亮的样子。

河源

崔启晦

国近昆仑绝塞褒［1］，峥嵘天柱耸神皋［2］。
为收海郡羌戎远［3］，欲索河源汉使劳［4］。
元圃烟光来缥缈［5］，金城秋色接萧骚［6］。
遥思荒服勤修贡［7］，异物宁同进旅獒［8］。

题解：

这首诗借神话中的昆仑河源和历史上的相关事件，描绘了黄河源头的奇异风光和神奇传说，想象浪漫。

注释：

［1］国：指见载于古书中的昆仑、析支、渠搜等部落。

［2］天柱：即神话中的昆仑山。《淮南子·天文训》：“昔者共工与颛顼争为帝，

怒而触不周之山，天柱折，地维绝。”另外神话中昆仑山有天柱。《神异经·中荒经》：“昆仑山有铜柱焉，其高入天，所谓天柱也，围三千里，周圆如削。”神皋：神灵居住的地方。汉张衡《西京赋》：“尔乃广衍沃野，厥田上上，寔惟地之奥区神皋。”李善注引《广雅》：“皋，局也，谓神明之界局也。”

［3］海郡：以青海湖为中心的郡县，这里特指西海郡。西汉末年，大司马王莽为实现四海一统，在今青海湖畔设立西海郡，治龙夷（又名龙耆，在今海北藏族自治州海晏县三角城），并于环湖地区设置五县。羌戎远：王莽欲设西海郡，利诱卑禾羌人首领良愿献出青海湖地区，率部西徙而去。

［4］索河源：寻求黄河源。汉使：指张骞。汉武帝时，张骞两次奉命出使西域，并寻找河源，认为黄河发源于西域和阗（今新疆和田）南山。

［5］元圃：即玄圃，昆仑仙境之一。清人因避康熙帝玄烨名讳，改“玄”为“元”。又称悬圃。屈原《天问》：“昆仑悬圃，其凥安在?”王逸注：“昆仑，山名也，在西北，元气所出，其巅曰县圃，乃上通于天也。”缥缈：形容虚无不可及。唐白居易《长恨歌》：“忽闻海上有仙山，山在虚无缥缈间。”

［6］金城：今甘肃省会兰州市。萧骚：风吹树叶的声音。宋欧阳修《呈元珍表臣》：“披条泫转清晨露，响叶萧骚半夜风。”

［7］荒服：极远的地方。古代以五服区别远近，把离京师二千到二千五百里的边远地方称为荒服。这里指西部边远地区。修贡：献纳贡品以修好。《明史·唐胄传》：“今日之事，若欲其修贡而已，兵不必用，官亦无容遣。”

［8］异物：珍奇稀少的物品。宁同：岂能等同。旅獒：古代西戎旅国出产的大犬。《尚书·旅獒》：“西旅底贡厥獒。”孔颖达疏：“西戎旅国，致贡其大犬名獒。”清赵翼《娘娘叫狗山》：“阴符不望骊母传，方物终期旅獒贡。”此句意思是各族和睦即为珍贵，旅獒等珍奇贡品不足为珍。

析支

崔启晦

赐支名旧隶西戎，即叙先看入贡同[1]。
党项风烟千里合[2]，唐旄部落一帆通[3]。
桥连积石知非策[4]，郡立松州欲纪功[5]。
禹迹讵因勤远略[6]，怀襄奠后自朝宗[7]。

题解：

这首诗从更广阔的青藏高原，对先秦时期地处青海的析支及其后世民族关系做了生动的诠释。

析支，又称析枝、赐支、鲜支，古代西戎族名之一，分布在今青海阿尼玛卿山至贵德县河曲一带。《尚书·禹贡》："织皮昆仑、析支、渠搜，西戎即叙。"孔颖达疏引马融说："析支在河关西。"这里所谓的河关当指今青海、甘肃的河湟一带。

注释：

[1] 即叙：一作即序，依序归顺。《尚书·禹贡》："织皮昆仑、析支、渠搜、西戎即叙。"伪孔传："织皮，毛布。有此四国，在荒服之外、流沙之内，羌髳之属皆就次叙，美禹之功及戎狄也。"

[2] 党项：古代西羌部族，又称党项羌。羌族发源于析支，汉代时从青海陆续迁入河陇及关中地区，唐代时集聚于今甘肃东部及陕北一带，北宋时建立西夏国。

[3] 唐旄：羌人部族之一，原居住于今新疆天山以南至葱岭一带，与发羌建立唐旄国，以逻些（今拉萨）为中心，后被吐蕃吞并。一帆：一张风帆，这里指从中原通往西藏的通道。

［4］桥连积石：以桥连接积石山。桥指吐谷浑时期在浇河（今贵德县）所建的河厉桥。刘宋段国《沙州记》：河厉桥“长一百五十步，两岸累石作基陛，节节相次，大木从横，更（相）镇压，两边俱平，相去三丈，并大材以板横次之，施钩栏甚严饰”。非策：不是良好的计策。宋曾几《赠阎德夫参议》：“及身强健不勉旃，汲汲东皋恐非策。”河厉桥短暂出现之后，古代黄河上游长期没有桥梁，所以作者认为黄河上修桥并非良策。这是作者受时代局限所做出的判断，现在已是今非昔比。

［5］郡立松州：在松州设郡以主持边事。松州：今四川省松潘县。唐高祖武德元年（618年）置松州。明朝洪武时期先后设松州卫及松潘卫，清代设松潘厅和松潘直隶厅。纪功：记述功勋。唐贞观年间，松州州官扣押吐蕃前往长安求婚的使者，松赞干布率兵二十万人至松州，贞观十二年（638年）九月，唐军牛进达率军至松州，夜袭吐蕃大营，取得大胜。所谓“纪功”即指此事件。

［6］禹迹：大禹的足迹。相传大禹治水所到的地方遍及九州，故古代又称中国疆域为禹迹。讵因：岂非是因为。《魏书·卢玄传附度世子渊传》：“尧汤之难，讵因兴旅？”远略：经略远方的谋划。

［7］怀襄：怀山襄陵，形容洪水上溢山陵的汹势。《尚书·尧典》：“汤汤洪水方割，荡荡怀山襄陵，浩浩滔天。”奠：同停，意思是止息。《周礼·考工记·匠人》：“凡行奠水，磬折以参伍。”朝宗：小水注入大水。《尚书·禹贡》：“江汉朝宗于海。”孔颖达疏：“朝宗是人事之名，水无性识，非有此义。以海水大而江汉小，以小就大，似诸侯归于天子，假人事而言之也。”这里又借指边疆稳定，秩序井然。

湟城感赋（二首）

恭钊

一

檀板金樽宴柳衙[1]，关河多事数重遮[2]。

边城从此容羌马[3]，可有香灯供万家[4]。

二

万骑如云出雪山，前人远虑一时删[5]。
柳营不用严刁斗[6]，门户于今任往还[7]。

作者简介：

恭钊（1825～1893？），字仲勉，号养泉，蒙古族，博尔济吉特氏。多次参加科举落第，直到咸丰八年（1854），其父两江总督琦善去世，恩赏四品顶戴郎中，加道衔转任陕西。八年（1858）补为西宁道，到同治元年（1862）调任甘凉道。恭钊完全靠父荫当官，但任职颇勤勉。后来左宗棠曾说他在西宁道时“官声甚好，彼都人士称道勿衰”。最后终老于湖北任上。恭钊善诗，风格清新，有《酒五经吟馆诗草》等。

题解：

这是作者在西宁时所作的组诗《湟城感赋》六首中的两首，描写了当时青海各民族和谐相处的太平气象。湟城：西宁。

注释：

［1］檀板：敲击乐器，常用檀木制作成，故名檀板，简称板。金樽：盛酒器具的美称。樽同“尊”。柳衙：柳树排列成行，如同衙门官道。

［2］关河：关防边塞。重遮：重叠阻拦。这里指重重障碍，不能通畅。诗人在诗序中认为：陕甘总督岳斌奏改安置藏族的举措“殊多事也”。清雍正九年（1731），官方划定蒙、藏各部落游牧地后，黄河以南藏族因地少人多，希望到黄河以北游牧，多次与官方相抗争，先后遭到弹压。作者父亲陕甘总督琦善更是率意滥杀，激化矛盾，因此被朝廷革职。新任陕甘总督乐斌等提出改善局面的举措，准许部分藏族移牧河北，重新划定蒙、藏各部落，后来得到落实，形成好的格局。但

作者出于私情，指责乐斌等人多事，显然有失公允。

［3］羌马：藏族部众的马。

［4］香灯：寺院佛堂里焚香燃灯，以祈吉祥平安。

［5］删：消除、安宁。

［6］柳营：军营。因西汉周亚夫扎营于细柳，军纪严明，故后世以“柳营”代指井然有序的军营。刁斗：军中用来煮饭和敲击巡夜的器具。“不用严刁斗”表示无需处于战备状态。

［7］门户：往返必经的关卡。晋虞溥《江表传》：“（孙）策谓（孙）贲曰：‘兄今据豫章，是扼僮芝咽喉而守其门户矣。’”

湟中初夏（二首）

恭钊

一

鹧鸪声里杏花残[1]，领略山城雨后寒。
才见满园芳草绿，不知春意已阑珊[2]。

二

恍惚游山更玩溪，几多好鸟绿阴啼。
无端惊觉莺花梦[3]，依旧寒云度陇西[4]。

题解：

这两首诗是恭钊在咸丰九年（1859）初夏所作如题六首之第一、六首，生动地描写了西宁初夏的风光，同时也抒发了离家已久、难免思乡的情感。

湟中：西宁。

注释：

［1］鹧鸪：鹧鸪鸟。古代经常以鹧鸪为游子思乡的意象，“鹧鸪声里”意味着正在想家的时节。

［2］阑珊：将尽。表示春天快过去了。

［3］惊觉：惊醒。莺花梦：思念亲人的好梦。唐金昌绪《春怨》：“打起黄莺儿，莫教枝上啼。啼时惊妾梦，不得到辽西。”

［4］陇西：陇山以西，意思是遥远的西边。

湟中竹枝词（八首）

恭钊

一

水寒山瘦接穷荒[1]，百雉城高控要疆[2]。
雪岭羌番环四境[3]，居民生计半牛羊。

二

软梨滋味最芳甘[4]，雪案冰盘贮两三。
寒夜中煤能解愠[5]，何消橙桔羡江南[6]。

三

斗室无烟暖澈宵[7]，何须香鼎夜焚椒[8]。
斜阳多晒牛羊粪，炕底红炉细细烧。

四

垂髫女子惯皮冠[9]，凤髻双蟠不耐寒[10]。

道是山城妆束俭，何烦膏沐与罗纨[11]。

五

东关大贾善生财[12]，百货分门列肆开[13]。
传说兰城新货到[14]，昨宵商贩自东来。

六

春灯双挂石榴红[15]，一纸平糊不透风。
麻线细绳悬四角，画檐银烛自玲珑[16]。

七

亦从灯市闹元宵，萧鼓人声几夜嚣[17]。
灯戏自分南北社[18]，灯官三日马蹄骄[19]。

八

莲花小镫压鞍齐[20]，有女于归正及笄[21]。
绝似明妃初出塞[22]，红颜马上掩妆啼[23]。

题解：

这是诗人陆续写作的两组同题诗中的一部分，描绘了西宁独特的风俗民情，是难得的历史民俗资料，至今读来，仍感亲切入微。

竹枝词：中国传统诗体之一，唐代刘禹锡模仿巴人民歌作《竹枝词》后，后世文人沿袭之。其特点是七言四句，语言通俗清新，内容大多反映一地的民俗风情，即所谓“志风土而详习尚”。

注释：

[1] 穷荒：荒凉的边塞之地。

［2］百雉：长达三百丈的城墙。雉是计算城墙面积的单位。长三丈高一丈为一雉。要疆：重要的疆域。

［3］羌番：指众多的藏族。羌是游牧于青藏高原的一个族群，番是明清时期中原人对藏族的统称。羌番，犹如今人所说的“羌藏”。羌，一作“黑”。

［4］软梨：软儿梨，湟水下游地区栽培，甘甜润肺，尤其适宜于冬季食用。芳甘：芳香甜美。

［5］中煤：被煤气熏染。解愠：消除怨怒。这里指解除毒气侵染。作者自注：“软儿梨，性苦寒，能消煤气。”

［6］何消：何须、用不着。

［7］斗室：形容像斗一样小的屋子。澈宵：通宵、彻夜。

［8］香鼎：室用小型香炉。宋张榘《题税轩新筑送青亭》：“日移花影上疏帘，香鼎烧残逐旋添。”焚椒：焚烧椒兰等香料。唐杜牧《阿房宫赋》：“烟斜雾横，焚椒兰也。”椒是花椒。

［9］垂髫：头发下垂。晋陶潜《桃花源记》：“黄发垂髫，并怡然自乐。”皮冠：羔羊皮、狐皮等做成的帽子。由于冬季寒冷，现代以前西宁少女也戴皮帽子。作者自注：“小女子冬天多戴皮冠。”

［10］凤髻双蟠：过去富贵人家妇女的发型。凤髻是束发高蟠，形似凤凰，又叫“鸟髻”。双蟠即双蟠髻，蟠突髻心，扎以双根彩色缯，又名“龙蕊髻”。

［11］膏沐：古代富家女润发的油脂。罗纨：精美的丝织品。

［12］东关：即今西宁市东关。大贾（gǔ）：大商人。

［13］列肆：开设商铺或成列的商铺。《史记·平准书》：“今弘羊令吏坐市列肆，贩物求利。”

［14］兰城：兰州城。当时西宁府属于甘肃省管辖，兰州是甘肃省首府，商业发达，故西宁商人往往从兰州进货。作者自注：“贾人营运，只到省城而止。”

［15］春灯：庆贺新春的花灯，过去人家以门院悬挂春灯为俗。石榴红：像石榴花一样红艳的色彩。

［16］画檐：雕刻花饰的房檐。作者自注：“指挂檐灯而言。”

［17］萧鼓：萧同箫，箫与鼓，泛指乐器声。

［18］灯戏：彩灯歌舞。这里指春节社火。南北社：南社与北社。当时西宁城区社火演出组织分为南北两个会社。

［19］灯官：北方社火展演中最重要的角色，犹如各种角色中的最高官员，俗称“灯官大老爷”。实际是民众借神会嘲耍平日作威作福的统治者。作者自注：“社户有南北街两会，灯节扮杂戏各署杂役，复扮灯官作丑态，骑马游街，如是三日。”

［20］莲花：小脚。妇女从宋代开始缠脚，使之畸形，因其形小而称为“三寸金莲”。

［21］于归：女子出嫁。《诗经·周南·桃夭》：“之子于归，宜其室家。”《幼学琼林·婚姻类》：“女嫁曰于归，男婚曰完娶。”及笄：到了结婚的年龄。古代以女子年十五岁就可婚嫁。

［22］明妃：王昭君。王昭君貌美，因其名被称为“昭妃”，到晋朝时为避司马昭讳，改称“明妃”。汉昭帝时，王昭君奉旨嫁给南匈奴呼韩邪单于，随之出塞，后世称之为“明妃出塞”，成为和亲女子的象征。

［23］红颜马上：作者自注：“其俗婚娶无彩舆，不用鼓吹，新妇富家乘舆，余则骑马而已。”

北极插云

张兆珪

石壁千寻危岫岭[1]，云烟捧处翠楼悬。
佳名北极播遐迩，城郭山林列眼前。

作者简介：

张兆珪（生卒年不详），清代丹噶尔（今湟源县）人。出身贫寒，小时给人放牧，但极聪明。其家靠近一书塾，他每听诵读声便能默记下来。塾师感到奇异，便在早晚给他讲书，后竟考入学校。同治年间，曾筹办团练以镇压回民起义。《丹噶尔厅志》录其诗八首。

题解：

这是《丹噶尔八景》诗中的一首，相传为张兆珪所作。“北极”即湟源城东北的北极山，五峰罗列，状如北极星，故名。山顶建有紫霄观，金碧相映。每当天朗气清，人们喜欢登山野游。从山上俯瞰，城郭川原尽在眼前。这首诗就描写了这种情形。

注释：

［1］寻：古制八尺为一寻。危岫岭：峻高的山岭。

南屏积雪

张兆珪

雪积天山六月寒，玉屏列座画中看[1]。
长横气瑞连青海[2]，峻岭插霄作壮观。

题解：

这也是《丹噶尔八景》诗之一。南屏即南屏山，在县城南四十里（今和平乡境内）。群峰耸峙，峭壁齐立。山顶气候寒冷，积雪终年不消。五六月时山下有雨，山顶便雪花飘扬。雨过天明，远望如玉屏，十分壮观。

注释：

［1］玉屏：用玉装饰成的屏风。这里是比喻雪中的山峰。

［2］气瑞：即瑞气。连青海：南屏山连绵与日月山相接，翻过日月山便是青海湖，故云。

奇石佛形

张兆珪

古佛悬形古石奇，苍苔点点染双眉。
烟霞野卷容颜露，妙得天然造化宜[1]。

题解：

“奇石佛形”是“丹噶尔八景”之一。在湟源峡骆驼脖项东有一座佛爷崖，崖上巨石现佛形，乃峡中一大奇观。这首诗以丰富的想象描写了这一奇形。

注释：

［1］天然：自然。造化：大自然的创造化育。这句是说奇石佛形如此逼真美妙，是大自然创造出来的。

日月古迹

张兆珪

山高崱屴接天光[1]，河水倒流一线长[2]。

郑重华夷分界处[3]，东通城邑西氐羌[4]。

解题：

这也是“丹噶尔八景”之一。日月指日月山。这座山是青海农业区和牧业区的分水岭，也是汉唐以来中央政府和青海少数民族地方政府地域上的分界处。这首诗便描写了这一历史和地理情况。

注释：

［1］崱屴（zè lì）：山峰高耸的样子。

［2］倒流：指日月山西边的倒淌河。其水向西而流，因此有“天下河流尽向东，唯有此水向西流”的俗语。

［3］郑重：严肃认真。华夷：指中原汉族地区和青海西部少数民族地区。

［4］邑：城镇。氐羌：指藏族牧区。

雨霁

封启云

才闻宿雨已停零[1]，霁景浮岚上小亭[2]。
活泼山光千叠翠[3]，绵芊草色万重青[4]。
溪添新水涨高岸，夕照归鸦过远汀[5]。
最爱南山佳气好[6]，群峰朗朗似围屏。

作者简介：

封启云（生卒年不详），云南普洱府（今云南省普洱市）人。由监生报捐直隶州，又捐甘肃知府。清德宗光绪二十七年（1901）十二月任丹噶尔厅（今湟源县）

同知，一年后调走。在任期间多有善政，差徭不及前任所抽派的十分之三，城乡称为清官。

题解：

这首诗描写的是夏日雨后湟源山乡的美丽景色，情调轻松愉快，形象鲜明动人。

注释：

[1] 宿雨：连夜雨。停零：停止。

[2] 霁景：雨后景色。

[3] 活泼：生动自然的情状。

[4] 绵芊：草木茂盛、长势好的样子。

[5] 汀：水中或河边小平地。

[6] 南山：南屏山。其山群峰壁立，冬夏积雪，远望如玉屏，蔚为壮观。

秋日登楼

封启云

层楼高耸郁崔嵬[1]，西望河源障塞开[2]。
鸟动归心连野外，雁随秋色度关来。
千家山郭依岚翠[3]，昔日沙场辟草莱[4]。
惆望南滇怀故国[5]，笛声犹自傍人哀。

题解：

这首诗描写的是秋日湟源的风光景象，其中第三联反映了当时湟源地区人口繁多和开辟农田的情况，最后抒发了诗人的思乡之情。

注释：

［1］崔嵬：挺立高耸的样子。

［2］障塞：指挡着目光的障碍物如树木等。因为秋时叶落枝疏，不再拦挡目光，所以称“开”。

［3］山郭：山城，指湟源城。岚翠：指长满野草的北极山。

［4］沙场：战场。按湟源县城一带在唐代是吐蕃与唐朝军队作战的地方。明清时这里也时有战事发生。辟：开辟。

［5］南滇：即云南南境，普洱在其地。滇是云南的简称。

自碾伯至平戎驿

贾勋

经渡长河去[1]，风光映晓暾[2]。
麦枯黄到陇[3]，树密绿疑村。
夹道多石垒，连山半土墩[4]。
平戎遗迹在，断镞裹沙痕[5]。

作者简介：

贾勋（1838～1901），字岐庸，上海人。清德宗光绪五年（1879）举人，授大通县令。第二年，贾勋出发赴职之前，其父勉励他洁己爱民，除暴安良。在任期间颇多善政，大办学校，培养地方人才，体恤民间疾苦。后调直隶州知州，光绪二十七年（1901）任平凉知府。贾勋善诗，尤工五律，在青海期间作诗甚多。光绪九年（1883）在大通刻印了其诗集《望云草堂诗集》两卷。

题解：

这是诗人在光绪六年（1880）四月来青海上任途中所作。诗中描绘了从碾伯（今乐都区）到平戎驿（今平安区）一路的山光水色和历史遗迹。

注释：

［1］长河：指湟水。

［2］晓暾：早晨初升太阳的光。

［3］陇：山坡。

［4］墩：土堆。

［5］镞：箭头。这句是化用唐杜牧《赤壁》“折戟沉沙铁未销，自将磨洗认前朝”的诗意。

自大通东关至流水沟

贾勋

东去郊原路，沙行马足腾。
山腰多积雪，河口半敲冰。
放犊云眠牧，驱驴水汲僧。
莫嫌茅店小[1]，炕火有烟蒸[2]。

题解：

关于这首诗，诗人原有注道：“十月初七日，奉邓道宪谕赴永安金厂点名验苗，自下打坂山往上打坂山回作。”邓道宪即西宁道邓承伟，光绪五年（1879）、光绪七年（1881）至十年（1884）两次在任。“宪”是下级对上级的尊称。永安在今海北藏族自治州门源回族自治县西北境，清时属大通县，筑永安城。其地产金，清末设有金厂。上、下打坂即今大通县与门源县之间的达坂山。大通东关（今毛伯胜东）、流水沟（今大通县向化乡境流水口）俱在达坂山脉。

注释：

［1］茅店：简陋的旅店。

［2］炕火有烟蒸：指青海农村的土炕，俗称打泥炕，用石板泥土做成，下面用火烘烧，上面很暖和。

自阴田至大通卫城

贾勋

岭断云连处，扬鞭走客骖[1]。
浅流河一一，碎石经三三。
茗果村前后[2]，衣冠舍北南。
承平幸无事[3]，既醉乐沉酣。

题解：

这首诗描写的是从阴田到毛伯胜途中的见闻。阴田即今门源县阴田乡。大通卫城指今大通县毛伯胜。清雍正三年（1725）置大通卫，卫治在今门源县浩门镇。乾隆九年（1744）移卫治至毛伯胜。二十六年（1761）改卫为县，县治也在毛伯胜。

注释：

［1］客骖：行车。骖是三匹马驾一辆车。这里指诗人所乘的车。

［2］茗果：泛指果树。

［3］承平：太平。

自北大通至永安城

贾勋

一出红山堡[1]，荒凉野井添[2]。
猎场沙草乱，牧地雪花黏。
田鼠踪驰迅[3]，山羊角挺尖。
刀旗光耀处，壁垒想森严[4]。

题解：

北大通即今海北藏族自治州门源回族自治县政府所在地浩门镇。清雍正时筑大通卫城，乾隆时改卫为县，治所移至今大通县毛伯胜，因此称原卫城为北大通。永安城在门源县皇城乡东面，也是雍正三年（1725）筑，当时设有游击，属大通卫。诗人这首诗中便描绘门源县城至永安城一路的风光物产。

注释：

［1］红山堡：在今门源回族自治县青石嘴西北。《大通县志》："山麓平原，蔓草肥脆，为古牧场，今垦成田，已称肥熟。"

［2］野井：野外。

［3］田鼠：即野鼠。

［4］壁垒：军事围墙。指永安城。森严：齐整严肃。

道返湟中次新城漫兴

廖傒苏

向北山光屋本开，奇峰万仞压楼台。
高撑石角连天出，风卷松涛涌雪来。
无路相逢话元朔[1]，仙洲何事问蓬莱[2]。
明朝马上吟鞭促，恰似身从五岳回[3]。

作者简介：

廖傒苏，湖南湘潭人。清代末年曾为官青海大通县，并与刘运新编纂了《大通县志》，其余生平不详。《大通县志》录其诗词十六首。

题解：

原题下有二首，是诗人从大通来西宁途中住宿桥头镇时所作，这首是第二首。新城即今大通县政府所在地桥头镇。这里原筑有城，《西宁府新志》称北川城，《大通县志》称南川城。城有两座，旧城在今桥头镇稍东，不知筑于何时，清时已破废。新城便在桥头镇，当时也叫新城。新城临北川水，对老爷山，形势壮丽。这首诗描绘了从新城遥望老爷山的情景。

注释：

[1] 路：传说中海外巨人。《神异经》中说，西北海外有人，长两千里，两脚中间相隔千里，腹围一千六百里。日饮五斗天酒，好游山海间。名叫无路之人。元朔：即老爷山，旧称元朔山。

［2］仙洲：神仙所居住的地方海外十洲。蓬莱：传说中东海外的仙山。

［3］五岳：中原五座大山，即中岳嵩山、东岳泰山、西岳华山、南岳衡山、北岳恒山，都以高大著名。

通城夕眺

廖徯苏

孤城一角雪初晴，初景鲜明画不成。
水贯峡流如抱带，山撑天出未知名。
荒村墨点寒鸦静，夕照红铺粉雉平[1]。
风定尘清沙草白，诗情无限眼中生。

题解：

这是诗人在大通县旧城晚望而作。通城指大通县城，今大通县城关。清雍正三年（1725）筑白塔城，设参将，属大通卫。乾隆九年（1744）大通卫治从今门源县浩门镇迁到这里，为卫城。乾隆二十六年（1761）改卫为县，这里便为县城。民国年间县治移到今桥头镇。

注释：

［1］粉雉：白色的女墙。雉是城墙上面呈凹凸形的小墙。

道朝藏寺

赵遐庆

路接朝藏寺，荒城过石边[1]。
云环峰四面，寺绘佛三千[2]。
峡险频留月，松高不计年[3]。
楼檐鸳瓦覆[4]，屋柱虎皮悬。
梵语和经语[5]，茶烟带石烟。
山翁知鸟性[6]，樵子傍鸦眠[7]。
僧院今何在，灵崖尚故然[8]。
华山休访问[9]，此处好参禅[10]。

作者简介：

赵遐庆（生卒年不详），字百龄，大通县人。其父为增生，兄为贡生。赵遐庆为岁贡生，后隐居互助东山。《大通县志》录其诗十三首。

题解：

朝藏寺在大通县向化乡境内，其地平坦宽阔，称朝藏滩，又称却藏滩，寺名以地名命，故又称却藏寺，是清代青海东部有名的藏传佛教寺院。

注释：

［1］荒城：指大通新城（今桥头镇），从此北去东峡便可到朝藏寺。

［2］佛三千：即三千佛，又称“三劫三千佛”“三世三千佛”，是过去世庄严劫一千佛、现在世贤劫一千佛、未来星宿劫一千佛的合称。这里泛指众多的佛像。

[3] 不计年：无法计算年数。

[4] 鸳瓦：鸳鸯瓦。一俯一仰，相配对合的一种瓦。

[5] 梵语：本指古印度书面语，这里指藏语。经语：诵经的声音。

[6] 山翁：山村的老头。

[7] 樵子：打柴的樵夫。

[8] 灵崖：指寺址所在地。

[9] 华山：在陕西省华阴市。山深景幽，是佛教圣地。

[10] 参禅：佛教语，指玄思冥想，探究真理。

过汉营

阔普通武

难得山前十里平，农夫争说汉家营[1]。
雕盘大漠腾身起，马入长途作意鸣。
哲后用人惟念旧[2]，老臣谋国不谈兵[3]。
防边非画屯田策[4]，矍铄终难请一行[5]。

作者简介：

阔普通武（1842～？），字安甫，满洲正白旗人。清光绪十二年（1886）进士，殿试后朝考前列，选为庶吉士，官礼部左侍郎。思想开明，支持“戊戌变法”失败，被外放到西宁，光绪二十五年（1899）至二十九年（1903）任青海办事大臣。有《青海奉使集》《湟中行纪》等。

题解：

汉营在今西宁市东郊的乐家湾一带，这里地势宽阔平坦，相传是汉宣帝时赵充国屯田安营的地方，所以过去称汉将营或汉家营。这是诗人经过这里时眼看山川地势，怀念赵充国而作的诗。

注释：

[1] 农夫：庄稼人。争说：争相传说。

[2] 哲后：贤明的君主。哲是智慧卓越，后是君主。念旧：想着旧时已有的大臣。按赵充国曾被汉武帝托孤授命，朝廷中有威望，汉宣帝用他治兵屯田湟中时为后将军、营平侯，年龄已七十多岁。

[3] 老臣：指赵充国。谋国：为国防筹划谋略。

[4] 画：筹划，采取。屯田策：赵充国罢一万多士兵，在从临羌（今湟中县多巴）至浩门（今民和县享堂）的湟水流域，开垦两千多顷田地，种植庄稼，为开拓青海东部作出了突出的贡献。

[5] 矍铄：年纪虽大但身体勇健的样子。《后汉书·马援传》载，马援年六十二时要求带兵出征，汉光武恐其年老而不胜任，马援勃然骑马示勇，汉光武笑道："矍铄哉是翁也！"

无闷·虎台遗址

阔普通武

九丈敻高[1]，手可摘星，眺尽湟中郊野。想五代南凉[2]，负嵎边徼[3]。秃发傉檀王者，兀自喜[4]，一方称孤寡[5]。占形胜[6]，坐拥强兵将弁[7]，唱名台下[8]。

驰马走平原，似水泄。百万军雄西夏[9]。凤皇已去[10]，铜雀久圮[11]。无处更寻鸳瓦[12]，剩几个，词人歌风雅。孰若此，土阜隆然[13]，当年霸业独写。

题解：

这首词歌咏了南凉王秃发傉檀在西宁的遗址虎台，气势雄浑，感慨沧桑，颇有稼轩词风。作者曾注道：“虎台遗址，南凉王秃发傉檀子所筑，在西宁西郊。”

虎台：俗称“点将台”，在西宁城西区，相传为南凉第三代王秃发傉檀为出征誓师而堆筑，并以其子虎台的名字命名，以示必胜和后继有人。《西宁府新志》记载：虎台“有台九层，高九丈八尺，相传南凉王所筑。秃发傉檀子名虎台，或是其所筑也。或曰将台，亦传南凉所筑”。阔普通武词意即以此为据。

无闷：词牌名。初见于北宋著名词人周邦彦，又名《闺怨无闷》。双调九十九字，前段九句五仄韵，后段十句七仄韵。以宋代程垓的《无闷·天与多才》为代表。这首词即依此而填写。

注释：

［1］敻（xiòng）高：高敻，高远。唐贯休《题峄桐律师禅院》：“律中麟角者，高敻出尘埃。”

［2］五代南凉：泛指南凉王。被称为南凉王者仅有秃发乌孤、秃发利鹿孤、秃发傉檀兄弟三人，这里可能把秃发乌孤前面的秃发首领也包括了进来。

［3］负嵎：凭借边疆要隘。嵎是大山角落。边缴：边地武装。缴是带着绳子的箭。

［4］兀自：径自，竟然。《敦煌变文集·燕子赋》：“见他宅舍鲜净，便即兀自占着。”

［5］称孤寡：称王称霸。孤、寡是古代帝王自谦辞。《吕氏春秋·君守》：“君民孤寡，而不可障壅。”高诱注：“孤寡，人君之谦称也。”

［6］形胜：优越的地理位置。《荀子·强国》：“其固塞险，形执便，山林川谷美，天材之利多，是形胜也。”

［7］将弁：将领。弁是武冠，代指高级军官。

［8］唱名：本指皇帝召见登第进士，即所谓“唱名赐第”。这里借指南凉王誓师时点将军名而传军令。

［9］西夏：华夏西陲。

［10］凤皇：南凉国王。相传南凉时有凤凰降临西宁南山，凤呈祥瑞，秃发称王，故称之为“凤皇”。

［11］铜雀：铜雀台。东汉末曹操夜宿邺城，获得铜雀，于是建成铜雀台，高十丈，豪屋百余，奢华一时。这里代指虎台及南凉宫殿建筑。圮：倒塌颓败。

［12］鸳瓦：鸳鸯瓦。中国传统屋瓦为一俯一仰，形同鸳鸯依偎交合，故称鸳鸯瓦，简称鸳瓦。唐李商隐《当句有对》诗：“密迩平阳接上兰，秦楼鸳瓦汉宫盘。”

［13］土阜隆然：土山高高隆起。

真珠帘·祭青海

阔普通武

烟波缥缈堆寒碧，七百里，亘古蛟龙深泽[1]。远望水云光，若玻璃琼壁。察罕孤城东北角[2]，且莫问朝潮夕汐[3]。但细听狂风卷浪，惊魂摇魄。

看一缕海心山[4]，宛横拖衣带，隐隆腰脊。四面蜃市薑[5]，更侈陈灵迹[6]。喜往还斜风细雨，意迎送天家旌帛[7]。鉴使者恭衔简命[8]，来歆来格[9]。

题解：

这是作者奉旨会同蒙、藏王公千户祭祀青海湖后所作，生动地描绘了青海湖的壮阔美丽，颇具气象。

祭海是古代祭祀青海神的活动，有官方、僧侣、民间等多种形式，其中官方祭海具有政治意义。清代时由钦差大臣或青海办事大臣担任主祭，蒙、藏贵族陪祭，是多民族在国家主持下的祭祀仪式，意在协调民族关系，稳定边疆社会。

真珠帘：词牌名。双调一百一字，前段九句六仄韵，后段十句七仄韵。宋代陆游《真珠帘》最为著名。

注释：

［1］七百里：指清代时的青海湖面积。《西宁府新志》：青海湖“周围面积有七百余里，东西长亘而南北狭焉”。蛟龙深泽：相传青海湖有神龙，古代以之为西海龙王通圣广润王的居所。

［2］察罕：察罕托罗亥城，在青海湖东北边，建于清雍正年间，曾经是青海办事大臣衙门驻所，后废。城北门外有海神庙，树“灵显青海之神”碑，用以祭祀青海之神。

［3］朝潮夕汐：早晚的海潮。宋程大昌《水调歌头·上巳日领客往洛阳桥》：“送朝潮，迎夕汐，思茫然。”

［4］一缕海心山：远看海心山似一条线带，故云一缕。

［5］蜃市鼍：海市蜃楼一样的鳄鼍。此处的“鼍”，形容远看形似鳄鼍的沙滩石礁。

［6］侈陈：陈列富奢而多。灵迹：神灵传说以及遗迹。雍正二年（1724）春天，奋威将军岳钟琪率兵追击罗卜藏丹津至塞外，人马俱渴而无处可饮，相传岳钟琪乃向青海神祷告，“忽涌泉成溪，人马欣饮”，于是重振将士，追击成功。事后，雍正帝撰《平定青海碑文》，称“师以顺动，神明所福”，接着诏封青海神为“灵显宣威青海神”，并以朝廷名义祭祀青海神。有如此传说，当地就有了诸多传说遗迹和祭拜建筑，故云“侈陈灵迹”。

［7］天家：天子。汉蔡邕《独断》：“天家，百官小吏之所称。天子无外，以天下为家，故称天家。”旌帛：送给贤士的束帛。《后汉书·逸民传序》：“旌帛蒲车之所征贲，相望于岩中矣。”这里的“天子金帛”是指朝廷赐给蒙、藏贵族的钱物。

［8］鉴：明察、鉴彻。恭衔：恭敬地奉命。简命：选派任命。这句的意思是请青海之神明鉴，作者是天子派来专程祭海的钦差大臣，现在奉旨正式祭祀神灵。

[9] 来歆来格：古代祭祀神灵时的常用词，意思是敬请神灵来享用供品，接受敬意。如明代天顺六年祭黄帝文："祇命有司，诣陵致祭，惟帝英灵，来歆来格。"

洋行请到香水园筵中口占有作（二首）

佚名氏

一

玉环扶醉浴温泉[1]，香水流来化作园。
莫道登临人惆怅，野花野草亦陶然[2]。

二

香水闻来不见香，城根麓畔尽垂杨。
名园遥对北山寺[3]，可惜颓墙一片荒[4]。

作者简介：

佚名氏，姓名、乡里、生平及生卒年俱不可考。约略可知的是他在清光绪二十六、七年（1900～1901）间曾任西宁厘局小官员，并一度为西稍门厘卡差职，当时年约六十四岁。在西宁时有《梦里寻真》诗一卷，绝大多数是感时伤怀、愤世嫉俗之作。

题解：

这两首诗是诗人由于从事金融，被外国商行请到香水园中会宴时有感而吟的。洋行是新中国成立前外国资本家在中国开设的商行。清末时，英国、美国、俄国、德国等国商人都在西宁设有银行。香水园在西宁城北门外今七一路，明、清、民国时为游赏风景区，这里杨柳浓荫，百草铺茵，有清泉潺湲其间，称为香水。筵即宴席。口占是随口吟出的意思。

注释：

［1］玉环：即杨玉环，受到唐玄宗李隆基宠爱，册封为贵妃，并赐她在骊山下的温泉华清池内洗澡。相传由于杨玉环身着香料，洗后的温泉水也有香味。唐白居易《长恨歌》：“春寒赐浴华清池，温泉水滑洗凝脂。”这里化用这一故事比喻香水园中香水的香。

［2］陶然：欢快的样子。

［3］北山寺：即北禅寺，在西宁城北湟水北岸山上。

［4］颓：崩塌，垮倒。

春日雨后闲步西郊

来维礼

远水含沙夕照明，绿杨处处有莺鸣。
赏心膏雨连三日[1]，大麦青青小麦生[2]。

作者简介：

来维礼（1833～1904），字敬舆，一字心耕，号辰生，又号椒园，西宁人。清德宗光绪五年（1879）中举人，九年（1883）又中进士，授官户部主事。不久请假回家赡养老母，并主讲于西宁最高学府五峰书院。后进北京，分发到山西等地为官。光绪二十一年（1895）被董福祥聘为赞襄戎幕，后被荐为道员，到山西候补，任职晋威马步全军营务处。八国联军侵入中国后弃官回家，一直担任五峰书院山长，从事文化教育事业。有《双鱼草堂诗集》《治家琐言》等存世，并参与编修了《西宁府续志》。

题解：

这是诗人在春日雨后的下午漫步西宁西郊时作的诗。诗中描写郊区自然景色，有声有色。风格清新自然，意境非常优美。读此诗足以洗人心脾。

注释：

[1] 赏心：使人心情愉悦。膏雨：滋润农作物的及时雨，因为如膏油一样珍贵，所以称膏雨。

[2] 大麦：又称牟麦、元麦，禾本科植物，麦粒可以食用。《甘肃新通志》卷12：“大麦，成熟颇早，酿酒甚佳，磨面等于青稞。”青青：一片青绿色的样子。

秋日由丹噶尔赴西宁

来维礼

阴雨无情阻客程，驱车破晓出山城[1]。
莫愁前路无相识[2]，无数青山带笑迎。

题解：

这是诗人从丹噶尔（今湟源）来西宁途中所作。出湟源县城东行便是湟源峡，峭壁悬崖，叠耸层立，青山绿水，风景绝妙。诗人在这种自然景色中行走，吟诗描绘了自己的所见所感。

注释：

[1] 山城：指丹噶尔城。

[2] 这句是套用唐高适诗句。高适《别董大》云：“莫愁前路无知己，天下谁人不识君？”

碾伯洛巴沟偶吟（二首）

来维礼

一

一湾流水绕柴门[1]，始信深山别有村。
官税征租无扰累[2]，此间便是小桃源[3]。

二

深山深处有人家[4]，绿柳依依夹桃花。
初夏日长无个事[5]，碧阴携酒话桑麻[6]。

题解：

原作共四首，这两首原列第一、二首。诗歌描绘了深山乡村的美丽风光。水绕柴门，柳夹桃花，若不是赋税扰累，这里真像是小桃源仙境。碾伯洛巴沟在今海东市乐都区瞿昙镇境内，这里沟深僻静，风景秀丽。

注释：

［1］柴门：用烧柴做成的简陋的大门。这里指农家庄院。

［2］扰累：干扰，累及。

［3］此间：这里。桃源：晋陶渊明《桃花源记》中记载的一片与世隔绝的乐土。说有一渔人从桃花水发源处进入另一世界，见到在秦时避乱而移居这里的人的后代，生活和平安适，不知有汉、晋，也不知有剥削压迫。

［4］此句化用唐杜牧《山行》“白云深处有人家”的诗句。

［5］无个事：没有一件事。

[6] 碧阴：指大树之下。夏日天热，大树浓荫底下可以趁凉谈话。话桑麻：谈论有关庄稼的事。唐孟浩然《过故人庄》："开轩面场圃，把酒话桑麻。"桑麻，桑与麻，这里泛指庄稼。

光绪乙亥秋日登察汉城观青海

来维礼

荷戈来塞外[1]，薄暮上孤城[2]。
海接青天立，山连白雾平。
番童冲云牧[3]，野马啸风鸣[4]。
一片秋烟起，遥闻去雁声。

题解：

这是诗人在光绪元年（1875）秋天登察汉城观青海湖区景象而作。诗中描写青海湖以及周围的景象。乙亥即光绪元年。察汉城在青海湖东南大群科滩北山根，是清代青海诸部会盟祭海的地点。道光三年（1823）由陕甘总督那彦成筑城，并派兵防守。咸丰三年（1853）废弃。

注释：

[1] 荷戈：肩扛长戈。荷，用肩头扛物。塞外：日月山以西。

[2] 孤城：指察汉城。因其地处辽阔草原，所以显得孤单单的。

[3] 番童：藏族少年。

[4] 啸风鸣：对风长鸣。

道中见元朔山

刘永椿

策马关门道[1]，峰岚入眼多。
西来连白雪，北折抱黄河。
云气迷孤鸟，烟痕淡起螺。
看山情不厌，恐负客中过。

作者简介：

刘永椿（1851～1903），字荫华，号秋岩，西宁人。幼聪颖好读书，清德宗光绪元年（1875）中举人，十五年（1889）中进士，选为甘州府山丹县教谕。后历任广东龙川、翁源、茂名等县，政绩卓异，曾得光绪帝特旨嘉奖。最后死于任职。有《岭南杂吟》。

题解：

这是诗人在路途中望元朔山（即今大通老爷山）而写的诗，描绘了老爷山的壮丽景象。

注释：

［1］策马：用鞭子打马，奔驰向前。关门：指山川形势险峻，处处两山夹川，如同关隘之门。

西宁八属风俗竹枝词（四首）

杨文汉

一

佛名宝贝愿行坚[1]，膜拜齐身板欲穿[2]。
似比勤劳缘底事[3]，私心想到四禅天[4]。

二

手持法轮不敢停[5]，朝朝暮暮影随形[6]。
众生若欲超凡境，这个功夫胜念经。

三

牛鬼蛇神逐队行[7]，天魔舞袖太郎当[8]。
恒沙僧俗皆欢喜[9]，此后年年大吉祥。

四

色似桃花映晚霞，半边璎珞半袈裟[10]。
阿谁最是销魂者[11]，大竹麻同小竹麻[12]。

作者简介：

杨文汉，生卒年、籍贯及生平等暂无考，大致生活于清末民初时期，熟悉甘青地区风俗民情，先后创作了《西宁八属风俗竹枝词》《竹枝词——咏洮州番娘》《伊凉山歌》等组诗。

题解：

这四首是作者描写藏传佛教寺院和湟源等地民族风情的小诗，是作者《西宁八属风俗竹枝词》中的第一、二、四、五首。诗中描绘了清末民初青海藏族等民众的精神信仰习俗以及多民族商贸集聚的热闹场景。

西宁八属，即清代后期西宁府及所属的西宁、大通、碾伯（今乐都）、循化、巴燕戎格（今化隆）、贵德、丹噶尔（湟源）等县厅。

注释：

［1］宝贝：指宗喀巴大师。愿行：誓愿和修行。作者自注："宗喀巴大士，番汉人民信仰极坚，概呼为宝贝佛爷。膜拜时五体投地，名等身头，跪起之地板为之穿。"

［2］齐身：直着身体。这里特指礼佛时最虔诚的磕长头仪式。膜拜时双手向前直伸，伏地时五体投地，表示身敬。

［3］缘底事：因为何事。

［4］四禅天：佛教中的四禅境界，又称四静虑天、四静虑处。指修习四禅定所得报果的色界天，或指居于此界的众生。即色界之初禅天、第二禅天、第三禅天、第四禅天。这里泛指礼佛修身后脱离凡尘苦难的愿景。

［5］法轮：指信众手中转动的经轮。作者自注："法轮有大小之分，大者建于河畔，用水激之，其轮自转；小者以手持之，形影不离。"

［6］影随形：指手不离经轮，如影随形。

［7］牛鬼蛇神：指藏传佛寺法会上戴着各种面具、形象恐怖的护法舞者。逐队：列队而进。作者自注："届时，僧徒用粉墨涂面，或戴种种面具，衣彩衣，蹑高屐，跳舞踉跄，鼓乐齐作，数日始罢。"

［8］天魔：佛教四大魔之一天子魔，此处当指金刚怖畏护法神。郎当：乱形不齐。作者不理解藏传佛教寺院法会的跳神仪式，故言"太郎当"。

［9］恒沙：恒河沙数，犹如恒河里的沙子数不胜数。佛教指三千大世界。金刚经》："以七宝满尔所恒河沙数三千大世界，以用布施。"

［10］璎珞：用珠玉串成的精美装饰物。这里指藏族女性身上的银饰。

［11］阿谁：即谁，古代口头语。销魂：灵魂离开躯体，形容极度愉悦。此处形容大小卓玛最为美丽动人。

［12］竹麻：即“卓玛”，藏族女性常用的名字。作者自注：“（番女）最著名者，曰大竹麻、小竹麻。”

虎台怀古

李焕章

西平郡西矗层台[1]，台势嵯峨出尘埃[2]。
筑台伟人今何在[3]？只今惟有台崔嵬[4]。
忆昔南凉图霸时[5]，仗钺登台曾誓师[6]。
飞扬大纛接云汉[7]，鼍鼓声中画角吹[8]。
鲜卑畏威来献马[9]，青海部落拜台下。
兵卫森列顾盼雄[10]，观者如山语呕哑[11]。
英雄事业石火电光[12]，阿房铜雀同慨荒凉[13]。
走马西来访遗迹，感时抚事增惋惜。
君不见虎台突兀风雨中，满目萧条蓬蒿碧[14]。

作者简介：

李焕章（1867～1924），字文斋，号奋生，又号惜阴轩主人，湟中云谷川（今湟中县李家山乡）人。出身贫寒，带炒面到学堂求学，被富豪人家子弟讥为“炒面秀才”。清德宗光绪二十九年（1903）中举人，次年礼部会考，廷试第一等，签分度支部制用司主事。入民国后，历任西宁县议会会长、教育会会长、内务科科长等职，还一度出任过绥远县（今内蒙古自治区呼和浩特市东北）知事。有《惜阴轩诗草》《惜阴轩诗话》《寡过堂日记》《弁言实业杂记》等。

题解：

虎台在今西宁市西郊杨家寨，俗称点将台，相传为东晋时南凉国王秃发傉檀出兵誓师时所筑，因其子叫虎台，故命台名为虎台。当时台共有九层，高九丈八尺，周围还筑有小台。南凉国势极盛时曾在这里陈十万兵检阅。前人对此台多有吟咏，但都不及这首有气势。这首诗借写虎台，抒发了诗人积极向上、改革现实的志向。诗句悲壮雄浑，激烈豪迈。

注释：

［1］西平郡：西宁。东汉建安年间在这里置西平郡，曹魏、两晋沿置。隋唐时又置西平郡。

［2］嵯峨：突兀高起的样子。尘埃：大地。

［3］筑台伟人：指南凉第三代王秃发傉檀，继其兄秃发利鹿孤于402年即王位，公元414年被西秦俘虏。明李素《西平赋》："虎台突兀，南凉王之所筑。"

［4］崔嵬：高耸挺拔。

［5］南凉：东晋十六国之一，由鲜卑族秃发氏建立，先后历三主十八年（397～414），先后以乐都、西宁等为都城。

［6］仗钺：执钺。钺是一种兵器，形状似板斧而较大。誓师：军队出发前，将帅向士兵作鼓动宣传的一种仪式。

［7］飞扬：翻卷。纛（dào）：军中大旗。云汉：天河。

［8］鼍（tuó）鼓：用鼍皮蒙成的战鼓，敲击后发出的声音如同鼍鸣。画角：军中吹奏报时的乐器。

［9］鲜卑：古代活动于北方的一个民族。汉初时游牧辽东，东汉时移居北方，晋时分为数部，南凉秃发氏便是其中的一部。当时西北几个小王国也大多是鲜卑族其他部落建立的。这里所谓"鲜卑"即指南凉秃发氏以外的部落。畏威：害怕南凉王的威势。

［10］森列：繁密排列。顾盼：来回视看。

［11］呕哑：本指小儿说话的声音。这里形容观看者不敢大声说话，只是小声

议论的样子。

［12］石火电光：形容时间的短暂如同击石所发出的火花和天上的闪电，瞬间即息。

［13］阿房：秦代宫名，故址在今陕西省西安市西郊。《三辅黄图》："阿房宫，亦曰阿城。（秦）惠文王造宫未成而亡。始皇广其宫规，恢三百余里。离宫别馆，弥山跨谷，辇道相属，阁道通骊山八十余里。"后项羽攻入关中后焚毁。铜雀：汉末台名，建安十五年（210）曹操建，故址在今河北省临漳县西南。台高十丈，周围宫室达一百二十间，楼顶有大铜雀。后毁于战乱。同慨：指看着虎台遗迹，想到阿房宫、铜雀台遗址，叫人产生同样的感慨。

［14］蓬蒿：泛指杂草。

河阴竹枝词（五首）

李焕章

一

遗风浑朴女当差[1]，粉黛千秋被没埋。
边地无需天足令[2]，红颜队里少弓鞋[3]。

二

青蛾皓齿跨雕鞍[4]，满背银墩亦壮观[5]。
却怪炎云红日里，灿如白雪戴羔冠。

三

昔年梵宇助枭雄[6]，豕火狼烟遍海东[7]。
倘使阁黎知自忏[8]，年年底事斩年公[9]？

四

风吹铙歌满城声[10]，是日当年佛诞生[11]。
试望琳宫香火里[12]，红裙翠袖比肩行[13]。

五

西郊卅里涌汤泉[14]，冬夏俨同烈火煎[15]。
张幕临渊为浴室，澡身每趁艳阳天[16]。

题解：

《河阴竹枝词》共二十首，是诗人在民国初年任贵德县皮毛局局长时所作。这些竹枝词以通俗明白的诗句描绘了有关贵德县的气候、民族、宗教、风俗、风物等各方面的情况。这里所选的是第一、二、八、十四和十九首，分别描绘了藏族妇女的丰采英姿和寺院名胜等。河阴：即贵德，因县治在黄河南岸，所以过去称河阴。

注释：

[1]遗风：遗留下来的风尚。浑朴：淳朴厚重。当差：应付官府的差役。

[2]天足令：严禁妇女缠足的命令。民国初年，曾明令严禁缠足。天足，天然长成的脚。

[3]红颜队：指妇女群中。弓鞋：封建社会里妇女所穿的小脚鞋，形似弓。这里指藏族妇女没有缠脚。

[4]青蛾皓（hào）齿：形容女子的漂亮。青蛾，妇女用青色颜料画出来的眉毛形状像蛾。皓齿，洁白的牙齿。雕鞍：经过雕饰的鞍。这里指骑马。

[5]银墩：指藏族妇女系在头发上、披在背上的银制饰品。藏族妇女背上的装饰品大多是由圆形的银碗组成。

[6]梵宇：佛寺。枭雄：凶狠残暴有势力的人。这里指清雍正初年叛乱的罗卜藏丹津。当时海东等地佛寺喇嘛举械响应，最后被清军镇压。

[7]豕火狼烟：指战火。豕是猪。狼烟是古代边防点燃狼粪报警的烟，狼粪之

烟遇风不斜。海东：青海湖以东的湟水流域。

［8］阇（shé）黎：指大喇嘛。阇黎是梵语，意思是众僧徒的师长。忏：忏悔。

［9］底事：为什么。斩年公：诗人自注：“（湟中）各寺院每作佛事，必作年公偶像，诅咒而斩芟之，以洩其愤。”按民间相传，平定罗卜藏丹津叛乱的主帅年羹尧曾杀死塔尔寺的八个大喇嘛，因而佛教徒对年很仇恨。事后每年正月十五等节日举行佛教活动，要用草扎成人形，内藏年羹尧之名，然后念咒语，用箭射击，意在复仇，以后便形成了习俗。

［10］铙：本是一种敲击的乐器，这里指佛寺殿角上悬挂的大铃，风吹便摇动发声。铙歌即指铃声。

［11］是日：这一天，指农历四月八日。相传这天是佛祖释迦牟尼的生日。《东京梦华录》：“四月八日，佛生日，十大禅院各有浴佛斋会。”青海佛寺在这一天也有各种佛事活动。

［12］琳宫：本指道观庙宇，这里借指佛寺。

［13］比肩：肩靠着肩，形容人多拥挤。

［14］卅里：贵德县治西三十里有温泉，水从山根流出即沸滚，因含有磷等矿物质，常洗身能治病，人们多前往洗澡。

［15］俨：如同。

［16］澡身：洗澡。

湟中怀古

朱耀南

总云即叙此西戎[1]，数代长征始奏功[2]。
湟水流春烟雨外[3]，峰巅挂瀑画图中[4]。
洗心泉印空潭月[5]，扑面沙惊石峡风[6]。

往古来今徒感喟[7]，敢将弄斧献诗筒[8]？

作者简介：

朱耀南（1861～1933），字远峰，西宁人。朱向芳之孙。清光绪年间为岁贡，又举拔贡，因而西宁人称为朱拔贡。曾到山西等地为官。入民国后，曾任省议会议员等职。平时与基香斋、周月秋诸人吟诗唱和，以避政治灾祸。朱远峰特擅散文，曾著《华山记》《五台山记》和《兴龙山记》，一时广为传诵，并号为“三记”。同时还善诗，其诗主要描绘青海地区山川风物和民间习俗，风格清秀。有《寻芳书屋杂录》等。

题解：

这首诗是1919年农历冬至节西宁道尹黎丹邀请诗人会饮时所作。作者原注：“己未夏正十一月初二日长至节黎丹招饮。”己未即1919年。长至节也就是冬至节。原题下共四首，这首是最后一首。诗中间两联选取所谓西宁八景中的四景进行了重点描写，表现了西宁以及大通、互助、湟中、平安一带壮阔美丽的景象。

注释：

[1] 总云：人们总是说。即叙此西戎：意思是归化中原王朝的便是这些西部少数民族。《尚书·禹贡》：“织皮昆仑、析支、渠搜，西戎即叙。”昆仑、析支、渠搜都是先秦时青海高原的部落。西戎，本指西北方少数民族，这里指居住于青海湖以东湟水流域的古代羌民。叙是叙次入朝，即叙也就是归顺。明杨慎《土地岭行》：“无忧城下满戈铤，浪说西戎即叙年。”

[2] 长征：长期征伐。奏功：取得成功。

[3] 这句写的是西宁八景之一“湟流春涨”。每年春季，冰雪消融，汇入湟水，于是湟水水势汹涌澎湃，蔚为壮观。

[4] 这句写的是西宁八景之一“五峰飞瀑”。五峰山在互助土族自治县五峰乡，山势高耸清秀，上有泉水奔流山崖间，远望如飞瀑。

［5］这句写的是西宁八景之一“龙池夜月”。龙池在西宁西郊苏家河湾，有泉奔涌，清澈可爱。夜时月影映入泉中，特别美观。

［6］这句写的是西宁八景之一“石峡清风”。石峡即西宁东小峡口，峡深风凉，号为名胜。

［7］感喟：感叹。

［8］弄斧：班门弄斧的省称，意思是在大匠鲁班面前卖弄用斧砍木的技艺。这里用来谦虚自己在黎丹面前作诗是班门弄斧。诗筒：放诗稿的竹筒子。据《唐语林》载，唐白居易为官杭州刺史时，与吴兴太守钱徽、吴郡太守李穰为诗友相互唱和，多以竹筒装诗稿送寄。

过年俚句（四首）

朱耀南

一

交欢亲故互相来[1]，酒饮屠苏惯进杯[2]。
都说升平原有象，人人各带醉颜回。

二

万家灯火五更鸡，稽首家家小大齐[3]。
喜见桃符今已换[4]，新诗正好醉中题。

三

儿童莫笑太痴顽[5]，不寐深宵接祖先[6]。
旧岁将除惊爆竹，鼾呼一觉到明天[7]。

四

洋洋锣鼓耳边盈，共答升平雅颂声[8]。
闹到九霄星月朗，银花火树并纷争。

题解：

《过年俚句》原共八首，从各个角度描绘了西宁地区过春节的风俗场面，遣词通俗浅白，造意欢快隽永。这里选其第三、四、五、六四首。俚句：用通俗语言写成的民歌式诗句。

注释：

[1] 交欢：大家都欢快。亲故：亲戚故友。

[2] 屠苏：酒。相传古时有屠苏草屋，主人在每年除夕夜送乡人一服药帖，放置井中，到第二天元日取井水饮，称屠苏酒。因此，习俗上把在正月初一饮的酒称屠苏酒。

[3] 稽首：叩首、叩头。

[4] 桃符：即对联。相传东海仙山有桃树，树下有神荼、郁垒二神能食魔鬼，所以在春节时，用桃木刻画二神像挂在门上，以驱鬼辟邪。自五代后蜀之后，在桃符板上写上对联挂在门两旁，以后逐渐演变为写在纸上。

[5] 痴顽：天真调皮。

[6] 接祖先：青海在元日凌晨有接家中祖先的习俗。

[7] 鼾（hān）呼：熟睡而打呼噜。这里形容儿童沉睡的样子。

[8] 雅颂声：盛世的歌声。按《诗经》中有《雅》《颂》两部分，大都是歌颂性质的。后来便以雅颂声代指太平盛世的声乐。

东郊外三月二十八日会即事

基生兰

纷纷车马若云屯[1]，携酒踏青故事存[2]。
浪涌桃花迷醉客[3]，茵连碧草怨王孙[4]。
柳阴小住衣含翠，苔径闲游屐印痕。
儿女亦贪春富贵[5]，依人留恋到黄昏。

作者简介：

基生兰（1860～1944），字香斋，号半隐山人，西宁人。出身小商人家庭，勤奋好学，但在科举场上每战每败。民国年间曾担任过青海省教育厅教育科科长、劝学所所长之类的小职，平时与黎丹、李焕章、朱耀南等人饮酒赋诗，以避政治灾祸。著有《敬业草堂嚼蜡吟》《敬业堂史论》等，校订《西宁府续志》，纂《志余》一卷。

题解：

这首诗描绘了农历三月二十八日西宁东郊举行踏青会的盛况以及郊区景色。《燕京岁时记》“东岳庙”条：“东岳庙在朝阳门外二里许，除朔、望外，每至三月，自十五日起，开庙半月，士女云集，至二十八日尤盛，俗谓之掸尘会。其实乃东岳大帝诞辰也。”西宁则称为城隍庙会，过去每年三月二十八日，士民都云集东郊举行集会，实际上是一种踩青活动。即事：记眼前事物景象。

注释：

［1］纷纷：杂乱很多的样子。云屯：如同云聚集。

[2] 踏青：清明节前后到郊外散步游玩，叫做踏青。故事：遗留下来的风俗习惯。

[3] 桃花：即桃花水。《礼记·月令》："仲春之月，始雨水，桃始华。"因此后来便把三月春涨的水称为桃花水。这里指春天的湟水。

[4] 王孙：有身份的游客。《楚辞·招隐士》："王孙游兮不归，春草生兮萋萋。"这里用来形容春野能增添人思念的情绪。

[5] 春富贵：春天草木复生，呈现出浓郁富有的景象，故称春富贵。

雨中游西元山（二首）

基生兰

一

偶会同人入洞天[1]，始知仙境匪虚传[2]。
钟声疑是空中落，泉影遥看树杪悬[3]。
幽壑虽深花木护，危崖欲断薜萝连[4]。
石梯千尺白云锁，恨不登临到极巅[5]。

二

万壑千岩烟雾生，我来真在白云行。
钟因醒世响偏远[6]，泉为洗心流自清。
鸟爱山深鸣有意，马知路险寂无声。
闲依峭壁题诗句，鸿爪雪泥各寄情[7]。

题解：

这是诗人描绘湟中南佛山景色的两首诗。南佛山在史书上被称为西元山，又被称为佛山。山中悬岩陡壁上有仙人洞，相传是仙人修道炼术的所在，因而南佛山被称为道藏第四太元极真洞天。此山飞泉瀑布，清逸绝尘，烟雾绕千岩万壑，草木碧阴，是旅游胜地。

注释：

［1］偶会：偶然的机会中会聚友人。同人：志同道合的友人。洞天：意思是洞中别有天地，道家称仙人所居住的地方。这里指南佛山。

［2］匪：不是。同“非”。

［3］树杪：树梢。

［4］薜萝：薜荔和女萝，都是植物名。

［5］极巅：山的最高顶。按南佛山雄伟高耸，峰峦陡峭，一般不易攀登到最高处。

［6］醒世：使世俗的人惊醒。

［7］鸿爪雪泥：宋苏轼《和子由渑池怀旧》：“人生到处知何似，应似飞鸿踏雪泥。泥上偶然留指爪，鸿飞那复计东西。”后人便以雪泥鸿爪比喻往事遗留的痕迹。

元朔山老虎洞竹枝词（四首）

基生兰

一

崎岖石径傍危崖，绿绕洞前密树排。
娇稚裙钗也冒险[1]，暗中摸索小红鞋。

二

洞传摸子倚悬崖，迷信无如裙与钗。

前路已成危险象，今朝犹着凤头鞋[2]。

三

巉岩石磴绕烟岚[3]，挽葛攀藤心自甘。
多少佳人献祷处[4]，不图生女愿生男。

四

摸得小鞋拱璧同[5]，芙蓉面上带春风[6]。
殷勤试向郎君问，何日重来此地中？

题解：

这是一组描写在老爷山（即元朔山）黑虎洞摸小鞋习俗的短诗。老爷山北边悬崖上有一洞，高丈余，深两丈。相传原是虎穴，后来有一位僧人来居，虎便逃走了。明人俞安期题为慈藏洞。当地居民有习俗：如果没有儿女，妇女便在农历六月六日履险攀崖，去洞中许愿摸小鞋，如果摸到而且真的生了孩子，便做上绣花小红鞋，到洞中还愿。再由后面来的人摸走。所以青海民间有"黑虎洞里揣儿女"的俗语。基生兰这组短诗便形象生动地描写了这一风俗。

注释：

[1] 娇稚裙钗：指年轻女子。

[2] 凤头鞋：古代妇女所穿的鞋大多在鞋面上绣有凤鸟之类的图案，所以称女人之鞋为凤头鞋。

[3] 巉岩：险峻的崖岩。

[4] 献祷：奉献祭品，祷告祝愿。

[5] 拱璧：双手捧玉。

[6] 芙蓉面：妇女的容貌，以芙蓉花比喻其美丽漂亮。

游西喇课旃檀山

基生兰

闻说峰峦好，呼童策骞行[1]。
林泉皆有趣，花草不知名。
地僻人稀见，山深鸟竞鸣。
游怀欣已惬[2]，归路夕阳晴。

题解：

西喇课旃檀山在今湟中区拦隆口镇境内，俗称为拉科大山。峰峦遍布松柏，冬夏绿色一片，特别是夏日，莺鸟婉转，流水潺湲，满山郁郁苍苍，烟岚蒙蒙，景色非常美丽。这首诗描写的便是这座山的景色。

注释：

[1] 策骞：举鞭。意思是打马快走。

[2] 惬：心意满足。

赠林鹏侠

基生兰

万里关山作壮游，长征又到海西头。
芳踪已迈徐霞客[1]，远志还超博望侯[2]。

雪地冰天寻绝岛[3]，马蹄鸿爪遍全球[4]。
航空若得好消息，愿共梅花寄鄯州[5]。

题解：

这首诗是赠给女飞行家林鹏侠的，时在1933年2月10日。林氏在《西北行》中记述："下午，客来，述及此间有基生兰先生，长老博学之士也。因偕访之，富有前辈风度。于余此来，颇称许其志趣，尤以听余述海心山之后，以为难能。坐久与辞，乃出一诗为赠。"读其诗作，知林言不虚。诗作高度评价了林鹏侠考察青海及西北的壮举及意义。

林鹏侠（1907～1979），原名林淑珠，福建莆田人。曾留学美国，后在英国学习军事航空技术，成为当时我国唯一的女飞行家。"九一八事变"后，回国参加抗日救国活动。1932年冬天到1933年夏天考察西北，在青海调查一月有余，其中曾探险青海湖海心山。考察结束著成《西北行》一书，影响颇大。

注释：

［1］徐霞客：明代著名的地理学家和旅行家，旅行考察30余年，足迹遍及今之大半个中国，有《徐霞客游记》。

［2］博望侯：汉代著名政治家、探险家张骞，奉命出使西域，降服三十六国，连通丝绸之路。

［3］绝岛：指海心山。山在青海湖中，四周海水茫茫阻隔，古代没有船筏可以直达，只能冬季时履冰出入。林氏《西北行》"履薄探险记——海心山"条云："一无舟楫，遂与世隔绝矣。"故称之为"绝岛"。

［4］鸿爪：鸿雁的足迹，比喻往事痕迹。宋苏轼《和子由渑池怀旧》："泥上偶然留指爪，鸿飞那复计东西。"

［5］鄯州：北魏至宋代先后在乐都、西宁的建置。唐代以今乐都为陇右道和陇右节度使驻地，"安史之乱"后废，北宋元符年间恢复鄯州，治青唐城（今西宁），崇宁三年（1104）改为西宁州。这里指西宁，青海省政府所在地。

祭青海歌

马福祥

观海难为水[1]，祭海后于水[2]。
谷王有祀典[3]，海晏不扬波[4]。
西海远隔流沙数万里[5]，不与赤县神州通一苇[6]。
青海孤悬黄河西，地尽天浮波谲而澜诡[7]。
番族环以居[8]，中有山隆起[9]。
浑脱飞渡不能胜[10]，弱水三千疑即此[11]。
曾闻王母形虎齿[12]，瑶池桃熟窗结绮[13]。
八骏腾骧向西行[14]，黄竹歌传穆天子[15]。
至今良马产如龙[16]，颇与大宛筋骨同[17]。
亦有异鱼长径尺[18]，凿冰而取声冲冲[19]。
青海形势古称雄，谁为着手辟鸿濛[20]。
我来伛偻荐牲酒[21]，岳渎祭秩礼宜崇[22]。
南海庙碑志灵怪[23]，肃雍能令神感通[24]。
是时秋高风怒号，蛮云浊浪极天遥[25]。
大漠阴沉杂霜雪，穷边草木何萧骚[26]。
忽然风静云开海水平如掌，上下一碧若琼瑶[27]。
明霞映洲渚[28]，落日照旌旄。
衣冠何璀璨[29]，左右列仙曹[30]。
殊俗王公奉圭卣[31]，私觌愉愉赋弓弨[32]。
方今太平边事定，八荒向化无呰謷[33]。
安得鞭石为长桥[34]，使我直跨沧溟步岛屿[35]，戏拂虹蜺钓六鳌[36]！

作者简介：

马福祥（1876～1932），字云亭，循化河州（今甘肃省临夏回族自治州）人。清德宗光绪二十三年（1897）中武举人，与其兄马福禄镇苏州。八国联军入侵，护西太后抵陕，因之升庄浪、靖远各协镇。光绪三十一年（1905）任西宁镇总兵官，后调守甘肃省垣兰州。辛亥起义时为昭武军统领。入民国后，历任绥远都统、青岛市市长、安徽省政府主席、蒙藏委员会委员长等职。有《磨盾余墨》《蒙藏状况》《先哲言行类钞》等。

题解：

祭青海湖海神的活动最早始于唐代。唐王朝曾封青海神为广润公，遣使致祭，宋王朝又封为通圣广润王。元宪宗蒙哥汗曾数次会诸王祭青海。清雍正初年罗卜藏丹津叛乱，清军征伐至青海湖北，无饮水，掘地得泉，因而又封青海神为“青海灵显大渎之尊神”。从乾隆三十八年（1773）开始，每年秋日由西宁办事大臣会青海蒙、藏王公祭海，并在青海湖东修筑了祭海之城察汉城。国民党政府也沿袭祭例，曾派宋子文、朱绍良、马步芳等祭过青海湖。马福祥在任西宁镇总兵官时，也多次祭过海，并赋写了这首长歌，描绘了青海湖的地理位置以及丰富的物产、壮丽的景色和祭海仪式。

注释：

［1］观海难为水：看过大海，其他的水就没什么了。《孟子·尽心上》：“观于海者难为水。”唐元稹《离思》之四：“曾经沧海难为水，除却巫山不是云。”

［2］后：王，这里用如动词，意思是在众水之上。

［3］谷王：大海，因为海收纳百谷之水，所以叫谷王。这里指青海湖。祀典：祭海的传统制度和仪式。

［4］海晏：海水平静。

［5］西海：即青海湖的古称，现在青海农村也还叫西海。

［6］赤县神州：古代中国的别称。《史记·孟子荀卿列传》："中国名曰赤县神州。赤县神州内自有九州，禹之序九州是也，不得为州数。中国外如赤县神州者九，乃所谓九州也。"一苇：一只小船。《诗经·河广》："谁谓河广，一苇杭之。"疏："言一苇者谓一束也，可以浮之水上而渡，若桴筏焉，非一根苇也。"

［7］地尽天浮：形容青海湖大得占尽地面，水势浮天。波谲而澜诡：形容波涛汹涌澎湃，变化莫测。诡，奇异。谲，神奇无规律的样子。

［8］番族：藏族。环以居：环绕青海湖而居牧。过去有"环海八族"之称。

［9］山：指海心山。隆起：凸起。

［10］浑脱：皮囊。明叶子奇《草木子》："北人杀小牛，自脊上开一孔，逐旋取去内头骨肉，外皮皆完，揉软用以盛乳酪酒湩，谓之浑脱。"这里指用皮袋做成的皮筏子。

［11］弱水三千：传说中水弱不能胜舟的河水，广三千丈。《汉书·地理志》："临羌（今湟中县多巴镇）西北有弱水。"古人认为这个弱水就是青海湖，因此诗句中说"疑即此"。又元李好古《张生煮海》："小生曾闻这仙境有弱水三千丈，可怎生去得?"

［12］王母形虎齿：《山海经·西山经》："西王母其状如人，豹尾虎齿而善啸。"西王母即民间传说中的王母娘娘。

［13］瑶池：神话中王母等仙人居住的仙地。唐李商隐《瑶池》："瑶池阿母绮窗开，黄竹歌声动地哀。"桃熟：传说仙境中有仙桃树，三千年结果一次，桃熟时王母举行蟠桃宴以会诸仙。《汉武故事》：王母出桃与武帝，"帝留核欲种，母曰：此桃三千岁一实，非下土所植也"。窗结绮：窗户华美。

［14］八骏：传说中周穆王所乘的八匹骏马，《穆天子传》记载：周穆王十七年，曾乘赤骥、盗骊、白义、逾轮、山子、渠黄、华骝、绿耳等八骏西到昆仑山，与西王母相会，宴于瑶池之上。腾骧：马头高昂，向前奔进的样子。

［15］黄竹歌：传说中周穆王在往黄竹的路上见风雪大作，百姓挨冻，所以作《黄竹歌》三章。穆天子：即周穆王。

［16］良马产如龙：青海湖地区古产良马，号为龙种。

［17］大宛：汉时西域国名，以产汗血马著名。筋骨：筋肉和骨头。泛指体格。

［18］异鱼：指产于青海湖中的湟鱼。湟鱼学名称青海湖裸鲤，色黄无鳞，肉味鲜美。

［19］凿冰：在冰上打眼。冲冲：敲击冰的声音。《诗经·豳风·七月》："二之日凿冰冲冲。"

［20］鸿濛：天地间元气未分，一片混沌。《书言故事·天文类》："天地未判曰鸿濛。"

［21］伛偻：恭顺地弯着腰鞠躬的样子。荐：进献祭品。牲酒：祭祀用的牛羊及酒。

［22］岳渎：五岳四渎的简称。五岳指华山、恒山、衡山、嵩山和泰山五座大山，四渎指长江、黄河、淮河和济水四条河。古代有祭祀岳渎的礼仪。祭秩礼：祭祀的仪式。崇：隆重。

［23］南海庙碑：指唐代文学家韩愈的《南海神庙碑》。碑文记述的是有关南海神显灵的神怪故事，这里代指建在青海湖东的海神庙。据说清代雍正初年，岳钟琪率兵追击罗卜藏丹津，天寒无淡水，岳钟琪向青海湖祈祷，地有清泉冒出，官兵得以解渴，于是清政府建海神庙祭祀之。庙前碑文便记述了这一传说。志：记述。灵怪：奇异神怪的事。

［24］肃雍：肃敬恭顺的样子。感通：感知。

［25］蛮云浊浪：汹涌翻滚的云层，色彩黯淡的浪花。极天：接天。

［26］萧骚：草木被风吹动而萧瑟的样子。

［27］琼瑶：比喻湖水碧绿如同琼玉一样可爱。

［28］洲渚：湖中沙洲。

［29］璀璨：明亮华丽。这里用来形容会盟祭海的诸王公衣冠的整齐华丽。

［30］仙曹：唐代指尚书省属下的各部曹。曹，分科办事的官署。这里指藏、蒙古族王公贵族。

［31］殊俗：不同于中原汉族的蒙、藏习俗。圭卣（guī yǒu）：泛指各种玉制礼器。

[32] 私觌：原意是出使异国而以私人身份与异国国君相会叫私觌，这里指诗人是朝廷派来祭海会盟的官员，但他以私人身份与蒙、藏各王公贵族相会交谈。愉愉：和颜悦色。《论语·乡党》："私觌，愉愉如也。"赋弓弨（chāo）：赋诗歌颂太平世界。赋，写作，歌吟。弓弨，解松弓弦。《诗经·小雅》有《彤弓篇》云："彤弓弨兮，受言藏之。"所以后来便以弓弨来比喻天下太平。

[33] 八荒：四面八方荒远的地方。向化：归向王化。訾謷（zǐ'áo）：冲突、诋毁。

[34] 鞭石：据《三齐略记》载，秦始皇想建石桥渡海观日出，当时有神人能驱石下海为桥，神人嫌山石下海太慢，用鞭抽打，石头都流出血。

[35] 沧溟：大海。岛屿：指青海湖中的海心山等岛。

[36] 虹蜺：彩虹。六鳌：传说中海里的一种大龟，长有六只脚。

阿克坦齐钦大雪山

黎丹

中原万山水，五岳争崔嵬。
避暑登匡庐[1]，方疑造物私[2]。
诡兹西徼山[3]，夏崇冰雪姿[4]。
翻如少壮中，忽瞻园绮仪[5]。
我问环海山[6]，十三阿木尼[7]。
脉皆巴颜来[8]，干外成分支[9]。
积石趋其东[10]，驱河曲以驰[11]。
巴哈绕其西[12]，分成阿坦齐[13]。
水多入柴达[14]，散作沙中泥。
流泉纷无纲[15]，或暂成深溪。

或暑雨忽涨，或雪融以滋。
山顶可见雪，日暄犹力微[16]。
海上诸山峰，如冠终日危[17]。
勿谓太古远[18]，彼曾亲见之[19]。
勿诩彭鉴年[20]，彼视须臾期[21]。
导河溯禹迹[22]，诛苗彰舜威[23]。
仙槎浮汉年[24]，贵主婚唐时[25]。
东来最雄武，世推成吉思[26]。
顾始来清初[27]，达赖还清衰[28]。
万古熙攘俦[29]，彼时同去来。
百代战争史，彼窥真是非[30]。
伟兹海隅山[31]，人迹今胡稀[32]？
盛夏裘犹寒[33]，隆冬将何衣？
往者虽不谏[34]，来兹宜直追[35]。
山雪倘能言，语我津途迷[36]。

作者简介：

黎丹（1865～1937），字雨民，号无我，湖南湘潭人。清末副贡生。早年为谭延闿秘书。1914年来青海任西宁道尹，后又历任青海观察使、青海省政府秘书长等职。其间从1927年至1934年曾离开青海在南京。1934年再次来青海后去西藏考察，三年后随同佛教大师喜饶嘉措到南京，不久病殁。黎丹工诗文，精藏语，有《御侮烈士诗》《珊瑚砚斋诗集》等，并主持编纂《汉藏大字典》。

题解：

这是黎丹在去西藏途中描写阿克坦齐钦大雪山的长诗，描写了大雪山的雄伟气象以及青海高原悠久的历史。

阿克坦齐钦大雪山即雅合拉达合泽山，藏语意为牛角虎峰，在果洛州境内的星宿海西，属于巴颜喀拉山脉。《大清一统志》：“在今西番界有三山，一名阿克坦齐钦，一名巴尔布哈，一名巴颜喀喇，总名枯尔坤，译言昆仑也。在积石之西，河源所出。”山势极其高耸雄伟，海拔达5442米。山东南麓便是约古宗列盆地，是黄河发源地之一。

注释：

［1］匡庐：即江西省境内的庐山，为内地避暑的胜地。唐白居易《草堂记》：“匡庐奇秀，甲天下山。”

［2］造物私：上帝创造万物时有偏向，有意使庐山如此美丽，超过其他各山。造物，创造万物。

［3］诡：奇异。兹：这。徼：边疆之地。

［4］崇：高耸。

［5］园绮：汉初“商山四皓”中的东园公和绮里季。“四皓”中其他二人是夏黄公、角里先生。四人须眉皆白。这里用来形容大雪山形象如同须发皆白的老人。仪：仪态。

［6］环海山：环绕青海湖的群山。

［7］十三阿木尼：指青海湖地区以及遥连的十三座大山。阿木尼：藏语，意思是“爷爷”。《循化厅志》卷1《建置沿革》：“番语以祖为阿木你。”藏族把大山冠以“阿木尼”，表示其山很大，山上有山神庙。如阿木尼玛卿山、阿木尼巴颜山、阿木尼赛什庆山等等。

［8］脉：山脉。巴颜：巴颜喀拉山，位于青海省中部，是昆仑山的中支。山脉从西往东伸展，气势雄伟磅礴。此山有两条支脉，一是小积石山脉，向青海东部延伸；一是大积石山脉，向四川方向延伸。雅合拉达合泽山即巴颜喀拉山的一个分支山。

［9］干：本为纪年月日的天干，这里用作“主要”讲。支：本为地支，这里用作“次要”讲。这句是说，山脉在主要走向上又分出一些次要的其他走向。

［10］积石：指大积石山。

［11］河：黄河。曲以驰：河道弯曲，河水奔流。

［12］巴哈：指巴尔布哈山。此山与雅合拉达合泽山绵延相连，是长江与柴达木河的分水岭。

［13］阿坦齐：即阿克坦齐钦山。

［14］水多入柴达：发源于雅合拉达合泽山阴的水大都流入柴达木盆地，格尔木河就源于此山。

［15］纷无纲：乱纷纷的没有用一条线贯起来。

［16］喧：温热。

［17］冠：像帽子戴在上面。危：危立欲倒的样子。

［18］勿谓：别说。太古：上古。

［19］彼：指雅合拉达合泽山等高山。

［20］诩：夸耀。彭鉴年：彭祖的寿命。古代传说中有长寿者名叫彭鉴（也作彭铿，通称彭祖），活了八百多岁。

［21］须臾期：一会儿的时间。

［22］导河：指大禹导河至积石山的事。禹迹：大禹经过的足迹。

［23］诛苗彰舜威：指舜驱三苗的事。舜是上古时帝王，他战败了居住在今长江中游以南一带地方的三苗，迫使他们徙居三危（一说今甘肃敦煌，一说今四川岷山西南）。相传三苗是羌人的祖先。诛：诛杀。彰：显扬。

［24］仙槎浮汉年：指汉朝张骞使西域寻河源的事。仙槎：仙人乘的竹筏。这里指张骞足迹。

［25］贵主婚唐时：指唐代弘化公主嫁吐谷浑王和文成公主、金城公主嫁吐蕃赞普的事。吐谷浑国址在今海南、果洛州等地，弘化公主即嫁到这里。文成和金城二公主都经过青海地区去西藏。贵主：公主。

［26］成吉思：即成吉思汗。1226 年，成吉思汗由中亚细亚凯旋，次年便率兵经临洮进攻西宁州，并取得胜利。

［27］顾始：明末清初厄鲁特蒙古首领固始汗。他率部从乌鲁木齐徙居青海地区，并统一青藏高原，建立了大部落联盟的地方政权。

[28] 达赖：指十三世达赖土登嘉措（1876～1933）。清光绪二十九年（1903），英帝国入侵西藏，达赖欲避难俄国，途次内蒙古，适逢中俄战争发生，遂止。三十四年（1908），清王朝封号为承顺赞化西天大喜自在佛，派兵护送经陕、甘、青海回西藏。

[29] 熙攘：喧嚷纷繁的样子。俦：做伴。这句说雅合拉达合泽山等大山给悠久的历史做伴。

[30] 窥：观察。

[31] 海隅：海边。

[32] 胡：为何。

[33] 裘：皮衣，这里用如动词，穿皮衣。

[34] 谏：规劝。

[35] 直追：指作者一行直奔西藏的毅力。

[36] 语我：给我说。津途：路途。

柴达木河滨大平原

黎丹

西荒千里无人境，揽辔原头百感兴[1]。
低草长时宜牧马，乱云平处好呼鹰。
天笼四野晨张盖[2]，地涌孤蟾夜作灯[3]。
一事东南偶相类[4]，蛟雷时向耳边腾[5]。

题解：

这首诗是作者早年考察柴达木盆地时所作，生动地描写了青海西部旷野的雄浑景象，同时因时兴感，表达了作者忧国忧时的心情。

柴达木河在青海省柴达木盆地中部，源出布尔汗布达山，经都兰县香日德，西北流入南霍鲁逊湖，长417千米。《清史稿·地理志》曾记载，柴达木河“出河源北托逊淖尔，西流至西拉珠尔格塔拉，阿拉克淖尔水东来入之，合而西北流，格德尔古河、乌兰乌苏河、布隆吉尔河俱自其东注之，又西入于沙”。

注释：

[1] 揽辔：挽住马缰，形容驻马不前。

[2] 张盖：撑开伞盖，形容天如大伞一样覆盖着。

[3] 孤蟾：形容孤单清冷的月亮。《宋史·乐志十五》：“残霞弄影，孤蟾浮天外，行人触目是消魂。”

[4] 一事东南偶相类：近代以来西方列强觊觎我国东南沿海，而英国等又插手西藏，企图进掠青藏高原，作者对此每每切愤不已，故有此类比。

[5] 蛟雷：蛟龙翻腾，声如风雷，形容形势的紧迫。

西宁道中（二首）

慕寿祺

一

荆布田家妇[1]，羞含薄面皮[2]。
风流曲成调[3]，一路唱花儿[4]。

二

麦浪风掀舞，柴门雨磕敲[5]。
盘中烂羊肉[6]，主客手齐抓。

作者简介：

慕寿祺（1873 ～ 1948），字子介，号少堂，甘肃镇原人。清德宗光绪二十二年（1896）举拔贡，宣统三年（1911）又举孝廉方正。同时又参加了同盟会。第二年任甘肃议会副议长。1929 年任甘肃省通志局副总纂。后为甘肃学院文史系教授。有《甘宁青史略》《求是斋丛稿》《求是斋诗话》《求是斋诗集》等多种。

题解：

这两首诗是慕寿祺来西宁途中所作。诗歌用明快轻松的笔调描绘了他所经见的青海风俗。前一首描写了农村妇女唱“花儿”的生动场面，后一首描绘了在农家主客同吃“手抓羊肉”的情景。

注释：

［1］荆布：即荆钗布裙，农家妇女的装束，头上以荆枝当髻钗，身上穿用粗布做成的衣服。田家妇：即农村妇女。

［2］薄面皮：腼腆、害羞的样子。面皮，脸。

［3］风流：指“花儿”的情调，因为“花儿”主要是歌唱爱情生活的，曲词悠扬动听，所以称风流。

［4］花儿：流行于青海、甘肃、宁夏、新疆等地的一种民歌，具有独特的歌词格律和音乐风格，青海也叫“少年”。

［5］柴门：用柴枝做成的大门，指农家简陋的门。磕敲：敲击。

［6］盘中烂羊肉：指青海“手抓羊肉”。其吃法是，把羊肉剁成大小不一的块，煮熟加佐料，盛在盘子里，大家直接用手拿起来吃，不需要筷子。烂，这里指乱七八糟地堆放，没有花样。

寄孙省长连仲

慕寿祺

旷哉西平郡[1]，地居湟水中。
古有卑禾羌[2]，旋置巴燕戎[3]。
其间有碾伯[4]，秃发曾称雄[5]。
循化连河州[6]，内外皆八工[7]。
湟源迩青海[8]，泛滥水不东。
环海诸部落，非王即为公[9]。
大通与贵德，改县自乾隆[10]。
疆域阔而大，矿苗富而丰。
前人经营苦，沙场心力穷。
胜朝重其地[11]，钦使班资崇[12]。
番情苦难达[13]，译言多蔽雍[14]。
君门隔万里[15]，耳重诱如充[16]。
外人乃窥伺[17]，相继来崆峒[18]。
扬鞭龙驹岛[19]，势焰何汹汹。
往着岁丁未[20]，趋朝叩紫枢[21]。
应诏再拜言，宫阙金玲珑[22]。
对兹湟中事，一一述始终。
改弦而更张，庶能得其衷[23]。
呕尽心中血，听作耳边风。
民国建元初[24]，共和告成功[25]。
议院虽临时[26]，材隽之所丛[27]。

青海建行省[28]，发言气如虹[29]。
捷足防人先，所见与余同。
利害纷呶呶[30]，无非空对空。
甲兵今不用，天意辟鸿蒙[31]。
风林初戢戈[32]，天山早挂弓[33]。
北平地恢复[34]，西海路亦通[35]。
一统大规模，万众忻昭融[36]。
而我将军冯[37]，不敢息厥躬[38]。
闻将兴学校，教士延文翁[39]。
书读窗草绿[40]，坛映杏花红[41]。
自然礼义生，水息人心洪[42]。
全藏俱归附[43]，有如水朝宗。

题解：

这首诗写于1928年9月，是写给即将赴任首任青海省政府主席孙连仲的。诗中追述了建省前青海的建制历史以及风土民情，尤其是反映了当时民情特别是少数民族意愿上达的途径受阻，民生疾苦无法得到改善的现实，实际上是对马家军阀黑暗统治予以了批判。同时期望建省后发展文教、改善民生，使民心归向中央，社会和谐稳定。因此，这首诗可以看作是慕寿祺对青海建省后如何发展的咨询报告。

孙连仲（1893～1990），字仿鲁，河北雄县人。冯玉祥西北军将领。1928年9月，确定青海建省，以西宁为省会，孙氏被任命为省政府主席，遂在兰州宣誓就职，11月来到西宁筹备建省事宜。1929年元旦，青海省政府正式成立，孙氏与马家军阀周旋。当年8月改任代理甘肃省政府主席，之后长期从事军旅生涯。抗日战争中率部与日军作战，尤其以坚守台儿庄而闻名。

注释：

［1］旷哉：表示非常辽阔。西平郡：西宁。汉魏时期设西平郡，辖地即今河湟

地区。东晋、十六国时期以及隋、唐、宋时期均曾设过西平郡。北宋末年改为西宁州，后废。元代又为西宁州，明代为西宁卫，并管辖塞外四卫，辖地包括湟水流域以及柴达木盆地。清代为西宁府，同时青海办事大臣衙门设在西宁，故又称西宁办事大臣，而该大臣管辖地几乎涵盖整个青海牧区。明清时还有西宁道，明代设西宁兵备副使，负责蒙番事务。所以慕寿祺感叹“旷哉西平郡”。

［2］卑禾羌：汉代游牧于青海湖地区的羌人部落，当时把青海湖称为“卑禾羌海”。因为卑禾羌海而称该地羌人为卑禾羌，还是因为卑禾羌而把青海湖称为卑禾羌海，学界尚无讨论。

［3］巴燕戎：即今化隆县。清乾隆九年（1744）置巴燕戎格抚番厅，隶西宁府。1913 年改巴燕戎格厅为巴戎县，1929 年改为巴燕县，后改为化隆县。

［4］碾伯：碾伯县，今海东市乐都区。明代成化年间设碾伯守御千户所，清雍正三年（1725）改为碾伯县，青海建省，改为乐都县。

［5］秃发：南凉国王秃发氏，曾以乐都为都，称雄一时。

［6］循化：循化厅，与甘肃临夏州毗连，清乾隆二十七年（1762）设，1913 年改为循化县。河州：今甘肃临夏市。

［7］八工：八个撒拉族基层行政建置，“工”是突厥语音译，意思是村镇、城堡等行政机构。清代有内八工、外五工。这里以内外八工泛指撒拉族区域。

［8］湟源：湟源县。清道光九年（1829）设丹噶尔厅，1913 年改为湟源县。迩：连接。青海：指青海湖地区。

［9］非王即为公：环青海湖而居的藏族、蒙古族部落首领，往往被清朝封为千户王爷和公爵头衔。

［10］改县自乾隆：清雍正三年（1725）设大通卫，乾隆二十六年（1761）改为大通县。贵德地区在元代设贵德州，明代曾设归德守御千户所，清乾隆五十六年（1761）设为贵德厅，1913 年改为贵德县。

［11］胜朝：前朝。指清朝。

［12］钦使：钦差使臣。此指专门派往青海处理蒙藏事务的钦差大臣和青海办事大臣。班资：官阶、品级。崇：崇高、尊贵。这句的意思是朝廷派来的钦差大臣

地位崇高，无法了解到少数民族的实际情况。

［13］番情：少数民族的真实意愿。番本指藏族，这里泛指各民族。

［14］译言：翻译者。蔽壅：壅蔽、蒙蔽。壅，同壅。这句的意思是由于钦差大臣接触不到实际，被王公贵族和当地官员利用的翻译人员往往不会表达甚至歪曲、隔绝少数民族民众的真实意愿。

［15］君门：宫门。指朝廷。

［16］耳重：听觉迟钝，听不明白。诱如充：引诱误导，如同充塞。

［17］外人：外国人。指近代西方法国、德国、俄国等国的传教士、探险家等考察青海事。窥伺：暗中观察，等待机会。

［18］崆峒：虚无缥缈的仙山。唐曹唐《仙都即景》："旌节暗迎归碧落，笙歌遥听隔崆峒。"这里指遥远的西方。

［19］龙驹岛：海心山。相传吐谷浑人牧马于此，而得良马龙驹，故称其山为龙驹岛。海心山四周大海，不结冰时难以到达，19世纪末，西方探险家曾于夏天乘皮艇登上海心山，传为神奇。这句即指此事。

［20］丁未：即光绪三十三年，公元1907年。这年，慕寿祺受甘肃省委派，前往北京、天津等地考察教育，期间曾向朝廷要员详述西北情形，并提出诸多建议。这年，两广总督还提出建青海为行省，未果。

［21］趋朝叩紫枢：专程去叩拜朝廷。趋朝：快步上朝。紫枢：中央要员。紫是红蓝相配的颜色，古代指与帝王有关的事物。枢，中心或关键部位。

［22］宫阙金玲珑：形容皇宫和王府的豪华，暗喻其金玉其表，败絮其中。

［23］庶能：差不多能够。衷：中心。

［24］建元：建国。建元初就是民国元年，公元1912年。

［25］共和：共和制。民国初年，孙中山提出"五族共和"，即所谓汉、满、蒙、回、藏为代表的多民族共和共处。

［26］议院：议会。民国初年，仿照西方设有临时参议院，后又正式设参议院和众议院，隶属于国会。

［27］材隽：优秀人才。丛：聚集。

［28］行省：即省级行政建置。金代设“行尚书省”，元代设“行中书省”，简称“行省”，是地方最高的行政区划名。明代习惯性地把承宣布政使司称为行省，清代恢复行省制，现代简称“省”。

［29］发言气如虹：指丁耀奎上书呼吁建青海省事。1914年，西宁举人丁耀奎在京上《袁大总统青海建省政见书》，认为青海乃“西陲屏障，南为川藏辅车，北接新疆后路，欲固西南边防，则必以建省青海”。慷慨激烈，言之凿凿，可惜未被采纳。

［30］呶呶（náo）：喋喋不休，没完没了。这句是说大家纷纷讨论。

［31］鸿蒙：辽阔广大。《汉书·扬雄传上》：“外则正南极海，邪界虞渊，鸿濛沆茫，碣以崇山。”颜师古注：“鸿濛沆茫，广大貌。”这里指辽阔的青海。

［32］凤林：凤林山，在今甘肃临夏南。唐张籍《凉州词》：“凤林关里水东流，白草黄榆六十秋。”戢戈：息兵。唐钱起《送王使君赴太原行营》：“太白明无象，皇威未戢戈。”

［33］天山：在我国新疆及哈萨克斯坦、吉尔吉斯斯坦和乌兹别克斯坦境内，古代诗人常用作边疆意象。挂弓：息兵。唐杜甫《投赠哥舒开府翰》：“青海无传箭，天山早挂弓。”

［34］北平：今北京。明初朱元璋为庆贺平定北方，改元大都为北平，明成祖迁都后改称北京。“辛亥革命”推翻清朝，1928年又称为北平。这里指“辛亥革命”成功。

［35］西海：青海湖。《西宁府新志·地理志》：“西海，在县（西宁）西二百七十余里。……又谓之青海。”

［36］忻：欣喜。昭融：光明远大。唐韩愈《河中府连理木颂》：“天子之光，庶德昭融，神斯降祥。”

［37］将军冯：冯玉祥，民国时期西北军首领，重视文教、兴办学校。孙连仲是其部下。

［38］息：懈怠。厥躬：伸曲身体，本指顺势而为，这里比喻辛苦劳作。

［39］教士：教育士子。延：延聘、引进。文翁：西汉重视教育的蜀郡太守。汉

景帝时，他兴办学校，同时选送蜀郡俊秀之士到京城师从博士学习，学成归去后教书授徒。之后又在成都建成文学精舍讲堂，免除入学者的徭役，成绩优良者选为郡县官吏。这里指聘请优秀教师。

［40］书读窗草绿：意思是感激师教，勤奋读书。宋游酢《宝应寺读书堂成因怀明道先生》："记得程门窗草绿，至今遐想每驰情。"

［41］坛映杏花红：意思是学校教育质量好。杏坛在曲阜孔庙大成殿前，相传此处是孔子讲学之处。《庄子·渔父》："孔子游于缁帷之林，休坐乎杏坛之上。弟子读书，孔子弦歌鼓琴。"

［42］洪：宏大、开阔。

［43］全藏：整个藏民族。

［44］朝宗：小水流入大水，比喻人心归向国家。

青海纪行杂诗（四首）

张维翰

一

空车犹自赖人扶，稳度崎岖到乐都。
一路清风拂翠柳，牛羊苗壮瞰平芜[1]。

二

夕阳欲下近郊坰[2]，湟水沄沄照眼青[3]。
微瞥明灭烟树里，万家灯火是西宁。

三

左右清流映急湍，阴阴万木夏生寒。

大通城外园林好，摄景真堪作画看[4]。

四

三日勾留视会垣，巡乡取次上湟源。

地高竟有寒冬意，吹律期同黍谷温[6]。

作者简介：

张维翰（1886～1979），字季勋，号莼鸥，云南大关人，毕业于云南法政学堂，历任云南都督府秘书、云南省行政公署总务科长。1919年留学日本东京帝国大学，回国后先后任云南省政府委员兼外交部特派员、内政部政务次长。1947年任监察委员。1949年受聘于香港新亚书院，教授文史，后移居台湾。晚年潜心学佛。著有《法制要论》《行政法精义》等。

题解：

张维翰于1942年4月以内政部次长身份巡视西北时来到青海，以七绝小诗记录沿途所见山川风土、历史文物。这四首是作者在青海期间写作的一部分，颇显地方特色。题目为选注者所加。

注释：

［1］平芜：草木丛生的平坦原野。南朝梁江淹《去故乡赋》："穷阴匝海，平芜带天。"

［2］郊坰：郊外。宋刘克庄《郊坰》："所生在郊坰，田园事遍经。"

［3］沄沄：水流汹涌急速。

［4］摄景：摄影。

［5］会垣：省城。指西宁。清平步青《鉴湖村居》："然千岩万壑，不让会垣。"

［6］吹律期同黍谷温：吹奏管律，以期阳气回转，如同黍谷生长季节。古人认为律属于阳，吹奏可以使地气变暖。《艺文类聚》卷9引汉刘向《别录》："邹衍在燕，

燕有谷，地美而寒，不生五谷，邹子居之，吹律而温气至，而谷生，今名黍谷。”

乐都吊南凉王兄弟（二首）

高一涵

一

碾伯城边战垒荒[1]，空余湟水抱青唐[2]。
白眉韬略雄三杰[3]，赤手乾坤冠五凉[4]。
部曲不留仙海岸[5]，居民谁忆武威王[6]。
瓮中日月殊昏暗[7]，马上功名马下亡[8]。

二

花萼相辉羡友于[9]，傉檀机智盖群胡[10]。
英才岂必生神胄[11]，名将宁皆出圣儒[12]？
忍见邦家归乞伏[13]，痛凭鸩酒报乌孤[14]。
骷髅台下骷髅泣[15]，百战声威坠半途[16]。

作者简介：

高一涵（1885～1968），本名高永浩，字象山，安徽六安人。毕业于日本明治大学，五四新文化运动主将之一。历任北京大学、北京法政大学、中山大学等高等学校教授，还曾出任革命军总政治部编译委员会主任、甘宁青三省监察使等。1949年后任全国政协二、三、四届委员，民主同盟中央委员。擅长诗文，尤精法学，著有《欧洲政治思想史》《政治学纲要》《中国御史制度的沿革》《金城集》等。

题解：

这两首诗是高一涵任甘宁青三省监察使时，来青海视察过乐都有感而作。分别吟咏了南凉王秃发乌孤和秃发傉檀两兄弟。

秃发氏系鲜卑人，乌孤兄弟三人，次利鹿孤，傉檀为第三。公元397年，乌孤创建南凉王国，以西平（今西宁）为都城，次年迁都乐都，第三年乌孤病死。利鹿孤继位，三年后又病死。傉檀继位，穷兵黩武，战伐不已。公元414年，西秦王乞伏炽盘乘傉檀攻掠青海湖一带乞弗部、都城空虚之际，率兵攻破乐都，俘太子虎台，傉檀回归投降，南凉被灭，历三王十八年。其中乌孤白手起家建南凉，傉檀在位时间最长，且失南凉。所以诗人主要凭吊歌吟了乌孤、傉檀二人。

注释：

［1］碾伯城：即今乐都区碾伯镇。战垒：古代作战用的堡垒。

［2］青唐：即西宁。五代和北宋时为唃厮啰和吐蕃所控制，称青唐城。

［3］白眉：白色的眉毛。三国时蜀汉有马良等兄弟五人，皆以“常”为字，并有才名，而马良眉有白毛，才学也尤为出众，所以当时有谚语说：“马氏五常，白眉最良。”这里用以代指秃发兄弟，而以乌孤尤为突出。韬略：古代兵书有《六韬》《三略》，所以后来便以韬略指用兵的谋略。

［4］赤手乾坤：秃发氏本来依属他人，乌孤率部创建南凉小王国，所以称“赤手乾坤”。乾坤指小天地。冠五凉：国势在其他四凉国之上。五凉即凉州张氏所建前凉（320～376）、氐族人吕光所建后凉（386～403）、秃发氏所建南凉、凉州李氏所建西凉（400～420）、匈奴沮渠蒙逊所建北凉（412～439）。地区在今甘肃、青海一带。

［5］部曲：指秃发氏的军队。部、曲皆为古代军事编制单位。留：遗留。仙海：即青海湖。西汉时称仙海。

［6］武威王：即秃发乌孤。乌孤初称西平王，公元398年改称武威王。

［7］瓮中日月：比喻南凉小王朝统治。瓮是一种陶制的盛器。

［8］这句是说秃发乌孤在马上建立南凉，取得功名，而跌下马来便死去了。马

下亡：公元399年，乌孤在乐都城外酒醉后骑马疾走，结果马失蹄跌倒，伤肋骨。不久因伤重而去世。

［9］花萼：比喻兄弟间亲密如同花和萼紧紧相依一样。相辉：比喻秃发兄弟如玉之相互映辉。友于：《尚书·君陈》："惟孝友于兄弟。""于"字本为介词，但后来习惯上把"友于"二字连起来称兄弟间的友爱情谊。

［10］这句写秃发傉檀机智超过众人。据《晋书·傉檀载记》：傉檀少年时很机警，有才略，其父对诸子说："傉檀明识干艺，非汝等辈也。"《晋书》赞语云："秃发弟兄，檀雄群虏。……傉檀杰出，腾驾时英。"

［11］神胄：帝王贵族的后代。秃发氏先人不是很出名的贵族，所以称"英才岂必生神胄"。

［12］圣儒：此处应指明习儒家圣贤之书的人。

［13］忍见：不忍看见。邦家：国家。乞伏：指西秦王乞伏炽盘。公元414年，乞伏炽盘攻破南凉王国都乐都，俘太子虎台，并收降征伐乞弗而只身逃回的傉檀，南凉国亡。所以称"邦家归乞伏"。

［14］这句写傉檀投降西秦一年后被毒死的事。凭：凭着，这里是饮的意思。鸩酒：用鸩毛泡成的毒酒，人喝后便能被毒死。报：报答，回答。这里有讽刺的意味，秃发乌孤建南凉，托付给傉檀，而傉檀以亡国报答乌孤的期望。

［15］骷髅台：公元407年，匈奴族酋长赫连勃勃自称大夏天王，在甘宁一带建夏国，派使者向秃发傉檀求婚，不许。赫连勃勃率骑兵两万攻南凉，深入三百余里，杀伤万余人，驱掠人口牛羊数十万而还。傉檀领兵追击，在阳武（今甘肃省境内）遭到回击，赫连勃勃反追八十余里，杀伤南凉兵万余，斩大将十余人，把南凉将士尸首堆积成山，号为骷髅台。从此，傉檀威势不如以前了。

［16］百战声威：指傉檀屡屡征伐四面各国而每每取胜的声威。坠半途：在中途坠落。

九日游塔儿寺

高一涵

露裹黄花丹染枫[1]，九日登高天无风。
道入蕃服行人少[2]，代步都藉胡青骢[3]。
探幽渐入无人境，忽见塔影撑晴空。
法幢参天楼覆地[4]，金瓦熠熠耀苍穹[5]。
吾闻蕃儿饮酪饱肉卧毡帐[6]，焉有楼台亭阁如此其崇隆[7]。
地近昆仑邻星宿[8]，得非浮槎误犯牛女宫[9]。
又或桃源仙境非虚拟[10]，不在南服在西戎[11]。
众僧迎客皆倒屣[12]，毳衲斜披半肩紫[13]。
睢盱伛偻能鞠躬[14]，幢牙排列几半里[15]。
经堂灯火如秋萤[16]，撞钟吹螺日诵经。
绣栭彩桷纷烂漫[17]，参差佛阁影珑玲。
潜虬蟠梯通天上[18]，藻井彩错耀中庭[19]。
壁上森然动魂魄[20]，神物鬼怪绘丹青。
出家还仍在家俗，持斋食肉无检束[21]。
古拉转过灯挑明[22]，余事不劳勤手足。
高卧闲听风诵经[23]，咒水驱人登鬼录[24]。
一生誓磕十万头[25]，那有闲情辨菽粟[26]。
倾囊倒箧作法供[27]，龛上堆金累珠玉[28]。
一灯燃尽万民膏，知是天堂是地狱。
呜呼佛义自觉觉他人[29]，立志苦行不为身[30]。
惟愿高僧了了无遮念[31]，修到空空不染尘[32]。

题解：

作者在20世纪40年代任甘宁青监察使时，多次到过青海，这首诗是第二次来青海，重阳日游塔尔寺后所作。诗中描绘了塔尔寺的壮丽风貌，形象生动，情景再现，同时也表达了对佛教教义的理解。

塔儿寺：即塔尔寺。

注释：

［1］露裛（yì）：露水浸湿。

［2］蕃服：即藩服，边远地区。古代把京城以外之地分为九服，最远的地区叫藩服。

［3］藉：借助。胡青骢：产自青海湖地区的青骢良马，史称青海骢。《隋书·吐谷浑传》：“（吐谷浑有青海，）中有小山，其俗至冬辄放牝马于其上，言得龙种。吐谷浑尝得波斯草马，放入海，因生骢驹，能日行千里，故时称青海骢焉。”这里泛指坐骑。

［4］法幢：佛寺前的幢幡。《祖庭事苑》：“诸佛菩萨建立法幢，犹如猛胜建诸幢帜，降伏一切诸魔军。”

［5］熠熠：光彩闪烁的样子。

［6］蕃儿：指藏族男子，泛指藏族。酪：指牛奶。毡帐：毡制帐篷。

［7］崇隆：高大隆起。

［8］昆仑：神话传说中的神仙之山。《淮南子》：“昆仑之丘，或上倍之，是谓凉风之山，登之而不死。或上倍之，是谓悬圃，登之乃灵，能使风雨。”传说中黄河就发源于昆仑山。星宿：星宿海，黄河源头著名湖泊，在今青海省玛多县境内。

［9］得非：莫非是。浮槎：又称泛槎、泛查，是人间乘坐去往天河的木筏。晋张华《博物志》：“近世有人居海渚者，年年八月有浮槎去来，不失期，人有奇志，立飞阁于槎上，多赍粮，乘槎而去。”牛女宫：牛郎织女所在的天河仙宫。

［10］桃源：桃花源，传说中的世外仙境。东晋陶渊明《桃花源记》：其地“土地平旷，屋舍俨然，有良田美池桑竹之属。阡陌交通，鸡犬相闻。其中往来种作，

男女衣着，悉如外人。黄发垂髫，并怡然自乐”。

［11］南服：南方。古人又把王畿以外地区分为五服，南方为南服。西戎：周人把华夏以西的民族称为西戎，这里指青海高原。

［12］倒屣（xǐ）：退步而出。这是藏传佛教僧人接待重要客人的礼俗之一。屣，鞋子。

［13］毳衲：毛织僧衣。宋陆游《赠枫桥化城院老僧》诗：“毳衲年年补，纱灯夜夜明。”斜披半肩紫：藏传佛教僧人着僧衣时半露右臂，日久肉色呈紫。

［14］睢盱：淳朴憨厚的样子。宋苏轼《浣溪沙·徐州石潭谢雨》词：“照日深红暖见鱼，连村绿暗晚藏乌，黄童白叟聚睢盱。”伛偻：腰身弯曲，以示恭敬。汉贾谊《新书·官人》：“柔色伛偻，唯谀之行，唯言之听，以睚眦之间事君者。”

［15］幢牙：旗幡。唐柳宗元《岭南节度使飨军堂记》：“幢牙茸纛，金节析羽，旆旗旟旞，咸饰于下。”

［16］秋萤：秋天的萤火，比喻大经堂内的烛光。

［17］绣栭（ér）彩桷：雕梁画栋。栭是柱上支承大梁的方木，俗称斗拱。汉张衡《西京赋》：“绣栭云楣。”桷是方形的椽子。唐韩愈《进学解》：“细木为桷。”这里泛指大经堂内用氆氇等包装或鲜色彩绘的梁柱。

［18］潜虬蟠梯：形容梁柱上的各种神物图形。唐李白《明堂赋》：“猛虎失道，潜虬蟠梯。经通天而直上，俯长河而下低。”

［19］藻井：宫殿内穹隆状的顶上装饰，因若干如井方格组成，饰以雕刻彩画，故名藻井。彩错：色彩交错。唐沈佺期《自昌乐郡泝流至白石岭下行入郴州》：“乳窦何淋漓，苔藓更彩错。”中庭：殿庭中心。《宣和遗事》：“红袖调筝于屋侧，青衣演舞于中庭。”

［20］森然：阴沉恐怖。宋·苏轼《石钟山记》：“大石侧立千尺，如猛兽奇鬼，森然欲搏人。”这里特指护法神等壁画。

［21］持斋：汉地佛教指遵行戒律不茹荤食，故又代指素食。检束：检点约束。藏传佛教生成于青藏高原，特殊的自然环境决定了僧人食用牛羊肉，但作者尚不能理解，故有“持斋食肉无检束”的感叹。

［22］古拉：经轮。作者自注："寺廊间置圆木桶，内装经典，中有铁轴承之，用手转动以代诵经，谓之转古拉。"

［23］风诵经：风吹经幡，犹如诵经。作者自注："用长布条抄录经文，横悬木架上，风吹动成声，以代口诵。"

［24］咒水：经过宗教咒语加持后具有特殊功能的水。《北史·清河王怿传》："时有沙门惠怜者，自云咒水饮人，能差诸病。"登鬼录：登记亡魂的名册。这里指人们祈求死后转生。

［25］一生誓磕十万头：藏传佛教信仰之一，据说一生向神佛磕头十万次，方能消灾祈福。十万，形容其多，非定数。

［26］菽粟：菽与粟，两种不同的农作物。这里泛指农耕庄稼。

［27］倾囊倒箧：形容信徒倾其所有家资。法供：供养佛、法、僧三宝。

［28］龛上堆金累珠玉：形容佛龛上堆满了金银珠玉。这里特指塔尔寺大金瓦殿宗喀巴银塔，其间珠宝最为富丽。

［29］自觉觉他人：佛教认为修行不仅能使自己觉悟，也能使其他众生觉悟。隋慧远《大乘义章》："既能自觉，复能觉他，觉行圆满，故名为佛。"

［30］苦行不为身：艰苦修行，不为物质利欲。

［31］了了：明白、清楚。遮念：阻拦不通的杂念。佛教楹联："了了无遮念，空空不染心。"

［32］空空：一切皆空而不执着于空名和空见。《大智度论》："何等为空空？一切法空，是空亦空，是名空空。"

重游西宁

高一涵

前年西宁遇重九，黄叶纷纷满地走。

今来西宁又重阳，柳青梨赤天未霜。
棣萼飘零余我在[1]，异乡怕见菊花黄[2]。
年年卧毡啮冰雪，孤负江南好时节。
澄湖鲜碧蟹初肥[3]，栖霞枫丹艳于绯[4]。
惆怅有家归不得，撩人乡思雁南飞。

题解：

这是作者再一次游历青海时的诗作。根据诗意，此次重游足迹仅在西宁一带，并未到牧区草原。诗中描写了此年河湟地区的暮秋景象，与前年见到的大不相同，气候尚热，“柳青梨赤天未霜”。也抒发了作者多年在西北，思念家乡的情感。

注释：

[1] 棣萼：棠棣花瓣下部绿叶，围成一圈。古人以此比喻兄弟。唐杜甫《至后》：“梅花欲开不自觉，棣萼一别永相望。”仇兆鳌注：“棣萼，以比兄弟也。”飘零：漂泊流散。

[2] 异乡怕见菊花黄：这是化用唐代王维《九月九日忆山东兄弟》“独在异乡为异客，每逢佳节倍思亲”的诗句。过去有重阳节赏菊花的习俗。

[3] 澄湖：阳澄湖，在江苏省苏州市，盛产虾蟹，其中大闸蟹以肥美著名，被称为“蟹中之王”。

[4] 栖霞：栖霞山，在江苏省南京市，其中“栖霞丹枫”是金陵美景之一，秋日枫叶红艳，游者如云。

入青海过老鸦峡迭见鸦群

罗家伦

老鸦峡深束青溪[1]，滩急坡高雪水肥。
休念征车颠簸苦[2]，凭窗闲看老鸦飞。

作者简介：

罗家伦（1897～1969），字志希，笔名毅，浙江绍兴人。早年求学于复旦公学和北京大学，与傅斯年等成立新潮社，出版《新潮》月刊，当选为北京学生界代表，起草《北京学界全体宣言》，提出“外争国权，内除国贼”口号。1928年8月出任清华大学第一任校长，贡献良多。1930年后历任中央政治学校教育长、中央大学校长等职。1949年赴台湾，先后任“考试院”副院长、“国史馆”馆长等职。著作颇丰，有《新人生观》《新民族观》《中国人的品格》等。

题解：

这是作者经过老鸦峡时所作。诗中表现了路经老鸦峡时不以艰辛为怀，而以闲看群鸦飞翔为趣的乐观态度。老鸦峡在民和县与乐都区之间，新中国之前道路险峻，崎岖难行。

注释：

[1] 束：约束。形容峡窄沟深，湟水被束聚，水流湍急。

[2] 征车：远行所乘的车。

西行度日月山闻文成公主啼泪却步于此

罗家伦

敷粉施朱日月山[1]，曾传公主驻仙班[2]。
天教文化垂西域[3]，讵任蛾眉马上还[4]。

题解：

这首诗是作者西过日月山听文成公主传说而作。相传文成公主西嫁吐蕃赞普松赞干布，路经日月山，西望茫茫草原，又回望长安故里，取出唐太宗所赐日月宝镜，既思念家乡，又感身负重任，遂抛日月宝镜于山上，毅然西去，完成了和亲使命，因此后人称此山为日月山。作者即以此传说为题材，赞扬了文成公主勇于和亲的担当精神。

注释：

［1］敷粉施朱：搽粉末，抹胭脂，形容文成公主的美丽。

［2］仙班：仙人行列，指文成公主一行人马。

［3］西域：本指玉门以西的新疆等地，此特指青藏高原。

［4］讵任：岂可任凭。蛾眉：细长而弯的美眉，指文成公主。

三角城幕外闻歌

罗家伦

莽莽苍苍塞外歌，岂徒豪迈亦情多。

番刀怒马婆娑舞[1]，夜空坚冰万里河[2]。

题解：

这是作者在海晏县三角城所作的一首小诗。作者夜宿幕帐，听到帐外藏族歌声，联想牧民风俗，描写了藏区遒劲豪迈的民族风情。

三角城：在今海晏县金银滩上。西汉末年曾在此设西海郡，三角城为郡城，遗址犹在，曾出土西海郡虎符石匮。根据测量，城东西长650米，南北宽600米，城墙残高4米，四门尚隐约可见。

注释：

[1] 番刀：藏刀，牧民的日用品和装饰物。怒马：体健气壮的骏马。婆娑舞：舞姿优美的舞蹈。《诗·陈风·东门之枌》："子仲之子，婆娑其下。"毛传："婆娑，舞也。"

[2] 夜空坚冰万里河：此句当是化用自宋代陆游《十一月四日风雨大作》一诗："僵卧孤村不自哀，尚思为国戍轮台。夜阑卧听风吹雨，铁马冰河入梦来。"

青海海上放歌

罗家伦

蔚蓝海接草原黄，大自然中两广场[1]。
万点牛羊千缀雪[2]，霸图诗意两茫茫[3]。

题解：

这首诗写于青海湖，生动地表现了青海湖及环湖草原的辽阔丰饶，语词简约而韵味隽永。

注释：

［1］两广场：指辽阔的青海湖和湖畔草原。

［2］千缀雪：指远处众多积雪覆盖的高山峰峦。

［3］霸图：强大的国家。这里指政治方略。

过享堂峡

易君左

悬崖削壁黑似漆，束以激流翻怒涛。
行人驻步飞鸟静，悬空横跨一桥高。
此地绝似一梦境，瞿塘巫峡无其豪[1]。
才自天山踏白雪[2]，又来青海拥黄骠[3]。
莽苍苍笼十万里，峰峦综错烟云包[4]。
中国版图真伟大，此仅九牛之一毛。
海拔已越三千尺，晶晶寒日风萧萧。
江心忽有鱼龙出，黄河遥应声滔滔[5]。

作者简介：

易君左（1899～1972），原名家钺，字敬斋，湖南省汉寿县人，先后毕业于北京大学和日本早稻田大学。曾任国民革命军军部党代表、军部政治部主任、国民日报社社长。抗战结束后任和平日报社副社长兼副主编。1948年任兰州和平日报社长兼西北大学教授。1949年到香港，主编《星岛日报》副刊，后任香港浸会学院教授，1968年后定居台湾。著作丰富，约七十余种，数千万言。主要著作有《君左散文选》《易君左游记精选》《西北壮游》等。

题解：

1947年夏天，易君左经过享堂桥进入青海，就感受到青海山川的壮美，激发起壮游青海的情思，于是写作此诗。全诗比喻奇妙，想象开阔，用词流畅。

享堂峡：在青海省民和县与甘肃省红古区交界处，也是从甘肃进入青海必经之地，有“河湟锁钥”之称。峡流大通河，河水湍急，峡深势峻，跨越困难。清代开始屡建桥梁，桥西就是民和县川口镇的享堂村。

注释：

［1］瞿塘巫峡：瞿塘峡和巫峡，与西陵峡并称长江三峡。瞿塘峡西起重庆市奉节县白帝城，东至重庆市巫山县大溪镇，以雄伟险峻著名。巫峡西起重庆市巫山县大宁河口，东迄湖北省巴东县官渡口，以幽深秀丽著称。无其豪：没有享堂峡雄险。

［2］天山：西域著名大山，在新疆境内绵延约1700公里，是新疆的地理标志。作者在来青海之前已经游历新疆，故云“才自天山踏白雪”。

［3］黄骠：黄骠马，是黄色中夹杂着白点的宝马，古代诗文和民间传说中多有描写。

［4］烟云包：被烟云所笼罩。

［5］黄河遥应声滔滔：享堂峡中的大通河流过民和县享堂后汇入湟水，然后在甘肃省永靖县达家川又汇入黄河，故有此联想。

青海歌

易君左

黄羊奔驰鹰飞鸣，汽车疾驶青海滨。
四山云浓黑似漆，满郊草浅绿如茵。
横空一碧波光现，莽莽苍苍开画面。

玉作轻屏翡翠娇[1]，花为绣幔珊瑚艳。
远客争来看海忙，拾将彩石满奚囊[2]。
微风吹浪添寒意，初日穿云试晓装。
我观天地皆刍狗[3]，更视荣华如粪土。
对此汪洋感慨平，胸中纤芥何曾有[4]。
从古诗人擅咏歌，可怜白骨海头多[5]。
而今但见湖山美，万里边荒醉太和[6]。
依依惜别劳延行[7]，魂梦难凭终念汝。
愿待波腾浪涌时，凌虚激赏鱼龙舞。

题解：

这首诗是作者在青海湖畔所作，歌咏了青海湖莽莽苍苍、翡翠碧光的壮美，并对历史上诗人们对青海荒凉的描写进行了纠正。

注释：

[1] 轻屏：轻巧灵便的屏风。

[2] 奚囊：贮藏诗稿的袋子，也叫诗囊。《全唐文》记载：李贺“每旦日出，与诸公游，……恒从小奚奴，骑距驴，背一古破锦囊，遇有所得，即书投囊中”。

[3] 刍狗：祭祀用的以草扎成的狗，往往祭祀前视为神物，用完后即废之不顾。《老子》第五章：“天地不仁，以万物为刍狗；圣人不仁，以百姓为刍狗。”后来也比喻没用的东西。

[4] 纤芥：细微的嫌隙。

[5] 可怜白骨海头多：这里化用唐代杜甫《兵车行》“君不见青海头，古来白骨无人收”的诗句，说明古人对青海的误读。

[6] 太和：太平和睦。宋人宋祁《宋景文公笔记》：“天下太和，兵革不兴。”

[7] 劳延：延跂为劳，殷切期盼，特别仰慕。形容作者对青海湖的热切向往。

途中口号

冯国瑞

老鸦城下冤魂语[1]，白马滩前石乱飞[2]。
一百里间往还路，思君几度泪沾衣。

作者简介：

冯国瑞（1901～1963），字仲翔，号牛翁，别号麦积山樵，甘肃天水人。早年毕业于清华国学研究院，历任兰州大学中文系教授、西北师范学院国文系教授、青海省通志馆馆长、青海省政府秘书长、陕西省政府顾问、甘肃省文物管理委员会主任等。其中1930年应邀来青海，至1935年因遭马步芳排斥逃离。一生著作颇丰，有《绛华楼诗集》等。

题解：

这是作者在1932年行走于湟水峡谷时所作，表达了对好友周希武的伤心追思。作者自注："悼故人周子扬希武也。十七年被害于老鸦城。著有《仪顾堂诗文集》若干卷，《玉树土司调查记》。"周希武，字子扬，也是天水人，冯国瑞好友，曾任宁海护军使署总务处处长，因才思不俗，为当势者嫉恨。1928年7月赴兰州与国民军商谈进青海事宜，被马家军阀暗杀于老鸦峡莲花台。

口号：随口吟咏而成，同"口占"。

注释：

［1］老鸦城：在海东市乐都区高庙镇老鸦村南，东去便是老鸦峡，旧时也称老鸦堡、老鸦驿。

［2］白马滩：海东市平安区湟水北岸有白马寺，民和县川口镇南庄子村有白马庙，或许以其寺庙名而指湟水边石滩，这里特指老鸦峡莲花台下的河滩。石乱飞：形容老鸦峡的险峻和暗杀周子扬的场面。

乐都道中

冯国瑞

汉将营边雨欲来[1]，乐都城下野云开[2]。
关怀处处林檎熟[3]，走马川原看一回。

题解：

这首诗作于1934年7月，作者回天水省亲途中经过乐都，朋友和乡亲们赠以林檎果，遂有此作。

注释：

［1］汉将营：汉武帝元鼎六年（前111年），汉军进入乐都地区，汉宣帝神爵二年（前60年）在此设破羌县，驻军防守，因此以乐都为汉将营遗址。

［2］乐都城：碾伯城。

［3］林檎：又称“沙果”，扁球形梨果，顶端凹而有竖起的残存萼片，底部深陷，表面呈黄色至深红色，气清香，味微甜酸。乐都人称为“沙果子”，是当地特产。

四月十四日夜幕宿青海滨

冯国瑞

四望穹庐入远天[1]，平沙乍涌月轮圆。
开尊还对卑禾海[2]，斗韵独惭敕勒川[3]。
苦待鸡鸣惜长夜，曾听鹤语识尧年[4]。
艰虞万里劳贤者[5]，总为苍生此着鞭[6]。

题解：

这首诗写于1935年的青海湖边，原题作《四月十四日夜幕宿青海滨呈邵翼如先生即以为寿》。这年夏天，国民政府委员、立法院代理院长邵元冲游历到青海，到青海湖祭海，当时作为青海省政府秘书长的冯国瑞等陪同，夜宿于青海湖之滨。其日邵氏逢45岁生日，作者乃作这首七律以赠，在赞扬邵氏的同时，形象地描绘了青海湖草原的壮阔夜景。邵翼如，即邵元冲（字翼如），浙江绍兴人。同盟会成员、国民党元老，1936年逝于西安，时年46岁。

注释：

[1] 穹庐：古代北方游牧民族居住的毡帐，中央隆起，四周下垂，形状似天，因而称为穹庐。《汉书·匈奴传下》："匈奴父子同穹庐卧。"颜师古注："穹庐，旃帐也。其形穹隆，故曰穹庐。"这里泛指蒙、藏民族的帐篷和蒙古包。

[2] 开尊：举杯饮酒。尊同"樽"。明张煌言《赠徐闇公年丈》："明月开尊皆胜侣，春风入座似醇醪。"卑禾海：卑禾羌海，即青海湖。北魏阚骃《十三州志》载："临羌县西有卑禾羌海，世谓之青海。"

[3] 斗韵：赋诗填词时以险韵竞胜，以显示才气。这里犹如赛诗。敕勒川：

南北朝时期北方鲜卑人的民歌名。歌词是：“敕勒川，阴山下，天似穹庐，笼盖四野。天苍苍，野茫茫，风吹草低见牛羊。”篇幅虽短，但能尽显其壮美，故冯氏自谦不如。

［4］鹤语：比喻见识广博而独到。相传鹤长寿而多知往事，故以鹤语喻之。唐崔湜《幸白鹿观应制》：“鸾歌无岁月，鹤语记春秋。”尧年：盛世、长寿。据说尧有寿116岁，其时天下太平。

［5］艰虞：战乱灾荒频繁的时代。唐杜甫《北征》：“维时遭艰虞，朝野少暇日。”

［6］着鞭：鞭打，引申为勉励人努力进取。

葺屋

冯国瑞

西宁城中屋无瓦，黄泥盖屋仰圬者[1]。
人言土脉黏且坚[2]，圬之三重涉三夏[3]。
今年雨多固难怪，处处隘漏倾屋盖[4]。
我屋四壁皆篆痕[5]，屋山脊立已见由[6]。
前宵倾盆倒篱藩[7]，水深尺半已到门。
邻儿失喜待日出，拍手和泥巧作埙[8]。
指爪襟裙类泥塑，黠者涂面更相饰[9]。
阶下墙根百剧陈[10]，娲涎贴壁蚁蜉渡[11]。
乍晴舁土工费勤[12]，家家葺屋乘朝曛[13]。
岂料一雨又洗净，泞滓街头何纷纷[14]，
呜呼炎威大旱闻，江南社鼓喧阗祈[15]。
巫咸有余不足常[16]，如此漫将风雨怨一畲[17]。

题解：

这是作者旅居西宁时遇雨后所作。他根据自身经历和对生活的观察，绘声绘色地描写了民国时期西宁居住条件的简陋不堪和雨后儿童们的嬉戏、大旱时的求神活动等等，可看作是关于那个时代的珍贵记录。今昔对比，换了人间。

葺（qì）屋：草屋。《周礼·考工记·匠人》："葺屋参分，瓦屋四分。"贾公彦疏："葺屋，谓草屋也。"本诗指土房。此诗描写雨后时人修葺房屋的场景。

注释：

［1］圬者：圬人，抹平屋墙泥土的人。圬（wū），抹平。唐韩愈《圬者王承福传》："圬之为技，贱且劳者也。"

［2］土脉：土壤、土质。

［3］三重：多层、几层。三夏：孟夏、仲夏、季夏，即农历四、五、六月，合称三夏。过去认为这个季节最适合于修建或修葺房屋。

［4］隘漏：危险的地方容易漏雨。

［5］篆痕：符篆形状的痕迹，比喻房屋漏雨后墙体上留下的弯弯曲曲的水迹。

［6］屋山：屋顶。脊立：屋脊突露。甴（zhá）：木头尖。这句是说屋顶的泥被大雨冲掉，木头屋脊暴露在外。

［7］倾盆：瓢泼大雨。篱藩：篱笆，这里泛指围墙等。

［8］埙：一种土制乐器，可以吹奏。

［9］黠者：狡黠之人，这里指调皮的孩子。相饰：相互涂抹。

［10］百剧陈：形容到处是堆放的杂物。

［11］娲涎：青蛙的垂涎。娲通"蛙"。蚁蜉：蚂蚁、蚍蜉，指各种虫子。

［12］舁（yú）土：捧土，指维修房屋。工费勤：耗费功夫多。

［13］朝曛：早晚。

［14］泞滓：泥泞、垃圾。宋梅挚《昭潭十爱》："本无汙泥滓，去有棹歌喧。"纷纷：杂乱而多。

［15］江南社鼓：指巫风鼓乐。社鼓，社日祭神所鸣奏的鼓乐，也泛指神庙内

敲的鼓。宋陆游《秋社》："雨余残日照庭槐，社鼓冬冬赛庙回。"喧阗：杂乱喧闹。宋苏轼《竹枝歌》："水滨击鼓何喧阗，相将扣水求屈原。"

[16] 巫咸：巫师。屈原《离骚》："巫咸将夕降兮，怀椒糈而要之。"王逸注："巫咸，古神巫也。"

[17] 盦（ān）：盛放食物的器皿，这里指献给神灵和巫咸，摆放祭品和贡品的桌子、盘子。"怨一盦"的意思是把风雨旱涝归结于神灵。

青稞谣

冯国瑞

湟水曲，七八县[1]。
麦青青，四野遍。
小麦昂贵青稞贱。
青稞苗长高于人，田家饱噉青稞面[2]。
野老顾予泪如绠[3]，自言年成灾仍重，
况是今年多灾眚[4]。
青稞青稞尔何来？相传远是青州种[5]，
六月黄云覆满陇。
杂番来西方[6]，牵彼牛与羊。
革角皮毛茸[7]，氆氇与麝香[8]。
换我青稞去，充彼终年粮。
水来丹噶尔[9]，而名之曰湟。
东流益浩漫，扬波入于黄[10]。
黄河下兰州，皮筏木簰日百行[11]。
载我青稞去，纷纷官与商。

商人重利争贩麦，官家火急请移粟。
倾家储粮掷孤注[12]，兰州粮价倍其值[13]。
大陇东南复酒泉[14]，漠漠无涯好山川。
闻说近来无鸡犬，鸦片花好阡陌连[15]。
餐英焉能饱[16]，无计籴青稞[17]。
朝暮望粮筏[18]，饥肠乃得果[19]。
青稞有胫走东西，死填沟壑成流离，
有粟吾得而食诸[20]？
今日来催租，倾筐尚有余[21]。
明日来催税，草头供束刍[22]。
官家今年恤民伤，我负青稞准上粮[23]，
不然换麦费周章[24]。

题解：

这首诗作于1931年的西宁，反映了当时物价飞涨，老百姓连青稞面都吃不上的悲惨情景，鞭挞了马家军阀对民众的横征暴敛和残酷压榨，可做“信史”来读。

注释：

[1] 湟水曲，七八县：湟水曲折，流经七八个县。湟水发源于海晏县包呼图山，流经青海海晏、湟源、湟中、西宁、平安、乐都、民和等县市和甘肃永靖县，汇入黄河。

[2] 啖（dàn）：食用。同“啖”。

[3] 野老：村野老人。顾予：看着我。续：连续不断。

[4] 灾眚（shěng）：灾殃、祸害。《后汉书·郎顗传》：“以此消伏灾眚，兴致升平。”

[5] 青州：古代九州之一。《尚书·禹贡》：“海岱惟青州。”孔颖达传：“东北据海，西南距岱。”青稞是青藏高原特产，并非从东部引进。所谓青稞“相传远是

青州种”，乃是望文生义的推测。

［6］杂番：指青海各少数民族。西方：西边，非今日所说的西方。

［7］革角皮毛茸：各种皮革、犄角、毛绒等。

［8］氆氇：藏族用羊毛等家织的毛料，用来缝制衣裤和藏袍、藏帽等，色彩鲜艳，装饰性强。明汤显祖《紫钗记·河西款檄》：“俺帽结朝霞，袍穿氆氇。”麝香：麝科动物雄体香囊中的干燥分泌物，是珍贵的药材。

［9］丹噶尔：湟源旧称。作者自注：“番名，即湟源县。”

［10］黄：黄河。《甘肃通志·地理志》：湟水“自在塞外流入，又东南至兰州入黄河”。

［11］皮筏：用羊皮和牛皮等皮袋扎制成的筏子，是湟水、黄河上的一种运输或摆渡的工具。木簰（pái）：木头制作的船筏。簰，筏子。行：行列。

［12］倾家储粮：倾其家资屯粮牟利。掷孤注：孤注一掷，形同赌博。

［13］兰州：甘肃省会所在地，当时物价飞涨。倍其值：翻倍加价，远超原有的价值。

［14］大陇：辽阔的陇原。酒泉：在河西走廊西端。

［15］鸦片花：罂粟花。花大色艳，但其果籽可制毒品，故为违禁栽种，然而民国时期一些人为谋取暴利，大面积种植，因此荒废农业。

［16］餐英：采食花叶。原是文雅的做法，屈原《离骚》：“朝饮木兰之坠露兮，夕餐秋菊之落英。”这里是指老百姓没有粮食可吃，只能吃花草。

［17］无计：没办法。籴（dí）：买进。这句是说因为种植鸦片，所以买不到青稞。

［18］粮筏：装运青稞的船筏。

［19］果：果腹，吃饱。

［20］食诸：吃什么。这句是化用《论语·颜渊》中的一段对话：“齐景公问政于孔子，孔子对曰：‘君君，臣臣，父父，子子。’公曰：‘善哉！信如君不君，臣不臣，父不父，子不子，虽有粟，吾得而食诸？’”

［21］倾筐：倒出筐子里的所有东西。

［22］束刍：捆成把的草。这句的意思是没有什么可上税的，只剩下成捆的

草了。

［23］准：准予。上粮：农民向政府交纳公粮。

［24］麦：小麦。与青稞相比，小麦是细粮。费周章：大费周章，很是复杂。

雨霁

余人

杏待含葩韭待抽，低峰凹处草茸遒[1]。
犁扶雨后陌头遍，醉买花时犊牛稠。
江上鳜肥烹已久[2]，边陬雁唳听耶不[3]？
莫矜栗里彭家柳[4]，吴楚乾坤日夜浮[5]。

作者简介：

余人（1880～1946），字永平，号滨海老渔等，祖籍浙江遂安，1922年后定居西宁，历任代理循化知事、湟源县知事、大通县知事、玉树县知事等，后任省政府秘书、中学国文教员。有《守一斋文存》《守一斋诗词遗稿》等。

题解：

这是作者在春天雨晴后触景生情而作。诗中描写了西宁城郊的春日风情，同时也抒发了思念江南故乡的情感。

注释：

［1］草茸：毛茸茸的草芽。

［2］鳜（guì）肥：鳜鱼肥。鳜鱼除青藏高原外广泛分布，以江南产最美，四时皆有，农历三月的最肥。唐张志和《渔歌子》："西塞山前白鹭飞，桃花流水鳜鱼

肥。”这句是说这个季节想起故乡的鳜鱼来了。

[3] 边陬：边地。雁唳：大雁鸣叫的声音。听耶不：听不得。这句是说在边陲听见大雁北飞时的叫声，难免联想到鸿雁南归，惹起思乡之情。

[4] 栗里：在江西庐山下，是东晋诗人陶渊明故乡，以风景优美著称。彭家柳：南方彭氏家园的烟柳。陶渊明尝为彭泽令，又自称“五柳先生”，所以此处的彭家柳应指陶渊明的隐居之所。宋陈造《彭尉焚巢》：“彭家柳边堂，江色润书画。”

[5] 这句化用杜甫诗句。杜甫《登岳阳楼》：“吴楚东南坼，乾坤日夜浮。”

黄流春涨

姚钧

兼天波浪撼城根[1]，沙岸犹余落涨痕。
最是春来杨柳绿，乘槎我欲问河源[2]。

作者简介：

姚钧（1890～1968），字衡甫，甘肃天水人。上海龙门师范专科学校毕业，曾任山丹县县长。1920年来青海，历任烟酒局长、垦务局会办、贵德县县长、民政厅厅长、参议会总参议、秘书长等职。新中国成立后为省文史馆馆员。姚钧工诗文，善书画，撰修《贵德县志》。

题解：

《黄流春涨》是诗人《河阴八景》诗之一。河阴即贵德，因为其地在黄河南，所以俗称河阴。所谓八景，是诗人拟定的。他在诗序中写道：“贵邑（贵德）踞黄河之南，风景绝佳，随处可游览，偶与邑绅谈及，戏拟八景，各系以诗。”基香斋曾对河阴八景诗作过和诗。

“黄流春涨”是河阴八景的第一景。黄流即黄河，流经贵德城北。每至春天，河水猛涨，气势极为壮观。贵德城在新中国成立前是万里黄河第一城，在这里，诗人就免不了要产生乘槎溯河源的壮怀。这首诗就描写春天黄流涨、杨柳绿的情形以及诗人的壮怀。

注释：

［1］兼天：连天。

［2］河源：黄河源。

沸泉冬温

姚钧

温泉几派泻山间[1]，澡德浴身好趁闲[2]。
比似华清还更暖[3]，凭君一为洗孱颜[4]。

题解：

“沸泉冬温”是河阴八景之一。沸泉在河阴镇西三十里多拉山下热水沟，当地一般称“热水”。泉水从山下石孔中喷涌而出，滚滚沸腾，水温在摄氏90度以上，含有多种矿物质。可饮可浴，能治多种疾病。尤其在冬天，烫水奔流，热气笼罩，满沟皆温，堪称奇绝。

注释：

［1］派：支流。

［2］澡德：形容沸泉水不仅能洗身上的污垢，还能洗心，使人更有道德。

［3］比拟：比作。华清：即华清池，在陕西临潼区骊山下，是唐代华清宫内的

温泉，曾赐给杨贵妃洗澡。白居易《长恨歌》：“春寒赐浴华清池，温泉水滑洗凝脂。”

［4］孱（chán）颜：懦弱不振的面容，形容病疲的样子。孱是懦弱。

南海溪声

姚钧

萧疏槐柳正当门[1]，尽日惟闻溪水喧。
尘外偶来清净地[2]，静参禅寂欲无言[3]。

题解：

“南海溪声”是河阴八景中比较有特色的一景。南海指南海殿，在河阴镇南喜家嘴，殿阁建造雄伟壮观，殿内有南海观音端坐莲台的塑像，形象逼真生动。殿后有一股清溪水流来，潺湲悦耳，再加上周围槐柳碧绿，更添几分幽雅的意境。过去夏日这里是士人游赏的胜地。

注释：

［1］萧疏：稀疏。当：对着。

［2］尘外：尘世之外。

［3］参：参禅，佛教语，意思是玄思冥想，探求真理。禅寂：佛教指僧侣坐禅寂定。

仙阁插云

姚钧

高阁登临豁远眸[1]，一川风物眼中收。
凭阑无限桑田意[2]，胜有灵光俯碧流[3]。

题解：

这也是河阴八景中的一景。仙阁指贵德城北垣内的玉皇阁。此阁最早建于明代，后毁于兵火。清道光年间重修，一直保留到今天。阁坐北向南，共三层，高三丈多，黄河流经其根。远望之，嵯峨高起，直插云表；近登之，则俯视全城，一川风光尽收眼底，所以有“仙阁插云”的美称。人们多去登阁望远。这首诗描绘的便是登上玉皇阁四望后的所见所感。

注释：

［1］眸：眼珠子。这里指眼界。

［2］凭阑：凭栏，靠着栏干（远望）。桑田：即沧海桑田。《神仙传》云：麻姑自说，“已见东海三为桑田”。后来便以沧海桑田比喻世事多变。

［3］灵光：神异的光。佛教上指人固有的灵性光明。《五灯会元·百丈海禅师法嗣》：“灵光独耀，迥脱根尘。”碧流：指黄河。

羊峡古碑

姚钧

刊铭伐石几何年[1]？谁与摩挲古峡前[2]。
一识岣嵝奈缘浅[3]，嵚崎怅望夕阳边[4]。

题解：

“羊峡古碑”是河阴八景中最后一景，也是最壮丽的一景。所谓羊峡即龙羊峡，在贵南县西与共和县交界处，是黄河上游最大的峡谷之一。两岸峙立，势若门户，黄河贯流其中，汹涌膨湃，龙吟虎啸，形势极其雄险壮观。现在那里修起了龙羊峡水电站，使得古峡更加壮丽。原来峡中峭壁上刻有许多字，多模糊不清，也不知何时何人所刻，所以称为“古碑”。这首诗写的便是诗人观看龙羊峡古碑的情景。

注释：

［1］刊铭伐石：雕刻在石头上。刊、铭、伐都是刻的意思。几何：多少。

［2］摩挲：用手上下抚摸。

［3］岣嵝：碑名。在今湖南省衡山县云密峰上有一块碑，相传是大禹治水时所刻，因为衡山称岣嵝山，故又称岣嵝碑。这是用来比喻龙羊峡峭壁上所刻字历史的悠久。奈缘浅：无奈缘分太浅。

［4］嵚崎：高峻。指峡壁。

浣溪沙·塔尔寺

陈逸云

金瓦雕檐佛殿凉，袈裟红紫喇嘛装[1]，欲超尘海礼慈航[2]。
贝叶经传清梵语[3]，酥油茶暖藏粑香[4]，闲看塞雁度斜阳。

作者简介：

陈逸云（1908～1969），字山椒，著名女画家，广东东莞人。少喜男装，有豪气。1927年毕业于广东大学（中山大学前身）法科系，参与组织女权运动大同盟，随北伐军北抵武汉。1928年后先后任上海市妇运会主席。l932年留学美国密歇根大学，四年学成归国，主编《铁道月刊》。1936年以妇女代表身份，随慰问团到西北劳军。之后曾任妇女慰劳抗战将士总会委员、战时儿童保育会常务委员等。1944年秋，参加女青年军，曾任少将衔总队长。1957年后移居美国西雅图市。能诗能画，有遗作《逸云诗词遗稿》。

题解：

这是陈逸云在参观塔尔寺后所作，描写了塔尔寺浓郁的佛教气息。

浣溪沙，原为唐教坊曲名，本意是歌咏春秋越国美女西施浣纱于溪水，后用为词牌名。分平仄两体，一般是七言六句，上下两阕四十二字，这首词用平声。

注释：

［1］袈裟红紫喇嘛装：塔尔寺是藏传佛教格鲁派寺院，僧人袈裟以紫红色为主。喇嘛：藏语，意为上师、上人，本为对高僧的尊称，泛指藏传佛教僧人。

［2］尘海：茫茫俗世。鲁迅《亥年残秋偶作》："尘海茫茫沉百感，金风萧瑟

走千官。”礼：礼拜、信仰。慈航：佛教认为仙佛以慈悲之心救度众生出苦海，犹如大海上的航舟，故称之为慈航。南朝萧统《开善寺法会诗》：“法轮明暗室，慧海渡慈航。”其中观音菩萨是慈悲化身，道教则称之为慈航真人。这里代指佛陀、宗喀巴等佛教神圣。

［3］贝叶经：用铁器刻写在贝树叶上的佛经，源于印度。梵语：古老的印度语言之一，相传是佛教守护神梵天所创造，故称之为梵文或梵语。这里当指藏语。

［4］藏粑：藏语称糌粑，用青稞等炒磨制，青藏各民族日常食用品，也用以供奉神灵。陈氏自注：“藏粑名，炒米粉而制。”不甚准确。

更漏子·塔尔寺上元月夜

陈逸云

客梦阑[1]，酥灯灭[2]，窗外一轮明月。更鼓静，寺钟鸣，藏僧夜诵经。

风萧索[3]，吹毡幕[4]，远听凄清胡乐[5]。残雪霁[6]，金瓦辉，星稀塞雁飞。

题解：

这首词描写正月十五晚上塔尔寺的情景。按惯例，塔尔寺在当夜要展出酥油花，以纪念宗喀巴大师，是塔尔寺的一大文化景观。作者在这夜留宿塔尔寺，并目睹酥油花盛况，有感而发，遂有此作。作者有小序云：“青海塔尔寺上元月夜，寺用羊脂塑成各种人物，并以脂燃灯，寺瓦为薄金所制。”虽不甚精准，亦可见其特别关注此事。

塔尔寺：在青海湟中，是格鲁派创始人宗喀巴的诞生地，被称为藏传佛教格鲁派六大寺院之一。上元：正月十五，称为上元节、元宵节。正月是农历的元月，古人称“夜”为“宵”，正月十五日是一年中第一个月圆之夜，所以称正月十五为“元宵节”。根据道教“三元”的说法，正月十五日又称为“上元节”，自古就有热烈喜庆的观灯习俗。

注释：

［1］阑：很晚、将尽。“客梦阑”点出作者夜宿于此。

［2］酥灯：酥油灯，也指酥油花灯。

［3］萧索：凉飕飕。

［4］毡幕：编织而成的帐篷。南朝陈徐陵《陈公九锡文》：“穹庐毡幕，抵北阙而为营；乌孙天马，指东都而成阵。”

［5］残雪：尚未化尽的雪，这里当指元宵夜的小雪。霁：雪下停。《淮南子·本经训》：“霜雪不霁。”

五峰山书碑

周光辉

全湟名胜五峰山[1]，楼阁亭榭杳霭间[2]。
昔我书碑曾久住，寒泉日夜响潺潺[3]。

作者简介：

周光辉（1878～1968），字月秋，号绘云老人，西宁人。早年以教学、行医、卖字画为生。后来专攻美术，成为青海地区著名的美术家。新中国成立后曾充任省文史馆馆员。月秋善诗画，有《绘云阁诗草》。

题解：

这是一首描绘互助土族自治县境内五峰山佳景的诗。从诗题看，是作者去五峰山书写石碑时所作，但从第三句看，是追述过去书写石碑的情景。

注释：

[1] 全湟：整个湟水流域。

[2] 楼阁亭榭：指在山上所建筑的华丽的土木建筑物。杳霭：浓浓的云雾。

[3] 寒泉：指山上澄华泉，泉水奔流山间，远望如瀑。潺潺：水流的声音。

九日登高

周光辉

塞雁南翔声厉哀[1]，衡峰瘴重却飞回[2]。
迎风黄叶千林脱，浴日沧波万里来[3]。
山僻雾迷玄豹窟[4]，秋深云暗凤凰台[5]。
吾曹徒抱先忧志[6]，携手登临衔酒杯[7]。

题解：

这是作者在九月九日重阳节登高后所作，描写了西宁秋日风景，同时表述了与友人重阳登高的情趣。

注释：

[1] 厉哀：凄厉，也作哀厉。三国魏曹植《洛神赋》："超长吟以永慕兮，声哀厉而弥长。"

[2] 衡峰：指衡山回雁峰，是南岳第一峰。相传秋天飞回南方的大雁至此，不

再向南，春暖时又北飞而去。明陈宗契《登回雁峰怀赵扬州》：“青天七十二芙蓉，回雁南来第一峰。”瘴重：瘴气浓重。

[3] 沧波：碧波。明秦夔《同金广信宗器游番湖》：“汀州远近迷云树，东去沧波急如注。”此指湟水。

[4] 玄豹窟：道士隐居的洞窟，往往以烟雨林泉为胜，以示其深隐不露。清李柏《登吾老洞》：“岩静风生玄豹窟，峡深水抱老龙蟠。”这里当指北山土楼观，近代以来为西宁道教圣地，其环境为湟中八景之一“北山烟雨”。

[5] 凤凰台：在西宁南山南禅寺，相传曾因凤凰降临而得名。“凤台留云”是湟中八景之一，与“北山烟雨”一南一北遥遥相对。

[6] 吾曹：我辈、我等。先忧志：先于天下人而忧虑天下的胸襟。宋范仲淹《岳阳楼记》：“先天下之忧而忧，后天下之乐而乐。”

[7] 衔酒杯：口衔酒杯，指饮酒。宋王安石《筹思亭》：“坐听楚谣知岁美，想衔杯酒问花期。”这里暗含登高饮酒赏菊等意思。

莲花台僧院白牡丹（二首之一）

李宜晴

福地移根不计年[1]，欣看植物亦通禅。
从从远带炉烟细[2]，朵朵高分塔影圆[3]。
秀色自开疏雨后[4]，浓香争放晚风前。
老僧乘兴题佳句，染翰花朝锦作篇[5]。

作者简介：

李宜晴（1919～1977），青海民和人，东李土司后裔，土族女诗人。早年求学于兰州女子师范学校，先后任职于西宁女子师范小学部、青海省政府秘书处、甘肃省政府秘书处、兰州图书馆、青海省图书馆。醉情于诗词创作，曾拜基生兰为师，参加章士钊、高一涵、慕寿祺等人的“千龄诗社”，其诗词颇获佳评。遗作有诗词 100 余首。

题解：

这首诗描写民和县莲花寺中白牡丹的丰神卓姿，细腻入微，形象生动。

莲花台在民和县松树乡杨家店村，地处老鸦峡内，南依山峦，北枕湟水。莲花台因有莲花寺而闻名。该寺初建于清康熙三十三年（1694），历史上先后两次毁于劫火，是当地著名的藏传佛教寺院，重建后的莲花寺建筑华美，花木丛掩。

注释：

［1］福地：本指道教神仙所居的地方，这里特指莲花寺。移根：移栽。

［2］丛丛：丛丛簇簇，形容聚集茂盛。炉烟：香炉的香烟。

［3］塔影：佛塔的影子，比喻牡丹花朵的样子。

［4］疏雨：稀疏的小雨。

［5］染翰：即染翰操觚，意思是提笔作文。染，蘸墨。翰，毛笔。觚，用来书写的竹简。花朝：百花开放的日期，古代以农历二月十二或十五为百花生日，故有花朝节。这里特指莲花寺白牡丹盛开的季节。锦作篇：形容老僧佳句之美。

探芳讯·游南禅寺

李宜晴

登临处，甚柳映疏帘[1]，花遮人面。正山衔落日，远视河如练[2]。幽阶不扫苔痕碧，堪笑山翁懒。凭栏干、太息沧桑，几经迁变。

游兴正非浅。记石峡雄风[3]，土楼春暖[4]，凤岭麟河[5]，佳话千秋远。归来余兴依然在，写景添诗卷。等重游、好约词人作伴。

题解：

这首词是词人春游南禅寺后的所见所思，状摹傍晚景色，历数古迹胜景，生动地描写了大美的西宁风情。

探芳讯：词牌名，又名《探芳信》，本意是探寻春天的讯息。有多种变格，南宋李彭老始用《探芳讯》，是为一格。这首词双调八十九字，上阕九句四仄韵，下阕八句五仄韵。

南禅寺：俗称“南山寺”，在西宁城南凤凰山。最早建于北宋时期，后几经毁坏和重建，规模颇宏大，是青海汉传佛教的主要寺庙之一。

注释：

［1］甚：甚是、极为。疏帘：稀疏的窗帘。这里比喻一簇簇柳树垂条。

［2］练：白绢。这里比喻湟水如同匹练。“湟流春涨”是湟中古八景之一。

［3］石峡：指西宁东边的小峡口，古代以峡险风爽著称，被称为“石峡清风”，是湟中古八景之一。

［4］土楼：土楼山，在西宁城北，阳春来临，树木烟雨，西宁暖春的标志，而“北山烟雨”也是湟中古八景之一。

［5］凤岭：凤凰山，南禅寺就在其山麓。麟河：麒麟河，即南川河。相传南凉时麒麟来游，故称之为麒麟河。

修订本跋记

屈指算来，《历代咏青诗选》初版已有三十四年了。历历往事，难以忘怀。

我本科读的是汉语言文学专业，走向学术之初自然是文学的路子，当时出于对地方文化的热爱，热衷于青藏高原古代诗词的搜罗。因为这在当年完全是空白，一位古汉语教授在课堂上就讲，青海嘛，就是蛮荒不毛之地，“青海城头空有月”“古来白骨无人收”，古人也就这么几句评价，没有什么文化。我偏不信，就开始耗在图书馆里翻阅古籍，接着跑遍了全国各大图书馆，发现了大量有关青海的古诗词，果然并非人们所说的那样。那个时候还没有计算机，更谈不上互联网检索，找到这些资料真可谓大海捞针，一册一册，一页一页，书海淘金，艰辛自知。激动之余，写了数十篇文章，发表于各种报刊。人们才知道历史上的青海也曾是一个诗人们向往或亲临的地方。

因为如此，记得是 1985 年初，青海人民出版社编辑孟维先生找我，邀约做一本有关青海的古代诗选。经过一年的复查文献、草写誊清，终于在第二年秋交稿。孟先生是一位学问好人品更好的长者，说话总是和蔼平稳，让人如沐春风。对书稿逐字逐句审阅，和我至少有十多次的沟通。那时通讯不便，我们只能通过传话、单位电话甚至信件讨论书稿，逐页敲定。终于在第二年 6 月正式出版，还得到了七百多元的稿酬，这是我人生出版的第一本书，拿到的第一笔大额稿费。之后孟先生还编辑了我的《花儿通论》等书，有他的高标准把关，这几本书出版后都得到了社会的广泛好评。也因为孟先生，我和青海人民出版社结下了不解之缘。饮水思源，我不能不由衷地缅怀早已仙逝的孟先生！

也许是因为新颖，几本书出版后很快售罄，一些朋友劝我再版，但我觉得印刷过一次了，真需要的会到图书馆去看，后来在网上也能下载，我就没必要为再版去花费心血。去年4月编辑陈锦萍女士来电话，提出再版《历代咏青诗选》，我却高兴地答应了。因为这些年来，本人虽然忙于其他研究，但是一遇到有关青海的古代诗歌新材料，便顺手积存起来，又积累了一批新资料，其中还不乏佳作。我提出除了对原来的作者、注释等修正完善外，需要删除部分不合时宜或不太理想的作品，增加一些新发现的佳作，陈编辑欣然许可，于是便着手修订起来。

所谓理想很丰满，现实很骨感，诚哉斯言。修订中由于种种事务和其他课题，总是不能集中做，难免三天打鱼两天晒网。许多诗词需要重新核对典籍，但由于海内外古籍馆藏大多不开放，需要朋友帮着查找，耗时费心。历时半年，反复增删，终于完成初稿。刘军军编辑负责编校书稿，逐字逐句审阅，并核对文献，修订了不少笔误或欠妥的地方。刘编辑作为名校历史学专业毕业的硕士，他不是按普及读本去做，而是以学术的标准去严格把握，这使我十分钦佩。刘编辑和李兵兵先生还亲自来我家，嘱我再复查一遍，我感受到了编辑的艰辛付出，再次细改书稿，并补充了十余首新挖掘的明清佳作，最终形成了这部书稿，与初版相比，内容更新几乎在一半以上。尽管如此，错误可能还是难免，期待得到读者的继续指正。

回首本书的成书史，深感真正做学问是很不容易的，在浩如烟海的文献中爬梳出有用的新资料，费时费力之巨，唯有自己体味到。即使是一本小书的写作，要做到真正有新内容、讲究学术伦理，实则就是一部心瘁史，也是一部友人的帮助史。这里要感谢以上提到的编辑老师们，也要感谢帮我查找文献或提供资料的同仁们，他们是台湾师范大学中文系谢秀卉博士、日本立命馆大学文学部高级访问学者毕雪飞博士、文津学术文献馆创建人杨超先生、青海师范大学文学院米海萍教授、青海民族大学文学院赵艳博士、青海省图书馆霍福研究馆员等。即使是提供一条新材料、一次核对原文，也足以使我由衷地感恩，必须要铭名致谢，否则愧疚难安。

这里还要特别感谢的是青海省人民政府－北京师范大学高原科学与可持续发展研究院对本书的出版予以了大力支持。

殷殷感怀，是为跋记。

赵宗福

2020年11月28日子夜